L'ULTIME SECRET

BERNARD WERBER

L'Ultime Secret

ROMAN

ALBIN MICHEL

Pour Richard

Nous n'utilisons que 10 % de nos capacités cérébrales.

Albert EINSTEIN

Le problème avec le cerveau c'est que le seul outil qui permette de l'étudier et d'améliorer son fonctionnement c'est... le cerveau lui-même.

Edmond WELLS,
Encyclopédie du savoir relatif et absolu.

La plupart des grandes découvertes sont faites par erreur.

Loi de Murphy.

ACTE 1

LE MAÎTRE DES FOUS

1.

Qu'est-ce qui nous pousse à agir ?

2.

Il avance délicatement sa dame.

L'homme à lunettes d'écaille affronte l'ordinateur Deep Blue IV dans la vaste salle feutrée du palais des Festivals de Cannes pour le titre de champion du monde d'échecs. Sa main tremble. Il fouille, fébrile, sa poche. Il voulait s'arrêter de fumer. La tension est trop forte.

Tant pis.

Une cigarette est portée à sa bouche. Une suave odeur de tabac caramélisé envahit sa gorge, sort par ses narines et s'exhale, effleurant les velours des rideaux, des fauteuils rouges, se répandant en nuage mordoré dans la salle, formant des volutes en anneaux qui se tordent doucement en dessinant des huit infinis.

En face : l'ordinateur, imposant cube d'acier d'un mètre de hauteur, est bouillant. Il s'en dégage une odeur d'ozone et de cuivre chaud qui filtre à travers sa grille d'aération.

L'homme est pâle et épuisé.

Je dois gagner, pense-t-il.

Sur plusieurs écrans géants, des caméras de télévision retransmettent en direct son visage émacié au regard fiévreux.

Etrange spectacle que cette salle luxueuse où se tiennent près de mille deux cents personnes, bouche bée, observant un homme qui ne dit rien, qui n'accomplit aucun geste. Rien qu'un homme qui réfléchit.

Sur la scène, du côté gauche : un fauteuil carmin où siège le joueur assis en tailleur.

Au milieu : une table, un jeu d'échecs, une pendule de bakélite à deux cadrans.

Du côté droit : un bras mécanique articulé, relié par un câble à un gros cube argenté marqué de l'inscription en lettres gothiques DEEP BLUE IV. Une petite caméra posée sur un trépied permet à l'ordinateur de voir l'échiquier. La pendule émet le seul bruit net. Tic. Tac. Tic. Tac.

Cela fait une semaine que cette confrontation dure. Et ils jouent aujourd'hui depuis six heures. Nul ne sait plus si dehors il fait jour ou nuit. Soudain un bourdonnement incongru. Une mouche a pénétré dans la salle.

Ne pas se déconcentrer.

L'homme est à égalité avec la machine. Trois parties gagnées pour chacun. Celui qui remportera celle-ci remportera le match. Il essuie la sueur qui perle sur son front et écrase son mégot.

En face, le bras articulé se déploie. Le cavalier noir est déplacé par la main mécanique.

« Echec au roi » s'inscrit sur l'écran de Deep Blue IV.

Rumeur dans la salle.

Le doigt d'acier appuie ensuite sur le bouton de la pendule. Elle égrène ses secondes, rappelant à l'homme aux lunettes d'écaille qu'il lutte aussi contre le temps.

Réfléchissant plus vite, l'ordinateur a pris une bonne avance.

La mouche tournoie. Elle profite de l'immense plafond de la salle pour faire des loopings vertigineux qui la rapprochent chaque fois un peu plus de l'échiquier.

L'homme entend la mouche.

Rester concentré. Surtout rester bien concentré.

La mouche revient.

L'homme essaie de ne pas se laisser perturber.

Bien regarder le jeu.

L'échiquier. L'œil de l'humain. Derrière : le nerf optique. L'aire visuelle du lobe occipital. Le cortex.

Dans la matière grise du joueur, c'est le branle-bas de combat. Des millions de neurones sont activés. Sur toute leur longueur, de minuscules décharges électriques fusent puis lâchent leurs neuromédiateurs aux extrémités. Cela génère de la pensée rapide et intense. Des idées galopent telles des centaines de souris affolées dans l'immense grenier labyrinthique de son cerveau. Comparaison de la situation actuelle des pièces à celle de parties passées, victoires et défaites. Inventaire des coups futurs probables. L'influx repart en sens inverse.

Le cortex. La moelle épinière. Le nerf du muscle du doigt. L'échiquier de bois.

L'homme dégage son roi blanc. Ce dernier est temporairement sauvé.

Deep Blue IV resserre l'iris du diaphragme de sa caméra vidéo.

« Fonction analyse. Démarrage. Calcul. »

L'échiquier. L'objectif de la caméra vidéo de l'ordinateur. Derrière : le câble optique. La carte mère. La puce centrale.

A l'intérieur de la puce informatique : une ville tentaculaire remplie de microscopiques avenues de cuivre, d'or et d'argent au milieu de buildings en silicium. Les influx électriques circulent dans tous les sens comme des voitures pressées.

La machine cherche à donner le plus vite possible le coup de grâce. Comparaison de la situation actuelle à des millions de fins de parties enregistrées.

Après avoir testé et évalué tous les coups possibles, Deep Blue IV indique son choix. Son bras mécanique déplace la tour noire pour boucher la dernière case de fuite du roi.

A l'humain de jouer.

Tic. Tac.

La pendule soulève davantage le drapeau du temps.

Vite. Ce serait trop stupide de perdre à la pendule.

La mouche se pose carrément sur le jeu.

Tic. Tac. Tic. Tac, fait la pendule.

« Bzzzz », profère insidieusement la mouche tout en se frottant les yeux avec ses pattes avant.

Ne pas penser à la mouche.

Sans évaluer complètement le coup, la main de chair avance vers son roi puis au dernier moment se ravise et joue autre chose.

Le fou.

D'un geste preste l'homme soulève la pièce et écrase la mouche posée sur une case blanche. Le doigt appuie ensuite sur la pendule pour relancer le temps dans le camp adverse. A quelques secondes près, le drapeau allait choir. Le silence devient oppressant.

Les deux ventricules du cœur de l'homme battent de manière saccadée. Comme au ralenti, ses poumons soufflent une sphère d'air dans les cordes vocales. Sa bouche s'ouvre.

Le temps s'arrête.

– Echec et mat, lâche-t-il.

Rumeur dans la salle.

L'ordinateur vérifie qu'il n'existe plus d'échappatoire puis, délicatement, le bras d'acier saisit son roi et le couche sur le côté en signe de résignation.

Dans la salle du palais des Festivals de Cannes une immense ovation s'élève, suivie d'applaudissements frénétiques.

Samuel Fincher vient de vaincre l'ordinateur Deep Blue IV qui détenait jusque-là le titre de champion du monde d'échecs !

Ses paupières s'abaissent pour le calmer.

3.

J'ai gagné.

4.

Quand ses paupières remontent, Samuel Fincher aperçoit devant lui une vingtaine de journalistes. Ils se sont précipités pour lui tendre des micros et des magnétophones.

– Docteur Fincher, docteur Fincher ! S'il vous plaît !

Déjà l'organisateur du match leur fait signe de retourner à leur place, il annonce que Fincher va prendre la parole.

Un groupe d'ingénieurs vient débrancher Deep Blue IV qui, après avoir fait clignoter quelques diodes, cesse de ronronner et s'éteint.

Le joueur monte sur l'estrade derrière un pupitre placé sur le côté droit.

Les applaudissements redoublent.

– Merci, merci, dit Samuel Fincher, levant les mains en geste d'apaisement.

La demande provoque l'effet contraire : les acclamations s'amplifient et, après une première vague d'applaudissements chaotiques, tout le monde se rejoint dans un rythme binaire pour applaudir à l'unisson.

Le joueur patiente en s'essuyant le front avec un mouchoir blanc.

– Merci.

Enfin les applaudissements commencent à décroître.

– Si vous saviez comme je suis heureux d'avoir remporté ce match ! Oh, bon sang, si vous saviez comme je suis heureux ! Ma... Ma victoire, je la dois à un ressort secret.

La salle est attentive.

– Théoriquement un ordinateur est toujours plus fort qu'un homme parce que l'ordinateur n'a pas d'états d'âme. Après un coup gagnant, l'ordinateur n'est ni joyeux ni fier. Après un coup raté, il n'est ni déprimé ni déçu. L'ordinateur ne possède pas d'ego. Il n'éprouve pas de rage de vaincre, il ne se remet pas en question, il n'en veut même pas personnellement à son adversaire. L'ordinateur est toujours concentré, il joue toujours au mieux de ses possibilités sans tenir compte des coups passés. Voilà pourquoi les ordinateurs de jeu d'échecs battent systématiquement les humains... tout du moins jusqu'à aujourd'hui.

Le docteur Fincher sourit, comme gêné d'énoncer une vérité aussi simple.

– L'ordinateur n'a pas d'états d'âme, mais... il n'a pas de « motivations » non plus. Deep Blue IV savait qu'il ne bénéficierait pas d'un surplus d'électricité ou de logiciel s'il gagnait.

Quelques rires fusent dans la salle.

– Il n'avait pas peur d'être débranché s'il perdait. Alors que moi... j'étais mo-ti-vé ! Je voulais venger la défaite du champion Léonid Kaminsky ici même l'année dernière alors qu'il affrontait Deep Blue III et encore avant je voulais venger Garry Kasparov battu à New York par Deeper Blue en 97. Car je considère ces revers comme autant d'affronts non seulement pour ces joueurs mais pour toute l'espèce humaine.

Samuel Fincher essuie ses lunettes avec son mouchoir, les rechausse et fixe le public.

– J'avais peur d'être obligé de reconnaître que désormais nous nous montrerions, nous humains, toujours moins intelligents aux échecs que les machines. Mais un homme motivé n'a pas de limite. C'est parce qu'il était motivé qu'Ulysse a traversé la Méditerranée, affrontant mille périls. C'est parce qu'il était motivé que Christophe Colomb a traversé l'Atlantique. C'est parce qu'il était motivé qu'Armstrong a franchi l'espace pour gagner la Lune. L'humanité sera condamnée le jour où les humains n'auront plus envie de se surpasser. Aussi, vous tous qui m'écoutez, posez-vous cette question : « Mais au fait, qu'est-ce qui me donne envie de me lever le matin pour entreprendre des choses ? Qu'est-ce qui me donne envie de faire des efforts ? Qu'est-ce qui me pousse à agir ? »

Le docteur Samuel Fincher balaie la salle de son regard exténué.

— Est-il possible que celle qu'on a surnommée « Les plus belles jambes du monde » ait vaincu « Le meilleur cerveau du monde » ? Si cette étrange hypothèse se confirmait, ce serait, en tout cas, une singulière « mort d'amour ».

La caméra suit précipitamment le brancard qui descend vers l'ambulance. Le journaliste, profitant de la confusion, soulève la couverture pour dévoiler le visage de la victime.

Zoom rapide sur le visage du défunt.

Les traits du docteur Samuel Fincher présentent tous les signes de l'extase absolue.

6.

— « ... mort d'amour ».

A 954,6 kilomètres de là, le son et l'image sont réceptionnés par une antenne parabolique. L'antenne achemine les signaux jusqu'à un écran de téléviseur. Une oreille et un œil châtain en sont les derniers récepteurs. Un doigt presse le bouton d'arrêt du magnétoscope. Le journal des actualités de minuit vient d'être enregistré.

Le possesseur du doigt reste un moment à digérer ce qu'il vient de voir et d'entendre. Puis il saisit d'une main un vieil agenda, de l'autre un combiné téléphonique et compose nerveusement un numéro. Il hésite, raccroche puis saisit son pardessus. Il sort.

La pluie s'est mise à tomber et la nuit se fait froide. Il marche vers les lumières d'une avenue. Une voiture surmontée d'une inscription lumineuse s'approche doucement.

— Taxi !

Les essuie-glaces raclent bruyamment le pare-brise. Un immense nuage noir déverse des gouttes d'eau grosses comme des balles de ping-pong qui ne rebondissent pas et s'écrasent lourdement sur les pavés.

L'homme se fait déposer devant une maison de Montmartre fouettée par des rafales de vent humide. Il vérifie l'adresse. Il grimpe les étages, débouche sur un palier. Derrière la porte, il perçoit un bruit de punching-ball et une musique syncopée.

Il appuie sur la sonnette surmontée du nom LUCRÈCE NEMROD. Au bout d'un moment, la musique s'arrête. Il entend des pas, des serrures qui se déverrouillent.

Le visage d'une jeune fille en sueur apparaît dans l'entrebâillement.

— Isidore Katzenberg...

Elle le contemple, surprise. Une mare entoure ses chaussures.

— Bonsoir, Lucrèce. Puis-je entrer ?

Elle n'ôte toujours pas la chaînette, continuant à le fixer comme si elle n'en revenait pas de cette visite tardive.

— Puis-je entrer ? répète-t-il.

— Qu'est-ce que vous faites là ?

Elle a l'air d'une souris.

— Vous me vouvoyez ? Il me semble qu'on se tutoyait la dernière fois.

— « La dernière fois », comme vous dites, c'était il y a trois ans. Et depuis je n'ai eu aucune nouvelle de vous. Nous sommes redevenus des étrangers l'un pour l'autre. Donc on se vouvoie. C'est à quel sujet ?

— Un travail.

Elle hésite puis consent à dégager enfin sa chaînette de sécurité et invite l'homme à entrer.

Elle referme la porte derrière lui. Il accroche son pardessus mouillé à la patère.

Isidore Katzenberg examine avec intérêt l'appartement. Il a toujours été amusé par la diversité des centres d'intérêt de la jeune journaliste scientifique. Il y a des posters de films aux murs, en général des films d'action américains ou chinois. Le punching-ball occupe le centre du salon à côté d'une table basse jonchée de revues féminines.

Il s'assoit dans le fauteuil.

— Je suis vraiment surprise par votre visite.

– J'ai conservé un excellent souvenir de notre enquête sur les origines de l'humanité.

Lucrèce hoche la tête.

– Je vois. Moi non plus, je n'ai pas oublié.

Des images furtives de leur précédente enquête en Tanzanie sur les traces du premier homme resurgissent dans sa mémoire. Elle l'observe avec plus d'attention. Un mètre quatre-vingt-quinze, plus de cent kilos : un géant maladroit. Il semble avoir un peu maigri.

Quelque chose le préoccupe, il a dû se faire violence pour venir ici.

Il relève ses fines lunettes dorées et la scrute lui aussi avec attention. Avec ses longs cheveux roux ondulés retenus par un ruban de velours noir, ses yeux vert émeraude en amande, ses petites fossettes et son menton pointu, elle est comme une de ces beautés évanescentes des tableaux de Léonard de Vinci. Il la trouve mignonne. Pas belle, mignonne. Peut-être l'âge. Trois ans ont passé. Elle avait vingt-cinq ans lors de leur dernière enquête, à présent elle doit donc en avoir vingt-huit.

Elle a changé. Elle est moins garçon manqué et plus jeune fille. Pas encore femme.

Elle porte une veste chinoise de soie noire à col mao qui cache son cou mais dévoile l'arrondi de ses épaules. Sur tout le dos de la veste, un tigre rouge se déploie.

– Alors, quel genre de « travail » me proposez-vous ?

Isidore Katzenberg cherche quelque chose dans la pièce. Il repère le magnétoscope, se lève, introduit dans la fente la cassette qu'il tenait à la main et appuie sur la touche Lecture.

Ensemble ils revoient le compte rendu de la mort de Fincher telle qu'elle a été annoncée aux dernières actualités télévisées.

La cassette parvient en bout de course et affiche une pluie bruyante assez similaire à la météo de la rue.

– C'est pour me montrer les informations que vous venez me déranger à 1 heure du matin ?

– Selon moi, on ne peut pas « mourir d'amour ».

– Tsss... je reconnais bien là votre manque de romantisme, mon cher Isidore.

– Au contraire, je prétends que l'amour ne tue pas. Il sauve.

Elle réfléchit.

– Finalement, je trouve ça très beau, ce type « mort d'amour ». J'aimerais un jour tuer un homme de plaisir. Le crime parfait dans le bon sens du terme.

– Si ce n'est qu'à mon avis il ne s'agit pas d'un crime mais d'un assassinat.

– C'est quoi la différence ?

– L'assassinat est prémédité.

Il tousse.

– Vous vous êtes enrhumé ? demande-t-elle. Ce doit être à cause de la pluie. Je vais vous faire un thé à la bergamote avec un peu de miel.

Elle met la bouilloire à chauffer.

Il se frictionne et s'ébroue.

– Qu'est-ce qui vous fait dire que c'est prémédité ?

– Le docteur Samuel Fincher n'est pas le premier « mort d'amour ». En 1899, le président de la République française, Félix Faure, a été retrouvé mort dans une maison de passe. Pour l'anecdote, on rapporte que les inspecteurs en arrivant ont demandé à la mère maquerelle : « Il a encore sa connaissance ? » Elle aurait répondu : « Non, elle s'est sauvée par la porte de derrière. »

Lucrèce ne sourit pas.

– Où voulez-vous en venir ?

– La police a gardé l'affaire secrète, racontant simplement que le Président était décédé d'une crise cardiaque. Ce n'est que bien plus tard que l'affaire a fini par s'ébruiter hors des commissariats. Le côté « salace » de la mort de Félix Faure a empêché une véritable enquête. Mourir en pleins ébats dans une maison de passe, cela fait ricaner. Du coup, personne n'a analysé cette affaire sérieusement.

– Sauf vous.

– Juste par curiosité, j'avais choisi cette affaire comme sujet de thèse de criminologie quand j'étais étudiant. J'ai retrouvé des documents, des témoignages. J'ai découvert un mobile. Félix Faure allait lancer une campagne anti-corruption au sein même de ses services secrets.

Lucrèce Nemrod brandit sa bouilloire et remplit deux bols de thé parfumé.

– Natacha Andersen a avoué avoir tué Samuel Fincher, si je ne m'abuse.

Isidore se brûle la langue en essayant d'avaler trop vite son thé puis il se met à souffler dessus.

– Elle *croit* l'avoir tué.

Pour se donner une contenance, Isidore Katzenberg réclame une cuillère et se met à la tourner frénétiquement comme s'il voulait refroidir son thé par effet toupie.

– Et vous allez voir, elle sera désormais très courtisée...

– Masochisme ? demande Lucrèce en aspirant une gorgée de son breuvage brûlant sans montrer la moindre gêne.

– Curiosité. Fascination pour le mélange Eros, le dieu de l'amour, et Thanatos, le dieu de la mort. Et puis l'archétype de la mante religieuse est fort. Vous n'avez jamais vu de ces insectes femelles qui tuent leur géniteur en leur arrachant la tête durant l'acte ? Cela nous fascine parce qu'ils nous rappellent quelque chose de très profondément inscrit en nous...

– La peur de l'amour ?

– Disons, l'amour associé à la mort.

Elle termine d'un trait sa tasse de thé encore brûlant.

– Qu'attendez-vous de moi, Isidore ?

– Je voudrais que nous travaillions à nouveau en tandem. On enquêterait sur l'assassinat du docteur Samuel Fincher... A mon sens, il faut poursuivre les investigations sur le sujet du cerveau.

Lucrèce Nemrod place ses petits pieds sous ses fesses pour se blottir au creux du divan et repose sa tasse vide.

– Le cerveau ?... répète-t-elle, rêveuse.

– Oui, le cerveau. C'est la clef de cette enquête. La victime n'était-elle pas précisément le « meilleur cerveau du monde » ? Et puis il y a ça. Regardez.

Il s'approche du magnétoscope, rembobine la cassette pour revenir au discours : « ... Ma victoire je la dois à un ressort secret. »

Isidore Katzenberg abandonne sa tasse toujours pleine sur le poste de télévision et fait un arrêt sur image.

– Là, regardez comme son œil brille davantage quand il prononce le mot « motivation ». Etonnant, n'est-ce pas ? Comme s'il voulait nous donner une indication. La motivation. D'ailleurs je vous pose la question : c'est quoi votre motivation, Lucrèce, dans la vie ?

Elle ne répond pas.

– Allez-vous m'aider ? demande-t-il.

Elle récupère la tasse de thé de son invité sur le téléviseur et va la ranger dans l'évier.

– Non.

Dans un même élan, elle décroche le chapeau encore humide d'Isidore, son pardessus, puis se dirige vers le magnétoscope pour en sortir la cassette.

– Je ne crois pas qu'il s'agisse d'un assassinat. C'est un simple accident. Une crise cardiaque due au surmenage et au stress du championnat. Quant aux troubles du cerveau, c'est vous qui en souffrez et cette maladie porte un nom : my-tho-ma-nie. Ça se soigne. Il suffit d'arrêter de voir du fantastique partout et de prendre la réalité telle qu'elle est. Sur ce... merci d'être passé.

Il se lève lentement, surpris et déçu.

Soudain elle s'immobilise, comme tétanisée, et plaque sa main contre sa joue.

– Vous avez un problème ?

Lucrèce Nemrod ne répond pas. Le visage convulsé, elle se tient la mâchoire à deux mains.

– Vite, vite une aspirine ! gémit-elle.

Isidore fonce dans la salle de bains, fouille dans l'armoire à pharmacie, trouve le tube blanc et en tire un cachet qu'il apporte avec un verre d'eau. Elle l'avale goulûment.

– Encore. Un autre. Vite. Vite.

Il obtempère. Peu après, le signal de la douleur est anesthésié par le produit chimique. Son nerf cesse d'irradier ses tempes. Doucement, Lucrèce se reprend. Elle respire amplement.

– Fichez le camp ! Vous ne voyez pas ? Je me suis fait arracher une dent de sagesse avant-hier... J'ai mal, très mal, je veux être seule. (*Je déteste qu'on me voie faible. Qu'il s'en aille !*) Partez ! PARTEZ !

Isidore recule.

– Bien, je crois que vous venez de découvrir la première motivation de nos actes : faire cesser la douleur.

Elle lui claque la porte au nez.

7.

C'est la réunion du mardi de l'hebdomadaire *Le Guetteur moderne*. Tous les journalistes sont réunis dans le bureau central très design. Chacun, à tour de rôle, doit proposer ses sujets pour les semaines à venir, et Christiane Thénardier, la chef du service Société, les écoute dans son large fauteuil de cuir.

– On fait vite, dit-elle en passant la main dans ses cheveux blonds décolorés.

De gauche à droite, chaque journaliste expose sa proposition de sujet. Le responsable de la rubrique « éducation » suggère un article sur l'analphabétisme. On serait passé en dix ans de 7 % de la population qui ne sait ni lire ni écrire à 10 %. Et ce chiffre est en croissance exponentielle. Sujet accepté.

Pour la rubrique « écologie », la journaliste Clotilde Plancaoët propose un article sur les méfaits des antennes de téléphones portables, lesquelles émettent des ondes nuisibles.

Sujet refusé. L'un des actionnaires du journal étant précisément un fournisseur de réseau téléphonique, il est hors de question d'en dire du mal.

Un sujet sur la pollution des rivières par les engrais ? Refusé, trop technique. La journaliste n'a pas d'autre sujet en réserve et, dépitée, elle préfère sortir.

– Suivant, lance Christiane Thénardier négligemment.

Pour la rubrique « science », Franck Gauthier propose un article destiné à dénoncer ceux qu'il nomme « les charlatans de l'homéopathie ». Il explique qu'il compte également régler leur compte aux acupuncteurs. Sujet accepté.

– Tiens, Lucrèce, ça va mieux, tes dents de sagesse ? chuchote Franck Gauthier en voyant sa collègue de la rubrique « science » s'asseoir à côté de lui.

– Je suis allée chez le coiffeur, du coup ça devient supportable, murmure-t-elle.

Gauthier regarde avec étonnement sa collègue.

– Le coiffeur ?

Lucrèce se dit que les hommes ne comprendront jamais rien à la psychologie féminine. Elle ne se donne donc pas la peine d'expliquer qu'aller chez le coiffeur, ou acheter de nouvelles chaussures, est le meilleur moyen pour une femme de se remonter le moral et donc tout le système immunitaire.

Arrive le tour de Lucrèce Nemrod.

La jeune journaliste scientifique a prévu plusieurs sujets. Elle présente d'abord la vache folle.

– Déjà fait.

– La fièvre aphteuse ? Ce sont quand même des milliers de moutons qu'on massacre pour faire des économies de vaccin !

– On s'en fiche.

– Un sujet sur le sida ? Il y a encore des millions de morts et, depuis la trithérapie, plus personne n'en parle.

– Justement : ce n'est plus à la mode.

– La communication olfactive des plantes ? On s'est aperçu que certains arbres percevaient la destruction de cellules à côté d'eux. Donc un arbre sent quand il se passe un crime à côté de lui...

– Trop technique.

– Le suicide des jeunes ? Il y en a eu douze mille cette année, sans parler de cent quarante mille tentatives. Une association s'est créée pour aider les gens à se suicider, elle s'appelle Exit.

– Trop morbide.

Inquiétude. Sur son carnet, il ne reste plus d'idées. Tous les journalistes la regardent. La Thénardier semble amusée. Les grands yeux verts en amande de la journaliste s'assombrissent.

J'ai trébuché. Clotilde est partie, la place de souffre-douleur est vacante. Cela ne sert plus à rien d'égrener des sujets. Maintenant elle dira non à tout, rien que pour me faire craquer. La seule manière de m'en tirer ? Rester professionnelle. Ne pas prendre ces rejets comme quelque chose de personnel. Trouver un sujet qui la force à dire oui. Je n'ai plus qu'une carte à abattre. La dernière.

– Le cerveau, propose-t-elle.

– Quoi, le cerveau ? répond sa supérieure hiérarchique en farfouillant dans son sac à main.

– Un article sur le fonctionnement du cerveau. Comment un simple organe parvient à fabriquer de la pensée.

– Un peu vaste. Il faudrait trouver un angle.

– La mort du docteur Fincher ?

– Les échecs, tout le monde s'en fiche.

– Ce Fincher était un surdoué. Un explorateur qui a toujours essayé de comprendre comment fonctionne l'intérieur de notre crâne.

La chef de service prend son sac et, d'un coup, le retourne sur son bureau, amoncelant un tas d'objets hétéroclites allant du rouge à lèvres au téléphone portable en passant par un chéquier, un stylo, des clefs, une petite bombe lacrymogène, des médicaments en vrac.

La jeune journaliste poursuit son argumentaire, considérant que tant qu'on ne lui a pas dit non, le oui est possible.

– L'ascension de Samuel Fincher dans le monde des échecs a été fulgurante. Toutes les télévisions du monde ont retransmis l'événement. Et puis tac, il meurt le soir même de sa victoire dans les bras du top model Natacha Andersen. Pas d'effraction. Pas de blessure. Cause apparente de la mort : la jouissance.

La chef du service Société trouve enfin ce qu'elle

cherche. Un cigare. Elle le dégage de son étui de cellophane et le hume.

– Mmm... Natacha Andersen, c'est ce superbe mannequin blond aux jambes interminables et aux grands yeux bleus qui a fait la couverture de *Belle* la semaine dernière, non ? Est-ce qu'on a des photos d'elle déshabillée ?

Olaf Lindsen, le directeur artistique qui jusque-là griffonnait sur un cahier, se réveille.

– Heu. Non. Malgré sa réputation sulfureuse, ou peut-être justement à cause d'elle, elle n'a jamais voulu poser nue. Seulement en maillot. Au mieux, disons en « maillot mouillé ».

Christiane Thénardier tranche le bout de son cigare à l'aide d'une petite guillotine, mâchouille l'extrémité et crache un bout marron dans sa poubelle.

– C'est regrettable. Et en retouchant le maillot à l'ordinateur ?

– On aurait un procès sur les bras, assure le spécialiste. Or, si je ne m'abuse, les nouvelles directives du journal sont : « Surtout, pas de procès. » On a déjà perdu beaucoup d'argent.

– Bon, alors la photo en maillot la plus dénudée possible, maillot mouillé avec un peu de transparence. On devrait pouvoir dénicher ça.

Christiane Thénardier pointe son cigare vers Lucrèce.

– Ouais, le cerveau, finalement c'est peut-être une bonne idée. Ça devrait pouvoir se vendre. Mais il faudrait axer votre article sur ce qui intéresse les gens. Des anecdotes. Des trucs pratiques. Par exemple les mécanismes chimiques de ce qui se passe dans le cerveau durant l'amour. Je ne sais pas, moi. Les hormones. L'orgasme.

Lucrèce note les recommandations sur son calepin comme s'il s'agissait d'une liste de courses à faire.

– On pourrait aussi parler des trous de mémoire. Ça, ce serait plutôt pour notre public plus âgé. On n'aura qu'à rajouter un petit test pratique pour vérifier si on doit consulter un médecin. Vous pourrez me dégoter ça, Olaf ? Une image compliquée, et puis un questionnaire test sur l'image. On a des photos de ce Fincher ?

Le directeur artistique hoche la tête.

– Parfait. Comment pourrait-on appeler ce dossier... disons... « Les problèmes du cerveau » ? Non, mieux : « Les mystères du cerveau. » Ouais, on pourrait titrer ça : « Les mystères du cerveau » ou « Révélations sur les derniers mystères du cerveau ». Et avec la photo de Natacha Andersen à moitié nue et un échiquier par transparence, ça peut faire une couverture qui accroche.

Lucrèce est soulagée.

Ça a marché. Merci, Isidore. Maintenant il faut ferrer la prise. Pas de geste brusque, mais occuper le terrain, sinon elle va donner le sujet à Gauthier.

– Le docteur Samuel Fincher et Natacha Andersen habitaient sur la Côte d'Azur, à Cannes. Il serait peut-être judicieux que j'aille enquêter là-bas, dit la jeune journaliste.

La Thénardier prend un air plus circonspect.

– Vous savez bien que, dans le cadre des restrictions budgétaires, nous nous efforçons de réaliser tous les reportages à Paris.

La chef de rubrique fixe sans aménité la jeune journaliste scientifique.

– Mais bon... Remarquez, si le sujet fait la Une... on fera peut-être une exception. Soyons clairs : pour les notes de frais, pas d'excès. Et veillez à faire inscrire chaque fois la TVA, hein ?

Les deux femmes se défient du regard. Lucrèce n'a plus la prunelle qui brille.

La Thénardier respecte ceux qui lui tiennent tête. Elle méprise ceux qui s'inclinent devant elle.

– Est-ce que je peux me faire aider d'un free lance ? demande Lucrèce Nemrod.

– Qui ?

– Katzenberg, signale-t-elle, relevant la tête.

– Il existe encore, celui-là ? s'étonne la chef de rubrique.

La Thénardier écrase lentement son cigare.

– Je n'aime pas ce type. Il ne joue pas le jeu. Il est trop solitaire. Trop prétentieux. Le qualificatif exact, c'est

« arrogant ». Avec ses petits airs supérieurs de Monsieur-je-sais-tout, il m'énerve. Vous savez que c'est moi qui l'ai fait virer de ce service ?

Lucrèce connaît par cœur l'histoire d'Isidore Katzenberg. Ancien policier, expert en criminologie, il s'était montré un virtuose des analyses d'indices. Il avait essayé d'accorder davantage d'importance à la science dans les enquêtes policières mais ses chefs l'avaient jugé trop indépendant et avaient peu à peu cessé de lui confier des affaires. Isidore Katzenberg s'était alors reconverti dans le journalisme scientifique en mettant sa connaissance des techniques d'investigation policière au service de ses enquêtes journalistiques. Le lectorat du *Guetteur moderne* avait fini par l'apprécier tout particulièrement, d'où son surnom, donné par un courrier des lecteurs, de « Sherlock Holmes scientifique », repris ensuite par ses collègues. Mais, un jour, il avait été surpris par un attentat terroriste aveugle dans le métro parisien, il s'en était tiré de justesse parmi les corps démembrés. Dès lors, il s'était voué à une croisade personnelle contre la violence. Il ne voulait plus écrire sur autre chose.

Isidore Katzenberg s'était alors replié sur sa tanière. Seul, il avait entrepris une étrange quête : penser le futur de l'humanité. Il avait donc tracé sur une feuille large comme un mur une arborescence simulant tous les futurs possibles. Sur chaque branche il y avait inscrit un « si ». « Si » l'on choisit de privilégier la société de loisir, « si » les grandes puissances entrent en guerre, « si » l'on choisit de privilégier le libéralisme, le socialisme, le robotisme, la conquête spatiale, la religion, etc. Racines, tronc, branches représentaient dans l'ordre le passé, le présent et le futur de l'espèce. Dans cet arbre des possibles il prétendait chercher la VMV, la Voie de la Moindre Violence, en analysant tous les avenirs probables pour ses congénères.

Lucrèce tient bon.

– Isidore Katzenberg est encore très apprécié par nos lecteurs, c'est un nom associé aux enquêtes approfondies du journal, il me semble.

– Non, nos lecteurs l'ont oublié. Un journaliste qui ne publie pas pendant plus d'un an n'existe plus. Nous produisons un art éphémère, ma chère. Et puis, vous savez, votre Isidore a été un peu commotionné par son attentat dans le métro. A mon avis, sa tête en a été affectée.

La Thénardier le craint.

– J'y tiens, articule Lucrèce.

Les sourcils se lèvent d'étonnement.

– Et moi je vous dis que je n'en veux pas, de votre Katzenberg. Si vous voulez faire l'enquête à deux, allez-y avec Gauthier, c'est votre partenaire logique !

Gauthier hoche la tête.

– Dans ce cas, je préfère démissionner, annonce Lucrèce.

Surprise dans l'assistance. La Thénardier lève le sourcil.

– Vous vous prenez pour qui, mademoiselle Nemrod ? Votre statut ici ne vous autorise même pas à démissionner. Vous n'êtes qu'une pigiste. C'est-à-dire rien.

Le regard de Lucrèce se fige. Le trou laissé par sa dent de sagesse arrachée émet une douleur lancinante. Faisant appel à sa volonté, elle tente de la maîtriser.

Pas maintenant la dent, pas maintenant.

– Je crois qu'on s'est tout dit.

Lucrèce se lève en rangeant ses papiers.

Ma bouche ne doit pas grimacer.

La Thénardier la regarde différemment. De la surprise, plus que de la colère, marque son visage. Lucrèce se sent comme une petite souris qui aurait tiré les moustaches d'une lionne et qui continuerait à la braver. Ce n'est pas très intelligent mais c'est amusant.

J'aurai eu le plaisir de faire ça au moins une fois dans ma vie.

– Attendez, lance la Thénardier.

Ne pas se retourner.

– Dites donc, vous montez vite en mayonnaise, vous. Ce n'est pas pour me déplaire. J'étais un peu comme ça, moi aussi, quand j'étais plus jeune. Revenez.

S'asseoir gentiment, ne pas laisser entrevoir sa satis-faction.

– Bon... si vous y tenez tant, vous pouvez vous faire aider par Katzenberg, mais que ce soit bien clair : pas de notes de frais pour lui et aucune mention de son nom dans l'article. Il vous aidera à enquêter mais il n'écrira pas. Est-ce que vous croyez que, dans ces conditions, il acceptera ?

– Il acceptera. Je le connais il ne fait pas ça pour la gloire ni pour l'argent. Vous savez, pour lui, l'unique question importante, la seule qui l'obnubile actuellement c'est : « Qui a tué Fincher ? »

8.

M. Jean-Louis Martin était un homme ordinaire.

9.

Il fait beau en avril à Cannes.

Entre le festival du jeu et le festival du cinéma, la ville connaît une courte semaine de répit.

Un side-car Guzzi pétaradant et fumant longe la Croisette. Il passe devant les grands palaces qui ont fait le renom de la ville : le Martinez, le Majestic, l'Excelsior, le Carlton, le Hilton. L'engin de métal est conduit par une jeune fille en manteau rouge, le visage mangé par des lunettes d'aviateur et un casque de cuir rond sur la tête. Dans la nacelle, un homme corpulent est pareillement accoutré, si ce n'est qu'il porte, lui, un manteau noir.

Les deux motards se garent devant l'Excelsior. Ils s'époussettent longuement, ôtent leurs tenues de route et se dirigent vers l'accueil. Ils choisissent la suite avec vue sur la mer la plus chère.

Ça fera les pieds à la Thénardier.

Ils avancent, tel un couple princier. Ils gagnent leur appartement sans mot dire, un groom ouvre les volets et dévoile le splendide panorama de la mer, de la plage et de la Croisette. Face à eux, l'eau brille, comme saupoudrée d'étoiles.

Quelques courageux se baignent déjà dans la Méditerranée encore fraîche.

Lucrèce Nemrod commande deux cocktails de fruits.

— Je ne crois pas à votre thèse de l'assassinat. Je suis ravie de réaliser cette enquête pour le journal mais je compte bien vous prouver que vous avez tort. Il n'y a pas eu d'assassinat. Le docteur Samuel Fincher est bel et bien « mort d'amour ».

En bas, des voitures klaxonnent bruyamment.

— Je reste persuadé que la motivation est la clef de cette affaire, soutient Isidore Katzenberg, ignorant sa remarque. J'ai mené ma petite enquête sur les motivations auprès de quelques personnes que j'ai interrogées depuis notre dernière entrevue. A chacune j'ai posé la même question : « Et vous, qu'est-ce qui vous pousse à agir ? » En général, la première motivation demeure : cesser de souffrir.

Le groom réapparaît. Il apporte deux verres colorés coiffés d'une petite ombrelle, d'une cerise confite et d'une tranche d'ananas.

Lucrèce avale une gorgée ambrée et essaie de ne pas penser à sa dent de sagesse qui l'élance encore.

— Et vous qu'est-ce qui vous pousse à agir, Isidore ?

— En ce moment c'est l'envie de résoudre cette énigme, vous le savez bien, Lucrèce.

Elle se ronge un ongle.

— Je commence à vous connaître. Il n'y a pas que cette raison-là.

La petite souris est maligne.

Lui ne se retourne pas et continue de fixer l'horizon.

— C'est vrai. J'ai une deuxième motivation plus personnelle.

Elle avale la cerise confite.

— Hum... J'ai l'impression que je perds la mémoire. Par exemple, quand je commence une phrase et qu'on m'interrompt, souvent je perds le fil et je ne me rappelle plus du tout ce que je disais. De même, je commence à avoir des difficultés à mémoriser les codes chiffrés, que ce soit les codes d'entrée des immeubles ou même ceux de mes cartes bleues... Ça m'inquiète. J'ai peur que mon cerveau ne fonctionne plus parfaitement.

Près de la fenêtre, la jeune femme se replace sur ses coudes, face à la mer.

L'éléphant perd la mémoire.

– Peut-être êtes-vous surmené. Et puis il y a tant de codes à retenir, de nos jours... Maintenant il y en a même dans les voitures, dans les ascenseurs, dans les ordinateurs.

– J'ai subi un examen à la clinique de la mémoire, à l'hôpital de La Pitié-Salpêtrière, à Paris. Ils n'ont rien trouvé. En enquêtant sur cette affaire, j'espère mieux comprendre ma propre cervelle. Ma grand-mère paternelle a eu la maladie d'Alzheimer. A la fin, elle ne me reconnaissait plus. Elle me saluait : « Bonjour, monsieur, qui êtes-vous ? » A mon grand-père, elle disait : « Vous n'êtes pas mon mari, il est beaucoup plus jeune et beaucoup plus beau que vous. » Il en était très affecté. Elle-même, ses crises passées, souffrait de savoir ce qui lui arrivait. Rien que d'y songer m'épouvante.

Au loin, le soleil jaune devient orange. Des nuages argentés passent dans le ciel. Les deux journalistes restent un long moment à contempler l'horizon, appréciant d'être à Cannes à une période où tous les Parisiens sont encore engoncés dans leur ville grisâtre.

Instant de repos et de silence.

Lucrèce se dit que tous les gens pensent en permanence et que des milliers d'informations sont ainsi perdues. *Nous ne connaissons de leurs pensées que ce qu'ils en expriment.*

Isidore sursaute et, brusquement, consulte sa montre.

– Vite, c'est l'heure des actualités !

– Qu'est-ce que cela a de si urgent ? s'insurge Lucrèce.

– J'ai besoin de savoir ce qu'il arrive dans le monde.

Les titres sont déjà passés et apparaissent maintenant les images détaillant chaque sujet.

« Grève des professeurs de lycée. Ils réclament une augmentation de salaire. »

Des images de la manifestation s'affichent sur l'écran cathodique.

– En voilà dont la motivation est toujours la même, ricane Lucrèce, blasée.

– Vous vous trompez. En fait, ce qu'ils veulent, ce n'est pas de l'argent c'est du respect. Avant, être professeur c'était être une personne importante, maintenant non seulement ils affrontent des élèves qui ne les estiment plus mais l'administration leur demande de livrer un combat ingrat : remplacer des parents démissionnaires. On les présente comme des assoiffés de vacances et de privilèges, alors que ce qu'ils demandent c'est juste un peu plus de reconnaissance. Croyez-moi, s'ils le pouvaient ils réclameraient « Plus de respect » sur leurs banderoles et non pas « Plus d'argent ». En fait, les véritables motivations des individus ne sont pas toujours celles qu'ils avancent.

Le commentateur poursuit sa litanie :

« En Colombie un laboratoire clandestin financé par les cartels a mis au point un nouveau stupéfiant qui crée une accoutumance instantanée. Ce produit, déjà très prisé en Floride, est introduit dans les sangrias lors des fêtes étudiantes. Il annihile le libre arbitre de ceux qui le consomment. Du coup, beaucoup de plaintes pour viols. »

« En Afghanistan, le Conseil gouvernemental taliban a décidé d'interdire aux femmes d'aller à l'école et d'être soignées dans les hôpitaux. Il leur est de même interdit de sortir sans tchador, de parler aux hommes. Une femme a été lapidée par la foule parce qu'elle portait des chaussures de couleur claire. »

Lucrèce s'aperçoit qu'Isidore paraît bouleversé.

– Pourquoi faut-il que tous les soirs à vingt heures vous regardiez ces horreurs ?

Isidore ne répond pas.

– Qu'est-ce qui ne va pas, Isidore ?

– Je suis trop sensible.

Elle éteint la télévision.

Il la rallume d'un geste agacé.

– Trop facile. J'aurais l'impression d'être lâche. Tant qu'il y aura un seul acte de sauvagerie dans le monde, je ne pourrai pas être vraiment détendu. Je refuse de faire l'autruche.

A l'oreille, elle lui murmure :

– Nous sommes descendus ici pour une enquête criminelle précise.

– Justement. Ça me donne à réfléchir. Nous enquêtons sur la mort d'un seul homme alors que, chaque jour, des milliers se font assassiner dans des circonstances plus ignobles encore, souligne-t-il.

– Si on n'enquête pas sur celui-là, ce sera des milliers... plus un. Et c'est peut-être parce que tout le monde se dit que, de toute façon, ça n'y changera rien, que le nombre de meurtres ne cesse de croître et que personne n'enquête réellement sur aucun.

Touché par l'argument, Isidore consent à éteindre la télévision. Il ferme les yeux.

– Vous me demandiez quelle est ma motivation ? Je crois que c'est de manière plus large : la peur. J'agis pour que la peur cesse. Depuis que je suis enfant, j'ai peur de tout. Je n'ai jamais été tranquille, c'est peut-être pourquoi mon cerveau fonctionne si fort. Pour me défendre contre les dangers, qu'ils soient réels ou imaginaires, proches ou lointains. Par moments j'ai l'impression que ce monde n'est que fureur, injustice, violence et pulsion de mort.

– Vous avez peur de quoi ?

– De tout. J'ai peur de la barbarie, j'ai peur de la pollution, j'ai peur des chiens méchants, j'ai peur des chasseurs, j'ai peur des femmes, j'ai peur des policiers et des militaires, j'ai peur de la maladie, j'ai peur de perdre la mémoire, j'ai peur de la vieillesse, j'ai peur de la mort, j'ai même parfois peur de moi-même.

A ce moment, un bruit le fait sursauter. C'est une porte qui claque. Une femme de ménage surgit. Elle vient déposer des pralines au chocolat fourrées à la liqueur de cerise.

38

Une douceur offerte avant le sommeil. Elle s'excuse, s'empresse et s'éclipse en claquant la porte.

Lucrèce Nemrod sort un carnet et note :

« Donc première motivation : la cessation de la douleur. Deuxième motivation : la cessation de la peur. »

10.

M. Jean-Louis Martin était un homme vraiment très ordinaire. Mari modèle d'une femme sachant préparer à la perfection le veau Marengo, père de trois filles turbulentes, il vivait dans la banlieue de Nice où il exerçait un métier qui lui convenait parfaitement : responsable du service contentieux à la BCRN, Banque du Crédit et du Réescompte Niçois.

Son travail quotidien consistait à entrer dans l'ordinateur central de la banque la liste de tous les clients dont le compte était négatif. Il accomplissait sa tâche avec calme et détachement, satisfait de ne pas avoir à les appeler au téléphone pour les sommer, comme le faisait son voisin de bureau, Bertrand Moulinot.

– Chère madame, nous constatons avec étonnement que votre compte est débiteur. Nous sommes désolés d'avoir à vous rappeler à l'ordre..., entendait-il à travers la cloison en polystyrène.

Le samedi soir, les Martin aimaient bien regarder ensemble, affalés dans les divans, l'émission « Quitte ou double ».

Quitte : je m'arrête là, je gagne peu mais au moins je suis sûr de ne pas rentrer bredouille. Double : je continue, je prends des risques et je peux décrocher le gros lot.

Voir l'angoisse des joueurs au moment où ils étaient sur le point de tout perdre ou tout gagner les ravissait. Ils se demandaient ce qu'ils auraient fait à leur place.

Tout le drame des êtres qui ne savent pas s'arrêter, qui ne savent pas choisir et qui pourtant veulent braver leur chance, parce qu'ils se considèrent exceptionnels, était là.

Et la foule les encourageait toujours à prendre des

risques. « Double ! Double ! » criait-elle. Et les Martin criaient avec eux.

Les dimanches pluvieux, Jean-Louis Martin aimait jouer aux échecs avec Bertrand Moulinot. Il ne se définissait que comme un « pousseur de bois » mais, comme il disait : « Je préfère réussir une jolie chorégraphie de bataille que d'obtenir une victoire à tout prix. »

Lucullus, son vieux berger allemand, savait que l'heure de la partie d'échecs était propice aux caresses. Il percevait d'ailleurs indirectement la partie, les caresses devenant plus rudes lorsque son maître était en difficulté et plus douces lorsqu'il menait.

Après la bataille, les deux hommes aimaient déguster un alcool de noix, pendant que leurs femmes, qui ne travaillaient pas, se retrouvaient dans un coin du salon pour discuter à haute voix de l'éducation comparée de leurs enfants et des possibilités de promotion de leurs maris.

Jean-Louis Martin aimait aussi s'essayer à la peinture à l'huile, sur des thèmes de son idole picturale : Salvador Dalí.

La vie s'écoulait ainsi paisiblement, sans qu'il en ressente vraiment le cours. La banque, la famille, le chien, Bertrand, les échecs, « Quitte ou double », la peinture de Dalí. Les vacances lui apparaissaient presque comme un moment de trouble venant rompre un rythme bienfaisant.

Il ne souhaitait qu'une chose : que demain soit un autre hier. Et chaque soir, en s'endormant, il se disait qu'il était le plus heureux des hommes.

11.

Il ronfle !
Lucrèce a du mal à s'endormir. Elle ouvre la porte de la chambre d'Isidore, l'observe qui sommeille.
On dirait un bébé géant.
Elle hésite, le secoue.
Il émerge doucement d'un rêve où il avançait dans de la neige poudreuse avec des chaussures de ville neuves

qui craquaient afin d'atteindre une petite chaumière mal éclairée.

Elle allume la lumière du plafond. Il tressaille et entrouvre l'œil gauche.

– Mmhh ?

Où suis-je ?

Il reconnaît Lucrèce.

– Quelle heure est-il ? demande le journaliste en s'étirant.

– Deux heures du matin. Tout est calme et j'ai envie de dormir.

Il ouvre complètement l'œil gauche.

– C'est pour cela que vous me réveillez ? Pour me dire que vous avez envie de dormir ?

– Pas seulement.

Il grimace.

– Vous ne seriez pas insomniaque, Lucrèce ?

– J'ai été somnambule, jadis. Mais cela fait longtemps que je n'ai pas eu de crise. J'ai lu que, durant les crises de somnambulisme, on vit ce que l'on rêve. J'ai lu aussi que, lorsqu'on coupe la jonction entre les deux hémisphères du cerveau des chats, ils se mettent à mimer les yeux clos ce qu'ils rêvent. Vous y croyez ?

Il s'affale, et relève le drap pour se protéger de la lumière.

– Bien. Bonne nuit.

– Vous savez, Isidore, je suis très contente de faire cette enquête avec vous mais vous ronflez. C'est le bruit qui m'a réveillée et c'est pour cela que je suis là.

– Ah ? Excusez-moi. Vous voulez qu'on prenne deux suites séparées ?

– Non. Mais placez-vous bien sur le flanc. Comme cela, le voile du palais ne vibrera plus au fond de votre gorge. Ce n'est qu'une question de discipline.

Elle essaie de prendre son air le plus avenant.

– Désolé, OK, je vais essayer, marmonne-t-il.

Etonnant comme les hommes, même les plus charisma-tiques, présentent une sorte de résignation naturelle devant les femmes qui savent ce qu'elles veulent, pense Lucrèce.

— Pourquoi m'écoutez-vous ? demande-t-elle, curieuse.

— Peut-être que... Le libre arbitre de l'homme consiste à choisir la femme qui va prendre la décision à sa place.

— Pas mal. Et puis j'ai faim. Nous n'avons pas dîné hier soir. Pourquoi ne pas nous faire servir un plateau-repas ? Qu'en pensez-vous, Isidore ?

Elle sort son calepin, étudie sa liste puis rajoute avec entrain :

— Dans la troisième motivation je mettrais la faim. Là, par exemple, j'écoute mon corps et il me dit qu'il réclame de la nourriture et qu'il ne dormira qu'après. Je ne peux plus rien faire d'autre. Me rassasier devient essentiel pour moi. Donc... Un : la cessation de la douleur ; deux : la cessation de la peur ; trois : la cessation de la faim.

Isidore marmonne quelques mots incompréhensibles et se renfonce sous les couvertures. Elle le dégage pour l'obliger à l'écouter.

— La faim... C'est une motivation primordiale de l'humanité, non ? La faim c'est ce qui fait que l'on a inventé la chasse, l'agriculture, les silos, les réfrigérateurs...

Il l'écoute à moitié.

— Le sommeil c'est aussi important, dit-il en se soulevant sur un coude et en mettant la main en écran au-dessus de ses yeux pour les protéger de la lumière. Nous pourrions regrouper dans une troisième grande motivation un groupe comprenant la faim, le sommeil, la chaleur : les besoins de survie.

Elle rectifie sur son calepin puis saisit le combiné téléphonique afin de passer commande au room-service.

— Moi je vais prendre des spaghettis. Vous voulez manger quoi ?

— Rien pour moi, merci. Je préférerais dormir, dit-il en tentant de réprimer un bâillement et de tenir ses paupières ouvertes.

— Qu'est-ce qu'on fait demain ? questionne Lucrèce guillerette.

Il a du mal à rouvrir les yeux.

– Demain ? répète-t-il, comme si c'était une notion difficile à appréhender.

– Oui « demain », dit-elle en insistant sur le mot.

– Demain on va voir le corps de Fincher. Vous pouvez éteindre, s'il vous plaît ?

Apaisement de l'obscurité.

Il s'affale sur son lit et, après s'être énergiquement tourné sur le côté, il serre son édredon contre sa poitrine, et s'endort sans ronfler.

Comme il est gentil, pense-t-elle.

Il rêve qu'il marche toujours dans la neige avec ses chaussures neuves qui craquent. Il pénètre dans la chaumière. Lucrèce est à l'intérieur.

12.

La vie de Jean-Louis Martin bascula un dimanche soir. Il se promenait tranquillement avec sa femme, Isabelle, après un dîner qui avait été suivi d'une partie d'échecs chez son ami Bertrand.

C'était l'hiver, il neigeait. A cette heure tardive, la rue était déserte. Ils marchaient précautionneusement pour ne pas glisser. Soudain un vrombissement de moteur. Des pneus miaulèrent, ne trouvant pas d'adhérence sur le sol verglacé. Sa femme évita de justesse le bolide. Pas lui.

Il eut à peine le temps de comprendre ce qui arrivait que, déjà, il était fauché et projeté en l'air. Tout lui sembla se dérouler au ralenti.

Etonnant le nombre d'informations qu'on peut percevoir dans ces instants infimes. De là-haut il eut l'impression de tout voir, et notamment sa femme qui le regardait bouche bée, alors que son chien, lui, n'avait même pas levé le museau et se demandait où était passé son maître.

La voiture fila sans s'arrêter.

Il était encore en suspension et pensait très vite. Puis, juste après l'étonnement vint la douleur. Autant sur le coup il n'avait rien senti, comme s'il avait verrouillé tous les nerfs pour que le message n'arrive pas, autant maintenant il ressentait le choc comme une vague d'acide qui se déversait partout dans son corps.

J'AI MAL.

Une douleur terrible. Une immense brûlure. Comme la fois où il s'était pris deux cent vingt volts dans la main en saisissant un fil électrique dénudé. Ou quand cette voiture qui reculait lui était passée sur le bout des orteils. Il s'en souvenait. Cela avait irradié jusqu'au sommet de son crâne. Et puis une névralgie faciale avait incendié le réseau des nerfs de son visage. Tout un passé de « douleurs soudaines et intenses » remontait en lui. Un bras cassé dans une chute de cheval. Les doigts coincés dans une charnière de porte. Un ongle incarné. Un enfant qui lui tire vigoureusement les cheveux dans une bataille de récréation. Dans ces moments-là on ne pense qu'à une chose : que cela s'arrête. Que cela s'arrête tout de suite.

Avant qu'il ne retombe au sol il eut une deuxième pensée fulgurante :

« J'AI PEUR DE MOURIR ! »

13.

Morgue de Cannes. Elle se trouve au 223, avenue de Grasse, sur les hauteurs de la ville. C'est un bâtiment ouvragé qui, de l'extérieur, évoque davantage une belle villa qu'un lieu de mort. Une haie de cyprès encercle un jardin décoré de lauriers mauves. Les deux journalistes parisiens entrent. Les plafonds sont hauts et les murs tendus de tapisserie parme et blanche.

Au rez-de-chaussée, les salons funéraires s'alignent et les familles viennent rendre un dernier hommage à leur défunt, maquillé, la peau regonflée par les thanatopracteurs grâce à la résine et au formol.

Pour accéder au sous-sol qui sert de laboratoire médico-légal, Isidore Katzenberg et Lucrèce Nemrod traversent un couloir étroit surveillé par un concierge antillais aux longs cheveux rastas tressés. Il est absorbé dans la lecture de *Roméo et Juliette*.

– Bonjour, nous sommes journalistes, nous souhaitons rencontrer le médecin légiste chargé de l'affaire Fincher.

Le concierge met du temps avant de leur accorder un regard. Le drame survenu jadis aux amants de Vérone, ainsi qu'à leurs parents, leurs collatéraux et leurs amis a l'air de le bouleverser et c'est avec un air triste qu'il consent à faire coulisser la vitre de l'Hygiaphone qui le protège des importuns.

– Désolé, la consigne est formelle : pas de visite au labo en dehors des juges d'instruction.

Le concierge antillais ferme la vitre et se replonge dans son livre juste au moment où Roméo déclare sa flamme et où Juliette lui explique les problèmes qu'il risque d'avoir avec ses beaux-parents un peu bornés.

Nonchalamment, Isidore Katzenberg sort un billet de cinquante euros et le plaque contre la vitre de l'Hygiaphone.

– Ça vous motive ? risque-t-il.

Roméo et Juliette viennent soudain de perdre un peu de leur intérêt.

La vitre coulisse et une main preste sort pour saisir la coupure. Isidore s'adresse alors à sa comparse :

– Notez, Lucrèce, la quatrième motivation : l'argent.

Elle sort son carnet et inscrit.

– Chuuut, on pourrait nous entendre, dit le concierge, inquiet.

Il attrape le billet mais Isidore ne le lâche pas.

– Qu'allez-vous faire de cet argent ? demande Isidore.

– Lâchez, vous allez le déchirer !

Les deux hommes serrent le billet et tirent dans des directions opposées.

– Qu'allez-vous faire de cet argent ?

– Quelle question ! Qu'est-ce que ça peut vous faire ?

Isidore maintient sa prise.

– Eh bien... je ne sais pas, moi. Acheter des livres. Des disques. Des films vidéo, répond le gardien.

– Comment pourrait-on appeler ce quatrième besoin ? s'interroge à haute voix Lucrèce, amusée par la situation et la gêne du concierge.

– Disons : les besoins de confort. Un : la cessation de la douleur ; deux : la cessation de la peur ; trois : l'assouvissement des besoins de survie ; quatre : l'assouvissement des besoins de confort.

Le concierge tire plus fort sur le billet et l'empoche enfin. Comme pour se débarrasser de ces deux bruyants personnages, il appuie sur le bouton et la grande porte vitrée coulisse dans un feulement.

14.

Lorsque Jean-Louis Martin se réveilla il fut content d'être vivant. Puis il fut content de ne ressentir aucune douleur.

Il vit qu'il était dans une chambre d'hôpital et il se dit qu'il devait présenter, malgré tout, quelques contusions. Sans bouger la tête, il regarda son corps en pyjama et constata qu'il avait ses quatre membres et qu'il n'y avait nulle part de plâtre ou d'attelle. Il fut soulagé d'être « complet ».

Il tenta de bouger sa main, mais elle ne répondit pas. Il tenta de bouger son pied. Son pied ne lui obéit pas. Il voulut crier, mais il ne pouvait pas ouvrir la bouche. Plus rien ne fonctionnait.

Quand Jean-Louis Martin prit conscience de son état, il fut épouvanté.

Les seuls actes qu'il pouvait accomplir étaient : voir, et d'un œil seulement, et entendre, d'une oreille seulement.

15.

Odeur de salpêtre. La morgue est en sous-sol. Couloirs gris. Enfin ils trouvent la bonne porte. Ils frappent. On ne répond pas. Ils entrent. Un homme de haute stature, occupé à insérer une éprouvette dans une centrifugeuse, leur tourne le dos.

– Nous venons pour l'affaire Fincher...

– Qui vous a laissé entrer ? Ah, ce doit être le concierge. Cette fois-ci il va m'entendre ! Quiconque dispose d'un petit pouvoir en abuse pour exhiber son importance.

– Nous sommes journalistes.

L'homme se retourne. Cheveux noirs ondulés, petites lunettes demi-lunes, il a une belle prestance. Sur la poche de sa blouse est brodé « Professeur Giordano ». Il les toise sans aménité.

– J'ai déjà tout dit à la police criminelle. Vous n'avez qu'à vous adresser directement à eux.

Puis, sans attendre de réponse, il récupère l'éprouvette et quitte son bureau pour disparaître dans une autre pièce.

– Il faut trouver sa motivation, chuchote Isidore. Laissez-moi faire.

Le professeur Giordano revient et leur lance un glacial :

– Encore là ?

– Nous voudrions rédiger un article sur vous précisément. Un portrait.

Ses traits se détendent légèrement.

– Un article sur moi ? Je ne suis qu'un fonctionnaire municipal.

– Vous observez de près ce que l'on cache généralement au grand public. Non seulement la mort, mais les morts étranges. Cela ne vous prendrait pas longtemps. Nous voudrions visiter la salle d'autopsie et vous y photographier dans votre labeur quotidien.

Le professeur Giordano accepte. Il réclame cinq minutes pour récupérer la clef dans sa veste, à un autre étage.

Les deux journalistes examinent les instruments d'analyse autour d'eux.

– Bravo, Isidore. Comment avez-vous su le prendre ?

– Chacun sa motivation. Lui c'est la célébrité. Vous n'avez pas remarqué le diplôme derrière lui et les trophées de sport sur la petite étagère ? S'il les exhibe, c'est qu'il a un problème d'image. Il est préoccupé par l'estime qu'on lui porte. Un article sur lui dans la presse, du coup, devient une forme de reconnaissance.

– Pas mal vu.

– Chaque humain détient son mode d'emploi. Cela se résume à trouver son levier principal. Pour le repérer il faut percevoir l'enfant qu'il a été et se poser la question : « Qu'est-ce qu'il lui manquait à l'époque ? » Il peut s'agir des baisers de sa maman, cela peut être des jouets ou, comme pour ce Giordano, l'admiration des autres. Ce type a envie d'épater.

– L'admiration des autres serait selon vous la cinquième motivation ?

Isidore examine la centrifugeuse de plus près.

– On pourrait élargir cette notion à la reconnaissance du groupe.

– La socialisation ?

– J'inclurais même ce besoin dans une notion plus large de devoir envers les autres. Sous le terme « devoir », j'inclus le devoir envers ses parents, envers ses professeurs, envers ses voisins, envers son pays et puis envers tous les autres êtres humains. Ce professeur Giordano accomplit son devoir de bon fils, bon élève, bon citoyen, bon fonctionnaire et il veut que cela se sache.

Lucrèce sort son calepin et recompte.

– Nous avons donc : un : – la cessation de la douleur ; deux : – la cessation de la peur ; trois : – l'assouvissement des besoins de survie ; quatre : – l'assouvissement des besoins de confort ; cinq : – le devoir.

Isidore remarque :

– Ce même « devoir » qui fait que les gens acceptent d'aller à la guerre, supportent les sacrifices. On est éduqué comme un agneau dans le troupeau. Ensuite on ne peut plus quitter le troupeau et on agit pour plaire aux autres moutons du troupeau. C'est pour cela que tout le monde est à la recherche de médailles, d'augmentations de salaire ou d'articles dans les journaux. Une partie de la consommation de nos besoins de confort est liée à cette notion de devoir. On achète télévision et voiture pas forcément parce qu'on en a besoin mais pour montrer aux voisins qu'on appartient bien au troupeau. On essaie d'avoir la plus jolie télévision et la plus jolie voiture pour prouver qu'on est riche et qu'on est un élément méritant du troupeau.

Le professeur Giordano revient, les cheveux laqués et encore mieux peignés, avec une blouse neuve. Brandissant une clef, il leur demande de les suivre dans la salle voisine. Une pancarte indique AUTOPSIE. Le médecin légiste enfonce la clef et la porte s'ouvre.

La première information qui les assaille est d'ordre olfactif. Une ignoble odeur de cadavres mêlée à une autre : celle d'un désinfectant au formol et à la lavande. La vapeur de ces infimes particules olfactives pénètre les fosses nasales des journalistes, se dissout dans le mucus qui en recouvre les parois. Les cils neurorécepteurs qui baignent dans ce mucus nasal y piègent les molécules odorantes et les font remonter jusqu'à l'apex, la partie la plus haute du nez. Là, quatorze millions de cellules réceptrices étalées sur deux centimètres carrés analysent l'odeur pour la transformer en signaux qui foncent vers le bulbe olfactif puis vers l'hippocampe.

– Ça pue ! clame Lucrèce en se bouchant le nez, imitée très vite par Isidore.

L'odeur n'indispose pas du tout leur hôte, plutôt amusé par cette réaction habituelle aux visiteurs néophytes.

– Normalement, on met un masque à gaz. Mais là tous les corps sont recousus, alors ce n'est pas nécessaire. Je me souviens qu'une fois un collègue avait oublié d'enfiler son masque à gaz avant d'ouvrir le ventre d'un type qui s'était suicidé avec des produits chimiques. Il avait mélangé des médicaments, des détergents, des lessives ! Le tout avait macéré dans l'estomac et, quand mon collègue a entamé l'autopsie, il en est sorti une vapeur tellement toxique que le pauvre a dû être hospitalisé d'urgence.

Le médecin légiste pouffe tout seul.

Autour d'eux, six tables en inox avec leurs trébuchets en bois blanc pour poser la tête des morts et des rigoles pour évacuer les fluides corporels. Sur quatre tables sont posés des corps recouverts d'une bâche en plastique, seuls les pieds sont visibles et portent une étiquette au gros orteil.

– Un accident de voiture..., signale Giordano avec fatalisme. Ils pensaient qu'ils avaient le temps de doubler le camion avant le virage.

Sur le mur de droite : un immense évier avec des distributeurs de savon à manette et des stérilisateurs d'objets chirurgicaux, une armoire pour ranger les blouses de travail, dans un coin un vidoir pour jeter les déchets organiques, au fond une porte marquée SALLE DES RAYONS X. ENTRÉE INTERDITE. Sur le mur de gauche : des placards réfrigérés portant des lettres de l'alphabet.

– Bon, alors, vous voulez savoir quoi ?

– Nous voudrions commencer par une photo devant votre labo avec vos outils, dit Lucrèce qui a bien compris la leçon de mise en valeur de l'interviewé.

Le savant accepte sans trop se faire prier, exhibant des pinces ou un scalpel pour se donner une contenance. Une fois la séance terminée, Lucrèce sort son carnet.

– Selon vous, Fincher serait mort de quoi ?

Le professeur Giordano va vers l'armoire à fiches et en tire un dossier au nom de Fincher. Il contient des photos, des expertises, une cassette audio réalisée lors de l'autopsie, des listes de résultats d'analyses chimiques.

– ... d'amour.

– Pouvez-vous être plus explicite ? demande Isidore Katzenberg.

L'autre lit son dossier.

– Pupilles dilatées. Veines tendues. Afflux anormal de sang dans le cerveau et le sexe.

– Dans le sexe ? s'étonne Lucrèce. On peut détecter ça après la mort ?

Giordano paraît satisfait de la question.

– En fait, quand l'homme a une érection c'est qu'un afflux de sang arrive dans son corps caverneux par des artères. Ensuite les veines qui reçoivent ce sang se resserrent pour maintenir la rigidité. Mais le sang ne peut pas stagner trop longtemps dans le corps caverneux, sinon les

50

cellules sanguines manqueraient d'oxygène. C'est pourquoi, même lors d'érections très longues, il se produit de temps en temps un petit ramollissement pour laisser un peu de sang ressortir chercher l'oxygène. Or, dans le cas de Fincher, nous avons trouvé des cellules nécrosées qui ont l'air d'avoir stagné très longtemps.

– Et en dehors des cellules nécrosées l'analyse sanguine a donné quoi ? demande Isidore comme s'il voulait changer de sujet.

– Un taux d'endorphines anormalement élevé.

– Cela signifie quoi ?

– Qu'il a connu un monumental orgasme. On sait bien que l'orgasme masculin n'est pas forcément lié à l'éjaculation. Il peut y avoir éjaculation sans orgasme et orgasme sans éjaculation. Le seul révélateur de l'orgasme, pour l'homme comme pour la femme, c'est la présence d'endorphines.

– C'est quoi les endorphines ? demande Lucrèce, intéressée, en relevant ses longs cheveux roux micro-ondulés.

Le professeur Giordano rajuste ses petites lunettes demi-lunes et observe un peu mieux la jeune femme.

– C'est notre morphine naturelle. C'est la substance sécrétée par notre corps pour nous faire plaisir et pour nous permettre de supporter la douleur. Quand on rit, on diffuse des endorphines. Quand on est amoureux, on émet des endorphines (n'avez-vous jamais remarqué que, lorsque vous vous trouvez à côté d'une jolie personne désirable, vous sentez moins vos rhumatismes ?). Quand on fait l'amour, on propage des endorphines. Quand, lors d'un jogging, vous ressentez une sorte d'ivresse, c'est l'endorphine que produit notre corps pour contrebalancer les douleurs musculaires. C'est ce qui donne indirectement le plaisir de courir.

– C'est pour cela qu'il y a des gens accros au jogging ? s'étonne Isidore.

– En fait, ils sont accros aux endorphines produites pour supporter la douleur de courir.

Lucrèce note tout avec intérêt sur son calepin. Giordano, voyant que la journaliste s'intéresse à ses propos, poursuit.

– En Chine, on utilisait des biches en captivité. On leur cassait la patte pour obtenir une fracture ouverte des os. Puis on entretenait cette fracture en la recassant dès que les os commençaient à se ressouder. Du coup, l'animal éprouvait une telle douleur que le corps sécrétait naturellement des endorphines pour le soulager. Les Chinois récoltaient alors le sang à la jugulaire et le faisaient sécher. Ils vendaient ensuite cette poudre de sang séché plein d'endorphines comme poudre aphrodisiaque.

Les deux journalistes grimacent.

– C'est ignoble ce que vous racontez ! déclare Lucrèce, cessant de prendre des notes.

Le savant n'est pas mécontent d'avoir choqué la jeune fille.

– Les endorphines, on en produit normalement très peu à chaque instant de plaisir et elles disparaissent assez vite, mais Fincher a propagé, lui, une telle décharge qu'il en subsistait encore des traces lorsque j'ai effectué l'analyse du sang. C'est un phénomène rarissime. Il a vraiment dû ressentir un sacré « coup de foudre ».

Lucrèce remarque que Giordano fixe sa poitrine, s'empresse de reboutonner son décolleté.

Agacé, Isidore change de sujet.

– Vous pensez que Fincher se droguait ?

– J'y ai songé. Les drogues se stockent dans notre graisse et peuvent y demeurer longtemps.

Le médecin légiste indique une représentation d'homme écorché, collée au-dessus de l'évier. L'on y distingue les muscles, les os, les cartilages, les zones de graisse d'un corps humain soigneusement reconstitué.

– Tenez, par exemple, on arrive à retrouver certaines substances comme l'arsenic, le fer, le plomb, des dizaines d'années après leur ingestion, même en dose infime.

– Vous voulez dire que la graisse est composée de strates à la manière d'un chantier archéologique ? s'étonne Isidore.

– Exactement. On y retrouve tout ce qu'on a ingurgité,

étagé dans le temps. En ce qui concerne Fincher, j'ai recherché des traces de drogue dans sa graisse. Ni drogue ni médicament, aucune substance chimique suspecte.

Lucrèce pavoise.

– Nous sommes d'accord, on peut donc « mourir d'amour »...

– Oh oui, bien sûr. Comme certains peuvent mourir de chagrin. Le pouvoir de l'esprit est sans fin. Et, si vous voulez mon avis, cette mort n'est pas seulement physique, elle est surtout psychologique.

Isidore examine les placards réfrigérés marqués des lettres de l'alphabet et désigne le tiroir F.

– On peut voir le corps de Fincher ?

Le professeur Giordano secoue la tête.

– Vous n'avez pas de chance, j'ai terminé mon autopsie ce matin et la dépouille est partie en vue d'être rendue à la famille, il y a à peine trois quarts d'heure.

Il soupire, puis reprend :

– Vraiment, cet homme aura réussi sa sortie en beauté. D'abord il devient champion du monde d'échecs, ensuite il meurt d'amour dans les bras d'une des plus belles femmes de la planète. Il y a vraiment des veinards... Sans parler du domaine professionnel.

– Où travaillait-il, déjà ?

– A l'hôpital Sainte-Marguerite sur l'une des deux îles de Lérins. Sous sa direction, l'établissement était devenu un des plus grands hôpitaux psychiatriques d'Europe. Gardez-le pour vous, mais moi-même je m'y suis fait soigner pour une dépression.

Isidore soulève un sourcil.

– Je travaillais trop, j'ai craqué.

Le médecin légiste fixe les grands yeux vert émeraude de la journaliste avec une intensité accrue.

– Eh oui, telle est l'époque dans laquelle on vit. Selon les dernières études de l'OMS, la moitié de la population des pays civilisés nécessite une aide psychologique. La France est le pays au monde qui consomme le plus de tranquillisants et de somnifères par habitant. Plus on est intelligent, plus on est fragile. Vous seriez surpris d'apprendre combien de leaders politiques occidentaux ont fait des détours par des hôpitaux psy. Quant à moi, j'ai conservé de mon séjour à Sainte-Marguerite un souvenir très agréable. On y est dans la nature, en bord de mer. C'est très relaxant. Il y a beaucoup de verdure, de feuillages, de fleurs.

16.

– Monsieurmartinmonsieurmartinvousmentendez ?

Après avoir traversé le pavillon, puis le conduit auditif externe, ces sons entrèrent en contact avec le cérumen, pâte onctueuse jaune et cireuse destinée à protéger et à entretenir l'élasticité du tympan. L'onde contourna cet obstacle et fit vibrer le tympan proprement dit.

Derrière le tympan : une cavité remplie d'air, la caisse du tympan, avec, à l'intérieur, trois petits osselets. Le premier os appelé « marteau », attaché au tympan, en retransmit le mouvement. Il heurta le deuxième os, « l'enclume », qui, à son tour, mit en mouvement le troisième os nommé « étrier » à cause de sa forme. Cet ensemble de trois osselets permit d'augmenter mécaniquement le stimulus pour amplifier la voix un peu trop faible du médecin.

L'onde fut ensuite transmise dans l'oreille interne jusqu'au limaçon, organe en forme d'escargot comprenant quinze mille cellules nerveuses cillées qui étaient les véritables réceptrices du son. L'onde était désormais transformée en signal électrique qui remonta le nerf auditif jusqu'à la circonvolution de Heschl. Là se trouvait le dictionnaire qui donnait à chaque son une signification.

– Monsieur Martin (*c'est moi*), monsieur Martin (*il insiste parce qu'il craint que je ne l'entende pas*), vous m'entendez ? (*Il attend de ma part une réponse. Que faire ? Je ne peux* RIEN FAIRE *!*)

Il battit lamentablement de la paupière.

– Vous êtes réveillé ? Bonjour. Je suis le docteur Samuel Fincher. C'est moi qui vais m'occuper de vous.

J'ai une bonne et une mauvaise nouvelle. La bonne, c'est que vous avez survécu à l'accident. Et compte tenu du choc reçu, c'est un vrai miracle. La mauvaise, c'est que votre tronc cérébral a subi une lésion un peu au-dessus du bulbe. Du coup, vous avez ce que nous appelons un LIS. C'est un mot anglais qui signifie Locked-In Syndrome, syndrome de la fermeture intérieure. Votre cerveau fonctionne toujours mais le reste du système nerveux périphérique ne répond plus.

17.

– Pour Fincher, vous êtes persuadés que c'est un meurtre, hein ? demande le médecin légiste.

Isidore approuve du menton.

– Allez, vous m'êtes sympathiques. Et j'ai une dette envers Fincher. Alors je vais vous montrer le « truc ».

Il leur adresse un clin d'œil.

– Vous me jurez que vous ne le répéterez à personne ? Et pas de photos, surtout !

Avec des allures de sommelier sur le point de sortir une bouteille d'un grand cru classé, le médecin légiste ouvre la porte de la salle des rayons X au fond. A l'intérieur, à côté des appareils médicaux, les journalistes aperçoivent un autre bureau et une armoire. Giordano les invite à entrer, il ouvre un volet de l'armoire et en extirpe un bocal transparent rempli d'un liquide translucide jaunâtre au centre duquel flotte une boule gris rosé.

– La famille m'a réclamé le corps mais ils ne vérifieront pas s'il est complet. Vous savez, durant l'autopsie on sort les organes, on les examine, on les replace dans un sac plastique dans le corps, on recoud, mais qui va vérifier s'il y a tout ? Enfin, voilà, je l'ai gardé. Je compte cependant sur votre discrétion. Après tout, ce n'était pas n'importe qui... On a bien fait pareil pour Einstein.

Il allume la lampe plafonnière rouge destinée aux développements photographiques et ils distinguent le contenu du bocal.

– Le cerveau de Fincher ! s'exclame Lucrèce.

Les deux journalistes restent fascinés devant le spectacle de cet appendice nerveux baigné par la lueur rougeâtre. Les circonvolutions forment une frise infinie. Des veines plus foncées s'enfoncent dans les sillons les plus profonds. Le bas du cerveau a été sectionné proprement au ras de la moelle épinière.

Le médecin légiste s'approche du verre, examinant de près son contenu.

– Le cerveau humain est le plus grand de tous les mystères. Le problème, c'est que nous ne disposons que d'un seul outil pour tenter de l'élucider et c'est... précisément notre propre cerveau.

Ils contemplent longuement le cerveau, méditant sur cette phrase.

Lucrèce tend sa carte de visite.

– Si vous découvrez quoi que ce soit de nouveau, n'hésitez pas à m'appeler sur mon portable, dit-elle. Ça ne me dérange jamais, de toute façon mon téléphone est muni d'un vibreur.

Le professeur Giordano saisit le bristol et le glisse négligemment dans sa poche.

Puis il caresse le bocal d'une main distraite.

– J'ai revu plusieurs fois Samuel Fincher avant sa mort. Il était devenu un ami. La dernière fois, je l'ai rencontré par hasard dans un cabaret, Le Joyeux Hibou, où se produisait son frère. Pascal Fincher est hypnotiseur. Ils étaient d'ailleurs tous deux obsédés par la compréhension du fonctionnement du cerveau. Samuel abordait le problème par son côté organique, Pascal par le côté psychologique. Allez voir son numéro d'hypnose, vous réaliserez le pouvoir de la pensée...

Sous l'effet de la chaleur rouge, le cerveau de Fincher tourne très lentement dans le bocal.

18.

Dans l'esprit de Jean-Louis Martin, ce fut bientôt la terreur, la panique, la confusion totale. La voix continuait pourtant à se déverser dans son oreille avec douceur :

– Je sais, ce n'est pas facile. Mais vous êtes ici en de bonnes mains. Vous êtes à l'hôpital Sainte-Marguerite. Et nous sommes à la pointe de la recherche dans les domaines du cerveau et du système nerveux.

Maintenant, il pouvait mesurer l'étendue de la catastrophe. Jean-Louis Martin, ex-employé du service contentieux à la BCRN, pensait, voyait d'un œil, entendait d'une oreille, mais ne pouvait plus bouger le petit doigt pour se gratter. De toute façon, il n'était même plus capable de ressentir la moindre démangeaison... A ce moment précis, il n'eut plus qu'une idée en tête : que tout s'arrête.

Le docteur Samuel Fincher passa une main dont il ne sentit pas le contact sur son front.

– Je sais à quoi vous pensez. Vous voulez mourir. Vous avez envie de vous suicider et, en plus, vous venez de prendre conscience que votre paralysie générale ne vous autorise même pas à en décider. Je me trompe ?

Jean-Louis Martin essaya encore de remuer quelque chose quelque part dans son corps et ne parvint une fois de plus qu'à battre de la paupière. C'était, il dut l'admettre, son seul muscle actif.

– La vie... Tout organisme est d'abord motivé par ça : se maintenir en vie le plus longtemps possible. Même une bactérie, même un ver, même un insecte veulent cela. Encore quelques secondes de vie, encore un peu, encore.

Il s'assit près de lui.

– Je sais ce que vous pensez : « Pas moi. Plus moi. » Vous avez tort.

L'iris cuivré de l'œil valide de Jean-Louis Martin s'élargit. Un gouffre noir s'y creusait, exprimant le questionnement. Il n'avait jamais été préparé à affronter une telle situation.

Je suis foutu. Qu'ai-je fait pour mériter un tel châti-
ment ? Personne ne peut supporter cela. Ne pas bouger !
Ne pas parler ! Ne pas sentir le monde ! Je ne peux même
pas avoir mal ! Tout s'effondre. J'envie les estropiés qui,
eux au moins, ne sont qu'estropiés ! J'envie les grands
brûlés ! J'envie les culs-de-jatte qui, eux au moins, ont
des mains. J'envie les aveugles qui, eux au moins, sentent
leur corps ! Je suis l'homme le plus puni de l'histoire de
l'humanité. Avant, on m'aurait laissé mourir. Mais là, à
cause de leur satané progrès, je vis malgré moi. C'est
affreux.

Son œil, après avoir tourbillonné, s'immobilisa.

Et lui ? C'est qui ? Que ce médecin a l'air tranquille.
Comme s'il savait parfaitement comment gérer ce cau-
chemar. Il me dit quelque chose. Avantdêtreunmédecin...

– Avant d'être un médecin, je suis un être humain.
J'agis en fonction de ma conscience avant d'agir par
devoir professionnel ou par peur des problèmes avec la
justice. Au-dessus de tout, je respecte le libre arbitre des
êtres qui me sont confiés. Aussi, je vous laisse la possibilité de choisir. Si vous décidez de vivre, vous n'aurez
qu'à battre une fois de votre paupière valide. Si vous décidez de renoncer à la vie, vous n'aurez qu'à battre deux
fois.

Je peux choisir ! J'ai donc encore une prise sur le
monde. Evidemment je veux mourir.

Comment exprimer mon choix déjà ? Ah oui, battre
deux fois de ma paupière, l'unique muscle qui agit.

– Prenez votre temps...

Jean-Louis Martin repensa à « avant ».

Avant, j'étais heureux.

Faut-il tout perdre pour s'apercevoir qu'on possédait
des choses précieuses ?

Le docteur Fincher se mordit la lèvre.

Jusqu'ici, tous les LIS auxquels il avait laissé ce choix
avaient préféré la mort.

L'œil de Jean-Louis Martin restait étonnamment fixe.
Sa pupille s'était complètement réduite pour bien saisir
tout ce qu'exprimait le visage du médecin.

Il n'est pas obligé de faire cela. Il prend des risques. Pour moi. S'il me tue, il risque un jour d'avoir des comptes à rendre. Un autre m'aurait épargné sans me demander mon avis. Au nom du serment d'Hippocrate qui les oblige à sauver à tout prix la vie. C'est le moment le plus étonnant de mon existence et c'est la décision la plus lourde à prendre.

Comme exténué, le médecin releva d'un doigt les lunettes sur le haut de son nez et, les yeux baissés, comme s'il ne voulait pas influencer de son regard son malade, il conclut :

– A vous de décider. Mais je dois vous signaler une chose : si vous décidez de vivre, je ne vous proposerai plus jamais de mourir et je me battrai avec tous mes moyens pour que vous viviez le plus longtemps possible. Réfléchissez bien. Un battement pour oui, deux pour non. Alors, vous choisissez quoi ?

19.

– Une salade niçoise sans anchois et avec la vinaigrette à côté. Et pour les tomates il faudrait qu'elles soient épluchées car je ne digère pas leur peau. Et comme vinaigre, vous mettez quoi ?

– Vinaigre de framboise, mademoiselle.

– Vous ne pourriez pas mettre plutôt du vinaigre balsamique de Modène ? J'adore ça.

Isidore, qui, lui, apprécie beaucoup les mélanges salés-sucrés, commande un avocat crevettes-pamplemousse.

Le serveur note leurs commandes. En plat principal Lucrèce choisit du poulet à la provençale. Mais sans tomate, et avec la sauce à côté. Pas d'oignon non plus. Elle demande si elle peut avoir des haricots verts en guise d'accompagnement à la place des pommes sautées. Cuits à la vapeur, sans graisse, les haricots verts. Le serveur barre, note dans la marge, très patient, comme habitué à accueillir des clients compliqués. Isidore, pour sa part, choisit une lotte au pistou. Et il se réserve pour le dessert.

– Monsieur veut la carte des vins ? Nous avons un très bon rosé de Bandol.

– Non. Ce sera un Orangina light et un sirop d'orgeat, tranche Lucrèce.

Avant de partir, le serveur allume les deux bougies qui décorent la nappe. Ils sont attablés dans le restaurant-cabaret du Joyeux Hibou.

La salle n'est pas très grande, tapissée de centaines de masques de visages humains aux yeux grands ouverts. Ils recouvrent les murs et le plafond, donnant l'impression qu'une foule observe les convives sous tous les angles.

Une pancarte surplombe la scène, annonçant : « MAÎTRE PASCAL. HYPNOTISEUR. »

– Vous y croyez, vous, à l'hypnose ?

– Je crois au pouvoir de la suggestion.

– C'est quoi la suggestion ?

– Quelle est la couleur de la neige ?

– Blanche.

– Quelle est la couleur de ce papier ?

– Blanc.

– Et la vache elle boit quoi ?

– Du lait...

Isidore affiche un petit sourire victorieux.

– Ah zut. C'est pas du lait, c'est de l'eau. Bravo. Vous m'avez bien eue, reconnaît Lucrèce.

On leur apporte des amuse-gueules à base de tapenade pour les faire patienter et ils les grignotent en observant la salle.

Sur leur droite, un homme parle fort et avec conviction dans son téléphone portable, alors qu'en face de lui son compagnon de table s'efforce de garder contenance tout en espérant que son propre appareil sonnera bientôt afin de lui imposer à son tour la même gêne.

Le téléphone portable de Lucrèce vibre sur la table. Isidore Katzenberg lui lance un regard de reproche. Elle regarde qui l'appelle grâce au système d'affichage du numéro, ne trouvant pas l'interlocuteur intéressant elle consent à l'éteindre.

– C'était la Thénardier. Je coupe tout, comme cela nous ne serons plus dérangés..., s'excuse-t-elle.

– Le portable c'est la nouvelle impolitesse de notre temps, remarque Isidore.

Autour d'eux, les autres couples mangent en silence. Isidore les scrute en roulant des boulettes de mie de pain.

– Mourir d'amour, mourir d'amour, Giordano en a de bonnes..., bougonne-t-il en happant une boulette.

– Mourir d'amour, parfaitement ! Aimer. A-I-M-E-R à s'en faire péter les boyaux de la tête. Evidemment vous êtes trop intellectuel, coupeur de cheveux en quatre, pour comprendre la puissance des sentiments ! lui répond Lucrèce Nemrod.

Il boit d'un trait son sirop d'orgeat.

– Fincher est mort assassiné, j'en suis certain. Et pas par Natacha Andersen.

La jeune journaliste scientifique lui prend le menton. Ses grands yeux verts en amande scintillent sous l'éclairage des bougies. Sa poitrine se soulève d'indignation contenue.

– Dites-moi la vérité : avez-vous déjà prononcé seulement une fois la phrase « je t'aime », Isidore ?

Il se dégage.

– C'est une phrase attrape-nigaud. La meilleure manière d'embobiner les naïfs. Je crois que, derrière ces mots, on cache juste une volonté de posséder l'autre. Je n'ai jamais voulu posséder qui que ce soit et je n'ai jamais voulu laisser personne me posséder.

– Dommage pour vous... Cela vous sert à quoi de trouver des assassins si vous n'êtes pas capable de trouver l'amour ?

Il s'acharne un peu plus sur la mie de pain, la transforme en une énorme boulette qu'il avale, puis assène la phrase qu'il vient de ciseler dans son atelier cérébral personnel :

– L'amour c'est la victoire de l'imagination sur l'intelligence.

Elle hausse les épaules. Elle se dit que son comparse

n'est qu'un homme capable de performances cérébrales. Rien de plus. Une cervelle sans cœur.

On leur sert les hors-d'œuvre.

Du bout des doigts, Lucrèce saisit une feuille de salade qu'elle grignote des incisives comme un rongeur.

– Je ne vais pas perdre davantage de temps à Cannes. Je crois que cette enquête n'a plus lieu d'être, mon cher Isidore. L'amour existe, Samuel Fincher l'a rencontré et il en est mort. Grand bien lui fasse. Et j'espère mourir d'amour moi aussi. Demain je remonte à Paris et je vais poursuivre le dossier sur le cerveau à l'hôpital de La Pitié-Salpêtrière où, comme vous me l'avez signalé, ils ont un service neurologique de pointe.

Soudain les lampes s'éteignent, laissant les dîneurs dans la pénombre des bougies.

– Et maintenant comme chaque soir, grand spectacle d'hypnose avec maître Pascal Fincher. Je vous demanderai d'éteindre vos téléphones portables.

Tout le monde fouille dans ses poches et obtempère.

Un homme en smoking noir à paillettes entre sur scène et salue l'assistance.

Lucrèce et Isidore reconnaissent sur son visage beaucoup de traits communs à ceux de son frère décédé. Il est un peu plus grand, ne porte pas de lunettes, se tient plus voûté et semble plus âgé.

Pascal Fincher entame son spectacle par un discours sur le pouvoir de la suggestion. Il évoque le savant russe Pavlov qui réussissait à faire saliver un chien à la seule audition d'une sonnerie.

– Cela s'appelle le conditionnement réflexe. On programme quelqu'un à réagir à un événement donné ou à un instant donné. Ne vous est-il jamais arrivé de vous dire : « Je veux me réveiller à huit heures moins le quart sans l'aide d'un réveil » et de vous apercevoir ensuite qu'effectivement vous vous étiez levé pile à huit heures moins le quart ? Pas une minute de plus ni de moins.

Rumeur dans la salle, plusieurs personnes se souviennent en effet d'une telle performance qu'elles croyaient due au simple hasard.

– Vous vous étiez conditionnés tout seuls. Et on se conditionne en permanence. Par exemple à avoir envie d'aller aux toilettes après le petit déjeuner, à avoir faim à l'heure de la pause, à avoir envie d'uriner en entrant dans l'ascenseur qui ramène chez soi, à être prêt à dormir juste après le film du soir.

Les spectateurs rient en se souvenant de ces sensations qu'ils croyaient intimes.

– On est comme des ordinateurs qu'on programme et déprogramme à volonté. Nous nous conditionnons même à nos réussites et à nos échecs futurs. N'avez-vous jamais vu ces gens qui commencent leur phrase par « je suis sûr que je vous dérange mais... » ? Ils conditionnent l'autre à les repousser. Et on fait tous ça, sans y réfléchir.

L'hypnotiseur réclame un volontaire pour une expérience pratique. Un grand blond se lève. Pascal Fincher demande qu'on l'applaudisse, puis il le place face à lui, lui enjoint de fixer son pendule tout en lui affirmant : « Vos paupières sont lourdes, lourdes, vous ne pouvez plus les ouvrir. Maintenant vous avez chaud, très chaud. Vous êtes dans le désert et vous étouffez dans vos vêtements. »

Quand il a répété plusieurs fois cette rengaine, le cobaye, les yeux toujours fermés, se déshabille jusqu'à se retrouver en slip. Pascal Fincher le réveille alors et le grand blond sursaute, surpris puis honteux de sa nudité. Dans la salle, tout le monde applaudit.

– C'est quoi le truc ? demande Lucrèce à son compagnon.

– En fait tout le mérite vient de l'hypnotisé, pas de l'hypnotiseur, explique Isidore. C'est lui qui décide d'obéir à la voix. On pense qu'il n'y a que vingt pour cent de la population hypnotisable. C'est-à-dire capable de faire suffisamment confiance à l'hypnotiseur pour se laisser aller complètement.

Pascal Fincher réclame un nouveau cobaye pour son prochain tour.

– Allez-y, Lucrèce !

– Non, vous, Isidore.

– Mademoiselle est un peu timide, lance-t-il à l'intention de l'artiste.

Pascal Fincher descend prendre la jeune femme par la main pour la guider vers la scène.

– Je vous préviens tout de suite que je ne me déshabillerai pas, annonce fermement Lucrèce, déjà sous les projecteurs.

L'hypnotiseur lui demande de fixer à son tour le pendule de cristal.

– Vous vous sentez de plus en plus fatiguée. Vos paupières sont lourdes, lourdes...

Elle ne quitte pas le pendule des yeux mais sa bouche articule :

– Désolée, ça ne marchera pas sur moi, je crois que je fais partie des quatre-vingts pour cent de la population réfractaire à l'hyp...

– Vous dormez.

Elle se tait et ferme les yeux.

– Vous dormez profondément..., répète Pascal Fincher.

Lorsqu'elle lui paraît suffisamment endormie, l'hypnotiseur demande à Lucrèce son emploi du temps de la veille. Elle hésite à peine :

– Hier j'ai visité la morgue de Cannes.

Ensuite il lui demande ce qu'elle a fait la semaine précédente. Elle s'en souvient. Puis ce qu'elle a fait le mois précédent, puis l'année dernière, le même mois, le même jour. Elle obtempère. Puis il lui demande de revenir dix ans en arrière. Puis vingt. Il lui demande de revivre ses premiers jours, puis sa naissance, puis ce qui s'est passé avant. La jeune femme se recroqueville. Il l'aide à s'asseoir sur le sol et elle se love en position fœtale, le pouce dans la bouche.

Il la prie ensuite de revivre sa naissance, et Lucrèce, de plus en plus recroquevillée, se met à respirer difficilement. Elle mime ce qui semble une scène dans laquelle elle s'asphyxie. Elle mime un traumatisme. Soudain elle cesse complètement de respirer. Inquiétude dans la salle. La jeune journaliste scientifique devient toute rouge. Elle tremble. Mais l'hypnotiseur, lui, reste calme. Il passe une main sur les joues de Lucrèce et les caresse en partant du menton comme s'il l'aidait ainsi à sortir d'un lieu où elle étoufferait. Il mime le geste de la hisser par le menton puis les épaules. Elle se déploie un peu. De la main il la rassure, la calme, l'apaise. Il la tire comme pour la dégager d'un goulet trop étroit. Puis, alors qu'elle marque une pause, il passe derrière elle et lui octroie de petites tapes dans le dos, de plus en plus fort. Elle se débloque, tousse, et, les yeux toujours fermés, elle pousse un gémissement semblable au vagissement d'un bébé qui vient de naître.

Pascal Fincher s'assoit alors par terre, prend la jeune femme dans ses bras, la berce et chantonne jusqu'à ce qu'elle se calme.

– Maintenant tout va bien. Nous allons remonter le temps.

Il lui enjoint alors de visualiser sa première année, sa première décennie, l'année dernière, le mois dernier, la semaine dernière, hier, il y a une heure. Puis il annonce un compte à rebours de dix à zéro et lui signale qu'à zéro elle rouvrira les yeux, ne se rappellera plus rien mais profitera cependant des effets bénéfiques de cette séance.

Elle ouvre les yeux. Applaudissements hésitants dans la salle. Elle bat des paupières.

– Vous voyez, ça n'a pas marché, dit-elle en reprenant ses esprits.

Pascal Fincher lui prend la main pour qu'on l'applaudisse plus fermement. Lucrèce se laisse faire, étonnée. Il la remercie. Elle regagne sa table.

– Vous avez été formidable, dit Isidore.

– Mais ça n'a pas marché ? Hein ? Ça a marché ? Qu'est-ce qu'il s'est passé ? Je ne me souviens de rien.

– Il vous a fait revivre votre naissance. Il y avait un petit blocage chez vous, il l'a résolu.

– Quel genre de blocage ?

– La sortie du ventre de votre mère. Vous paraissiez étouffer. Il vous a rassurée. Il vous a fait revivre l'événement dans de meilleures conditions.

Alors, avec détermination, elle enlève son pull à col roulé, puis très lentement le remet en frottant bien son col avec sa tête. Elle recommence plusieurs fois puis consent à s'expliquer :

– J'avais une sorte de phobie. Quand j'enfile des pulls à col roulé, je ne supporte pas de rester la tête coincée dans le col plus de quelques secondes. C'est viscéral. C'est une simple gêne mais elle m'a toujours angoissée. Alors je passe toujours mes pulls très vite. A présent j'ai l'impression d'être guérie de ce petit tourment.

Elle passe et repasse sa tête dans le pull.

L'hypnotiseur réclame maintenant un dernier volontaire pour une expérience plus délicate. Un groupe de trois militaires, entrés en plein milieu de la séance, désigne l'un d'eux à grands cris. Après un premier refus, il y va, ne voulant pas passer pour un pleutre.

Pascal Fincher endort rapidement le soldat à l'aide de son pendule de cristal puis lui annonce :

– Lorsque vous entendrez les mots « magnolia indigo » vous compterez jusqu'à cinq, puis prendrez votre chaussure droite, vous irez taper deux fois contre la porte puis vous éclaterez de rire.

Il répète plusieurs fois cette induction, réveille le cobaye et, alors que celui-ci reprend sa place, l'hypnotiseur lance négligemment « magnolia indigo ». L'autre se fige, compte dans sa tête, puis enlève sa chaussure, se dirige vers la porte, tape deux fois et éclate de rire.

Le rire est repris par la salle qui applaudit à tout rompre. Ce geste ancien signifie qu'on a envie de prendre l'autre dans ses bras mais, comme il n'est pas tout près, on se tape dans les mains sans parvenir à le saisir.

Le militaire, inquiet, cesse de glousser et, énervé, remet sa chaussure.

– Tel est, lance l'hypnotiseur, le pouvoir de la pensée. Avant je donnais des mots clefs plus simples comme « café au lait » ou « rayon de soleil » mais, trop communs, ils généraient des problèmes dans la vie quotidienne. Aussi j'utilise à présent « magnolia indigo ». Dans la conversation courante, il est rarissime de l'entendre.

Comme Fincher prononce encore ces deux mots clefs,

le cobaye, qui était en train de renouer son lacet, s'interrompt à nouveau, se fige un instant puis, avec sa chaussure, va taper deux fois contre la porte avant d'éclater de rire.

Applaudissements redoublés. Gêne encore plus forte du cobaye qui secoue la tête en proférant des jurons, et se frappe les fontanelles comme s'il voulait faire sortir un poison de son crâne.

L'hypnotiseur salue. Rideau.

Avant que les deux journalistes aient pu terminer leurs hors-d'œuvre, un serveur a déjà apporté les plats principaux en profitant de leur inattention passagère.

– L'hypnose... Nous n'y avions pas pensé. Et si quelqu'un avait introduit un mot clef dans l'esprit de Fincher ?

– Un mot clef... quel mot clef ? Magnolia indigo ?

La jeune journaliste scientifique cherche rapidement et a un éclair :

– Un mot clef genre : « Je t'aime » avec un conditionnement pour qu'à l'audition de cette phrase son cœur s'arrête, propose-t-elle, ravie. Natacha Andersen l'a prononcé au moment crucial et cela lui a provoqué un spasme.

– C'est vous qui êtes en train de me dire que la phrase « je t'aime » peut devenir un conditionnement mortel ! s'étonne Isidore.

Lucrèce est lancée, elle replace chaque pièce du puzzle pour que l'ensemble fonctionne.

– Mieux qu'un spasme : un arrêt cardiaque. Vous m'avez bien dit qu'avec son cerveau on peut maîtriser son cœur, il me semble ?

– J'ai vu des yogis le faire. Mais je ne crois pas qu'on puisse arriver jusqu'à l'arrêt total. Il doit y avoir des mécanismes automatiques de survie.

Elle cherche vite autre chose.

– Dans ce cas on pourrait imaginer qu'on l'a programmé à rire jusqu'à ce que mort s'ensuive ? suggère Lucrèce. Rire jusqu'à la mort quand le sujet entend les mots « je t'aime » !

Satisfaite de son idée, elle reconstitue toute l'histoire :

– Je crois, mon cher Isidore, que j'ai trouvé le fin mot de cette affaire. Fincher a été tué par son frère Pascal qui l'a hypnotisé préalablement. Il lui a implanté une phrase inductive dans la tête. La plus insidieuse. « Je t'aime. » Natacha Andersen l'a prononcée au moment de l'orgasme. Le cœur s'est arrêté et le champion du monde d'échecs est mort. Du coup, elle a cru que c'était elle qui l'avait tué. C'est le meurtre parfait : pas de présence de l'assassin sur les lieux au moment du crime, pas d'arme, pas de blessure, un seul témoin, et ce témoin se croit la cause de la mort ! Sans parler que, comme vous dites, le tout passe pour suffisamment « salace » pour que personne n'enquête sérieusement. Le sexe est encore un tabou. C'est vraiment le crime parfait.

La jeune journaliste, enthousiasmée par son propre raisonnement, mange avec appétit ce qu'il reste de poulet dans son assiette.

– Et le mobile ?

– La jalousie. Pascal est moins beau que Samuel. Samuel avait une fiancée top model et, en plus, il avait remporté le championnat du monde d'échecs. Riche, beau, bien accompagné, connaissant la gloire, c'est insupportable. Le frère jaloux a utilisé son talent d'hypnotiseur pour le conditionner à mourir et, comme c'est un vicieux, il s'est débrouillé pour qu'il trépasse dans les bras de sa fiancée.

Elle revient quelques pages en arrière dans son calepin pour revoir ses notes précédentes.

– Nous pourrions ajouter cela comme motivation. Au-dessus de cinq : le devoir, six : la jalousie.

La lotte qui stagne au milieu du pistou dans l'assiette d'Isidore a eu plus de chance que le poulet de batterie à la provençale de Lucrèce, elle a connu la liberté quelques semaines, avant d'être prise au piège dans les filets dérivants.

– La jalousie ? Trop précis.

– Elargissons la notion à toutes les émotions qu'on ne sait pas maîtriser parce qu'elles nous dépassent. La jalousie, la vengeance... en fait : la colère. Oui, on pourrait regrouper le tout sous six : la colère. C'est encore plus fort que le devoir. Le devoir c'est ce qui fait que les gens veulent plaire aux autres et s'intégrer à la société, la colère c'est ce qui les pousse à fomenter des révolutions et à changer la société.

– C'est aussi ce qui peut les pousser à... tuer.

Elle note à toute vitesse son explication pour être certaine de ne pas l'oublier.

– Eh bien, dit Lucrèce, voilà une enquête rondement menée. Je reconnais que vous aviez raison de suspecter une mort anormale, pour ma part j'ai trouvé l'assassin et le mobile. Ensemble, nous avons battu un record de vitesse de résolution d'enquête, il me semble. Voilà, tout est fini.

Elle tend son verre pour trinquer mais Isidore ne lève pas le sien.

– Humm... Et vous prétendez que c'est moi qui suis mythomane ?

Elle le toise avec dédain.

– La jalousie..., dit-elle. Vous aussi vous êtes jaloux. Parce que je suis plus jeune que vous, je suis une femme, et pourtant c'est moi qui ai trouvé la solution, n'est-ce pas, monsieur Sherlock Holmes ?

Ils finissent leurs plats respectifs. Isidore se fabrique une mouillette et sauce son assiette tandis que Lucrèce, du bout de son couteau, trie sur les bords ce qu'elle veut encore manger et ce dont elle ne veut plus. Le reste du poulet reçoit pour sépulture une branche de laurier.

Alentour, les gens commentent le spectacle.

Enfin ils disposent d'un sujet de conversation. A toutes les tables il se crée une division entre ceux qui croient à l'hypnose et ceux qui n'y croient pas, chacun campant sur sa position. « Ce sont des comparses, entend-on. – Ils ont fait semblant. – La fille avait l'air sincère. – Non, elle en faisait trop. »

Le serveur leur propose la carte des desserts. Lucrèce commande un café décaféiné allongé dans une grande tasse avec un pot d'eau chaude à côté, et Isidore une glace à la réglisse.

– Vous avez émis une hypothèse, c'est tout.

– Vous êtes jaloux.

– Heureusement que vous n'êtes pas policière. Pour qu'une enquête soit bouclée, il ne suffit pas d'élaborer une hypothèse, aussi attrayante soit-elle. Il faut des indices, des preuves, des témoignages, des aveux.

– Très bien, allons questionner Pascal Fincher ! clame Lucrèce.

Elle réclame l'addition, la note de frais afférente, paie, puis elle demande au patron du night-club de leur indiquer la loge de l'hypnotiseur. Ils frappent trois fois à la porte où est gravé MAÎTRE PASCAL FINCHER. En guise de réponse, la porte s'ouvre à la volée et, avant qu'ils aient pu réagir, l'hypnotiseur bondit hors de sa loge et fuit le night-club dans son peignoir mouillé alors que les trois militaires sont à ses trousses avec à leur tête celui qui a servi de cobaye.

– Magnolia indigo ? lance Lucrèce comme si elle espérait que cette phrase arrêterait en plein élan le soldat de tête.

Mais tous sont déjà loin.

20.

Vivre ou mourir ?

Jean-Louis Martin gardait son œil ouvert. En lui, mille idées continuaient à se bousculer sans lui permettre de se décider pour autant. Il avait l'impression de ne pas disposer de suffisamment d'informations. Il était anéanti, il en était convaincu, mais ce médecin avait pourtant l'air de savoir ce qu'il faisait.

Dans son esprit, les arguments en faveur du « oui » et ceux pour le « non » s'agglutinaient par paquets afin de peser dans la balance de sa décision.

La vie ? Une centaine de diapositives surgirent sur l'écran intérieur projetant des moments agréables de son passé. Vacances en famille alors qu'il était enfant. Découverte des échecs. Découverte de la peinture. Découverte de sa future femme Isabelle. Découverte de son bureau à la banque. Mariage. Premier accouchement de sa femme. Premières vacances avec ses filles. Première vision de l'émission « Quitte ou double ».

Quitte ou double...

Ou la mort ? Il se voit seul, immobile sur un lit mais filmé sous tous les angles. Et le temps qui passe, d'abord sur l'aiguille de la montre qui tourne de plus en plus vite. Puis par la fenêtre. Le soleil succède à la lune puis au soleil. Cela accélère au point de former comme un spot qui s'allume un coup en soleil un coup en lune. L'arbre qu'il voit depuis sa chambre se couvre de feuilles, puis perd ses feuilles, puis se couvre de neige, puis bourgeonne, puis se couvre de feuilles. Les années, les décennies passent, et lui posé comme un mannequin de plastique sur ce lit avec juste son œil qui bat désespérément alors que personne n'est là.

Il fallait maintenant trancher.

Comme dans un ralenti, la paupière s'abaissa.

Une fois.

Et puis plus rien.

Samuel Fincher sourit.

– Vous voulez donc vivre... Je crois que vous avez pris la bonne décision.

Pourvu que je ne me sois pas trompé.

21.

A gauche, à droite ? Isidore et Lucrèce arrivent à un carrefour. Ils ont perdu de vue les militaires. Ils les cherchent, la main en visière sur le front.

– Où sont-ils passés ?

Isidore, encore en pleine digestion, respire avec difficulté et bruyamment. Lucrèce, toute fraîche, grimpe sur une voiture pour examiner les alentours de plus haut.

– Là-bas, dit-elle.

Elle indique du doigt la plage.

– Allez-y, Lucrèce, vous êtes plus véloce que moi, je vous rejoindrai.

De toute façon, elle ne l'écoute plus, elle galope.

Son cœur pulse à toute vitesse du sang dans les artères, qui se répand dans les artérioles, puis dans les capillaires des muscles des mollets. Ses orteils recherchent la meilleure prise au sol pour mieux projeter son corps en avant.

Pascal Fincher court, lui aussi, à perdre haleine. Il débouche sur une plage déserte à peine éclairée par la lune. Là, les trois militaires le rattrapent et le jettent à terre.

– Magnolia indigo, tente sans conviction l'hypnotiseur.

Mais l'autre se bouche les oreilles et ordonne :

– Il faut que tu m'enlèves ça de l'esprit ! Et tout de suite. Je ne vais pas toute ma vie faire l'imbécile avec ma chaussure dès que je rencontrerai quelqu'un qui a vu le spectacle ou qui en a entendu parler !

L'hypnotiseur se relève doucement.

– Débouchez vos oreilles... Je vais arranger ça.

– Pas d'entourloupe, hein ?

Le militaire ôte les doigts de ses pavillons mais reste prêt à les renfoncer à la moindre alerte.

– Abracadabra, je vous libère de « magnolia indigo », désormais (il effectue un mouvement de la main), vous ne réagirez plus en entendant « magnolia... indigo ».

Le militaire, surpris, attend, comme si quelque chose en lui allait se mettre en branle.

– Allez-y. Répétez, pour voir, demande-t-il.

– Magnolia indigo.

Rien ne se passe. L'autre sourit, content de se voir délivré de ce qui lui semble un maléfice.

– C'est aussi simple ? s'étonne le militaire.

– C'est comme un disque dur d'ordinateur. On peut enregistrer un ordre programmé d'une simple induction par la parole. On l'efface de même, essaie d'expliquer l'hypnotiseur en adoptant le ton désolé d'un explorateur s'adressant à des sauvages devant un magnétophone.

– Et abracadabra ? questionne l'autre, encore méfiant.

– C'est pour le folklore, les gens y croient davantage quand on prononce des trucs comme ça. C'est tout dans la tête.

L'autre le toise.

– Bon, ça va. Mais je voudrais que cela n'arrive plus à qui que ce soit, ajoute l'ex-cobaye en relevant ses manches et en serrant ses poings.

Ses deux amis empoignent l'artiste pendant que son ancienne victime entreprend de le frapper au ventre. Mais une silhouette se dresse devant la lune.

– Facile, à trois costauds contre un gringalet, raille Lucrèce Nemrod.

Le militaire se retourne.

– Allons, ma petite dame, il commence à se faire tard, c'est dangereux de se promener ici la nuit toute seule. Regardez, il y a même des gens, disons, un peu bizarres.

Simultanément, il donne un nouveau coup de poing à l'hypnotiseur : « Toi, dors, je le veux ! » Lucrèce Nemrod bondit sur le militaire et lui lance un grand coup de pied dans l'entrejambe.

– Toi, couine, je le veux !

L'autre pousse un cri étouffé. L'un des militaires lâche l'hypnotiseur pour donner un coup de main à son collègue.

Lucrèce se place en position de combat de son art martial personnel, « l'orphelinat kwan-do ». Elle tend deux doigts en crochets, recourbés comme s'il s'agissait d'une prolongation armée de son corps. Les deux incisives de la souris. Le militaire lance son pied, elle l'attrape et le propulse en arrière. Puis elle lui saute dessus. Ils roulent sur le côté jusqu'à effleurer les vaguelettes du bord de mer. Elle lève ses deux doigts-crochets et frappe très fort le front. Bruit d'os. Elle percute à nouveau dans l'entrejambe du premier qui reprenait ses esprits. Déjà elle est en position de combat, ses deux doigts durs comme du bois. Le troisième hésite à intervenir. Finalement ils choisissent de partir sans demander leur reste.

Lucrèce rejoint l'hypnotiseur qui est tombé à genoux sur le sable.

– Ça va ?

Il se masse le ventre.

– Ça fait partie des petits désagréments professionnels. C'est une manifestation du racisme anti-hypnotiseur.

– « Le racisme anti-hypnotiseur » ?

– De tout temps les gens qui ont une certaine connaissance des mécanismes du cerveau ont suscité la peur. Ils ont été accusés de tout. De sorcellerie par les religions. De charlatanisme par les scientifiques. De manipulation mentale. Ce que les gens ne peuvent pas comprendre leur fait peur, et ce qui leur fait peur ils veulent le détruire.

Lucrèce le soutient pour voir s'il arrive à marcher.

– De quoi ont-ils peur ?

L'autre sourit de sa bouche blessée.

– L'hypnose, ça fait fantasmer. Ils croient qu'il s'agit d'un pouvoir magique. En tout cas, merci de votre intervention.

– Je vous devais bien ça. Grâce à vous je n'ai plus peur d'enfiler un pull à col roulé.

Instinctivement elle enfonce sa tête dans son col pour bien montrer qu'elle peut désormais rester dans cette position.

Isidore surgit, essoufflé.

– Alors, Lucrèce, vous avez attrapé votre « assassin » ? ironise-t-il.

Les yeux verts de la journaliste scientifique le fusillent pour le faire taire.

L'hypnotiseur marque un temps d'arrêt, se demandant quel est ce nouveau personnage.

– Isidore Katzenberg. Nous sommes journalistes au *Guetteur moderne*. Nous enquêtons sur la mort de votre frère.

– Sammy ?

– Lucrèce pense que c'est vous qui l'avez tué par jalousie, précise Isidore Katzenberg.

A l'évocation de son frère, l'hypnotiseur a le regard empreint de tristesse.

74

– Sammy. Ah... Sammy. Nous étions très proches. Ce n'est pas si fréquent entre frères mais c'était le cas. Lui, c'était le sérieux, et moi le saltimbanque. Nous étions complémentaires. Je me souviens qu'une fois je lui ai dit : « Nous sommes comme Jésus-Christ et Simon le magicien, un grand prestidigitateur, ami de Jésus. »

Pascal Fincher s'arrête un instant pour essuyer à nouveau sa lèvre meurtrie.

– Je plaisante à moitié. J'admirais beaucoup mon frère.

– Que faisiez-vous le soir de sa mort ? l'interrompit Lucrèce.

– J'étais en scène au Joyeux Hibou, vous pouvez interroger le patron. Et j'ai toute une salle pour témoins.

– Qui aurait pu lui vouloir du mal ? questionne Isidore.

Ils s'assoient dans le sable humide et frais.

– Sa réussite était trop éclatante. De plus, sa victoire sur Deep Blue le faisait connaître du grand public, il devenait intouchable. En France, la réussite est toujours mal vue.

– Le clou qui dépasse attire le marteau, ajoute Isidore jamais avare de proverbes.

– Vous croyez qu'il pourrait s'agir d'un assassinat ? demande Lucrèce.

– Il avait déjà reçu des menaces, je le sais. Je suis content que vous enquêtiez sur sa mort.

Lucrèce ne veut pas renoncer pour autant à son hypothèse.

– Quelqu'un d'autre que vous aurait-il pu l'hypnotiser pour obtenir une action à effet retard ?

Pascal Fincher secoue la tête, navré.

– Je connais l'hypnose. Pour être sous influence hypnotique, il faut renoncer un instant à son libre arbitre et laisser quelqu'un décider à votre place. Or Sammy était tout sauf quelqu'un d'influençable. Il ne dépendait de personne. Son objectif était de réduire la souffrance de ses malades. Un saint laïque.

– Votre « saint laïque » est quand même officiellement mort de plaisir dans les bras d'un top model..., remarque Lucrèce.

Pascal Fincher hausse les épaules.

– Vous connaissez un homme qui saurait lui dire non ? Ce physique vaut toutes les séances hypnotiques.

– J'ai un ami qui affirme : « Le libre arbitre des hommes consiste à choisir la femme qui prendra les décisions à leur place », dit Lucrèce.

Isidore, reconnaissant l'un de ses propres aphorismes, rosit.

– Bien vu, admet Pascal Fincher.

– Vous croyez qu'elle aurait pu le tuer ? questionne le journaliste.

– Je ne sais pas ce qui l'a tué précisément mais je dirais que, d'une manière générale, c'est son courage. Fincher se battait seul contre tous les archaïsmes. Ce qu'il proposait, c'était de repenser entièrement notre rapport à l'intelligence, à la folie, à la conscience. Dans son discours après sa victoire aux échecs, il a fait référence à Ulysse, mais il était lui-même un aventurier de cette trempe. Et on reconnaît les vrais pionniers au fait que ce sont eux qui se prennent les flèches parce qu'ils sont trop en avant.

Isidore sort des « Bêtises de Cambrai » et en offre pour se remettre de ses émotions. L'hypnotiseur se sert et engouffre plusieurs friandises.

– Je me rappelle une fois l'avoir entendu dire qu'il se sentait menacé. « Ils rêvent d'un monde où tous les hommes seront pareils. Ainsi, ils pourront plus facilement les calibrer, comme du bétail cloné, comme des poulets en batterie. » Il disait « ils » en parlant de l'administration à laquelle il rendait des comptes. Il avait rajouté : « Ils ont peur de ceux qu'ils croient fous, mais ils ont encore plus peur de ceux qu'ils croient des génies. En fait, dans le futur, ils rêvent d'un monde bien uniforme où les gens trop intelligents seront obligés de porter sur la tête un casque qui diffusera très fort de la musique d'ascenseur afin de les empêcher de réfléchir tranquillement. Ils mettront des voiles aux femmes trop belles, des gilets de plomb aux gens trop agiles. Et nous serons tous pareils : des êtres moyens. »

Pascal Fincher tourne la tête vers la Méditerranée. Il montre au loin une petite lueur qui pourrait être la lumière d'une étoile si elle n'était aussi nette.

– C'est là-bas... Il s'y passe des choses étranges. Je suis sûr que, de la même manière que j'affronte l'anti-hypnose, lui affrontait...

– Vous pensez à qui ?

– Ses collègues. Ses malades. Ses infirmiers. Tous ceux qui redoutent la nouveauté. Il faudrait que vous y alliez.

Tous trois fixent le point lumineux qui semble les appeler.

– Le problème, c'est qu'on n'entre pas comme ça dans un hôpital psychiatrique, remarque Isidore, cherchant des yeux l'île dont la lune commence à éclairer la bordure d'arbres.

Pascal Fincher vérifie avec sa langue qu'une de ses dents ne s'est pas déchaussée.

– Umberto ! Umberto est le type du bateau-taxi qui fait la navette avec l'île Sainte-Marguerite depuis le port de Cannes. Il vient me voir tous les vendredis pour ma séance d'hypnose-relaxation collective. Dites-lui que vous venez de ma part.

L'hypnotiseur respire fort et fronce le sourcil en fixant l'île au loin, comme un adversaire qu'il voudrait terrasser.

22.

Le cerveau de Jean-Louis Martin apparut en coupe latérale sur l'écran de l'ordinateur.

Pour constater l'étendue des dégâts, le docteur Fincher lui faisait passer une tomographie à émissions de positrons. Grâce à cette technologie de pointe, il pouvait voir tout ce qui fonctionnait ou ne fonctionnait plus dans le crâne de Martin. Le cerveau était représenté par un ovale bleu turquoise.

La mer intérieure où naviguent les idées...

Samuel Fincher demanda à Martin de fermer son œil.

Tout son cerveau devint uniformément bleu. Il lui fit ensuite rouvrir l'œil et une tache beige apparut sur le lobe occipital, du côté opposé à l'œil. Une île dans la mer.

Samuel Fincher lui présenta alors le dessin d'une pomme. Et l'île beige grandit un peu et prit une forme plus compliquée.

Puis il lui fit observer une carte postale de Cannes pleine de détails, et la tache beige grandit encore. Il nota que la vision et l'interprétation du monde visuel extérieur fonctionnaient. Toujours avec le même appareil il vérifia son ouïe. Il lui fit entendre un bruit de cloche. Une nouvelle île, de forme plus allongée, apparut dans la zone pariétale située plus en avant. Une musique symphonique lui fit apparaître un archipel d'îlots semblable à l'Indonésie.

Ensuite Fincher testa les autres sens et découvrit qu'ils étaient inopérants. Aucune île n'apparaissait après la piqûre d'une aiguille, le dépôt de jus de citron sur la langue, les vapeurs de vinaigre sous le nez.

Le docteur Fincher vérifia la compréhension proprement dite. Il lui dit « pomme » et la tache beige adopta exactement la même forme que lorsque Jean-Louis Martin avait vu la vraie pomme.

C'était l'une des découvertes récentes obtenues grâce à la tomographie à émissions de positrons. On s'était aperçu que penser à quelque chose ou le voir vraiment activait exactement les mêmes zones du cerveau.

Le docteur Fincher formula des notions simples : « matin pluvieux », « ciel nuageux », puis de plus en plus abstraites : « l'espoir », « le bonheur », la « liberté ». Chaque fois, une île ou plusieurs s'éclairaient, indiquant que le terme éveillait des zones précises dans le cerveau de Jean-Louis Martin.

Pour clore la séance, Samuel Fincher voulut vérifier l'humour de son patient. L'humour était selon lui le baromètre général de l'état de santé qualitatif et quantitatif d'un cerveau. Le meilleur pouls de la conscience. Le centre du rire avait été localisé pour la première fois en mars 2000 par Yitzhak Fried, qui, en recherchant la cause de l'épilepsie, avait découvert un point qui déclenchait l'hilarité au niveau du lobe frontal gauche, juste devant la zone du langage.

– C'est dans le jardin d'Eden, Eve demande à Adam : « Est-ce que tu m'aimes ? » Et Adam répond : « Est-ce que j'ai le choix ? »

Frémissement de l'œil. Le docteur Samuel Fincher examina au ralenti le trajet de la blague dans le cerveau de son malade. Le stimulus partait de la zone d'audition, rejoignait la zone du langage, puis disparaissait.

Cela ne le fait pas rire. Peut-être que cela lui rappelle la problématique du choix de sa propre survie. A moins que cela ne lui rappelle sa femme, pensa le médecin.

Samuel Fincher enchaîna avec une autre blague courte qu'il espéra moins personnelle.

– C'est l'histoire d'un homme qui va voir son médecin et qui lui dit : « Docteur, j'ai des trous de mémoire. – Ah bon, depuis quand ? » Et le malade, étonné, demande : « Depuis quand... quoi ? »

L'œil frémit différemment.

Pour en avoir le cœur net, Samuel Fincher repassa, là encore, le trajet du stimulus de la blague dans le cerveau au ralenti. Il vit sur la mer bleue du cerveau en coupe les petites îles qui apparaissent puis disparaissent dans les zones d'analyse, de comparaison avec des images connues du médecin, puis de compréhension. Enfin le stimulus termina sa course dans le lobe frontal gauche, dans la zone de l'hilarité.

Cette fois il rit. « Il existe trente-deux effets comiques », disait Bergson. J'en ai trouvé un. Cela le fait rire d'entendre l'histoire de quelqu'un qui a une autre maladie que la sienne.

Le professeur Yitzhak Fried avait aussi repéré qu'après une blague, une autre zone spéciale s'activait, située cette fois dans le bas du cortex préfrontal, une zone qui se déclenchait normalement lorsqu'un cobaye recevait une récompense. Ce fut ce qui se passa à quelques microsecondes près, une fois que la zone d'hilarité eut fini sa danse.

Voilà la preuve que l'humour est perçu comme un signe d'affection.

L'œil continuait de vibrer, s'agrandissant par spasmes.

Un éclat de rire intérieur.

L'effet durait.

Samuel Fincher aimait bien cette histoire mais il ne s'attendait pas à ce qu'elle produise une tache beige aussi large dans cette zone affective. Il se dit que l'humour était subjectif. Qu'on ait envie de faire rire dans un tel endroit à un tel moment décuplait l'effet.

Ce fut probablement à cet instant que le docteur Samuel Fincher acquit la confiance totale de son malade. Il lui donna une tape amicale que celui-ci ne sentit pas.

— Votre cerveau marche parfaitement bien.

Un esprit sain... dans un corps atrophié... mais un esprit sain quand même.

— Voulez-vous que je fasse venir votre famille ?

23.

— Pas question. Et n'insistez pas.

En face, le grand barbu surmonté d'une casquette sur laquelle est inscrit CAPITAINE UMBERTO secoue la tête en signe de dénégation.

— Non, je ne peux pas. Ce bateau est strictement réservé aux malades, aux médecins et aux familles des malades. Il n'y a jamais eu aucun journaliste invité sur l'île Sainte-Marguerite. J'ai des consignes.

— Je viens de la part de Pascal Fincher, insiste Isidore, arrivé le premier sur le port de Cannes.

— Ça ne change rien.

Air buté et assuré de son bon droit.

— Alors où faut-il s'adresser pour débarquer sur l'île ?

— Désolé mais le service d'accueil est situé à l'intérieur même de l'hôpital. Et ils pratiquent une politique de discrétion. Envoyez-leur un courrier.

Isidore Katzenberg s'approche du bateau et change de sujet.

– Votre bateau a été baptisé le *Charon*. Dans la mythologie grecque, Charon c'est le passeur, celui qui aide les trépassés à traverser sur sa barque l'Achéron, le fleuve des Enfers.

– Si ce n'est que ce bateau ne fait pas la jonction entre le monde des morts et celui des vivants, mais entre celui de la raison et de la déraison.

Il éclate d'un grand rire tonitruant et fourrage dans sa barbe uniformément blanche.

Isidore s'approche du marin et chuchote :

– Il me semble que le Charon de la mythologie ne consentait à prendre dans sa barque que ceux qui portaient dans leur bouche le prix de leur passage.

Le gros journaliste sort trois billets de dix euros et les introduit entre ses dents.

Le capitaine Umberto note le geste mais demeure imperturbable.

– Je ne suis pas à vendre.

Là-dessus, Lucrèce arrive en courant, en s'attachant les cheveux.

– Ça va, je ne suis pas trop en retard ? On embarque tout de suite ? demande-t-elle sur le ton de l'évidence.

Le marin reste en arrêt.

Isidore constate l'impact naturel que possède sa comparse.

– Heu... eh bien, dit le marin, j'expliquais à votre collègue que malheureusement...

– Malheureusement ? dit-elle en se rapprochant.

Si près, il sent son parfum, ces jours-ci elle porte *Eau* d'Issey Miyake. Il sent même l'odeur de la peau de la jeune fille. Elle abaisse ses lunettes de soleil, dévoile ses yeux vert émeraude en amande et le fixe avec effronterie.

– Vous êtes quelqu'un qui a envie d'aider les autres. Nous avons besoin de vous et vous n'allez pas nous laisser tomber.

Son regard est juste, sa voix est juste, même la position de son cou est destinée à convaincre.

Sur ce marin bourru, l'effet est imparable.

– C'est bien parce que vous êtes des amis de Pascal Fincher, concède-t-il.

Le moteur se met à ronronner, le capitaine largue les amarres.

– Monsieur fonctionne avec le septième besoin, chuchote Lucrèce, adressant un clin d'œil à son comparse.

Le marin pousse un peu plus les gaz pour impressionner ses invités. L'avant du bateau se soulève légèrement.

Lucrèce reprend son carnet et, à la suite de la sixième motivation, la colère, elle ajoute : septième motivation, la sexualité.

Isidore dégage de sa veste un petit ordinateur de poche pas plus grand qu'un livre et recopie à son tour la liste. En tapotant sur son clavier il note aussi les noms des personnes qu'ils ont rencontrées puis il se branche sur Internet.

Lucrèce se penche.

– La dernière fois que je vous ai vu dans votre château d'eau, il m'a semblé que vous aviez renoncé à la télévision, aux téléphones et aux ordinateurs.

– Il n'y a que les imbéciles qui ne changent pas d'avis.

Il lui présente son petit jouet et expose ses possibilités. En se branchant sur Internet, le journaliste parvient à obtenir la fiche de Sécurité sociale d'Umberto Rossi, cinquante-quatre ans, né à Golfe-Juan.

Les deux îles de Lérins se dessinent à l'horizon. Tout d'abord Sainte-Marguerite avec son embarcadère et son fort à gauche. Et, juste derrière, Saint-Honorat avec son abbaye de moines cisterciens.

Le *Charon* n'est pas très rapide et la traversée entre le port de Cannes et l'hôpital Sainte-Marguerite s'éternise.

Umberto brandit une immense pipe en écume de mer sculptée de sirènes enlacées.

– Qu'est-ce qu'il y a comme monde là-dedans ! Les gens ont tout pour être heureux mais ils n'arrivent plus à assumer leur liberté alors ils se posent des questions, toujours plus de questions. A la fin, ça fait des nœuds inextricables.

Il allume sa pipe et lâche quelques volutes d'un tabac poivré qui se mêle à l'air fortement iodé.

– Une fois, j'ai rencontré un type qui prétendait être capable de s'arrêter de penser. C'était un moine zen. Il restait immobile, les yeux comme ça, et il prétendait que dans sa tête c'était le vide absolu. J'ai essayé, c'est impossible. On pense toujours à quelque chose. Ne serait-ce qu'à l'idée : « Ah, enfin, je ne pense à rien. »

Il s'esclaffe.

– Pourquoi avez-vous cessé d'exercer comme neuro-chirurgien à l'hôpital Sainte-Marguerite ? questionne Isidore.

Le marin laisse échapper sa pipe.

– Co... Co... Comment savez-vous ça, vous ?

– Mon petit doigt, répond l'autre, mystérieux.

Lucrèce ne regrette pas d'avoir fait venir son « Sherlock Holmes scientifique ». Celui-ci, comme tous les magiciens, ne dévoile pas son stratagème mais il n'est pas mécontent de son petit effet et a conscience que, s'il avouait avoir tout simplement obtenu l'information grâce à son ordinateur branché sur Internet, il perdrait son avantage.

– Vous avez été renvoyé, n'est-ce pas ?

– Non. C'était un ac... accident.

Le regard du marin se voile soudain.

– Un accident. J'ai opéré ma mère d'une tumeur can-céreuse au cerveau.

– Normalement il est interdit d'opérer les membres de sa propre famille, rappelle Isidore.

Umberto se reprend.

– En effet, mais elle avait dit que c'était moi ou per-sonne d'autre.

Il crache par terre.

– Je ne sais pas ce qui s'est passé. Elle a sombré dans le coma et ne s'est jamais réveillée.

Le marin ex-chirurgien crache à nouveau.

– Le cerveau, c'est trop délicat, le moindre geste de travers et c'est la catastrophe. Ce n'est pas comme les autres organes où les erreurs sont réparables. Dans le cerveau, à un millimètre près vous rendez quelqu'un handicapé à vie ou dément.

Il tapote sa pipe sur le bord du gouvernail pour la vider de son tabac calciné, et la bourre à nouveau.

Il a du mal à l'allumer dans le vent et il agite nerveusement son briquet.

– Après, je me suis mis à boire. Ça a été la dégringolade. Ma main tremblait et j'ai préféré ne plus toucher à un bistouri. J'ai démissionné. Un chirurgien qui tremble, c'est impossible à recycler, je suis donc passé directement de la case neurochirurgien à la case clochard ivrogne.

Ils regardent l'île Sainte-Marguerite qui grandit à l'horizon. A côté des pins parasols, ils distinguent des palmiers et des eucalyptus, plantes qui profitent du climat particulièrement clément de cette zone de la Côte d'Azur pour se croire en Afrique.

– Ah, vivement que les robots nous remplacent en salle d'opérations. Eux au moins ils n'auront jamais la main qui tremble. Il paraît que ça commence à se répandre maintenant, les robots-chirurgiens.

– Vous étiez vraiment clochard ? demande Lucrèce.

– Tout le monde m'avait laissé tomber. Plus personne ne me voyait. Ma puanteur ne me gênait même plus. Je vivais sur la plage de Cannes sous une couverture. Et toutes mes affaires tenaient dans un sac de supermarché que je cachais sous un abri de la Croisette. On dit que la misère est moins pénible au soleil. Tu parles !

Le bateau ralentit un peu.

– Et puis un jour, quelqu'un est venu. Quelqu'un de l'hôpital Sainte-Marguerite. Il m'a dit : « J'ai peut-être quelque chose à te proposer. Que dirais-tu de faire le taxi-navette entre l'hôpital et le port de Cannes ? Jusque-là nous utilisions une société privée extérieure, maintenant nous avons envie de disposer de notre propre navette. Tu saurais conduire un petit bateau entre Sainte-Marguerite et le port ? » Et voilà comment de neurochirurgien je suis devenu marin.

Lucrèce sort son calepin, inscrit la date.

– Pouvez-vous nous dire comment cela se passe à l'intérieur de l'hôpital psychiatrique Sainte-Marguerite ?

Le marin guette l'horizon, l'air inquiet. Il fixe quelques nuages noirs poussés par les vents marins, et les mouettes qui leur couinent autour comme pour leur confier des indications de route. Il rajuste sa veste de loup de mer, fronce ses sourcils épais. Puis ses yeux reviennent vers la jeune journaliste rousse aux yeux verts et il oublie sa préoccupation pour gorger ses rétines de cette image de fraîcheur.

– Avant, c'était un fort. Le fort Sainte-Marguerite. Vauban l'a construit pour protéger la côte des attaques barbaresques. D'ailleurs il présente la forme en étoile caractéristique des fortifications de l'époque. Puis il a servi de prison. Le Masque de fer y a croupi. La télévision y a même produit une émission de jeu. C'est finalement devenu un hôpital psychiatrique.

Il crache par terre.

– Les soldats, les prisonniers, les gens de la télévision, les fous, c'est une évolution logique, non ?

Il a à nouveau son grand rire tonitruant. Les vagues se creusent et le bateau tangue davantage.

– Ils ont voulu faire de cet hôpital un établissement pilote. C'est le docteur Samuel Fincher qui a mené cette réforme. L'hôpital Sainte-Marguerite, qui n'était au début installé que dans le fort, s'est agrandi jusqu'à occuper toute l'île.

La Méditerranée commence à secouer plus vigoureusement la barque.

– Nous pensons que Fincher a été assassiné, lance Isidore.

– Qui aurait pu tuer Fincher, selon vous ? complète Lucrèce.

– En tout cas, pas quelqu'un de l'hôpital. Tous l'aimaient.

Ils sont maintenant suffisamment proches de l'île pour distinguer les hautes murailles du fort.

– Ah, Fincher ! Que Dieu ait son âme. Je ne vous l'ai

pas dit mais c'est lui qui est venu me chercher quand j'étais clochard.

Umberto Rossi s'approche de la jeune journaliste.

– S'il a vraiment été assassiné, j'espère que vous trouverez qui l'a tué.

Une immense vague secoue subitement l'embarcation. Lucrèce est déséquilibrée. Umberto s'accroche à son gouvernail en maugréant. Le vent se lève et le bateau est encore plus brinquebalé.

– Tiens, voilà Eole ! annonce Umberto.

– Eole ? reprend Lucrèce en écho.

– Le dieu des vents. Dans *L'Odyssée,* vous ne vous souvenez pas ?

– Encore Ulysse.

– C'était la référence permanente de Fincher...

Umberto déclame un vers d'Homère.

– « Ils ouvrirent l'outre et tous les vents s'échappèrent, la tempête aussitôt les saisit et les emporta. »

La mer est maintenant complètement démontée. Ils sont cahotés de gauche à droite. De haut en bas.

Dans l'oreille interne de Lucrèce, c'est l'emballement. Derrière sa cochlée, se trouve son organe percepteur des mouvements : l'utricule. C'est une sphère remplie d'un liquide gélatineux, l'endolymphe, dans laquelle flottent de petits cailloux, les otolithes. Sur la paroi inférieure de cette boule sont implantés des cils. Lorsque le bateau tangue, l'utricule bien fixé au crâne bascule dans un sens. L'endolymphe et ses otolithes restent stables, comme une bouteille qu'on incline mais dont la surface reste toujours d'aplomb. Les cils du fond de l'utricule sont alors pliés par l'endolymphe et transmettent un signal donnant la position du corps dans l'espace. Mais les yeux envoient une autre information et c'est le mélange des deux signaux contradictoires qui créent la sensation de malaise et l'envie de vomir.

Lucrèce Nemrod se soulage par-dessus le bastingage. Isidore vient la rejoindre.

– C'est horrible comme sensation ! clame-t-elle.

– Hum. Dans l'ordre des douleurs il y a : 1) la rage de

dents ; 2) la colique néphrétique ; 3) l'accouchement ;
4) le mal de mer.

Le visage de Lucrèce est livide.

– « Alors Poséidon, satisfait, s'en fut préparer quelque
tempête en d'autres lieux et, laissée libre d'agir à sa guise,
Athéna calma les vagues pour protéger Ulysse », déclame
le marin.

Mais la Méditerranée ne s'apaise pas du tout.

Lucrèce trouve la force de relever son visage pour
regarder l'immense et sombre forteresse de l'hôpital
Sainte-Marguerite.

24.

Ils étaient tous là. Sa femme Isabelle, ses filles, son
chien Lucullus, son ami Bertrand Moulinot, quelques collègues de travail.

Samuel Fincher remarqua que Jean-Louis Martin
bavait et, délicatement, avec son mouchoir, il lui essuya
la commissure des lèvres avant de les laisser entrer.

– Il entend de l'oreille gauche et voit avec l'œil droit
mais il ne peut ni s'exprimer ni bouger. Parlez-lui, tou-
chez-lui la main, il pourrait se produire une réaction émo-
tionnelle, annonça-t-il.

Son vieux berger allemand, Lucullus, en tête du cortège
se précipita pour lui lécher la main. Ce mouvement spon-
tané d'affection détendit l'atmosphère.

Lucullus. Mon Lucullus.

Ses filles l'embrassèrent.

*Comme je suis content de vous voir. Mes chéries. Mes
petites chéries adorées.*

– Comment ça va, Papa ?

*Je ne peux pas parler. Lisez dans mon œil ma réponse.
Je vous aime. Je suis content d'avoir choisi de vivre pour
vous revoir à cette seconde.*

– Papa ! Hé, Papa, réponds !

– Le médecin a dit qu'il ne pouvait pas parler, rappela
sa femme Isabelle en l'embrassant sur la joue.

– Ne t'inquiète pas, mon chéri, on est là. On ne t'aban-
donnera pas.

*Je savais que je pouvais compter sur vous. Je n'en ai
jamais douté.*

Bertrand Moulinot et quelques collègues de bureau
brandirent leurs offrandes : des fleurs, des chocolats, des
oranges, des livres. Aucun en fait n'avait clairement
compris ce qu'était vraiment ce Locked-In Syndrome. Ils
pensaient que c'était une sorte de traumatisme qui serait
suivi d'une convalescence comme les autres.

Jean-Louis Martin s'efforçait de rendre son unique œil
valide le plus expressif possible. Comme il aurait aimé
les rassurer et manifester son plaisir de les voir.

*Mon visage doit être comme un masque mortuaire...
Depuis que je suis là je n'ai pas vu un miroir. Je me
doute que je dois être pâle, livide, hagard. Je dois être
laid et fatigué. Et je ne peux même pas sourire.*

Isabelle se trompa d'oreille et lui murmura dans la
mauvaise :

– Je suis si contente que tu sois...

Elle hésita à peine :

– ... vivant.

*Le docteur Fincher vous a précisé « oreille gauche »
mais c'est oreille gauche pour moi, donc pour vous qui
êtes en face c'est oreille droite. La droite !*

Heureusement son oreille valide était devenue beaucoup plus sensible et, même si on lui soufflait dans son
pavillon mort, il parvenait à distinguer les sons.

Bertrand enchaîna rapidement dans la même oreille :

– Nous sommes tous tellement contents que tu t'en
sois tiré, et à la banque on attend ton retour de pied ferme.
En tout cas, moi je t'attends pour une prochaine partie
d'échecs, dès que tu seras rétabli. Il faut que tu te reposes
pour récupérer, hein, ne fais pas le mariolle, n'essaie pas
de sortir trop tôt.

Pas de risque.

Et n'étant pas sûr d'avoir été compris, Bertrand fit le
geste de bouger une pièce d'échecs et lui donna une tape
amicale.

Jean-Louis Martin était rassuré. Tout ce qui lui importait, c'était qu'ils ne l'aient pas oublié.

Ah, mes amis ! J'existe donc encore pour vous. Comme c'est important à mes yeux de le savoir.

— Je sais que tu vas t'en sortir, souffla Isabelle, près de son oreille insensible.

— Oui, Papa, reviens vite à la maison, reprirent les trois filles dans le même pavillon.

— Je crois que tu es tombé dans le meilleur service de neurologie d'Europe, dit Bertrand. Ce type qui nous a fait entrer, avec les lunettes et le grand front, il paraît que c'est une pointure.

Mais déjà le docteur Fincher revenait et leur signalait qu'il ne fallait pas fatiguer son patient et que pour aujourd'hui ce serait suffisant. Ils n'auraient qu'à revenir le lendemain. Le bateau-taxi viendrait les chercher à onze heures.

Non, laisse-les encore avec moi. J'ai besoin de leur présence.

— Allez, remets-toi vite, dit Bertrand.

Fincher se mit face à l'unique œil valide de son patient.

— Vous avez là une jolie famille. Bravo, monsieur Martin.

Le malade du LIS baissa lentement sa paupière en signe d'approbation et de remerciement.

— Votre oreille et votre œil sont la base à partir de laquelle je compte reconquérir tout le territoire nerveux. C'est possible.

Le docteur Fincher s'adressait à lui avec une intensité renouvelée.

— En fait, tout dépend de vous. Vous êtes un explorateur. Vous défrichez un territoire inconnu. Votre propre cerveau. C'est le nouvel eldorado du troisième millénaire. Après avoir conquis l'espace, l'homme n'a plus qu'à conquérir sa propre cervelle, la structure la plus complexe de l'univers. Nous, les scientifiques, observons de l'extérieur, vous, vous allez tout expérimenter de l'intérieur.

Jean-Louis Martin eut envie de croire en cette possibilité. Il eut envie d'être un explorateur à la pointe de la connaissance humaine. Il eut envie d'être un héros moderne.

– Vous pourrez réussir si vous êtes motivé. La motivation, voilà la clef de tous les comportements. Je le vérifie en permanence sur mes malades, mais aussi sur les souris de mon laboratoire, et je peux vous le répéter : « Vouloir c'est pouvoir. »

25.

Le capitaine Umberto dévoile un émetteur à infrarouges, deux battants s'écartent et le *Charon* pénètre dans un petit chenal qui mène à un port aménagé sous le fort dans le creux de la falaise. Ils accostent un ponton de bois.

– Je vais vous attendre là.

En guise d'au revoir, il saisit la main de Lucrèce, la caresse et l'embrasse, puis il lui glisse un objet léger.

Elle regarde ce qu'il y a dans sa main et découvre un paquet de cigarettes.

– Je ne fume plus, dit-elle.

– Prenez quand même. Ça vous servira de sésame.

Lucrèce hausse les épaules et range le paquet. Elle remet avec plaisir le pied sur la terre ferme. Ses oreilles internes encore sous le choc lui laissent les jambes flageolantes.

Isidore la soutient.

– Respirez bien, Lucrèce, respirez.

Umberto ouvre une grande porte d'acier et les fait entrer à l'intérieur de l'hôpital proprement dit. Il referme la grosse serrure derrière eux. Ils ne peuvent réprimer un infime tressaillement. La peur de l'hôpital psychiatrique.

Je ne suis pas folle, pense Lucrèce.

Je ne suis pas fou, pense Isidore.

Bruit de double tour de la grosse serrure. *Et si je devais prouver que je suis sensé*, s'inquiète Isidore.

Les deux journalistes lèvent les yeux. La roche est

mêlée à de grosses pierres scellées par du ciment. Ils montent.

Ils gravissent les marches avec effort.

En haut, un homme replet à la fine barbe en collier, aux allures d'instituteur et en gros pull de coton, leur barre le chemin, les poings sur les hanches.

— Qu'est-ce que vous fabriquez là, vous !

— Nous sommes journalistes, avance Lucrèce.

L'homme hésite puis se présente.

— Je suis le docteur Robert.

Il les guide vers un escalier abrupt qui mène à une esplanade.

— Nous pouvons effectuer une visite rapide mais je vous demanderai de rester discrets et de ne pas interférer avec les comportements des malades.

Les voici au centre de l'hôpital. Autour d'eux, des gens en vêtements de ville déambulent sur une pelouse en discutant. Ils surprennent une conversation entre deux malades :

— Moi, paranoïaque ? Ça ne va pas, ce sont les autres qui font courir ce bruit...

D'autres, assis, sont en train de lire un journal ou de jouer aux échecs. Dans un coin on joue au football, plus loin on joue au badminton.

— Je sais, cela peut étonner quand on n'est pas de la maison. Fincher a interdit aux malades de traîner en pyjama et il a aussi défendu aux infirmiers et aux médecins de porter la blouse blanche. Ainsi, il a supprimé le fossé entre soigneurs et soignés.

— C'est pas un peu déstabilisant ? demande Isidore.

— Au début, moi-même je m'emmêlais les pinceaux. Mais cela oblige à se montrer plus attentif. Le docteur Fincher venait de l'Hôtel-Dieu à Paris. Il avait travaillé avec le docteur Henri Grivois qui a importé en France les nouvelles méthodes de psychiatrie canadiennes.

Le docteur Robert les dirige vers un bâtiment surmonté de l'inscription SALVADOR DALI.

A l'intérieur, au lieu des traditionnels murs blancs

d'hôpitaux, il y a des fresques peintes du plancher au plafond.

– La grande idée de Fincher était de rappeler à chaque malade qu'il pouvait transformer son handicap en avantage. Il voulait qu'ils assument leur soi-disant défaillance et qu'ils l'utilisent comme un atout. Chaque pièce est un hommage à l'artiste qui a réussi précisément grâce à sa différence.

Ils pénètrent dans le dortoir Salvador Dalí. Isidore et Lucrèce examinent les murs peints, ce ne sont pas que des fresques évoquant l'œuvre de Dalí mais des reproductions parfaites de ses tableaux les plus connus.

Le docteur Robert conduit les journalistes vers un autre bâtiment.

– Pour les paranoïaques : Maurits Cornelis Escher.

Les murs sont décorés de fresques représentant des formes géométriques impossibles.

– C'est un vrai musée, cet hôpital. Ces peintures murales sont superbes. Qui a peint ça ?

– Pour obtenir ce degré de fidélité par rapport à l'œuvre, nous avons fait appel aux maniaques du bâtiment Van Gogh et je peux vous affirmer que ces copies sont fidèles aux originaux. Comme Van Gogh qui recherchait le jaune parfait et qui reproduisait mille tournesols avec d'infimes tonalités de jaunes différents pour retrouver la meilleure représentation de cette couleur, les malades d'ici peuvent chercher longtemps avant de retrouver la couleur exacte souhaitée. Ils sont perfectionnistes au dernier degré.

Ils poursuivent la visite.

– Pour les schizophrènes : le peintre flamand Jérôme Bosch. Les schizophrènes sont très sensibles. Ils captent toutes les ondes, toutes les vibrations et c'est ce qui les fait souffrir et les rend géniaux.

Ils retournent dans la cour et circulent au milieu des patients divers qui, pour la plupart, les saluent poliment. Certains parlent à haute voix à des interlocuteurs imaginaires.

Le docteur Robert explique :

– Ce qu'il y a de troublant, c'est la similitude de ce qui nous préoccupe, seule l'amplitude diffère. Regardez cet homme, il a la phobie des ondes de téléphones portables, alors il met en permanence ce casque de moto. Mais qui ne s'est jamais interrogé sur leur nocivité potentielle ?

Un groupe de maniaques est en train de retoucher une fresque. Le docteur Robert affiche un air satisfait.

– Fincher a innové dans tous les domaines, y compris le travail. Il a observé les malades comme personne avant lui. Avec humilité. Sans idée préconçue. Au lieu de les considérer comme des êtres dont il fallait stopper la capacité de destruction ou de gêne pour l'entourage, il a essayé de valoriser ce qu'il y avait de meilleur en eux et a cherché à le renforcer. Alors il les a mis face à ce que l'humanité produisait de plus beau. De la peinture, mais aussi de la musique, des films, des ordinateurs. Et il les a laissés faire. Ils se dirigeaient naturellement vers l'art, qui exprime leur angoisse ou leur préoccupation, mais aussi leur langage. Au lieu de les enfermer, il les a observés. Au lieu de leur parler de leur handicap, il leur a parlé de la beauté en général. Alors certains ont eu envie d'œuvrer à leur tour.

– Et ça a été facile ?

– Très difficile. Les paranos n'aiment pas les schizos, méprisent les hystériques qui le leur rendent bien. Mais dans l'art, ils ont trouvé une sorte de terrain neutre et même de complémentarité. Fincher avait une jolie phrase : « Quand les autres vous font un reproche ils vous renseignent sur ce qui pourrait devenir votre force. »

Une vieille dame, l'air très pressé, accourt vers eux et saute sur la montre de la jeune journaliste pour consulter son cadran.

La jeune journaliste s'aperçoit que la dame a elle-même au poignet une montre. Mais elle tremble tellement qu'elle doit être incapable de la regarder.

– Il est seize heures vingt, dit Lucrèce.

Mais l'autre court déjà dans une autre direction. Le docteur Robert leur confie à l'oreille :

– Maladie de Parkinson. C'est le genre de maladie

qu'on commence à soigner avec de la dopamine. Dans cet hôpital on ne soigne pas simplement les troubles de la pensée, on soigne aussi toutes les maladies du système nerveux : les Alzheimer, les épileptiques, les Parkinsoniens.

Un malade vient vers lui, fait une grimace et agite une réglette.

– C'est quoi ça ? demande Isidore.

– Le dolorimètre. C'est en quelque sorte le thermomètre de douleur. Quand un malade vous dit qu'il a mal, il n'est pas facile de savoir si sa souffrance nécessite l'utilisation de morphine ou pas. Alors on leur a demandé de graduer la notion de « j'ai mal » de un à vingt. Ils indiquent ainsi leur douleur subjective.

Deux ouvriers sont en train de poser une plaque commémorative à l'effigie de Fincher. En dessous est gravée sa devise : « Un homme motivé n'a pas de limites. »

Les malades se regroupent pour contempler la plaque. Certains semblent très émus. Une dizaine applaudissent.

– Tout le monde l'appréciait ici, reprend le barbu. Quand Fincher a joué son tournoi contre Deep Blue IV, on a installé un grand écran de télévision dans la cour principale, et vous auriez dû voir, c'était l'ambiance des matchs de foot. Tous hurlaient : « Allez, Sammy ! Allez, Sammy ! » Ils l'appelaient par son prénom.

Le docteur Robert ouvre la porte d'un bâtiment Animalerie et dévoile sur des étagères des centaines de souris en cages.

– Ça vous intéresse ?

Lucrèce se penche sur les cages et remarque que la plupart des rongeurs ont le crâne rasé et que des fils électriques leur sortent de la tête.

– Ce sont des souris tests. Nous provoquons des crises d'épilepsie puis nous observons comment les médicaments arrêtent leurs crises. Fincher n'était pas qu'un directeur d'hôpital il restait aussi un scientifique. Avec son équipe il testait de nouvelles voies de recherches.

Les souris sont intéressées par les nouveaux venus et les reniflent à travers les barreaux de leurs cages.

– On dirait qu'elles veulent nous dire quelque chose, remarque subrepticement Lucrèce.

– Celles-ci sont plus intelligentes que la moyenne. Leurs parents étaient des souris de cirque et elles ont été éduquées depuis leur naissance à se sentir à l'aise dans les tests. Ensuite nous les plaçons dans ces cages avec les labyrinthes et les jeux pour vérifier si leur intelligence a été altérée.

Les deux journalistes regardent deux souris qui se battent en se frappant avec leurs petites pattes. L'une des belligérantes finit par saigner du museau.

– Vous pensez que quelqu'un ici aurait pu lui en vouloir ? demande Lucrèce.

– Les toxicos. Ce sont les seuls qui ne jouent pas le jeu. Ils se moquent de tout, y compris de Fincher. Ils l'avaient déjà frappé. Eux on ne peut plus les raisonner. Ils sont prêts à tout pour obtenir un peu de leur maudite drogue.

– Prêts à tuer ?

Le docteur Robert se tient le menton.

– C'étaient les seuls qui n'appréciaient pas les méthodes de Fincher. Il a d'ailleurs progressivement décidé de virer les plus récalcitrants.

– Comment un toxico aurait-il pu s'attaquer à Fincher, selon vous ? demande Isidore.

– En introduisant une substance à effet retard dans son alimentation, par exemple, répond le docteur Robert.

– Au service médico-légal ils n'ont décelé aucun produit toxique.

– Certains sont indécelables. Ici, au labo chimie, nous disposons de substances très subtiles. Elles peuvent agir et disparaître aussi vite.

Lucrèce consigne cette nouvelle piste, un complot des toxicos utilisant un poison indécelable.

– Pouvons-nous voir le bureau de Fincher ?

– Impossible.

Isidore a alors la présence d'esprit de prendre le paquet

de cigarettes dans la poche de sa comparse et d'en sortir une.

L'homme s'en empare prestement.

– Il est interdit d'en apporter mais il n'est pas interdit d'en fumer en cachette. Le problème c'est que nous dormons tous ici alors on n'a pas souvent l'occasion de faire des courses sur la Côte. Merci.

Le docteur Robert allume la cigarette et ferme les yeux de bonheur. Il aspire par à-coups pour pomper plus vite la nicotine.

– Etonnant, un asile de fous sans cigarettes, remarque Isidore, dans les autres hôpitaux psychiatrique que j'ai visités j'ai toujours vu tout le monde fumer...

– Fincher fumait durant le match contre Deep Blue IV, il me semble, rajoute Lucrèce.

– L'exception qui confirme la règle. Pour le match, le degré de nervosité était à son paroxysme. Il a pu craquer.

Lucrèce sort son carnet et note à toute vitesse : Huitième motivation... le tabac ? »

Isidore, penché sur son épaule, voit sa remarque et chuchote :

– Non, il faudrait inscrire un groupe plus vaste. Le tabac, l'alcool, les drogues. Disons, les produits à accoutumance, les stupéfiants. Allez-y carrément : 5) le devoir ; 6) la colère ; 7) la sexualité ; et 8) les stupéfiants.

Le docteur Robert est complètement à son bonheur de salir son sang avec l'herbe de Monsieur Nicot. Mais sa cigarette a activé le détecteur de fumée et une sonnerie se déclenche. Il s'empresse d'éteindre son mégot, inquiet.

La vieille dame prétendument atteinte de la maladie de Parkinson surgit alors avec deux hommes costauds qui s'emparent du docteur Robert. Se sentant pris, celui-ci aspire goulûment une dernière bouffée de son mégot éteint.

– Alors Robert, il faut encore que tu fasses ton malin !

Le mégot est arraché et jeté à terre. La vieille dame toise le couple.

– Vous vous êtes fait avoir par Robert ! Il est doué. Il s'est fait passer pour un médecin, je parie. En fait, il est vraiment docteur mais il est aussi vraiment malade. L'un n'a jamais empêché l'autre. Robert est un être à personnalité multiple. Bonne leçon pour vous : il ne faut pas se fier aux apparences ni au titre.

Elle fait signe au malade de déguerpir. Il s'enfuit, penaud. La vieille dame se tourne vers Lucrèce et Isidore.

– Au fait, vous n'êtes pas de la maison, vous, vous êtes qui, et qu'est-ce que vous faites là ?

Ils mettent un temps à prendre conscience qu'ils ont été floués.

– Heu... Nous sommes journalistes, répond Lucrèce.

La vieille dame fulmine.

– Quoi ! Des journalistes ! Mais on ne veut pas de journalistes ici ! Ce doit être Umberto qui vous a amenés jusqu'ici ! Cette fois-ci ce sera le dernier avertissement, s'il nous ramène encore des étrangers dans l'enceinte, on le vire !

– Pouvons-nous vous poser une question ?

– Désolée, nous n'avons pas le temps. C'est un hôpital, ici. Laissez-nous travailler.

Déjà elle est repartie, et un infirmier les raccompagne vers le ponton.

A cet instant, Isidore se dit qu'il espère ne jamais devenir fou mais que, si un jour il le devient, il souhaite qu'un type comme Fincher s'occupe de lui.

26.

Le docteur Fincher venait régulièrement au chevet de Jean-Louis Martin mais il avait une foule d'autres malades à soigner.

Au départ, Jean-Louis Martin fut donc surtout soutenu par sa famille. Son ami Bertrand Moulinot et ses collègues se relayaient aussi pour lui parler. Son chien Lucullus restait constamment à ses pieds, comme pour le protéger d'un éventuel agresseur.

Ses collègues savaient que le patient les voyait et les entendait. De son côté, Martin s'évertuait à rendre la conversation possible en disant « oui » d'un battement de la paupière et « non » de deux battements.

Sa femme Isabelle lui apprit qu'elle avait porté plainte afin que la police retrouve le chauffard qui l'avait percuté.

– Grâce au témoignage d'une personne qui était à son balcon on connaît maintenant le numéro de la plaque d'immatriculation de la voiture.

L'œil de Jean-Louis s'éclaira.

– ... Hélas, il s'agit d'une automobile louée sous un faux nom.

Et puis, les visites des amis s'espacèrent.

Jean-Louis Martin se forçait à croire toutes les explications qu'on lui donnait. Le premier à signifier clairement qu'il ne s'intéressait plus à lui fut son chien, Lucullus. Lui, n'ayant pas d'excuses à fournir, se contentait de ne plus lui lécher la main et de détourner la tête comme s'il n'était pas concerné par cette masse inerte sous le drap qu'on voulait lui faire passer pour son maître. Ça ne lui donnait pas à manger, ça ne lui lançait pas de bâton à ramener, ça ne le caressait pas, donc en tant que chien il ne voyait plus aucune utilité à faire du zèle.

Enfin, les collègues de travail ne vinrent plus. Jean-Louis Martin comprit grâce aux propos gênés de son ami Bertrand Moulinot qu'il avait été remplacé à la banque.

Bertrand lui-même baissa les bras.

La famille s'accrocha de son mieux. Les filles parlaient de retour, de rétablissement, de la chance d'être soigné dans un hôpital aussi spécialisé. Et puis Isabelle s'étonna un jour :

– Tiens, ils t'ont changé de chambre ?

Un battement de paupière. Fincher l'avait en effet transféré dans une pièce plus grande afin qu'il puisse « discuter » tranquillement avec les siens.

– Cette chambre-ci n'a pas de fenêtre ! s'offusqua Suzanne, la plus jeune de ses filles.

– Pour ce qu'il ressent. Ça ne lui fait ni chaud ni froid. ricana l'aînée.

– Je t'interdis de dire ça !

La mère, choquée, gifla à toute volée la gamine.

Jean-Louis Martin battit deux fois de la paupière.

Non, ne vous disputez pas.

Mais déjà sa femme s'était éclipsée en entraînant les enfants afin de ne pas lui offrir le spectacle de leur zizanie.

27.

La mer est calme, sur le chemin du retour.

Umberto, renfrogné et hostile, ne leur parle plus et crache régulièrement par-dessus le bastingage, comme s'il se retenait de leur cracher directement dessus.

Visiblement les responsables de l'hôpital n'ont pas perdu de temps pour le sermonner.

– Nous avons eu, somme toute, de la chance qu'ils nous laissent partir sans plus de formalités, déclare Isidore. Je me souviens d'une expérience qui a eu lieu en 1971 à Los Angeles. Dix journalistes avaient décidé de se faire interner dans un hôpital psychiatrique pour y enquêter. Chacun est allé voir son médecin de famille en déclarant qu'il « entendait des voix dans sa tête ». Cela a suffi pour qu'ils soient dirigés vers des établissements psychiatriques qui ont automatiquement classé ces symptômes comme étant ceux de la schizophrénie. Les journalistes ont alors consigné soigneusement tout ce qui se passait autour d'eux. Mais quand ils ont estimé leur enquête terminée, certains se sont aperçus qu'on ne les laissait pas sortir. Ils ont dû faire appel à des avocats, aucun médecin ne voulait reconnaître qu'ils étaient sains d'esprit. Il n'y avait que les malades à s'être aperçus que le comportement de ces nouveaux était différent...

Lucrèce laisse ses cheveux roux flotter au vent, respire amplement les embruns pour éviter d'avoir de nouveau la nausée.

– Le corps médical devait être vexé de s'être laissé piéger par des journalistes. A partir du moment où ils sont arrivés avec une étiquette schizophrène sur le dos, le moindre de leurs gestes a été interprété comme typiquement schizophrène.

La Côte d'Azur s'aligne devant eux, avec ses superbes villas surplombant la baie.

– Moi aussi j'ai entendu parler d'une expérience semblable, effectuée celle-là à Paris, reprend Lucrèce qui ne veut pas être en reste. En accord avec l'administration scolaire, des sociologues ont distribué au hasard des bons et des mauvais dossiers à une promotion d'élèves. Les professeurs n'avaient pas été informés de l'expérience. A la fin de l'année, tous les élèves venus avec un dossier de bon élève présentaient de bonnes notes et, inversement, ceux qui avaient été préalablement dotés d'un dossier médiocre n'avaient accumulé que de mauvaises notes.

– Vous croyez que ce sont les autres qui nous modèlent ? demande Isidore.

A cet instant, le téléphone portable de Lucrèce se met à vibrer. Elle écoute, puis referme l'appareil.

– C'était le professeur Giordano. Il a trouvé quelque chose. Il a laissé un message, il m'attend à la morgue.

– M'attend ? Il « nous » attend, corrige Isidore Katzenberg.

– Il n'a demandé que moi.

Le regard d'Isidore se fait plus acéré.

– Je souhaite vous accompagner.

Tu n'es qu'une sale petite gosse qui a tout à apprendre du métier.

– Et moi je souhaite y aller seule.

Tu n'es pas mon père.

– Je ne comprends pas votre attitude, Lucrèce.

Le capitaine joue avec sa casquette ornée de motifs torsadés en fils d'or en les scrutant d'un air sardonique. Il se souvient maintenant pourquoi il a choisi de demeurer célibataire.

– Je dois vous avouer que cela me contrarie beaucoup, souffle Isidore.

– Tant pis, dit-elle.

– Vraiment ?

– Vraiment !

Les yeux vert émeraude étincelants sondent les yeux châtains qui se veulent impassibles.

Après un adieu assez froid au marin, les deux journalistes rejoignent le side-car garé non loin. Isidore veut se taire mais il n'y parvient pas.

– Je crois vraiment qu'il vaut mieux qu'on reste ensemble. S'il y avait le moindre problème..., insiste-t-il.

– Je suis une grande fille capable de se défendre. Je vous l'ai déjà prouvé, il me semble.

– Je me permets d'insister.

Elle enfile rapidement son casque et son grand manteau rouge.

– L'hôtel est tout près, vous n'aurez qu'à y aller à pied ! lance-t-elle.

Elle relève ses lunettes d'aviateur, enfourche sa moto, lui tire le visage vers le bas et lui pique un bisou sur le front. Puis elle lui saisit le menton.

– Que cela soit clair entre nous, cher collègue. Je ne suis pas votre élève, ni votre disciple, ni votre fille. Je fais ce que je veux. Seule.

Il soutient son regard et dit :

– Nous avons commencé cette enquête ensemble, sur ma proposition. Croyez-moi, il vaut mieux continuer à rester groupés.

Là-dessus elle remet ses lunettes et lance son bolide dans la circulation du début de soirée, abandonnant son comparse sur le port.

28.

L'abandon fut progressif mais irrémédiable.

Les visites de ses filles se firent plus rares. Elles finirent par ne même plus donner d'excuses.

La dernière personne à lui rendre encore visite fut sa femme Isabelle. Elle n'arrêtait pas de seriner comme un mantra : « J'ai l'impression que tu vas un peu mieux » et : « Je suis sûre que tu vas t'en sortir. » Elle essayait probablement de s'en convaincre elle-même. Elle entra pourtant à son tour dans le cycle des excuses peu crédibles puis finit par ne plus venir du tout. Voir un œil qui s'agite au-dessus d'une bouche qui bave n'était pas vraiment réjouissant.

Et Jean-Louis Martin passa sa première journée sans le moindre contact extérieur. Il se dit qu'il était l'homme le plus malheureux de l'univers. Même un clochard, même un prisonnier, même un condamné à mort avaient un sort plus enviable que le sien. Eux au moins savaient que leur tourment cesserait un jour. Alors que lui n'était plus qu'un être « condamné à vivre ». Il savait qu'il continuerait éternellement à stagner aussi immobile qu'un végétal. Même pas. Le végétal ça pousse. Lui était comme une machine. Un fer à repasser. D'un côté on introduisait de l'énergie par perfusion, de l'autre on surveillait son pouls, mais où était la différence entre la chair et la mécanique qui permettait à cette chair de ne pas disparaître ? Il était le premier humain devenu machine et qui pourtant continuait à penser.

Maudit accident de voiture. Ah ! si je tenais le type qui m'a mis dans cet état !

Ce soir-là, il songea que rien ne pouvait lui arriver de pire.

Il avait tort.

29.

Elle évite de justesse un piéton. Pour aller plus vite, Lucrèce Nemrod décide de rouler sur les trottoirs. Mais elle passe sur un tesson de bouteille et la roue avant de la Guzzi émet un soupir caoutchouté.

– Zut.

Elle dégage avec difficulté la roue accrochée derrière le side-car. Là-dessus il se met à pleuvoir. Quelques jeunes gens lui proposent de l'aide auxquels elle répond par des « non » rageurs.

La roue de dépannage est crevée, elle aussi.

La journaliste scientifique donne un grand coup de pied dans la mécanique.

Autour d'elle la pluie tombe de plus en plus dru. Les bateaux au loin sont secoués par l'orage.

Elle fouille dans le side, trouve une bombe anticrevaison et la branche sur la valve.

J'ai toujours réussi sans l'aide de personne. Je suis née sans parents. Ou alors ils se sont tellement vite éclipsés que j'ai pas eu le temps de les voir. Je me suis éduquée seule en lisant des livres, sans l'aide des professeurs, j'ai commencé le journalisme sans l'aide d'une école de journalisme. Maintenant je change ma roue sans l'aide d'un garagiste et je ne veux dépendre de personne. Ah ! quand je pense à toutes ces pauvres naïves qui attendent de trouver un mari pour résoudre leurs problèmes ! Les contes de fées ont fait beaucoup de mal à ma génération.

Elle vérifie la pression, s'aperçoit que ce n'est pas suffisant et appuie à nouveau sur l'aérosol.

Toutes ces Cendrillons, Blanche-Neige, et autres Belles au bois dormant !

Un camionneur s'arrête et lui propose de l'aide. Dans les secondes qui suivent, il s'enfuit sous une bordée d'injures. La pluie se fait plus froide alors que la lumière du ciel s'éteint progressivement.

Enfin la moto est réparée. Imperturbable sous la pluie, Lucrèce, debout sur le side-car, tente de lancer le démarreur. Celui-ci refuse de partir.

Elle donne une série de coups de mollet.

Enfin un ronronnement étouffé, puis clair résonne dans le soir.

Merci, machine.

Sous la pluie battante elle ne peut cependant rouler vite. Quand elle arrive à la morgue de Cannes, il est déjà vingt-deux heures. Elle prend dans la nacelle son appareil photo et le met en bandoulière.

A cette heure, il n'y a plus que le concierge à l'entrée. L'Antillais aux cheveux rastas est toujours plongé dans la lecture de *Roméo et Juliette*.

Quand il aperçoit la journaliste, il lui fait un signe lui intimant : « On ne passe pas », et un autre du poignet qui désigne sa montre et qui indique qu'il est trop tard pour laisser entrer qui que ce soit.

Elle tire son gros porte-monnaie relié à son pantalon par une chaînette et, après en avoir détaillé le contenu, dégage avec lassitude un billet de vingt euros.

Sans le moindre commentaire, il empoche le billet, se replonge dans *Roméo et Juliette* et presse le bouton qui fait coulisser la porte vitrée.

Le bureau de Giordano est fermé à clef mais la salle d'autopsie est ouverte. La pièce est vide. Six corps recouverts de draps blancs reposent sur les tables. Lucrèce remarque que la porte de la salle des rayons X est entrebâillée, laissant filtrer une lumière rouge.

– Professeur Giordano ? Professeur Giordano, vous êtes là ?

Soudain toutes les lumières s'éteignent.

30.

– Pourquoi tu éteins ? demanda le plus jeune des deux infirmiers.

– C'est un légume. Il ne peut ni parler ni bouger. Avec ou sans lumière, pour lui c'est pareil. Autant faire des économies. C'est à force de petites attentions comme celle-ci qu'on arrivera peut-être un jour à combler le trou de la Sécu, plaisanta l'autre.

Le jeune infirmier maugréa :

– Tu es dur.

– Ça fait trente ans que je fais ce boulot. C'est un travail d'esclave. Désolé, je n'ai plus aucune motivation. Alors je m'amuse. Si on ne peut plus jouer avec les clients ! Allez, t'inquiète pas. De toute façon il ne pourra pas se plaindre.

– Et si Fincher arrive et trouve la lumière éteinte ?

– On sait qu'il passe tous les jours à midi, il suffit de lui remettre la lumière à midi moins dix.

Ainsi commença pour Jean-Louis Martin sa période « sans lumière ».

Dans l'obscurité quasi permanente, l'angoisse ne tardait pas à envahir son esprit. Dans le noir il en venait à voir des monstres, et souvent ces monstres aux corps de dragon avaient les visages des deux infirmiers qui éteignaient volontairement la lampe.

Quand la lumière revenait c'était presque douloureux. Ainsi, ils tenaient parole. Dix minutes avant l'arrivée de Fincher, ils appuyaient sur l'interrupteur.

Le premier éblouissement passé, à travers la forte clarté apparaissait peu à peu le plafond. Blanc. Et au milieu de ce plafond blanc une toute petite tache qui passionna vite le malade du LIS. Il examinait cette tache dans les moindres détails. Il en connaissait chaque dégradé de gris, chaque aspérité. Cette tache avait pris pour lui une dimension métaphysique. C'était un univers complet sur lequel son regard zoomait.

Il ne connaissait ni le plan de son quartier d'antan ni l'agencement des placards de son pavillon, mais il n'ignorait rien du moindre millimètre de cette tache d'un centimètre carré qu'il observait avec attention. Et à ce moment, une idée le traversait. Voir était en soi un plaisir immense. Même voir n'importe quoi. Même voir une simple tache.

Le docteur Fincher arriva. Martin aurait voulu lui faire comprendre son calvaire avec les infirmiers. Mais le neurologue n'accomplissait que les gestes thérapeutiques nécessaires. Quand il repartit, les infirmiers éteignirent la lumière.

Noir. Nouvelle apnée visuelle.

Jean-Louis Martin laissait passer les monstres puis, au bout d'une heure, découvrait que, dans le noir, il entendait bien des choses qu'il ne percevait pas lorsqu'il y avait de la lumière : un malade à côté qui respirait fort, la pompe d'une machine à respirer, les infirmiers qui discutaient dans le couloir.

C'est étrange, se dit-il, *il faut être privé d'un sens pour s'apercevoir à quel point il est nécessaire.*

Ces sons existaient déjà avant mais il n'y faisait pas attention. Maintenant, c'était comme si tout un monde nouveau s'ouvrait à lui. Un monde avec une tache au plafond et des milliers de bruits de fond passionnants.

Après cette découverte, l'angoisse du noir reflua. Et alors que l'émerveillement de la tache durait quelques instants à peine, la détresse d'être dans les ténèbres semblait sans fin. Il en arriva même à penser que, dans le noir, il pourrait mourir sans s'en apercevoir. Il éprouva alors une énorme bouffée de pitié pour lui-même. Et sans que personne le vît, son œil laissa couler une larme un peu acide dans l'obscurité totale.

31.

Elle essaie en vain d'allumer l'interrupteur.

Probablement le fusible commandant cette pièce a-t-il grillé.

Seules les lampes verte et blanche EXIT de sécurité fonctionnent sur le générateur autonome. Elle voit une boîte d'allumettes près d'un bec Bunsen et en frotte une.

Elle pénètre dans la salle des rayons X. Le médecin légiste en blouse blanche est affalé dans un fauteuil et lui tourne le dos.

– Docteur Giordano ?

Devant lui, le bocal étiqueté « Samuel Fincher ». Lucrèce remarque qu'à présent le cerveau est coupé en deux comme une pomme.

– Docteur Giordano...

Elle lui touche le bras. Le médecin légiste ne bronche pas. Elle fait pivoter le fauteuil pour le contraindre à la regarder. La faible lueur de son allumette éclaire le visage du médecin figé dans une expression de terreur totale. Comme s'il avait vu quelque chose d'abominable. Il a encore la bouche ouverte.

Elle retient un cri et lâche l'allumette. Vite, elle en frotte une autre.

Derrière elle, l'un des corps vient de bouger. Les autres

ont leurs pieds nus avec une étiquette attachée à l'orteil. Une paire de chaussures sort du drap mortuaire.

Après avoir repris ses esprits, Lucrèce Nemrod approche l'allumette du visage. Elle examine la victime.

Une main sort du drap, tâtonne sur la table roulante, trouve un scalpel, s'en saisit et découpe le tissu au niveau de ses yeux. Puis elle noue le drap au-dessus de sa tête pour s'en faire un masque.

Lucrèce lui tourne toujours le dos. Elle prend le pouls de Giordano. L'homme au drap sur la tête empoigne le scalpel comme s'il s'agissait d'un poignard.

L'allumette lui brûlant les doigts, Lucrèce la lâche et se retrouve dans l'obscurité. Elle cherche fébrilement sa boîte d'allumettes.

Quand elle en rallume une, l'homme avec le drap sur la tête s'est rapproché. Mais elle ignore toujours sa présence. Elle consulte les papiers sur le bureau.

L'allumette s'éteint.

Elle en frotte une autre mais, dans sa précipitation, la casse. Or c'était la dernière. Elle entend un bruit et se retourne brusquement.

– Y a quelqu'un ?

L'allumette lui mordille les ongles. Lucrèce tente quand même d'examiner les papiers sur le bureau. L'homme au drap sur la tête est maintenant tout près.

L'allumette lui brûle les doigts.

– Zut et zut et zut ! dit-elle.

Elle détecte à nouveau un froissement de tissu derrière elle.

A tâtons, elle récupère son appareil photo et en déclenche le flash dans la direction des bruits. Si les allumettes éclairaient longtemps une étroite zone, le flash illumine une fraction de seconde toute la pièce dans ses moindres détails.

Elle distingue clairement l'homme avec son drap sur la tête et son scalpel à la main. Elle se dégage vite, se tapit derrière une table. Elle veut réutiliser son flash mais celui-ci exige du temps avant de se recharger. Elle se résigne donc à attendre que la petite lumière rouge passe au vert.

Ça y est, c'est vert.

Flash. Lucrèce constate que l'homme la cherche plus à droite. La lumière l'a ébloui. Elle gagne quelques précieuses secondes. Mais lui a repéré maintenant l'origine des éclairs et se précipite vers elle. Elle n'a que le temps de se cacher à nouveau.

Chacun guette l'autre dans le noir.

Dans l'obscurité, je perds mes moyens. Sortir d'ici.

La porte est fermée. Elle secoue la poignée. L'homme se rue sur elle et la plaque au sol. Puis, ayant bien assuré sa prise en appuyant son pied sur le cou de la jeune femme, il darde vers elle la pointe du scalpel.

Un jet d'adrénaline inonde d'un coup ses vaisseaux sanguins, atteint ses extrémités et réchauffe ses muscles. Elle tente de se dégager.

Dans la pénombre à laquelle ses rétines se sont lentement accoutumées, elle discerne la lame aiguisée.

Peur. Tout le sang afflue dans les muscles de ses bras pour repousser le pied qui lui écrase le cou.

Un grand fracas les surprend tous les deux. La porte vient de céder sous un énorme coup d'épaule. Une torche électrique aveugle assaillant et assaillie. L'agresseur hésite puis relâche sa prise pour s'enfuir par le côté.

D'une voix étranglée, Lucrèce articule difficilement :

— Isidore ! Ne le laissez pas partir !

Le gros journaliste se précipite pour bloquer l'issue. Mais l'homme est plus agile que lui. Il le bouscule et file sans lâcher son scalpel. Lucrèce reprend peu à peu son souffle.

Isidore examine attentivement le cou du médecin légiste.

— Pas la moindre blessure. Assurément, le scalpel ne l'a pas touché. Giordano est mort de peur en l'apercevant.

Isidore continue de le palper.

— Etonnant. Il vivait en permanence avec la mort des autres et il a complètement disjoncté dès qu'il a été lui-même en danger !

– Ne commencez pas à arborer vos petits airs de « Monsieur vous auriez dû m'écouter » !

– Je n'ai rien dit.

Il trouve le placard à fusibles et relance le courant électrique dans la pièce. La jeune femme cligne les yeux puis sort son carnet.

– Giordano devait être phobique, remarque-t-elle. Il avait une peur maladive de mourir. Quand il a vu le scalpel, son cerveau a préféré s'autodétruire.

Elle s'assoit, fourbue, et se ronge un ongle.

– Ça y est, j'ai compris. D'une manière ou d'une autre le tueur arrive à connaître la phobie de ses victimes.

– Quand on est phobique, le danger réel est amplifié jusqu'à la peur panique, et la peur panique peut entraîner la mort. J'ai lu cette histoire dans une encyclopédie : un marin enfermé dans un container frigorifique était mort de froid parce qu'il croyait avoir froid. Il a décrit son agonie en gravant ce qu'il ressentait sur les murs avec un morceau de verre. Il disait sentir ses extrémités geler. Pourtant, à l'arrivée, quand on a découvert son cadavre, on a constaté que le système frigorifique n'était pas branché. Le marin a cru avoir froid et cette conviction a suffi à le tuer.

– Mmm... Le pouvoir de la pensée, la capacité de s'autoconditionner.

Lucrèce relit ses notes.

– Il faut trouver la phobie de Fincher et nous saurons alors comment il a pu être tué.

Isidore examine le menton de Giordano.

– A une petite différence près..., ajoute-t-il.

– Laquelle, Shêrlock Holmes ?

– Le visage. Celui de Giordano est figé dans l'expression de la peur absolue alors que, pour Fincher, il s'agissait plutôt de... l'extase absolue.

32.

Chaque seconde provoquait une douleur supplémentaire.

Après une nuit de cauchemar, Jean-Louis Martin fut réveillé brutalement par les deux infirmiers. Le plus âgé ouvrit d'un coup sec sa paupière et l'éblouit de sa lampe de poche pour vérifier que la rétine réagissait.

– J'espère qu'on va mettre ce « légume » au réfrigérateur, marmonna-t-il.

– C'est quoi « le réfrigérateur » ? demanda l'autre.

– Une salle spéciale où l'on entasse les gens comme lui pour qu'ils pourrissent sans plus gêner les autres, reprit le plus âgé. Mais il faut l'abîmer encore davantage pour qu'on le considère comme complètement « fané ».

L'œil de Jean-Louis Martin s'arrondit d'horreur. Un instant il pensa que les infirmiers allaient le débrancher.

– Tu en as peut-être marre de rester dans le noir ?

Le plus âgé échangea l'ampoule normale contre une ampoule de cent watts.

Dès lors, le plafond devint éblouissant. Sous l'intensité de la lumière, la tache disparut à nouveau. Cette lampe puissante asséchait la cornée de Jean-Louis Martin. La paupière n'était pas une protection suffisante contre une aussi puissante agression. Il n'en finissait plus de produire des larmes pour l'humidifier.

Son œil lui brûlait la tête. Au milieu de la nuit, les deux infirmiers refirent leur apparition.

– Ça y est, tu commences à comprendre qui décide les règles, légume ? Réponds, un coup pour oui et deux coups pour non.

Deux coups.

– Ah ! monsieur joue le fanfaron. Parfait. Ta punition pour l'instant n'a qu'à moitié fonctionné. Tu ne possèdes plus que deux sens en état de marche, l'œil et... l'oreille. Il n'y a pas de raison pour que tu ne sois pas aussi châtié par l'oreille.

Ils le coiffèrent d'un casque de baladeur diffusant en

boucle le dernier tube de Gretta Love, *Pour que tu m'aimes*.

A cet instant, Jean-Louis Martin fut saisi d'une pulsion très forte de haine. Cependant, pour la première fois, son élan n'était pas tourné contre lui-même mais contre les autres. Il avait la rage. Il avait envie de tuer. Dans un premier temps, ses deux infirmiers. Et ensuite, Gretta Love.

Le lendemain matin, son œil et son oreille étaient en feu. Jean-Louis Martin tenta de comprendre, avec le peu de raison qui subsistait par-delà sa colère, pourquoi ces deux types qu'il ne connaissait pas lui voulaient autant de mal. Il se dit que c'était la nature même de l'homme de ne pas aimer son prochain et de prendre plaisir à le faire souffrir. Et à ce moment il transcenda sa haine et eut envie de changer l'humanité tout entière.

Le surlendemain, les infirmiers maladroits firent tomber Jean-Louis Martin sur le linoléum, les perfusions plantées dans ses avant-bras se tendirent et claquèrent. Ses bourreaux le remirent d'aplomb.

– Tu es salaud quand même ! dit le plus jeune des deux infirmiers.

– C'est le système qui est salaud. Moi je trouve qu'on devrait tous les euthanasier. Les « légumes » coûtent cher à la société, ils occupent des lits qui pourraient profiter à des malades plus valides. Parfaitement. Avant, on laissait mourir ces gens-là mais, avec le « progrès », comme ils disent, maintenant on les maintient en vie. Malgré eux, en plus. Car je suis convaincu que si ce pauvre type pouvait s'exprimer, il demanderait à mourir. Hein, mon petit légume chéri ? Tu veux être braisé ou bouilli ?

L'infirmier lui tira les poils des oreilles.

– D'ailleurs, qui tient à lui ? Même sa famille ne vient plus le voir. Ce type n'est qu'une gêne pour tout le monde. Mais nous sommes dans un système de lâcheté généralisée où l'on préfère laisser vivre les parasites plutôt que d'avoir le courage de s'en débarrasser.

A nouveau il eut un geste maladroit et Jean-Louis Martin tomba sur le visage dans un bruit mat.

La porte s'ouvrit. Entra le docteur Samuel Fincher qui, pour une fois, arrivait en avance. Il comprit tout de suite ce qui se passait. Il lâcha sèchement :

– Vous êtes virés !

Puis il se tourna vers son patient.

– Je crois que nous avons des choses à nous dire, fit-il en recalant son malade bien droit sur son coussin.

Merci, docteur. Je ne sais pas si je dois vous remercier de me sauver maintenant ou vous en vouloir de ne pas m'avoir sauvé plus tôt. Quant à nous dire des choses...

– Vous n'aurez qu'à répondre par oui ou non en battant une fois ou deux de la paupière.

Enfin son médecin lui posait les bonnes questions. Rien qu'avec des oui et des non, Martin arriva à faire comprendre toutes les étapes de son récent calvaire.

33.

– Qu'est-ce qui motivait mon frère Sammy ? Bonne question.

Tout en parlant, l'hypnotiseur du Joyeux Hibou joue avec une carotte devant un lapin blanc. Le lapin veut prendre la carotte mais, chaque fois, il la retire au dernier moment.

– Ce qui motive tout le monde : se réaliser dans une passion. Nous possédons tous un talent particulier, il faut le déceler et le travailler pour l'exacerber. Cela devient une passion. Elle nous guide, elle nous permet de tout supporter, elle donne un sens à nos vies. Sinon, l'argent, le sexe, la gloire ne sont que des récompenses éphémères.

Lucrèce, emballée, extirpe son calepin et note :

« 9 : la passion personnelle. »

– Sammy disait que la plupart des dépressions étaient dues à une absence de passion personnelle. Ceux qui se passionnent pour le poker, le bridge, les échecs, ceux qui se passionnent pour la musique, la danse, la lecture ou même la vannerie, le macramé, la philatélie, le golf, la boxe ou la poterie ne font pas de dépression.

Tout en parlant, l'hypnotiseur continue de jouer avec sa carotte et son lapin, lequel est de plus en plus frustré de ne pas recevoir sa récompense.

– Pourquoi imposez-vous ce jeu à votre lapin ? demande la jeune journaliste rousse.

L'artiste adresse un bisou affectueux à l'animal.

– Qu'est-ce qu'il va être heureux quand je vais enfin lui donner sa carotte, celui-là ! Le bonheur c'est aussi ça, l'assouvissement d'un désir exacerbé. D'abord j'installe l'insatisfaction, je construis le désir, je l'entretiens, je l'amplifie, puis j'accorde l'assouvissement. Mmm... je compte améliorer mon tour avec ce lapin blanc. Je le cacherai dans un chapeau. Avez-vous déjà songé à l'abnégation qu'il faut à un lapin ou à une colombe pour attendre sans roucouler ni couiner la fin du tour ? Ces animaux vivent compressés au fond d'une boîte ou d'une poche. Ah, qui osera parler de la solitude du lapin attendant le final d'un numéro ? Mais pour lui faire accepter tant de patience, il faut d'abord le conditionner. Il faut qu'il m'aime en tant qu'assouvisseur de désirs. Je dois devenir son dieu. Il oubliera que je suis la cause de ses tourments et ne se souviendra que de mon pouvoir de les arrêter.

Pascal Fincher continue de manier sa carotte, en évitant chaque fois les mouvements de pattes de son lapin tout en le retenant par le cou.

– Mais comme, lui, je ne peux pas l'hypnotiser par la parole, je le programme à réagir automatiquement à certains stimuli. La prochaine fois qu'il verra une carotte, il n'aura qu'une envie : m'obéir.

– Vous le préparez à supporter un cauchemar.

– Pas plus que notre société nous prépare à tolérer de rester entassés comme des sardines dans le métro aux heures de pointe. La seule différence, c'est qu'au lieu d'avoir une carotte on reçoit un salaire. Vous qui êtes parisiens, vous devez le savoir.

Le lapin blanc est maintenant au comble du désir. Les oreilles dressées, la moustache tremblante, il se montre de plus en plus expressif dans l'étalage de son envie. Il lance même des coups d'œil à Isidore et Lucrèce, comme s'il voulait leur demander d'intercéder en sa faveur pour obtenir la carotte.

– Nous sommes tous conditionnés et nous sommes tous facilement conditionnables...

– Sauf si on est sur le qui-vive, déclare Lucrèce. Isidore m'a eue, vous m'avez eue, mais maintenant, si je fais attention, vous ne m'aurez plus.

– Ah bon ? Voyons, répétez dix fois « bourchette ».

Elle obtempère avec méfiance. A la fin, Pascal lui demande juste :

– Et avec quoi mange-t-on la soupe ?

– Une fourchette, articule-t-elle précisément comme pour montrer qu'elle ne dira pas bourchette une fois de plus.

Puis comprenant sa méprise, elle tente de revenir sur sa réponse :

– Heu... je voulais dire une cuillère, bien sûr... Zut ! Vous m'avez eue.

– Voilà un petit conditionnement rapide. Tout le monde se fait avoir. Vous pouvez le tester sur votre entourage.

Isidore observe la pièce. Toute la décoration est axée sur le thème du cerveau. Il y a des collections de petits jouets chinois constitués de cerveaux en plastique munis de pattes qui sautillent lorsqu'on remonte leur ressort. Il y a des cerveaux en plâtre. Des monstres robots de science-fiction dont la tête est ouverte et le cerveau visible par transparence.

Le lapin blanc commence à montrer des signes d'agressivité et, pour le calmer, Pascal le remet dans sa cage. Il manifeste de plus en plus de nervosité.

– Mon frère a traversé une phase de mutisme de plusieurs années, dit Pascal Fincher. A cause de notre père. C'était un médecin très sensible. Le problème c'est qu'il était alcoolique, et la boisson le rendait tyrannique et suicidaire. Je me souviens qu'une fois, rien que pour nous impressionner, il a saisi un couteau sur la table et s'est tranché les veines du poignet. Il a tranquillement laissé couler son sang dans l'assiette.

– Et alors ?

– Ma mère a très bien réagi. Elle a servi la soupe sur le sang et lui a demandé d'un ton calme s'il avait eu une bonne journée. Il a haussé les épaules, déçu de ne pas nous avoir choqués et est allé se panser le poignet. Ma mère était exemplaire de douceur et d'intelligence. Elle savait prendre son mari et elle savait nous protéger des frasques paternelles. Nous l'aimions tant. Parfois mon père ramenait à la maison des clochards ivrognes et nous obligeait à les traiter comme ses amis. Ma mère, impassible, faisait comme si c'étaient des convives comme les autres. C'est peut-être pour cela que, par la suite, mon frère sut si bien parler aux plus misérables. Mais après un voyage au Bengladesh où il était parti comme médecin bénévole, mon père a basculé dans la drogue. Il s'est arrêté de travailler. Il mentait. Il ne nous manifestait plus le moindre signe d'affection. Mon père était à sa manière un explorateur du cerveau mais, lui, il empruntait le versant sombre, fasciné par les gouffres parsemant le voyage vers le centre de l'esprit. Et il aimait le parcourir en équilibre instable.

Pascal émet un petit rire fluet et triste en se remémorant son géniteur.

– Je crois que c'est lui qui nous a donné ce goût de jouer avec nos cervelles et avec celles des autres. Quel dommage qu'il se soit autodétruit, il avait des intuitions fulgurantes, des diagnostics étonnamment justes. Ah, ç'aurait été plus facile s'il avait été une crapule, on l'aurait haï et puis voilà.

– Et le mutisme de votre frère ?

– Tout a commencé le soir même du jour où notre paternel s'est tranché les veines à table. Après le repas, nos parents nous ont vite envoyés nous coucher. Dans la nuit, mon frère alors âgé de six ans a entendu des râles. Il a eu peur pour mon père, il s'est précipité dans la chambre des parents et est tombé devant le spectacle de papa et maman faisant l'amour. Je crois que c'est le contraste entre la situation de stress précédente et ce qu'il a perçu comme la bestialité de la scène qui a provoqué le choc. Il est resté comme statufié. Il n'a plus parlé pendant très longtemps. On l'a placé dans un centre spécialisé. Je suis allé le voir là-bas. Il était entouré de véritables autistes de naissance. Je me souviens du médecin qui me conseillait : « Avant de le voir, il vaudrait mieux que vous preniez comme un bain mental pour ne pas le contaminer avec tout le stress du monde extérieur. Il ressent tout si fort. »

Lucrèce prend des notes. L'autisme pourra faire un autre sujet d'article.

– Comment s'en est-il tiré ?

– Par une amitié avec un des enfants du centre et son intérêt pour les mythologies. Ulysse Papadopoulos était un gosse que ses parents avaient enfermé dans une cave. Au début Sammy s'asseyait simplement à côté de lui, et ils ne se disaient rien. Puis ils ont commencé à dialoguer par signes, puis avec des dessins. C'était inespéré. Ils avaient inventé leur propre langage qu'ils étaient seuls à comprendre. Deux âmes communiant par-delà la parole. Je peux vous dire que leur remontée parallèle a été vraiment émouvante. Mon père qui, après l'accident, était entré dans une phase d'autoculpabilité, a cessé de chercher à se détruire. Peut-être mon frère l'a-t-il finalement sauvé. Pourtant, il refusait d'aller le voir à l'hôpital. C'est ma mère qui s'y rendait tous les jours. Quant à moi, je ne supportais pas tous ces déments autour de lui. C'est sans doute pour ça que je ne suis pas devenu psy. Pour moi il y a d'un côté les psy et de l'autre les spi.

– Les « spi » ?

– Les spirituels, les gens intéressés par la spiritualité. Mon intérêt pour l'hypnose vient de là. Je crois qu'elle est une voie vers la spiritualité. Je n'en suis cependant pas sûr, je tâtonne...

Lucrèce renvoie sa longue chevelure rousse en arrière.

– Vous avez évoqué les mythologies ?

– L'autre enfant silencieux, ce fameux Ulysse Papado-poulos, était d'origine grecque. Il lui montrait des livres sur les légendes de son pays. Celles d'Hercule, Enée, Thésée, Zeus et plus que tout de son homonyme, Ulysse. Cela les faisait rêver tous les deux. Ils s'y sont raccrochés. Et puis mon père est mort. D'hépatite. Son foie avait conservé le souvenir de l'alcool et de la drogue et lui livrait l'addition avec retard. A l'enterrement mon frère et son ami Ulysse se chuchotaient des choses à l'oreille. C'est là que j'ai pris pour la première fois conscience que Sammy était guéri. Les deux enfants s'étaient mutuellement soignés mieux que ne l'aurait fait n'importe quel praticien.

Isidore scrute les notes qu'il a prises sur son ordinateur de poche.

– Qu'est devenue votre mère ?

– Après le décès de mon père, elle a comme démissionné de sa propre vie. Un jour mon frère lui a demandé ce qui pourrait lui faire plaisir. Elle a répondu : « Que tu sois le meilleur, que tu surpasses tout le monde avec ton intelligence. »

Isidore tripote un petit jouet-cerveau en plastique.

– Dès lors, il s'est senti motivé..., suggère-t-il.

– C'est peut-être pour ça qu'il est allé aussi loin dans ses études. Dès qu'une épreuve se présentait il fallait qu'il la franchisse, et plus c'était haut plus il était exalté. Ma mère, un matin, ne s'est pas réveillée. Mais j'ai l'impression qu'elle a continué à le hanter...

Pascal Fincher donne la carotte au lapin. Il la dévore à pleines incisives avec une fébrilité typiquement lapine.

– Et vous en êtes où, de l'enquête ? questionne Pascal Fincher.

– Nous savons désormais que nous dérangeons quelqu'un, nous sommes face à un véritable assassin et nous disposons d'une pièce à conviction.

Le lapin a fini la carotte et le regarde avec gratitude.

– Je vous aiderai de mon mieux à résoudre cette affaire.

Pascal Fincher ouvre son réfrigérateur et sort le bocal contenant les deux moitiés du cerveau de son frère.

– Le médecin légiste l'avait gardé, la police nous l'a

restitué. Comme vous m'en aviez prié, j'ai transmis votre demande au conseil de famille. Ils ont consenti à vous le confier, mais il faudra nous le rendre après l'enquête.

34.

Il se massa les tempes pour se détendre. Pas le moment d'avoir une migraine...

Le docteur Samuel Fincher s'en voulait à la fois d'avoir laissé souffrir un de ses malades et d'avoir permis que sévissent au sein même de son hôpital des infirmiers capables de cruauté. L'urgence était de déplacer Jean-Louis Martin.

– Vous serez mieux protégé dans une chambre collective. Et pour vous distraire, je vais vous faire installer un téléviseur.

Dans l'heure qui suivit on lui attribua un lit dans le bâtiment des hébéphréniques. En fait d'hébéphréniques, il y avait là six personnes avachies qui se réveillaient de temps en temps, nourris par perfusion.

Samuel Fincher fit installer le téléviseur face à son œil valide et munit Jean-Louis Martin d'une oreillette pour qu'il puisse écouter sans déranger ses voisins. Il apprécia les retrouvailles avec la télévision. Quelles richesses de stimuli !

Il y avait justement « Quitte ou double ». L'angoisse du joueur sur le point de tout perdre après avoir tout gagné attira automatiquement son attention et le rassura pour des raisons qu'il n'arrivait pas à exprimer. Son échec et son air dépité le ravirent. Durant cette émission, il s'oubliait un peu.

Ensuite ce furent les actualités. Aujourd'hui il y avait au menu : le président de la République française mis en cause dans une affaire de corruption, la famine au Soudan entretenue par les tribus du Nord, le massacre de la famille royale au Népal, la France qui gagne au football, une étude sur les élèves surdoués qui souffrent dans les écoles inadaptées à leurs talents, la Bourse qui remonte, la météo variable, une enquête sur les piercings qui s'infectent et, pour finir, le drame d'un père mis à mort en essayant de défendre son fils, handicapé mental, contre un groupe d'enfants qui se moquaient de lui.

Enfin il cessait de penser à lui. Si la morphine était l'analgésique parfait pour la chair, la télévision se révélait l'analgésique parfait pour l'esprit.

Déambulant dans un couloir désert, à cet instant même, Fincher était pensif. Pour licencier les deux infirmiers « indélicats » il savait qu'il aurait à affronter sa propre hiérarchie, sans parler des syndicats infirmiers.

La peur du changement est inhérente à l'homme. Il préfère un danger connu à n'importe quelle modification dans ses habitudes.

Le docteur Samuel Fincher jugea pourtant qu'il lui fallait repenser son hôpital non plus comme une administration qu'on gère mais comme un village utopique.

Il est nécessaire d'évacuer la pulsion de mort de cet endroit. Les malades sont si sensibles. Tout est amplifié. Et les répercussions peuvent être incommensurables.

Il tourna dans un couloir désert. Ce fut alors qu'un patient surgit derrière lui en vociférant, les mains en avant, dirigées vers sa gorge, avec la ferme intention de l'étrangler. Le neuropsychiatre n'eut pas le temps de réagir, l'air ne parvenait déjà plus dans ses poumons.

Je vais mourir maintenant.

Le malade serrait très fort son cou. Il présentait un regard chaviré, des pupilles dilatées.

Fincher le reconnut. Un drogué qui lui avait déjà causé beaucoup de soucis.

Faudra-t-il que l'héroïne, après avoir détruit la cervelle de mon père, me détruise aussi indirectement ?

L'autre serrait. Fincher étouffait, quand d'autres malades passant par là sautèrent sur le forcené pour le contraindre à lâcher prise. Mais le drogué se crispait, ne relâchant pas sa proie. Il avait une force inouïe décuplée par la rage.

Autour de lui c'était maintenant le tohu-bohu. De nouveaux malades arrivaient à la rescousse.

Ai-je peur ? Non. Je crois que je suis surtout inquiet sur ce qu'ils vont devenir quand je ne serai plus là.

Le drogué lui secoua le crâne comme s'il voulait briser sa colonne vertébrale.

J'ai mal.

Enfin noyé sous la masse des malades qui se jetaient sur lui, le drogué desserra l'étreinte.

Fincher put respirer, tousser, cracher.

Surtout ne pas montrer que cet assaut m'a affecté.

Il tira sur son pull pour le remettre en place.

– Tout le monde reprend ses activités, articula-t-il d'une voix enrouée.

Quatre infirmiers entraînèrent l'agresseur dans la salle d'isolement.

35.

Dans leur suite de l'hôtel Excelsior, Isidore et Lucrèce se reposent.

Les deux moitiés de cervelle rose clair de Fincher recouvertes de filaments gris flottent dans le bocal.

Lucrèce a inséré des petits morceaux de coton entre ses orteils et, d'une main précise, tout en discutant, elle repeint ses ongles des pieds en rouge carmin. La scène ressemble à une cérémonie où chaque orteil vient tour à tour se présenter, indépendamment de ses voisins, pour recevoir l'onction du vernis.

Isidore approche une lampe de chevet, saisit une loupe et s'empare d'un grand livre.

– Celui qui a tué Fincher et celui qui a essayé de vous tuer savent tous deux quelque chose sur le cerveau que nous ignorons.

– C'est quoi ce bouquin ?

– C'était sur le bureau de Giordano. Il était en train de l'étudier quand il est mort.

Isidore Katzenberg feuillette les pages, s'arrête sur une double image en couleur et compare le dessin à ce qu'il voit. Il plonge sa main dans un paquet de sucreries afin de fournir un combustible à sa propre chaudière cérébrale.

Lucrèce Nemrod s'avance, les orteils dressés pour qu'ils ne touchent pas le sol.

– C'est comme un nouveau pays, dit son compagnon. Une planète inconnue. Nous allons la visiter ensemble. J'ai le sentiment que, lorsque nous comprendrons comment fonctionne notre cervelle, nous comprendrons qui est l'assassin.

Elle ne peut réprimer une moue de dégoût. Il poursuit :

– 1450 centimètres cubes de matière grise, blanche et rose. Notre machine à penser. C'est là que tout se crée. Un simple désir peut entraîner la naissance d'un enfant. Une simple contrariété peut provoquer une guerre. Tous les drames et toutes les évolutions de l'humanité s'inscrivent d'abord dans un petit éclair, quelque part dans l'un des méandres de ce morceau de chair.

Lucrèce saisit à son tour la loupe et observe de plus près. Elle est maintenant si proche de la cervelle qu'elle ressent l'impression de marcher sur une planète de caoutchouc rose couverte de cratères et de fissures.

– Ici, à l'arrière, dit Isidore, cette zone plus sombre c'est normalement le cervelet. C'est là où est en permanence analysée la position du corps dans l'espace et l'harmonie des gestes.

– C'est ce qui nous permet de ne pas tomber en marchant ?

– Probablement. Si on s'avance davantage en direction du front, on trouve l'aire visuelle primaire : c'est là que s'élabore la perception des couleurs et des mouvements. Juste devant l'aire visuelle secondaire où se décide l'interprétation des images d'après la comparaison aux images connues.

– Quelle distinction faites-vous entre l'aire primaire et l'aire secondaire ?

– Dans la primaire on perçoit l'information brute, dans la secondaire on lui donne un sens.

Le journaliste tourne autour du bocal.

– Remontons encore en avant et nous trouverons l'aire

sensitive : reconnaissance du toucher, du goût, de la douleur, de la température.

– Les sens, quoi...

– Avançons encore vers le front. Ici, l'aire auditive :
perception et reconnaissance des sons.

– C'est quoi ce truc rose foncé ?

– Mmm... n'allons pas trop vite. Continuons, voici
l'aire de la mémoire à court terme. Et puis l'aire motrice
primaire qui commande nos muscles.

– Et le langage, c'est où ?

Isidore cherche sur sa carte.

– C'est sur le côté, là, dans le lobe pariétal.

Lucrèce s'habitue peu à peu à scruter la cervelle de
Fincher.

– Et à l'intérieur ?

Isidore tourne la page.

– Au-dessus, la couche superficielle, c'est le cortex.
C'est là que s'échafaudent la pensée, le langage.

– Ce n'est qu'une fine peau...

– Fine mais très frisée et remplie de plis. Le cortex est
responsable de toutes les fonctions supérieures de l'organisme, et c'est l'homme qui possède le cortex le plus
épais de tout le règne animal. Descendons à l'intérieur de
la cervelle. Sous le cortex, le système limbique, siège de
nos émotions : passions et colères, peurs et joie, c'est là
qu'elles se mitonnent. Dans ce livre ils l'appellent aussi
notre « cerveau de mammifère » par distinction avec le
cortex qui serait notre « cerveau typiquement humain ».

Lucrèce se penche pour mieux contempler le système
limbique.

– Ce serait donc là que quelque chose de bizarre se
serait produit chez Fincher.

– Et peut-être aussi chez Giordano. Dans le système
limbique existe une structure plus petite nommée l'hippocampe. C'est le réceptacle de notre histoire personnelle.
L'hippocampe compare en permanence chaque nouvelle
sensation reçue avec toutes celles du passé qu'il a déjà en
mémoire.

Lucrèce semble fascinée.

– C'est joli comme dénomination, « l'hippocampe ». Les savants l'ont probablement appelée ainsi parce que cette zone ressemble à la bestiole sous-marine...

Isidore tourne les pages du livre de sciences puis revient au bocal.

– La liaison entre les deux hémisphères se réalise par le corps calleux, cette matière blanchâtre qui permet à notre pensée logique de rejoindre notre pensée poétique.

– On dirait quand même un gros morceau de gras de mouton.

– En dessous, les deux grosses boules pourpres ce sont les deux thalamus, le poste de contrôle de l'ensemble du système nerveux. Et encore en dessous l'hypothalamus, le contrôleur du contrôleur. Là se trouve notre horloge biologique interne qui régule notre rythme de vie vingt-quatre heures sur vingt-quatre, surveille les besoins en oxygène et en eau dans notre sang. C'est l'hypothalamus qui déclenche les sensations de faim, de soif ou de satiété. Chez les hommes il déclenche la puberté et, chez les femmes, il régule le cycle des règles et des fécondations.

Lucrèce commence à entrevoir autre chose dans le bocal qu'un morceau de viande, elle se dit qu'il s'agit plutôt d'un superbe ordinateur organique. Il y a là une horloge, une puce centrale, une carte mère, un disque mémoire. Un ordinateur de chair.

– Et pour finir, encore en dessous, l'hypophyse, l'exécuteur des desiderata de l'hypothalamus. Cette petite glande de six millimètres déverse la plupart des hormones émotionnelles dans le sang pour nous faire réagir aux stimuli extérieurs positifs ou négatifs.

Lucrèce examine à nouveau sa liste des motivations. *En fait*, se dit-elle, *les premiers besoins servent à satisfaire le premier cerveau, le cerveau reptilien, le cerveau de survie : arrêter la douleur, stopper la peur, et se nourrir, se reproduire, être à l'abri. Le deuxième groupe de motivations sert à satisfaire le deuxième cerveau, le cerveau des mammifères, celui des émotions, de la colère, du devoir, de la sexualité, etc. Enfin le troisième cerveau, le cortex, le cerveau typiquement humain, sert à satisfaire*

le troisième groupe de motivations issues de notre capa-
cité d'imagination : le besoin de passion personnelle par
exemple...

Ils observent en silence le cerveau de cet homme exceptionnel.

– Giordano a vu quelque chose là-dedans qui lui a donné envie de nous appeler...

Isidore reprend la loupe.

– Il y a là une multitude de petits trous qui grêlent les différentes zones.

Réveillé soudain par sa propre horloge intérieure, Isidore consulte précipitamment son bracelet-montre comme s'il avait un rendez-vous urgent, puis il allume le téléviseur pour les actualités du jour.

– Excusez-moi, c'est l'heure.

– Vous voulez voir les informations alors qu'on est en pleine enquête ?

– Vous le savez bien, c'est ma seule maniaquerie.

– Je croyais que c'étaient les sucreries.

– L'un n'empêche pas l'autre.

Déjà Isidore est plongé dans l'écoute des actualités.

Cela commence par les informations nationales. La chute de la Bourse entraîne des chamailleries entre le Président et le Premier ministre. Il semblerait que cette dégringolade ait été accentuée par des réactions automatiques d'ordinateurs programmés pour vendre les actions lorsque les cours atteignent un certain plancher. Le Premier ministre exige une surveillance minutieuse des logiciels de ces ordinateurs afin qu'ils cessent d'amplifier artificiellement les bons et les mauvais scores des places boursières mondiales.

Election parlementaire. Un politicien de l'opposition annonce que « le problème dans ce pays, c'est qu'il n'y a plus de motivation. Tout le monde ne pense qu'à son petit confort personnel immédiat. On ne se bat plus pour être les premiers mais pour ne pas trop vite être les derniers ». Il ajoute « et si ce n'était que ça ! les entrepreneurs sont démotivés par les taxes et la paperasserie, les créateurs de richesse sont démotivés par les impôts, tout est fait dans ce pays comme si on voulait juste égaliser tout le monde dans la défaite ».

International : le secrétaire général de l'ONU a demandé à la Syrie de modifier ses manuels scolaires d'histoire où l'on apprend aux enfants que les camps de concentration n'ont jamais existé.

– Vous voyez, il n'y a pas que vous qui perdez la mémoire. L'humanité entière souffre de petites « pertes ». Bientôt on votera à main levée pour décider si la Première Guerre mondiale a existé et on va peut-être tout réécrire en fonction de ce qui arrange le plus grand nombre.

– Ça ne me console pas vraiment de me retrouver amnésique dans un monde amnésique.

Isidore semble exténué.

– Qu'est-ce qui ne va pas, collègue ?

Lucrèce Nemrod lui tend un Kleenex qu'il accepte.

– Tout me traverse et tout me détruit, la cruauté comme la lâcheté.

– Vous n'êtes pas encore blasé ? C'est quand même incroyable, vous avez été capable de mettre en déroute un tueur dément et vous vous effondrez en regardant les actualités.

– Excusez-moi.

Il se mouche.

– Oh et puis zut. Si ça vous met dans de tels états, n'écoutez plus les informations ! Je veux bien que les actualités soient votre drogue mais au moins que vous y preniez un peu de plaisir.

Elle éteint la télévision.

Il la rallume.

– Je veux savoir ce qui se passe.

– Par moments, il vaut mieux l'ignorer.

– La lucidité est la plus forte de toutes les drogues.

– Alors, devenez indifférent !

– J'aimerais tant.

– Pff, ça change quoi que vous vous lamentiez devant le téléviseur ! (Elle lui murmure à l'oreille :) Gandhi disait : « Quand je désespère, je me souviens que tout au long de l'histoire la voix de la vérité et de l'amour a triomphé. Il y a dans ce monde des tyrans et des assassins et pendant un temps ils peuvent nous sembler invincibles. Mais à la fin, ils tombent toujours. »

Le journaliste ne semble pas consolé pour autant.

– Oui mais Gandhi a été assassiné. Et ici et maintenant on n'entend parler que des symptômes de la montée des nationalismes, des fanatismes, des totalitarismes. J'aimerais être insensible. Le terme précis c'est « nonchalant ». Ça doit exister, dans le cerveau, l'hormone de la nonchalance. Un liquide qui ferait qu'on prendrait tout à la légère sans être concerné par les drames qui s'abattent sur autrui. Ça doit exister...

– Cela se nomme les calmants. Ça permet de ne plus être anxieux en oubliant le réel. 45 % pour cent de la population en a pris au moins une fois.

Elle lui tend des bonbons.

– Vous êtes trop sensible, Isidore. Cela vous rend... charmant dans un premier temps, mais peu convivial à la longue.

– A quoi ça nous sert d'avoir le cortex le plus développé du règne animal si c'est pour nous comporter ainsi ? Ce que nous faisons à nos propres congénères, aucun animal n'oserait le faire à son gibier ! Si vous saviez comme j'aimerais être... « bête ».

Elle contemple les deux morceaux de cervelle qui flottent dans le bocal transparent.

Isidore augmente le son des actualités.

Mondanités : Billy Underwood, le célèbre rocker français, se remarie pour la seizième fois avec une heureuse élue plus jeune que lui de quarante années.

Lucrèce note que la simple énonciation de cette nouvelle non dramatique (sauf pour l'ex-compagne du chanteur) a le pouvoir de redonner le moral à Isidore.

Sciences : découverte d'un nouveau médicament à base d'une hormone de porc permettant de prolonger la vie humaine. Si les espoirs mis dans le produit se révèlent exacts, les savants espèrent repousser les limites de la vie humaine jusqu'à une moyenne de cent vingt ans contre quatre-vingts actuellement.

Lucrèce se détourne du téléviseur et se rapproche à nouveau du cerveau dans le bocal. Elle sent que la solution réside dans ce morceau de chair pâle.

Enfin on annonce que le célèbre top model Natacha Andersen qui s'était accusé du meurtre du champion d'échecs Samuel Fincher vient d'être libéré, l'« amour » ne figurant pas dans le code pénal en tant qu'arme de première, deuxième ou troisième catégorie.

36.

Dessins animés japonais violents pour enfants, publicité, émission de télé-achat vantant des accessoires ménagers, publicité, recettes de cuisine impossibles à réaliser, publicité, émission de gymnastique impossible à suivre, publicité, jeu « Quitte ou double », publicité, journal de treize heures consacré aux actualités régionales, publicité, émission de sport, publicité, émission de télé-réalité avec des gens spécialement sélectionnés pour être représentatifs de la population moyenne, publicité, téléfilm soporifique allemand, publicité, journal de vingt heures axé sur les actualités nationales et internationales, publicité, météo, publicité, grand film d'action américain, publicité, émission d'analyse de la publicité, publicité, émission zapping florilège des meilleurs moments de la télévision, publicité, émission sur la chasse et la pêche.

Voilà ce qui entrait chaque jour avec très peu de variantes dans la tête de Jean-Louis Martin. Sept jours sur sept.

Au début, le malade du LIS appréciait la télévision, cette vieille compagne d'enfance. En restant plus longtemps à la contempler, il se mit à l'étudier avec un peu de recul. Il percevait les intentions cachées des animateurs, des programmateurs des chaînes. Il comprenait comment la télévision devenait un outil fédérateur. Elle influençait les spectateurs pour les persuader de trois injonctions subliminales : restez calmes, ne faites pas la révolution, essayez d'amasser le plus d'argent possible pour pouvoir consommer les derniers produits à la mode qui vous permettront d'épater vos voisins.

Il percevait également une autre action subliminale de la télévision : elle incitait à isoler les individus. C'était subtil.

La télévision incitait les enfants à juger leurs parents rétrogrades et les parents à juger leurs enfants débiles. Elle permettait de tolérer qu'on ne se parle plus à table. Elle faisait croire qu'on pouvait devenir riche simplement en se rappelant la date d'une bataille historique dans un jeu quizz.

Au bout de quinze jours, Jean-Louis Martin ne supportait plus cet objet qui lui enfonçait en permanence dans la tête des messages auxquels il n'adhérait pas.

Il avait connu la monotonie de l'obscurité, la monotonie de la lumière, et maintenant il affrontait la monotonie des idées.

Il le fit comprendre à Fincher.

Le neuropsychiatre lui proposa alors de choisir sa chaîne en exprimant un oui ou un non à l'énumération de chacune.

Nouveau ballet de paupière. Il opta pour la chaîne des documentaires scientifiques.

Dès lors, Jean-Louis Martin ingurgita jusqu'à seize heures de sciences par jour. Enfin il avait trouvé un stimulus dont il était insatiable. Il y avait tellement de sciences différentes, tellement de découvertes étranges, tellement de connaissances à assimiler.

Cette chaîne était un pur festin pour l'esprit. Parce qu'il en avait le temps, parce qu'il en avait l'envie, Jean-Louis Martin, ancien cadre moyen de banque régionale section contentieux, était en train d'apprendre simultanément toutes les sciences seize heures par jour. Parce qu'il n'était dérangé par rien ni personne, son attention était totale du début à la fin de chaque émission. Il mémorisait chaque image. Il mémorisait chaque parole et il constatait que les capacités de son propre cerveau étaient extensibles à l'infini.

Durant cette période d'auto-éducation scientifique, pour la première fois, Jean-Louis Martin se dit : « Finalement tout ne va pas si mal que ça pour moi. » Il avait moins peur du lendemain. Plus il apprenait, plus il voulait apprendre. Dès qu'il avait abordé la médecine, il avait voulu connaître la biologie et la physique.

Il se rappelait que, avant lui, Léonard de Vinci, Rabelais ou Diderot avaient eu pour ambition de connaître toutes les sciences de leur époque. Jean-Louis Martin se découvrait la même ambition.

La science, plus que toutes les autres formes d'expression de l'intelligence humaine, était en renouvellement permanent et connaissait une évolution exponentielle, tel un train emballé n'arrêtant jamais d'accélérer. Plus personne ne pouvait le rattraper. Et Jean-Louis Martin avait le privilège d'avoir le temps de suivre tous les épisodes de ses progrès.

Evidemment, il se passionnait plus particulièrement pour tout ce qui avait trait au cerveau et au système nerveux.

Dès lors, son choix fixé, il voulut comprendre les mécanismes profonds de la pensée. Quand il entendait un scientifique expliquer ses recherches, il se posait toujours la même question : « Qu'est-ce qui se passe vraiment dans son propre cerveau ? Qu'est-ce qui le pousse à agir ? »

37.

Qu'est-ce qui nous pousse à agir ?

ACTE 2

TEMPÊTE SOUS UN CRÂNE

38.

Le vent.

Le mistral souffle dans les oliviers et pousse une neige jaune de flocons de mimosas. Semblables à des punching-balls, les cyprès se courbent puis reviennent narguer les bourrasques. Le ciel bleu marine est parcouru de nuages zébrés de traînées grises et violettes. Le soleil décide de se cacher définitivement derrière la mer alors que la Guzzi se gare devant une majestueuse villa du Cap-d'Antibes. A travers la grille d'entrée on peut distinguer la demeure. Conçue à la façon d'un vaisseau, cette maison tout en marbre noir est décorée de colonnes corinthiennes et de cariatides d'albâtre. Dans le parc, ceint d'un haut mur, quelques statues grecques semblant sorties d'une épave sous-marine surveillent les allées et venues. Sur la sonnette qui jouxte la grille s'inscrivent sobrement les deux noms : Fincher-Andersen.

Lucrèce Nemrod appuie sur la touche. Aucune réponse. Elle insiste plusieurs fois.

– Ma mère me disait toujours : « Un, s'informer. Deux, réfléchir. Trois, agir. » Commençons par examiner les lieux, annonce Isidore Katzenberg.

Ils font le tour de la propriété. Ils ne découvrent aucun passage, mais aperçoivent dans un angle un muret plus bas.

Lucrèce grimpe dessus. Une fois en haut, elle aide son comparse, qui se hisse avec beaucoup plus de difficultés.

Ils traversent le parc sans encombre. Aucune alarme ne

se déclenche. Aucun chien ne se précipite à leurs basques. Les statues ne bronchent pas mais semblent les regarder.

Lucrèce toque en vain à la porte, puis revient sur ses pas, exhibe un rossignol et commence à travailler la serrure. Laquelle finit par céder. Les deux journalistes avancent prudemment, allument leur lampe-torche et en balayent l'entrée.

— Ma mère me disait de me comporter ainsi parce que je faisais souvent le contraire. D'abord j'agissais. D'où une catastrophe. Puis je réfléchissais : comment la cacher ? Puis je m'informais des possibilités de la réparer.

Lucrèce récupère alors de justesse en plein vol une statuette de porcelaine que son compagnon a bousculée par mégarde. Ils éclairent le couloir, qui mène à un petit salon. Des tableaux sont pendus aux murs, tous signés du même artiste.

— Dites donc, il aimait bien Salvador Dalí, notre neuro-psychiatre.

— Moi aussi j'aime bien Dalí, dit Isidore, c'est un génie.

L'appartement de Fincher est immense. Ils traversent le salon aperçu aux actualités télévisées, le jour de son décès. Ils découvrent une armoire à vins contenant des bouteilles d'une valeur inestimable. Une cave à cigares. Une vitrine pleine de cendriers piochés dans les palaces du monde entier.

— Vins précieux, cigares, grands hôtels, votre saint laïque et sa copine savaient vivre ! remarque Lucrèce.

Ils passent dans une autre pièce. Celle-ci est consacrée aux jeux. Il y a encore des copies de tableaux de Dalí mais, cette fois, il s'agit de tableaux centrés sur le thème des illusions optiques. Leur titre et leur année de création sont gravés dessous sur des plaques de cuivre : *Le Grand Paranoïaque*, une huile sur toile de 1936 où, si l'on regarde bien, un visage étrange apparaît progressivement parmi la foule ; *L'énigme sans fin*, une huile sur toile de 1938 où un chien et un cheval figurent au milieu d'un lac ; *Le Visage de Mae West, utilisé comme appartement surréaliste,* une gouache de 1935. Sur des étagères, toutes sortes de casse-tête chinois, et de jeux d'esprit.

A côté, la bibliothèque. A gauche : des rayonnages consacrés aux grands explorateurs. Livres illustrés, vidéo discs, sculptures. A droite : un coin voué à la Grèce antique. Le centre est entièrement réservé aux livres sur le thème d'Ulysse. Des analyses symboliques de *L'Odyssée,* l'*Ulysse* de James Joyce, une carte représentant le trajet probable du marin grec.

– Ulysse, encore Ulysse, vous croyez que cette obsession pourrait constituer un indice ?

– Peùt-être, mais nous aurions alors trop de suspects : le Cyclope, les Lestrygons, Calypso, Circé, les sirènes...

– ... sans parler de Pénélope.

Ils gravissent l'escalier et débouchent dans une quatrième pièce tendue celle-ci de velours rouge, avec au centre un lit rond à baldaquin recouvert de draps chiffonnés et de dizaines de coussins. Il y a un miroir au-dessus du lit.

– C'est la chambre à coucher ?

Ils entrent avec précaution.

Lucrèce ouvre un placard et découvre plusieurs ensembles de lingerie coquine ainsi que, dans des tiroirs, une collection d'objets destinés à des fantasmes sexuels compliqués.

– La septième motivation avait l'air de beaucoup les préoccuper, plaisante Lucrèce en tripotant un gadget articulé dont elle ne comprend pas bien l'usage.

Elle se penche ensuite sur des chaussures à talons stylets.

– Ça m'irait ?

– Un rien vous habille, Lucrèce.

Elle fait la moue.

– Non, je suis trop petite.

– Vous faites des complexes.

– Sur ma taille oui.

Isidore s'empare d'un album de photos. Lucrèce vient les regarder par-dessus son épaule.

– La Thénardier voulait des photos d'Andersen toute

135

nue, chuchote-t-elle, là elle est carrément en corset ou en tenue latex. On n'a qu'à ramener ça. En couverture, ça pourrait faire un tabac.

– Ce serait du vol, Lucrèce.

– Et alors ? J'étais cambrioleuse avant d'être journaliste.

– Moi j'étais policier avant d'être journaliste. Je ne vous laisserai pas les emporter.

Ils remarquent des clichés d'une fête avec toujours les mêmes personnes et, au-dessus, un sigle : CIEL.

– Le CIEL ? Vous en avez déjà entendu parler ?

– Ce doit être une association locale. Voyez plus loin l'appellation en clair : Club International des Epicuriens et Libertins.

Isidore poursuit son examen. Sur plusieurs photos, Natacha Andersen et Samuel Fincher posent à l'occasion de festivités du CIEL.

– Ça paraît un truc de sexe, un club échangiste ou quelque chose comme ça. Ah, décidément la septième motivation est puissante.

– Et vous, Lucrèce, qu'est-ce qui vous motive ? demande à brûle-pourpoint Isidore.

Elle ne répond pas.

Une sonnerie stridente les fait sursauter. Un téléphone. Les deux journalistes ne bougent pas. A côté d'eux, un autre bruit. Comme des draps qu'on remue. Ils n'avaient pas remarqué que, sous le tas de draps et de coussins empilés sur le lit, il y avait un corps.

Natacha Andersen se réveille. Eux se précipitent derrière la porte. Le top model maugrée et presse deux coussins contre sa tête pour ne plus entendre la sonnerie. Le téléphone continue cependant de retentir. La jeune femme se résigne à se lever.

– Dormir. J'aimerais tant dormir. Tout oublier. Ne plus avoir de mémoire. Dormir. On ne peut pas me laisser dormir ! Bon sang !

Elle enfile un peignoir de soie et se dirige en traînant les pieds vers le téléphone. Elle ôte les boules Quiès de ses oreilles et serre le combiné contre sa joue. Le temps qu'elle décroche, la sonnerie s'est arrêtée.

– Un, s'informer. Deux, réfléchir. Trois, agir, disiez-vous ? On ne s'est pas assez informés, chuchote Lucrèce.

– Elle a dû avaler des tranquillisants pour récupérer. Regardez, il y a tout un assortiment de tubes sur la table de chevet.

Les journalistes se réfugient dans la penderie. Natacha Andersen passe devant eux en bougonnant, et se considère dans le miroir.

– Miroir, mon bon miroir, dis-moi si je suis toujours la plus belle ?

Elle éclate d'un rire nerveux et se dirige vers la salle de bains. Elle ouvre les robinets de la baignoire, déverse du gel moussant, puis empile ses cheveux en chignon sur sa tête. Elle se déshabille et aventure un orteil dans l'eau pour en vérifier la température. Trop chaude. Elle grimace et augmente le débit d'eau froide. En attendant, elle prend des poses devant le miroir.

Natacha Andersen, nue, effectue quelques torsions avec son corps comme pour en éprouver la souplesse, puis elle se penche vers la glace et se masse le visage. Enfin elle examine ses fesses pour vérifier qu'elle n'a toujours pas de cellulite, remonte un peu ses seins en imaginant l'effet qu'ils feront avec son nouveau soutien-gorge.

– Je pensais que votre motivation principale était de résoudre les énigmes, murmure Lucrèce.

– Une motivation n'en empêche pas une autre.

Là-bas, Natacha Andersen se baisse encore pour tester l'eau du bain et, trouvant la température à son goût, elle s'y allonge. Elle saisit sur une tablette un grand couteau aiguisé.

Isidore est sur le point d'intervenir. Mais la jeune femme ne se sert de son arme que pour découper des tranches fines de concombre qu'elle dépose négligemment sur ses joues et ses yeux.

– Filons, dit Lucrèce.

Ils entreprennent de sortir de leur cachette quand le

téléphone se remet à sonner. Vite, ils retournent derrière la porte.

Natacha se décide à sortir de la baignoire, s'enveloppe d'un peignoir en éponge et va décrocher.

– Oui. Ah, c'est toi... c'est toi qui as appelé tout à l'heure ? Non, j'ai pris des cachets pour dormir, que me veux-tu ?... Un hommage ? Bien sûr c'est gentil mais... bien sûr je sais que... Mmm... Bon ça se passera où, au CIEL je suppose ? C'est-à-dire que j'essaie d'éviter de trop me montrer... Mmm... Mmhhh... bien sûr, bien sûr. Oui je suis touchée. Oui, je pense que cela aurait fait plaisir à Sammy... Bon... quel jour et quelle heure ? Attends, je vais chercher mon agenda.

Natacha Andersen se rend à l'étage du dessous.

Lucrèce et Isidore ne peuvent toujours pas s'enfuir. Lucrèce se penche à l'oreille de son complice.

– Le CIEL... libertin, je vois ce que c'est, mais... c'est quoi un épicurien ?

– Quelqu'un qui se revendique de la pensée du philosophe grec Epicure.

– Et qui était Epicure ?

– Un homme dont la devise était : profite à fond de chaque instant.

39.

Sa télévision lui était soustraite ! Il ne rêvait pas ? Le docteur Fincher venait de lui supprimer sa télévision adorée ! Il battit des paupières d'inquiétude. Heureusement le médecin s'empressa de lui expliquer qu'il lui apportait un objet de remplacement. Et quel objet...

– C'est un ordinateur avec une interface oculaire à la place de la souris à boule.

Samuel Fincher installa auprès de son malade un moniteur d'ordinateur ainsi qu'une caméra posée sur un trépied qu'il plaça tout près de son œil.

Au début, Jean-Louis Martin ne comprit pas très bien en quoi cette machine pouvait lui être utile. Et puis le professeur Fincher lui expliqua qu'il s'agissait d'un prototype, utilisé jusque-là pour une dizaine de personnes dans le monde. La caméra enregistrerait les mouvements de son œil et en reproduirait instantanément les mouvements sur l'écran d'ordinateur. Chaque fois qu'il remuerait son œil, la caméra le percevrait et transmettrait le signal qui déplacerait une flèche sur l'écran. Lorsque l'œil regarderait à droite, la flèche glisserait à droite, lorsque l'œil regarderait vers le haut, la flèche remonterait, etc. Pour cliquer il lui suffirait de battre une fois sa paupière. Et deux fois pour double-cliquer. Le docteur Fincher activa l'ordinateur.

Jean-Louis Martin se montra d'abord fort maladroit. La flèche virait d'un coup à gauche ou à droite, filait en diagonale, et il lui était très difficile de la positionner précisément. Il avait aussi des difficultés à cliquer. Lorsqu'il manquait un mouvement de curseur, il clignait des yeux d'énervement, ouvrant ainsi immanquablement un programme qu'il lui fallait ensuite refermer.

Mais en quelques heures à peine, le malade du LIS parvint à maîtriser son œil. Il utilisa pour cela un stratagème personnel : il imagina qu'un rayon laser partait de sa pupille pour frapper l'écran et y diriger la flèche.

Jean-Louis Martin fit l'inventaire des programmes proposés dans son ordinateur. Il constata qu'il pouvait faire apparaître un clavier sur l'écran et que, dès lors, il lui était possible, en positionnant la flèche sur les touches, de taper des textes. C'était comme si son esprit, jadis prisonnier dans la minuscule prison de son crâne, pouvait passer une main à travers les barreaux.

Le lendemain, quand le docteur Fincher se présenta, de son œil valide, Jean-Louis Martin fit apparaître sur l'écran un texte qu'il avait rédigé et tapé lui-même. D'abord un énorme « MERCI » en corps gras 78 times roman, répété sur trois pages. Puis un « Docteur Fincher vous m'avez fait le plus beau cadeau dont je pouvais rêver ! Avant je ne faisais que penser, maintenant je m'exprime ! »

Le docteur Fincher murmura à son oreille :

– Je regrette de ne pas avoir pensé à vous en doter plus tôt.

Jean-Louis Martin ouvrit un fichier de texte et commença à écrire du plus vite qu'il pouvait. La tâche était ardue et les erreurs de frappe fréquentes. Son œil était humide d'excitation.

« On peut parler ? »

– Bien sûr, articula le médecin, intrigué.

« Il me reste combien de temps à vivre ? » interrogea l'œil en se démenant.

– Il n'y a pas de limite. Tout dépend de votre envie de vivre. Si vous renoncez psychologiquement, je crois que vous dépérirez très vite. Voulez-vous vivre, Jean-Louis ?

« Maintenant... oui »

– Bravo.

« J'ai envie de raconter au monde ce que je ressens. C'est tellement... tellement... », la flèche partit dans tous les sens comme si, sous l'émotion, Martin ne maîtrisait plus ses muscles oculaires.

Ce soir-là, Jean-Louis Martin entama son récit autobiographique qu'il intitula : « Le monde intérieur. »

Il racontait dans ce manuscrit qu'à force de n'avoir plus qu'à réfléchir et méditer, il avait saisi la puissance exorbitante de la pensée.

« Il n'y a que trois choses : Les actes, les paroles et les pensées. Contrairement à ce qui est dit partout, je crois que la parole est plus forte que les actes et la pensée plus forte que la parole. Bâtir ou détruire sont des actes. Pourtant, dans l'immensité du temps et de l'espace, cela signifie peu. L'histoire de l'humanité n'est qu'une suite de monuments et de ruines érigés dans les clameurs puis les pleurs. Alors qu'une pensée bâtisseuse ou une pensée destructrice peuvent se répandre sans fin à travers le temps et l'espace, générant une multitude de monuments et de ruines. »

C'était comme si son cerveau dansait, courait, sautait dans cette prison.

« Les idées sont comme des êtres vivants dotés d'une autonomie propre. Elles naissent, elles croissent, elles prolifèrent, elles sont confrontées à d'autres idées et elles finissent par mourir. Et si les idées, comme les animaux, avaient leur propre évolution ? Et si les idées se sélectionnaient entre elles pour éliminer les plus faibles et reproduire les plus fortes ? J'ai vu à la télévision que le professeur Dawkins avait utilisé le concept d'« Idéosphère ». Jolie notion. Cette idéosphère serait au monde des idées ce que la biosphère est au monde des animaux. Par exemple, Dieu. Le concept de Dieu est une idée qui est née un beau jour et n'a plus cessé ensuite d'évoluer et de se propager, relayée et amplifiée par la parole, l'écriture, puis la musique, puis l'art, les prêtres de chaque religion la reproduisant et l'interprétant de façon à l'adapter à l'espace et au temps dans lesquels ils vivent. Mais les idées, plus que les êtres vivants, mutent vite. Par exemple, l'idée de communisme, issue de l'esprit de Karl Marx, s'est répandue en un temps très court dans l'espace jusqu'à toucher la moitié de la planète. Elle a évolué, muté, puis s'est finalement réduite pour ne concerner que de moins en moins de personnes à la manière d'une espèce animale en voie de disparition. Mais, simultanément, elle a contraint l'idée de « capitalisme à l'ancienne » à muter elle aussi. Du combat des idées dans l'idéosphère surgissent nos paroles, puis nos actes. Donc toute notre civilisation. »

Il se relut. Son œil s'égara sur l'écran de l'ordinateur et cela lui donna encore une idée.

« Actuellement les ordinateurs sont en passe de donner aux idées une accélération de mutation. Grâce à Internet, une idée peut se répandre plus vite dans l'espace et le temps et être plus rapidement encore confrontée à ses rivales ou à ses prédatrices. L'homme a l'exorbitant pouvoir de créer des idées à partir de sa simple imagination. Ensuite il doit les éduquer et les éliminer lui-même lorsqu'elles sont négatives ou potentiellement destructrices. »

De son œil unique il regarda les autres malades autour de lui.

« Les pauvres. L'homme a peut-être jadis été télépathe,

141

mais la vie en société l'a contraint à perdre cette capacité. »

L'oreille, affinée par sa période dans le noir, entendait des infirmiers dialoguer au loin. Ils parlaient d'une personne absente qu'ils critiquaient vertement.

« Ils ne sont pas conscients de la portée de leurs paroles. Sinon ils ne les gaspilleraient pas ainsi. »

Jean-Louis Martin émit beaucoup d'idées sur le thème des idées.

Au bout de quelques semaines l'ensemble constitua un manuscrit de près de huit cents pages. Le docteur Fincher le lut, le trouva bon et l'envoya à plusieurs éditeurs parisiens. Ils lui répondirent cependant que le sujet n'était plus à la mode. En 1998, le journaliste parisien Jean-Dominique Bauby, victime d'un accident vasculaire, avait écrit *Le Scaphandre et le papillon* sur le thème de la maladie du LIS. Or il avait rédigé son livre en interrompant une secrétaire qui, pour chaque lettre, déclinait l'alphabet. La méthode était plus spectaculaire que celle de Jean-Louis Martin avec son interface oculaire informatique.

Jean-Louis Martin s'étonna de découvrir que, même dans les grands malheurs, si on n'est pas le premier, on n'intéresse personne.

40.

Le CIEL est situé sur les hauteurs de Cannes, à une dizaine de kilomètres à peine de la Croisette. De l'extérieur, le bâtiment ressemble à une vieille ferme provençale avec ses champs d'oliviers et de figuiers. L'endroit fleure bon la garrigue, avec des relents de sauge et de lavande. Le portail de bois rugueux et l'avertissement « Attention chiens hargneux » ne sont cependant pas là pour rassurer les visiteurs. Une plaque de cuivre plus petite indique : CIEL. Club international des Epicuriens et Libertins.

Lucrèce tire sur une chaînette reliée à une clochette. Ils

entendent des bruits de pas venant de loin avant qu'une petite fenêtre coulisse.

– C'est à quel sujet ? demande un œil bleu.

– Nous sommes journalistes, annonce Lucrèce.

Un gros molosse aboie comme s'il comprenait ce mot. Derrière, l'homme retient difficilement son chien.

– Nous sommes un club « privé ». Nous ne souhaitons pas de publicité.

Isidore reprend de justesse :

– ... nous sommes désireux d'adhérer personnellement à votre club « privé ».

Un temps. Les aboiements s'estompent.

L'animal est éloigné. Les pas reviennent et plusieurs serrures se déverrouillent les unes après les autres.

A l'intérieur, le lieu est vaste et très luxueux. Les décorations sont chargées, beaucoup de dorures, de miroirs, de tableaux. Derrière les murs du mas provençal ils se retrouvent dans un intérieur raffiné. Des meubles en bois précieux ornent l'entrée. Il fait frais.

L'homme qui leur ouvre la porte est un grand maigre aux cheveux bruns mais à la barbe grise ourlée et au visage ovale tout en longueur.

– Désolé, mais nous tenons à rester discrets, dit-il. Nous nous méfions des journalistes. On a déjà raconté tellement de contre-vérités sur nous.

Une immense statue de marbre représentant Epicure en pied et en toge domine l'entrée, gravée de sa célèbre devise *Carpe diem*. Cet Epicure ressemble étrangement à l'homme qui les accueille. Même nez pointu, même menton long, même physionomie grave, même barbe à bouclettes.

Leur hôte leur tend la main.

– Je m'appelle Michel. Pour vous inscrire, remplissez ce formulaire. Comment avez-vous entendu parler de notre club ?

– Nous étions des amis de Samuel Fincher, lâche Lucrèce.

– Des amis de Sammy ! Pourquoi ne l'avez-vous pas

dit plus tôt ? Les amis de Sammy seront toujours les bienvenus au CIEL.

Michel prend Lucrèce par la main et l'entraîne vers une arrière-salle où des gens préparent un repas.

– Sammy ! Nous organisons justement une grande fête en son honneur samedi. Sa mort a été pour nous tellement...

– Pénible ?

– Non : révélatrice ! Son décès devient maintenant pour nous tous, épicuriens, un objectif à atteindre : mourir comme Sammy, mourir d'extase ! Comment rêver d'une fin plus extraordinaire que la sienne ? Le bonheur final et on tire le rideau. Ah, sacré Sammy, il a toujours eu beaucoup de chance... Heureux dans son métier, heureux dans son couple, champion du monde d'échecs et pour clore le tout : l'apothéose de sa mort !

– Nous pouvons visiter ? interrompt Isidore.

Le maître des épicuriens lance un regard soupçonneux au gros journaliste.

– Monsieur est votre mari ?

Il prononce le mot comme s'il s'agissait d'une grossièreté.

– Lui ? Non. C'est... c'est mon grand frère. Nous ne portons pas le même nom car j'ai conservé celui de mon premier mari.

Isidore n'ose pas contredire sa partenaire et prend un bonbon pour s'empêcher de parler. Le président du club des épicuriens est soulagé.

– Ah ? Vous êtes donc tous les deux... célibataires. Je vous le demande car je dois vous avouer que nous comptons beaucoup de célibataires parmi nous et qu'ils n'aiment pas trop voir des couples mariés qui se comportent de manière trop... bourgeoise. Ici nous revendiquons la liberté. C'est le fameux L du Ciel. Epicuriens ET libertins.

Ce disant, il guigne la jeune journaliste.

– C'est aussi pour cela que nous avons voulu nous inscrire ici... monsieur... Michel, susurre-t-elle.

– Monsieur Michel ! Grands dieux ! Appelez-moi Micha. Ici, tout le monde m'appelle Micha.

– Pouvez-vous nous faire visiter votre club, monsieur... Micha ? répète Isidore.

Le maître des lieux les entraîne alors vers une porte surmontée de l'inscription MIEL : Musée international de l'épicurisme et du libertinage.

– L'épicurisme est une philosophie. Tout comme le libertinage est une attitude, expose-t-il. C'est dommage que ces concepts aient pris une connotation aussi graveleuse.

Il les conduit vers le premier élément du musée : une sculpture représentant une cellule humaine en résine transparente.

– Avant de devenir directeur à plein temps de ce club, j'enseignais la philosophie dans un lycée de Nice.

Lucrèce et Isidore observent la cellule.

– Ma théorie est que tout a pour objectif final le plaisir. Le plaisir est une nécessité vitale. Même la cellule la plus basique agit par plaisir. Son plaisir est de recevoir du sucre et de l'oxygène. Elle se débrouille donc pour que l'organisme qui la surplombe lui envoie sans cesse plus de sucre et d'oxygène. Tous les autres plaisirs sont dérivés de ce besoin primaire.

Ils tournent autour de la sculpture ovale translucide.

– Le plaisir est l'unique motivation de tous nos actes, reprend Micha à l'intention de Lucrèce. D'ailleurs, j'ai bien vu tout à l'heure que votre frère tirait discrètement un bonbon de sa poche. C'est bien. C'est un geste épicurien. Il accorde à ses cellules un surplus de sucre rapide instantané qui doit les réjouir. En même temps, il ne tient pas compte de la morale des dentistes qui lui serinent probablement : « Attention aux caries. »

Les visiteurs parviennent à une image biblique où l'on voit Adam et Eve manger la pomme.

– Les fruits ! Un cadeau sucré de Dieu. Cette image est déjà en soi la preuve que Dieu nous a voulus « êtres de plaisir ». Manger n'est pas un acte automatique. S'il n'y avait pas de plaisir gustatif à manger, nous serions-nous donné tant de mal pour grimper cueillir les fruits au sommet des arbres puis nous échiner à planter des graines, les arroser, les récolter ?

Micha les entraîne vers d'autres représentations de la Bible mettant en valeur Noé et ses enfants.

– S'il n'y avait pas de plaisir à faire l'amour, cela viendrait-il à l'idée d'un homme de déployer tous ces efforts pour séduire une femme, la convaincre de se déshabiller, de se laisser toucher ? Supporterait-elle de se laisser pénétrer ?

Des sculptures de plus en plus coquines s'alignent devant eux. Isidore et Lucrèce passent devant des dessins de scènes moyenâgeuses. Micha commente :

– Contrairement à ce qu'on pense, l'homme du passé était plus à l'aise dans son plaisir que l'homme moderne. En Occident, le schisme peut se situer au XVIᵉ siècle. Avec les guerres de religion et la surenchère dans la pruderie entre la chrétienté et le protestantisme, les gens commencent à prendre leurs distances les uns des autres. Le Moyen Age, époque considérée comme sombre depuis l'historien Michelet, était pourtant beaucoup plus sensuel que la Renaissance. Jusqu'au XVIᵉ siècle, le sexe était considéré comme un besoin naturel normal.

Micha désigne une image de nourrice.

– Certaines nourrices avaient alors l'habitude de masturber les jeunes enfants pour les calmer et les aider à s'endormir. Ce n'est que bien plus tard que la masturbation fut accusée de provoquer des maladies et même des démences. Pour ne pas avoir d'érection, il était de bon ton, dans les familles bourgeoises, de mettre un anneau de métal autour du prépuce.

Il montre des anneaux de métal. Lucrèce s'aperçoit qu'ils ont des pointes tournées vers l'intérieur.

– Avant, dans beaucoup de villes françaises, les bourgmestres finançaient l'ouverture de maisons closes pour « l'équilibre de leurs concitoyens et l'éducation des jeunes ».

Des gravures représentent des intérieurs de ces lieux de débauche.

– Les moines n'étaient pas obligés à l'abstinence, il

n'y avait que le mariage qui leur était interdit, pour ne pas éclater les propriétés de l'église.

Ils voient des images de scènes de bains publics.

– Dans les étuves, sortes de hammams construits au centre des villes, des hommes et des femmes se baignaient nus. L'Eglise devra accuser ces lieux de transmettre le choléra et la peste pour les discréditer. Ils seront finalement tous fermés vers l'an 1530.

Plus loin des images de grands lits. Micha désigne une gravure.

– Les gens dormaient nus, le plus souvent en famille. Les lits étaient suffisamment larges pour qu'on y invite aussi les servantes et les visiteurs de passage. On se doute que les corps se touchaient, ne serait-ce que pour se réchauffer mutuellement. Mais voilà qu'au XVIe siècle apparaît le premier élément anti-plaisir : la chemise de nuit.

Il montre une chemise de nuit ancienne.

– Avec ce vêtement inutile, les gens perdent l'habitude de se coucher nus, de se toucher les peaux, de se caresser, de se masser. La duchesse de Bretagne rapporte même que, pour faire l'amour, les femmes de la noblesse portaient des chemises de nuit avec un trou rond au niveau du sexe. Et au-dessus du trou étaient brodées des images pieuses. Avec la chemise de nuit, vient la pudeur, puis la honte d'exposer son corps ! Les gens se baignaient et se lavaient même en chemise de nuit. Chacun chez soi, chacun dans son lit, chacun dans sa chemise de nuit.

La visite se poursuit avec la vision d'une fourchette et d'un mouchoir disposés sous une cloche de verre.

– C'est aussi à cette époque que se développent deux autres catastrophes anti-épicuriennes : le mouchoir et la fourchette. Avec le premier on cessait de toucher son propre nez, avec le second les aliments. Le sens du toucher ne servait plus à rien. Le plaisir commença à devenir tabou.

Ils s'arrêtent devant la lithographie d'un saint en train de se faire dévorer par des lions dans une arène romaine.

– Et voilà le camp adverse. Lui aussi a commencé à

frapper très tôt. Le contraire de l'épicurisme, c'est le stoïcisme.

Micha fait une grimace en prononçant le mot.

— Le stoïcien a dénaturé sa recherche du plaisir. L'épicurien veut le plaisir ici et maintenant. Le stoïcien se figure que la douleur dans le présent lui garantit un plus grand plaisir dans le futur. Et plus il souffre maintenant, plus il est persuadé qu'il sera récompensé demain. C'est irrationnel, mais tel est bien le drame de la perversion humaine.

Micha les dirige vers une photo de montagne avec un portrait d'homme exhibant ses doigts gelés.

— Et l'alpiniste qui gravit l'Everest, pourquoi croyez-vous donc qu'il accomplit cet exploit ? Il a froid, il souffre, mais il fait ça parce qu'il pense qu'on va l'aimer beaucoup plus ensuite. Ah, comme je déteste les héros !

— Certains font ça par romantisme, temporise Lucrèce.

— Le romantisme est le suprême argument pour légitimer l'anti-hédonisme. L'amour impossible c'est peut-être romantique, mais moi je préfère l'amour possible. Quand une fille me dit non, je passe à une autre. Si j'avais été le Roméo de la pièce de Shakespeare j'aurais vite repéré les problèmes avec les parents de Juliette et, pour ne pas me prendre la tête, je serais parti en draguer une autre.

— Vous n'aimez pas les stoïciens, vous n'aimez pas les héros, vous n'aimez pas les romantiques, bref vous n'aimez pas tout ce qui fait les belles histoires, souligne Lucrèce.

— Pourquoi souffrir ? Quelle cause mérite qu'on renonce au confort et à la jouissance ? Je vous l'affirme, le combat pour le plaisir n'est ni évident ni gagné d'avance. Epicure en son temps disait : « Le sens de la vie est de fuir la souffrance. » Mais regardez tous ces gens qui se donnent tellement de mal et de mauvaises raisons pour provoquer et supporter leur détresse.

— Peut-être pour cet autre plaisir : se plaindre, lâche sobrement Isidore.

Micha leur indique un lieu surmonté de l'inscription : GALERIE DES EXPLOITS. Là s'étalent des photos de gens dégustant des brochettes en haut de volcans, ou d'hommes en train d'être massés par d'accortes Asiatiques.

– Le plaisir c'est aussi une mise en scène, précise Micha. Parfois, pour bien apprécier un mets délicat, nos membres se privent de manger pendant deux jours. De même, nous allons, comme vous le voyez sur ces photos, écouter de la musique en haut des volcans, ou faire l'amour sous l'eau munis de bouteilles de plongée. La volonté de plaisir est aussi source d'invention.

Ils passent devant des portraits de grands adeptes des plaisirs : Bacchus, Dionysos. Une gravure représentant Rabelais jeune et surmontée de sa devise : « Fais ce que voudras. » La Bruyère : « Il faut rire avant que d'être heureux. De peur de mourir sans avoir ri. »

– Les grands évolutionnistes du XIXe siècle, tels Herbert Spencer et Alexander Bain, l'avaient bien compris pour qui l'aptitude au plaisir fait partie de la sélection naturelle des espèces. Déjà, à l'époque, ils avaient établi la notion de « survie du plus apte à jouir », bien plus subtile que celle de « survie du plus fort ».

Micha révèle une grande bibliothèque où s'alignent des volumes aux titres évocateurs, eux-mêmes regroupés par colonnes : « Plaisirs simples », « Plaisirs compliqués », « Plaisirs solitaires », « Plaisirs en groupe ».

– Ici nous tentons de dresser la liste exhaustive de tout ce qui nous a apporté des satisfactions particulières. Cela va de se gratter une piqûre de moustique jusqu'à partir dans une navette spatiale, en passant par lire le journal au café, se promener au bord d'une rivière, se baigner dans du lait d'ânesse ou faire des ricochets avec des galets. Il faut avoir l'humilité de reconnaître qu'une vie réussie n'est qu'une collection de petits moments de plaisir.

– Peut-être que la plus grande ennemie de la notion de plaisir est la notion de bonheur, déclare Lucrèce soudain philosophe.

Le directeur du CIEL marque un vif intérêt pour cette remarque.

– En effet. Le bonheur est un absolu qu'on espère

atteindre dans le futur. Le plaisir est un relatif qu'on peut trouver tout de suite.

Micha les dirige vers un bar où un majordome en livrée leur sert à sa demande une pâte vert fluo laquelle entoure une autre pâte rose fluo, celle-ci renfermant une gelée ocre.

– C'est quoi ?

– Goûtez.

Lucrèce approche le bout de sa langue qu'elle a toute pointue. Pas de signal gustatif net. Normal, l'extrémité de la langue ne perçoit que le sucré et il faut au moins 0,5 % de sucre pour qu'elle déclenche cette sensation.

Lucrèce affiche une moue dubitative mais Micha insiste. Elle saisit alors une cuillère et, comme si elle s'apprêtait à ingurgiter un médicament nécessaire, elle avale d'un trait une bonne quantité de cet aliment suspect et multicolore. Ses lèvres ourlées se referment sur l'expérience gustative. Elle ferme les yeux pour bien percevoir. Sa langue est recouverte de petites protubérances roses, les papilles. A l'intérieur de chaque papille se trouvent des bourgeons, amas de cellules nerveuses ovoïdes, percés d'un pore à leur partie supérieure. Les messages nerveux qu'ils transmettent au cerveau sont interprétés, selon le goût de l'aliment, en sucré, salé, acide ou amer. Le bout de la langue perçoit plus précisément le sucré, et la base, l'amer. Le salé et l'acide sont perçus par les flancs de la langue.

Dans ce qu'elle mange, Lucrèce perçoit un peu tout à la fois, d'abord le salé, puis le sucré, finalement présent. Puis l'amer. Puis l'acide.

– C'est délicieux, reconnaît-elle. C'est quoi ?

– Une pâtisserie japonaise à base de haricots rouges. J'étais sûr qu'elle vous plairait.

De son côté, Isidore, toujours amateur de sucreries classiques, commande une glace pistache à la chantilly.

– Vous aimez la chantilly ? Normal. Cette crème a le goût du lait de la mère. Nous cherchons sans cesse à régresser pour redevenir des bébés. Parce qu'ainsi on fait un avec la mère, un avec l'univers. On est surpuissant.

Avant neuf mois le bébé se figure qu'il est tout. Nous gardons la nostalgie de ce moment d'illusion. Nous le retrouvons un peu dans la chantilly.

Isidore remue sa glace jusqu'à la transformer en une bouillie ragoûtante mêlant chantilly et fruits.

– Finch... euh... Sammy parlait souvent de motivation, lance Isidore.

– Pourquoi parler de motivation ? Parlons de plaisir, répond Micha. La cessation de la douleur est un plaisir. La cessation de la peur est un plaisir. Manger, dormir, boire, faire l'amour sont des plaisirs. Sammy n'était pas adepte de la motivation. Il était adepte du plaisir. Mais le mot « plaisir » est aujourd'hui tellement suspect qu'il ne pouvait pas se risquer à le prononcer. Pourtant c'est, j'en suis convaincu, le mot auquel il pensait quand il répétait après sa victoire sur Deep Blue IV l'expression « motivation ». Sa mort en est la preuve ultime. Et je dois vous dire que la formule est rentrée dans notre jargon : « se faire finchériser » signifie déjà se faire tuer d'extase durant l'acte d'amour.

– Vous pensez donc qu'il est mort d'amour ? demande Lucrèce en remarquant une nouvelle pancarte derrière elle : « Le péché plutôt que l'hypocrisie ».

– Bien sûr. C'est un gigantesque orgasme qui lui a ravagé le cerveau !

– J'entends qu'on parle d'orgasme, puis-je me joindre à la conversation, n'est-ce pas ?

Un homme aux allures de dandy anglais les rejoint. Cheveux poivre et sel, il arbore une moustache en pointe dont il tortille l'extrémité droite d'une main. Il est vêtu d'un costume de lin, chemise blanche et foulard de soie négligemment noué autour du cou. Visage excessivement bronzé, même pour un habitant de la Côte d'Azur, ses gestes sont un peu maniérés mais gracieux.

– Je vous présente Jérôme, un pilier de notre club.

– Dis donc, Micha, tu m'avais caché qu'il y avait de nouvelles adhérentes aussi « éveillantes des sens ».

Le dénommé Jérôme propose un baise-main à Lucrèce.

– Jérôme Bergerac. Pour vous servir, dit-il.

Et il tend sa carte de visite sur laquelle est en effet inscrit : « Jérôme Bergerac, milliardaire oisif ». Lucrèce trouve l'idée assez amusante.

– C'est quoi un « milliardaire oisif » ? demande la jeune fille.

Il s'installe à côté d'eux, replace son monocle sur son œil droit et plisse sa joue pour bien le caler.

– Un jour, j'étais sur mon voilier de vingt-cinq mètres, entouré de trois call-girls, une rousse, une blonde, une brune. Elles étaient bronzées comme des croissants chauds, la plus âgée avait vingt-deux ans. Je venais de faire l'amour avec chacune à tour de rôle et, avec les trois simultanément, je sirotais une coupe de champagne en regardant au loin les îles recouvertes de cocotiers, la mer turquoise et le coucher de soleil orange, et je me suis dit : « Bon, et maintenant je fais quoi ? » J'ai eu un grand coup de blues. J'ai pris conscience que j'étais au sommet de ce que pouvait m'offrir la société humaine et que je ne pouvais pas monter plus haut. Comme ces élèves qui obtiennent vingt sur vingt et qui n'ont donc plus de possibilités de faire mieux. Cette prise de conscience m'a démoralisé, alors j'ai cherché ce qu'il y avait au-dessus du sommet et j'ai trouvé le CIEL, n'est-ce pas ?

Micha sort une bouteille de champagne et ils portent tous un toast.

– Au CIEL !

– A Epicure !

– A Sammy...

Jérôme marque un temps.

– J'ai bien connu Sammy, dit Jérôme. C'était un homme de grand cœur. Il avait la chance de se battre pour une noble cause : la mise en valeur des qualités de l'homme qui surpassera toujours la machine. Ce n'était pas un épicurien bêta comme on en voit ici, qui confondent épicurisme et égoïsme, si tu me permets, Micha. Sammy croyait vraiment que l'épicurisme était une voie vers la sagesse, n'est-ce pas ?

Il fait tourner son verre.

– Nous évoquerons son souvenir à la fête de samedi, annonce Micha. Natacha m'a aussi confirmé sa présence.

– Nous pourrons venir ? demande Lucrèce.

– Bien sûr, maintenant que vous êtes membres...

Jérôme Bergerac s'efface à regret, non sans avoir esquissé un baiser dans l'air.

41.

Le docteur Samuel Fincher était stupéfait que nul ne s'intéresse au livre de Jean-Louis Martin. Pour le consoler de son échec dans le monde de l'édition, Fincher fit venir un informaticien qui ajouta un autre gadget : une connexion Internet.

De cette façon, Jean-Louis Martin était à même non seulement de recevoir des informations mais aussi d'en émettre directement sans avoir besoin d'un intermédiaire.

Son esprit prisonnier de l'hôpital pouvait enfin en franchir les murs. Après la main, c'était le bras qui passait à travers les barreaux pour aller grappiller des informations.

En cherchant sur un moteur de recherche à « Maladie du LIS », il découvrit un site consacré à cette maladie. Son autre nom était « Syndrome de l'Emmuré Vivant ». Les médecins avaient décidément l'art de la formule percutante. Etrange malédiction qui le faisait se retrouver à l'endroit même, le fort Saint-Marguerite, où était enfermé jadis le Masque de fer.

Il découvrit également sur le site qu'un Américain du nom de Wallace Cunningham, souffrant des mêmes symptômes que lui, avait reçu un traitement nouveau.

Dès 1998, les neurologues Philip Kennedy et l'informaticienne Melodie Moore de l'université Emory avaient implanté dans son cortex des électrodes capables d'enregistrer les signaux électriques du cerveau et de les transformer en ondes radio elles-mêmes convertibles en langage informatique. Ainsi, rien qu'en pensant, Wallace Cunningham dirigeait un ordinateur et communiquait avec le monde entier.

A sa grande surprise, Martin constata que, grâce à ses implants cérébraux, la frappe de l'Américain était fluide et qu'il écrivait pratiquement à la vitesse de la parole.

Le LIS français et le LIS américain dialoguèrent en anglais.

Mais dès qu'il lui signala qu'il était atteint de la même maladie que lui, Wallace Cunningham lui répondit qu'il ne voulait plus poursuivre cette conversation. En fait, il reconnut qu'il ne souhaitait plus parler qu'à des bien-portants. Il considérait que là résidait l'avantage d'Internet : on n'y était plus jugé sur son apparence. Il souhaitait surtout ne pas créer un village virtuel d'handicapés. « D'ailleurs, votre pseudonyme, *le Légume*, est révélateur. Il montre l'image que vous avez de vous-même. Moi je me fais appeler Superman !... »

Jean-Louis Martin ne trouva rien à répondre. Il réalisa soudainement qu'il n'existait pas que les prisons physiques mais aussi les prisons des préjugés. Au moins, Cunningham lui avait fait prendre conscience de ses limites.

Il en parla avec Fincher. Son œil preste se mit à courir sur l'écran pour désigner les lettres de l'alphabet qui allaient lui servir à composer des mots.

« J'ai l'impression que notre pensée n'est jamais libre », écrivit-il.

– Qu'entendez-vous par là ? demanda le neuropsychiatre.

« Je ne suis pas libre. Je m'autodévalue. Nous fonctionnons avec un système de préjugés. Nous entretenons des idées préconçues sur le réel et nous nous débrouillons pour que le réel confirme ces idées. J'avais commencé à en parler dans mon livre mais je ne suis pas allé assez loin. »

– Allez-y maintenant, ça m'intéresse.

Patiemment, Fincher attendait que Martin développe sa pensée. Les phrases étaient longues à venir.

« L'école, nos parents, notre entourage nous forgent des grilles de lecture préconçues du monde. Nous regardons tout à travers ces prismes déformants. Résultat : personne ne voit ce qui se passe vraiment. Nous ne voyons que ce que nous avons envie de voir au préalable. Nous réécrivons sans cesse le monde pour qu'il confirme nos préjugés. L'observateur modifie ce qu'il observe. » La remarque amusa le neuropsychiatre qui l'observa différemment.

« Pour moi, être malade est une défaite. Pour moi, être handicapé est une honte. Quand je communique avec les autres, je leur demande inconsciemment de me le rappeler. Je ne peux pas m'en empêcher. »

Le savant était impressionné par l'efficacité de Jean-Louis Martin. Il tapait maintenant presque aussi vite qu'une secrétaire. Il était à peine en dessous de la vitesse d'élocution normale. La fonction crée l'organe. Le temps passé à écrire ses livres ne lui avait pas donné la gloire littéraire mais lui avait apporté une vivacité étonnante.

– En prendre conscience, c'est déjà commencer à se libérer de ses préjugés, répondit-il.

« En fait, nous ne laissons pas le réel exister. Nous arrivons avec des croyances et, si le réel les contredit, nous nous débrouillons pour le comprendre de travers. Par exemple, si je suis persuadé que les gens vont me repousser parce qu'ils s'apercevront que je suis handicapé et qu'ils ne me repoussent pas, je me mettrai à interpréter de travers la moindre de leur allusion pour pouvoir dire : "Vous voyez, ils me repoussent parce que je suis handicapé." »

– C'est le principe de la paranoïa. La peur fabrique le danger.

Samuel Fincher essuya la bave qui coulait derechef.

« C'est pire que ça. Nous agressons le réel. Nous inventons en permanence une réalité confortable rien que pour nous, et si cette réalité ne s'accorde pas à celle des autres nous nions celle des autres ! »

L'œil de Jean-Louis Martin exprimait la colère ou bien l'enthousiasme, nul n'aurait pu trancher. « Je crois que nous sommes tous fous, docteur. Car nous déformons le réel et nous sommes incapables de l'accepter tel qu'il est. Les gens qui paraissent les plus sympathiques aux autres sont ceux qui sont les plus aptes à dissimuler leur perception du réel pour donner l'impression qu'ils acceptent celle des autres. Si nous révélions tous ce que nous pensons vraiment nous ne ferions que nous disputer. »

Il marqua un temps.

« C'est peut-être cela, ma plus terrible prise de conscience : je me croyais handicapé physique et, en réfléchissant vraiment, je m'aperçois que je suis un handicapé mental. Je ne suis pas capable d'appréhender le monde. »

Le docteur Fincher ne répondit pas tout de suite.

« Existe-t-il quelqu'un capable d'accepter la réalité nue, telle qu'elle est vraiment, sans vouloir la pré-penser ? » insista Jean-Louis Martin.

– Je dirais que c'est l'objectif de vie d'un homme sain d'esprit. Accepter le monde tel qu'il est et non pas tel qu'on croit qu'il est ou tel qu'on voudrait qu'il le devienne.

« Pour ma part, je crois que c'est nous qui inventons le réel. C'est nous qui rêvons de qui nous sommes. C'est notre cerveau qui nous transforme en six milliards de dieux à peine conscients de nos pouvoirs. Je vais donc décider de ma manière de penser le monde et me penser moi-même. Et à partir de maintenant je décide de me prendre pour un type formidable dans un monde passionnant et inconnu contre lequel je n'ai aucun préjugé », écrivit alors Jean-Louis Martin.

Samuel Fincher considéra différemment son malade. Où était passé le préposé au service contentieux de la Banque du crédit et du réescompte niçois ? Martin était vraiment comme une chenille qui se transformait en papillon, sauf que ce n'était pas le corps mais l'esprit qui déployait ses ailes multicolores.

– Vous commencez à m'impressionner, Martin.

« Cette nuit, j'ai fait un rêve, dit le malade. J'ai rêvé qu'il y avait un salon chic où tout le monde faisait la fête. Et, je ne sais pas pourquoi, vous étiez au milieu avec une immense tête, une tête de géant grande de trois mètres de haut. »

Samuel Fincher lui prit la main.

– Le rêve est précisément le seul moment où nous sommes libres. Du coup, nous laissons nos idées vaquer à leur guise. Votre rêve ne signifie rien, si ce n'est que peut-être vous me surestimez.

42.

Il est midi et le CIEL est en pleine ébullition. Les limousines moirées se garent les unes derrière les autres devant le mas provençal, siège du club d'épicuriens. Des gens très chics en descendent. Les femmes en robes haute couture déploient leurs éventails et arrangent leurs chapeaux. Il fait chaud.

Isidore et Lucrèce arrêtent leur side-car. Ils se débarrassent de leurs casques et de leurs lunettes d'aviateur et dévoilent leurs tenues de soirée sous leurs manteaux rouge et noir. Robe fendue pourpre pour Lucrèce, veste verte et chemise ample de popeline beige pour Isidore. Lucrèce troque ses bottes de moto contre deux escarpins noirs à talons hauts qu'elle enfile sur ses bas résille. Isidore conserve ses mocassins. Il regarde sa compagne qu'il n'avait jusqu'alors jamais vue ainsi vêtue. Aujourd'hui, ce n'est plus du tout une gamine, elle fait carrément « vamp ». Ses longs cheveux roux rehaussés par sa robe fendue pourpre font davantage ressortir ses yeux vert émeraude à peine soulignés d'eye-liner noir. Un rouge à lèvres brillant donne à son visage un éclat nouveau. Grâce à ses hauts talons, elle a grandi de plusieurs centimètres.

– Ce sont des chaussures neuves et elles me serrent. Entrons vite que je puisse m'en délivrer, avoue-t-elle, mal à l'aise.

Les deux journalistes se glissent dans la file de ceux qui attendent pour entrer dans la fête, alors que résonne une musique symphonique dans les haut-parleurs extérieurs.

Jérôme Bergerac vient les saluer, veste de cachemire

et monocle à la main. Il leur propose de leur montrer sa « Mimi ».

– C'est votre compagne ?

Le milliardaire les entraîne derrière le mas. Là, posée au centre du champ, ils aperçoivent la dénommée Mimi. C'est une montgolfière qui s'enfle progressivement sous l'effet d'un immense ventilateur soufflant sur des tuyères enflammées pour remplir la membrane d'air chaud. La toile s'élève et la montgolfière révèle sa forme : une sphère sur laquelle s'affiche, sur trois mètres de haut, le visage de Samuel Fincher.

– C'est en hommage à Sammy. Ainsi, il continue d'être près de nous. Le remplissage d'air chaud est un peu long mais je pense que d'ici la fin de la fête Mimi pourra servir à l'apothéose finale, n'est-ce pas ?

Jérôme accorde un nouveau baise-main à la jolie journaliste scientifique.

– Alors, toujours aussi riche et oisif ?

– Toujours.

– Si vous avez de l'argent en trop, je veux bien vous aider.

– Ce ne serait pas vous rendre service. L'argent, quand on n'en a pas, on imagine que c'est la solution à tous les maux et, lorsqu'on en a, comme c'est mon cas, on découvre une grande béance. Vous voulez que je vous raconte la meilleure ? La semaine dernière j'ai pris un billet de loto, comme ça, juste pour faire un acte de « pauvre », eh bien j'ai gagné. Le monde est ainsi, il n'y a que si on n'a pas besoin de quelque chose qu'on l'obtient. Par exemple, là, j'aimerais ne pas avoir besoin de vous...

Isidore marque des signes d'impatience.

– Dis donc, ma « sœur », je crois que la fête commence à l'intérieur. Il ne faudrait pas rater le début.

Ils entrent et retrouvent Micha qui indique à un chargé de la sécurité que même si ces deux-là ne font pas encore partie des habitués il peut les laisser entrer.

Le couple s'assoit à une table dorée. Aussitôt Lucrèce profite que la longue nappe cache ses pieds pour envoyer promener ses chaussures. Elle masse ses orteils endoloris par le cuir trop étroit. Elle se dit que même si, comme en Chine ancienne, on n'oblige pas les femmes à compresser leurs pieds dans des bandelettes, l'homme occidental s'est néanmoins débrouillé, par le jeu de la mode, pour faire souffrir les femmes par leur point le plus sensible : les pieds. Elle déploie ses petits orteils peints en éventail et les caresse pour les consoler de ce qu'elle leur impose au nom de la beauté et de la grâce.

Un majordome leur distribue un carton répertoriant le programme : de la nourriture, des discours, des surprises.

Tout le monde est assis, les portes se ferment. L'*Hymne à la joie*, de Beethoven, retentit tandis que la scène s'éclaire. Micha monte sur l'estrade et se place face au pupitre, ses notes à la main. Il entame un court exposé sur le thème du plaisir.

Le président du CIEL rappelle le devoir de plaisir de tout être humain. « Aime-toi toi-même et tu connaîtras les cieux et les dieux », déclame-t-il en paraphrasant Socrate qui, lui, commence par « Connais-toi toi-même ». Il conspue les stoïciens, les romantiques, les héros, les martyrs et tous les masochistes qui n'ont pas compris que le plaisir immédiat est le principal moteur de la vie.

– Dieu aime nous voir jouir, conclut-il.

Applaudissements.

– Merci. Régalez-vous. Si cela vous plaît : mangez avec les doigts ! Et n'oubliez pas : le péché vaut mieux que l'hypocrisie.

Des serveurs en livrée apportent un caviar rare accompagné d'un champagne millésimé. Les petits œufs de poisson craquent sous la dent puis leur jus se répand dans la bouche. Le champagne finit de noyer les petits fœtus condamnés et l'alcool libère quelques essences de raisin blanc qui s'ajoutent à la sensation de pétillant. Elles remontent à l'arrière du palais et déclenchent alors les capteurs olfactifs, tel un parfum.

Micha rappelle que la soirée est dédiée au souvenir du docteur Samuel Fincher.

– Mais au-delà de toute l'admiration que nous pouvons porter à Fincher le psychiatre réformateur, le neurologue inventif, à Fincher le joueur d'échecs génial, c'est Fincher l'épicurien exemplaire jusqu'à la mort que je voudrais saluer ici.

– Mes amis, mes amis. Je vous le répète, nous ne sommes pas là pour être malheureux, a fortiori nous ne sommes pas là pour mourir malheureux. Que le visage de Samuel Fincher soit un phare qui nous guide. Mourir heureux. Mourir de plaisir. Mourir comme Fincher !

Nouvelle ovation.

– Merci. Encore une chose. Nous avons l'immense privilège de compter parmi nous Natacha Andersen.

Le top model se lève alors que résonne partout dans la salle l'*Hymne à la joie*. Les acclamations redoublent. Tout en applaudissant comme les autres, Lucrèce Nemrod se penche vers Isidore Katzenberg.

– Je la trouve glaciale. Je n'ai jamais compris pourquoi les hommes sont si attirés par ces grandes blondes scandinaves.

– Peut-être qu'elles représentent un challenge. C'est précisément parce qu'elles ont l'air insensibles qu'on a envie de les faire vibrer. Regardez Hitchcock, il n'aimait que les blondes froides parce qu'il affirmait que quand elles font quelque chose qui sort un peu de l'ordinaire cela paraît tout de suite extraordinaire.

Natacha Andersen se penche sur le micro.

– Bonsoir. Samuel aurait apprécié d'être là parmi vous pour cette fête. Quelques instants avant sa mort, alors que nous conversions dans la voiture, il m'a dit : « Je crois que nous vivons une période de transition, tout devient possible, il n'y a plus de limite technique à l'expansion de l'esprit humain, les seuls ralentisseurs de cet élargissement sont nos peurs, nos archaïsmes, nos blocages, nos préjugés. »

Applaudissements.

– J'aimais Samuel Fincher. C'était un esprit de lumière. C'est tout ce que j'ai à dire.

Elle se rassoit et la fête commence. Les serveurs apportent de grands plateaux de nourritures froides et chaudes.

Les lumières s'éteignent. Haendel succède à Beethoven. Il aide à mieux digérer.

Discrètement, Isidore et Lucrèce se glissent près de Natacha Andersen.

– Nous effectuons une enquête sur la mort de Fincher.

– Vous êtes de la police ? demande le top model sans même leur accorder un regard.

– Non, nous sommes journalistes.

Natacha Andersen les toise sans aménité.

– Nous pensons que c'est un assassinat, lâche Isidore.

Elle étire un sourire désabusé.

– Je l'ai vu mourir dans mes bras. Il n'y avait personne d'autre dans la pièce, relate-t-elle en détournant la tête pour voir si elle ne repère pas quelques amis avec lesquels discuter plus agréablement.

– Nos sens nous trompent parfois, insiste Lucrèce. Le médecin légiste qui l'a autopsié a été assassiné au moment où il était sur le point d'apporter un élément nouveau à l'enquête.

Natacha Andersen se contient et articule très posément :

– Je vous préviens, si vous racontez quoi que ce soit qui porte atteinte à mon image ou à l'image de mon ex-compagnon, je vous envoie mes avocats.

Le regard bleu métallique du top model défie le regard vert émeraude de la journaliste. Les deux jeunes femmes se fixent sans sourire, avec intensité.

– Nous sommes là pour essayer de vous aider, tempère Isidore.

– Je vous connais, vous et ceux de votre espèce. Vous êtes là pour essayer de profiter de mon nom pour rédiger un article racoleur, tranche Natacha Andersen.

Micha arrive alors pour présenter des invités à la jeune veuve. Lucrèce et Isidore s'éloignent.

– Vous ne l'aimez pas, hein ? C'est normal. Les jolies filles sont toujours haïes, s'amuse Isidore.

Lucrèce hausse les épaules.

– Vous savez ce que je désirerais le plus à cette seconde ?

43.

« ... Le même implant cérébral que Wallace Cunningham. »

Fincher regarda son malade.

– Désolé, cette opération coûte très cher. Dans cet hôpital, on me réduit chaque jour un peu plus les crédits. A mon avis, les responsables de l'administration préfèrent donner de l'argent pour les prisons car cela permet de rassurer ainsi le « bourgeois-contribuable-électeur ». Les fous, on préfère les oublier.

L'œil de Martin brilla. Il se livra à sa gymnastique oculaire.

« Et si je trouve les moyens d'enrichir cet hôpital ? »

Le médecin se pencha sur son malade et lui murmura à l'oreille :

– De toute façon, je n'ai pas le savoir-faire. Toute trépanation est délicate. La moindre petite erreur peut avoir des conséquences importantes.

« Je suis prêt à prendre le risque. Etes-vous d'accord pour m'accorder cette intervention si je me débrouille pour transformer cet hôpital en entreprise prospère ? »

A l'instant où Samuel Fincher donnait son accord, il restait pourtant dubitatif.

Jean-Louis Martin ne pouvait exprimer par son visage sa conviction, mais il inscrivit le plus rapidement qu'il put :

« Rappelez-vous, Samuel, vous m'aviez dit que vous vouliez aller plus loin dans les réformes. Je suis prêt à vous aider. »

– Vous ne vous rendez pas compte de la difficulté à faire bouger les choses, ici.

« Ce n'est pas parce que c'est difficile qu'on ne le fait pas, c'est parce qu'on ne le fait pas que c'est difficile. Je suis sûr qu'il y a déjà eu des réussites mais on les a oubliées. Faites-moi confiance. »

Le neuropsychiatre cligna de l'œil, en signe d'assentiment.

Jean-Louis Martin le regarda quitter la pièce et espéra être à la hauteur de son défi.

Il envisagea le problème sous tous ses aspects. Il chercha d'abord des exemples dans l'histoire.

Dans l'Antiquité, chez les Grecs, on jetait à la mer, lors d'une cérémonie, les idiots du village pour expier les péchés de la communauté. Au Moyen Age, on tolérait l'« idiot » du village mais on jugeait et on brûlait comme sorciers ceux qu'on estimait possédés.

En 1793, alors que la Révolution française mettait en ébullition les rues de Paris et que soufflait un vent de changement dans tous les secteurs de la vie sociale, le docteur Philippe Pinel, un jeune médecin, ami de Condorcet, devint directeur de l'hôpital de Bicêtre, le plus grand asile de fous de France. Il découvrit là le statut des aliénés de l'époque. Enfermés dans des cellules sombres, quand ce n'était pas dans des cages d'un mètre carré, battus, enchaînés toute leur vie, les fous étaient traités comme des animaux. Pour les calmer on leur faisait des saignées, on les plongeait dans des bains glacés, on les forçait à avaler des purgatifs. Après qu'on eut détruit la prison de la Bastille, Philippe Pinel proposa de profiter de l'ère nouvelle pour ouvrir également les asiles d'aliénés. Au nom de la liberté, l'expérience fut tentée.

Jean-Louis Martin raconta l'histoire de Philippe Pinel à Samuel Fincher et lui proposa de poursuivre plus loin l'expérience de ce révolutionnaire.

– Qu'est-il arrivé ensuite ?

« Les libérés de Pinel ont réclamé pour la plupart d'être réintégrés dans les hôpitaux. »

– Donc ç'a été un échec.

« Philippe Pinel n'était pas allé assez loin. Que les aliénés soient dehors ou dedans ne change rien, ce qui importe c'est ce qu'ils font. Pinel revendiquait le fait que les fous sont des humains normaux. Non, ils ne sont pas normaux, ils sont différents. Il faut donc non pas les "normaliser" mais les confirmer dans leur spécificité. Je suis certain qu'on peut transformer les handicaps des malades en avantages. Oui, ils sont dangereux, oui, certains sont suicidaires, intolérants, nerveux, destructeurs, mais c'est cette énergie négative qu'il faut inverser pour la transformer en énergie positive. L'énergie inépuisable de la folie. »

44.

Isidore boit son verre d'un trait.

— Qu'est-ce qui vous ferait plaisir ?

— Une cigarette !

Lucrèce Nemrod se lève, se dirige vers un convive voisin et revient avec une ultra-light mentholée. Elle l'aspire avec volupté.

— Vous fumez, Lucrèce ?

— Tous ces épicuriens ont fini par me convaincre de la justesse de leur slogan, *Carpe diem*. Comment traduisiez-vous cela, déjà ? « Profite de chaque instant comme si c'était le dernier. » Après tout, il peut nous arriver quelque chose de terrible à chaque instant. Si la foudre s'abat à cette seconde sur moi, je me dirai : « Quel dommage que je n'aie pas davantage profité des cigarettes. » Alors tant pis pour ma santé, je m'y remets.

Lentement elle aspire une bouffée et la conserve dans ses poumons le plus longtemps possible avant de la faire ressortir par ses narines.

— Cela fait combien de temps que vous avez arrêté ?

— Trois mois. Trois mois tout juste. Mais cela ne sert à rien. J'ai choisi un métier de forte tension où je serai de toute manière amenée à rechuter, alors autant le faire ici, dans le temple du « laisser-aller ».

Isidore sort son ordinateur de poche et note. Elle lui envoie par inadvertance un peu de fumée au visage et il toussote.

— Notre société est modifiée par des plantes. Le tabac, mais aussi le café du matin qui nous réveille, le chocolat dont certaines personnes sont complètement accros, le thé, la vigne et le houblon fermenté qui nous permettent d'atteindre l'ivresse, et puis le chanvre, la marijuana, les dérivés de la sève de pavot qui donnent tous les stupéfiants. Les plantes prennent leur revanche. Le huitième besoin...

Lucrèce ferme les yeux, absente, pour bien ressentir tout le plaisir de chaque bouffée de nicotine. La fumée pénètre dans son palais, passe sa gorge, dépose une fine pellicule de poussières irritantes sur la muqueuse propre, puis descend dans la trachée. Enfin elle surgit dans les alvéoles de ses poumons. Là il reste encore du goudron résiduel d'il y a trois mois et celui-ci reçoit avec ravissement cette arrivée inespérée de vapeur toxique. La nicotine passe rapidement dans le sang, remonte au cerveau.

– Cela valait presque le coup de s'en priver pour cette seconde. Ah, si vous saviez comme j'apprécie chaque bouffée, je crois que je vais fumer cette cigarette jusqu'au filtre. Ne me dites rien. Ne me dérangez plus, laissez-moi savourer cet instant.

Isidore hausse les épaules.

Que pourrais-je lui dire ? Que si elle fume régulièrement cela détruira son système de régulation du sommeil, que cela détruira son système de régulation de l'humeur, que cela détruira son système de régulation du poids et que désormais elle sera esclave de la nicotine et du goudron au risque de ne plus pouvoir dormir et de devenir aigrie ? Qu'elle encrasse toutes ses alvéoles pulmonaires, ses veines, ses cellules ? De toute façon les fumeurs n'écoutent plus personne, ils considèrent que leur plaisir leur donne tous les droits.

Il essaie de penser à autre chose et cherche sur le carton la suite des réjouissances. Sur leur gauche un homme âgé et corpulent embrasse à pleine bouche une jeune fille toute mince. Visiblement, eux n'ont pas trouvé de sujet de conversation mais l'absence de dialogue ne les gêne pas outre mesure.

Lucrèce est comme dégoûtée par sa cigarette. Elle l'écrase.

Le tabac me laisse un goût de saleté et d'amertume. Pourquoi est-ce que je fume ?

45.

Dans les semaines qui suivirent, Martin se plongea dans l'histoire de la psychiatrie tout en analysant sa propre situation. Il se lança dans des schémas, des calculs, des diagrammes. Après avoir pris en compte les forces de résistance de l'administration, il inclut dans l'équation l'inertie des malades. Considérés comme des ratés par la société, ils avaient une piètre image d'eux-mêmes. Jean-Louis Martin était donc conscient qu'il fallait restaurer leur propre estime, les valoriser et leur proposer de devenir les acteurs de leur destin. Il prit en compte que tout le monde ne jouerait pas facilement le jeu, mais dans son architecture il n'avait besoin que d'un noyau actif de départ. Il savait qu'ensuite cela ferait tache d'huile.

Nous respecterons de toute manière le libre choix des malades. Il faut que l'énergie vienne d'eux.

Jean-Louis Martin fit part de ses réflexions à son médecin.

Il a peut-être résolu mon problème, se dit Fincher, émerveillé. *Il a raison, la folie est une énergie créatrice comme les autres. Et comme toutes les énergies, il suffit de la canaliser pour faire tourner les moteurs.*

Ils avaient réussi à raviver l'idée de Philippe Pinel. Dans les semaines qui suivirent, ils passèrent à la phase d'application pratique. Samuel Fincher donna les consignes pour permettre aux malades d'œuvrer. L'élan de départ était donné. Ils arrivèrent à convaincre des partenaires extérieurs.

En quelques mois, l'argent commença à affluer progressivement. L'hôpital faisait des bénéfices.

Dès lors Samuel Fincher dut s'acquitter de sa promesse à Jean-Louis Martin. Il contacta l'équipe américaine du centre médical de l'université Emory, à Atlanta. Grâce à Internet et aux caméras vidéo, les savants américains purent suivre les étapes successives de l'opération proprement dite que Samuel Fincher confia au meilleur neurochirurgien de l'hôpital. Une fois qu'il eut compris les instructions, aidé de ses assistants il commença par passer le cerveau de Martin au scanner afin de localiser les zones du cortex les plus actives lorsqu'il pensait. Puis, sans ouvrir complètement le crâne, juste en le trépanant par deux trous infimes, ils implantèrent deux cônes en verre creux de deux millimètres, chacun dans une des régions repérées au scanner. Ces cônes contenaient une électrode et celle-ci était enduite d'une substance neurotrophique prélevée sur le corps de Martin et qui permettait au tissu de se régénérer et d'attirer les neurones.

Ainsi, les neurones voisins, en étendant leurs terminaisons dans le cerveau, rencontraient et entraient en contact avec ces deux électrodes. Les neurones étaient pareils à des lierres grimpants cherchant partout où s'agripper, où se connecter, où se renouveler. En quelques jours, la rencontre s'accomplit. Les dendrites des neurones découvrirent les électrodes, firent alliance, et bientôt les neurones trouvèrent leur prolongement dans le fil de cuivre fin. Un véritable buisson de ronces neuronales s'accumulait autour des cônes de verre. Etonnante fusion entre l'organique et l'électronique.

Ces électrodes étaient elles-mêmes reliées à un émetteur placé entre l'os du crâne et la peau, sous le cuir chevelu. Il avait fallu au préalable insérer une batterie extra-plate, elle aussi affleurant sous la peau pour alimenter l'émetteur.

Le chirurgien avait alors placé à l'extérieur un électro-aimant entretenant la batterie et un récepteur radio qui recevait les signaux émis par son cerveau. Ceux-ci étaient amplifiés et transformés en données compréhensibles par un ordinateur. Le plus difficile avait été l'étalonnage. A chaque type de pensée, il fallait faire correspondre un mouvement sur l'écran de l'ordinateur. Au bout de plusieurs jours, Jean-Louis Martin, l'œil rivé sur l'écran, parvint à atteindre, avec sa pensée, la même vitesse de mouvement du curseur que celle de son œil surveillé par la caméra. Mais il n'arrivait pas à la dépasser.

Samuel Fincher posa la question à l'équipe américaine qui lui expliqua qu'il fallait tout simplement rajouter des électrodes. Plus on repérait de zones du cortex actives et plus on y implantait d'électrodes, plus on augmentait la célérité de l'expression de la pensée. Cunningham en recelait quatre. Quelques jours plus tard, le chirurgien rouvrit donc le crâne de son patient et y ajouta deux nouvelles électrodes, puis encore plus tard deux autres. Maintenant la cervelle de Jean-Louis Martin était truffée de six petits cônes de verre. Ses pensées s'exprimaient avec de plus en plus de fluidité.

« Ça marche ! écrivit le malade. Il faudrait inventer un nouveau verbe pour décrire ce que je fais. Tout ce que je pense s'inscrit automatiquement sur l'écran quand je le veux. Comment pourrait-on appeler cela : pensécrire ? »

– Je pensécris, tu pensécris, il pensécrit ?

« Oui. Joli néologisme. »

Après les mots, ce furent les phrases qui s'enchaînèrent tel un robinet qu'on ouvre progressivement pour en laisser couler la pensée.

Samuel Fincher était le premier étonné par la réussite de cette expérience.

Jean-Louis Martin avait la sensation que son esprit était sorti de son crâne lors de son premier branchement sur l'ordinateur, puis était sorti de l'hôpital lors de son premier branchement sur Internet et, maintenant, grâce à son implant, s'était élargi à l'ensemble du réseau informatique mondial.

Son œil ne s'épuisant plus à zigzaguer à la recherche des lettres pouvait enfin se concentrer sur l'écran. D'une manière quasi instantanée, Martin fit apparaître une phrase. « Un petit pas dans ma cervelle, un grand pas pour l'humanité, n'est-ce pas, docteur ? »

– Oui, sans doute..., répondit Samuel Fincher.

Et, à cet instant, subjugué par la célérité d'expression de son patient, il se demanda s'il n'était pas devenu une sorte de docteur Frankenstein et s'il détiendrait toujours la maîtrise de cet étonnant malade immobile dont la pensée était si créative.

« Je crois que l'électronique accroîtra la puissance du cerveau, comme l'outil a accru la puissance de la main. »

Au moment où il disait cela, sous son crâne les dendrites des neurones continuaient à s'accumuler au bout des cônes d'électrodes, telles des plantes rampantes ayant découvert un point d'eau.

46.

Dans l'immense salle de réception du CIEL, les invités dansent sur une valse de Strauss. Les robes, soie et mousseline, virevoltent tandis que les hommes tournoient dans leurs smokings amidonnés. Les gens rient et sourient. Il n'y a pas de stress. Douce nonchalance de l'épicurisme.

Et si l'aboutissement de l'activité sociale était cela : de la nourriture fine, des femmes jeunes et belles en robes étincelantes, des musiques joyeuses ? Pourquoi toujours être anxieux ? Pourquoi souffrir ?

Isidore dévisage un homme étonnamment tranquille. Il n'a pas une ride. L'épicurisme semble lui profiter. Il se tient auprès d'une femme tout aussi sereine... Un couple sans frustration, sans inquiétude, qui veut juste apprécier l'instant en oubliant l'ailleurs et le futur.

Comme cela doit être agréable de ne pas prendre tout à cœur et de n'être là que pour profiter des bonnes choses rien que pour soi, en ignorant les autres. Mais en suis-je seulement capable ?

Le couple danse. Et Isidore se dit qu'ils engendreront des enfants, qui n'auront pas non plus le poids du monde sur les épaules. Des générations de gens tranquilles.

Jérôme Bergerac les a rejoints, une bouteille de dom pérignon à la main. Il verse le nectar dans des flûtes ciselées.

Un grand fracas secoue alors la salle.

La porte d'entrée est défoncée, une vingtaine de jeunes gens habillés de cuir noir, casque de moto noir sur la tête, nantis de boucliers noirs et de manches de pioches, déboulent soudain.

– C'est quoi, une attraction ? demande Isidore.

Jérôme Bergerac fronce le sourcil.

– Non. Ce sont les Gardiens de la vertu...

47.

Grâce à Internet et à sa nouvelle interface rapide, Jean-Louis Martin put voir ce que devenaient sa femme et ses enfants. Il lui suffit de se brancher sur les caméras de vidéo-surveillance de l'école et du bureau de sa femme. Même s'ils l'avaient abandonné, il continuait à penser à eux. « Un type formidable », ça pardonne et ça continue d'aimer sa famille. Il se sentit ragaillardi comme s'il reprenait en main son destin.

Isabelle, son épouse, avait parlé d'une agence où avait été louée la voiture qui l'avait percuté. Passé expert dans l'art de surfer sur Internet, Jean-Louis Martin retrouva le fichier de l'agence de location et découvrit le numéro de permis de conduire puis le vrai nom de son « tueur » : Umberto Rossi, un ancien docteur de Sainte-Marguerite. Jean-Louis Martin se dit que le monde était petit et que certains rendez-vous sont peut-être révélateurs. Mais Rossi avait démissionné. Il recherscha son adresse et s'aperçut qu'il n'avait plus de domicile.

Finalement il le retrouva sur un fichier de police recensant les sans-domicile fixe. Après avoir quitté l'hôpital, Umberto Rossi avait progressivement sombré. Il n'était désormais plus qu'une loque qui cuvait son vin sur la plage de Cannes lorsque la police ne l'embarquait pas pour un épouillement ou une cure forcée de désintoxication. La fiche de police signalait qu'il rangeait ses affaires sous le troisième banc de la Croisette. Grâce à une caméra de ville, et la ville de Cannes en était bien garnie, il put l'attendre et le voir. L'ex-neurochirurgien, barbu et pouilleux, titubait, une bouteille de mauvais rosé à la main.

Jean-Louis Martin observait ce clochard. C'était donc à cause de ce misérable qu'il avait perdu l'usage de son corps. Une terrible envie de le détruire l'envahit.

Grâce à la puissance de son esprit dont les yeux étaient les milliers de webcams de par le monde, et les mains tous les bras des disques durs eux-mêmes branchés sur des robots, il savait qu'il en était désormais capable. Il pouvait le broyer dans une porte automatique. Il pouvait rédiger un fichier de police qui le ferait passer pour le plus dangereux des pervers. Son bourreau était à portée de sa volonté de destruction.

Mais une idée traversa alors Martin.

Je possède un esprit surdimensionné, il me faut une morale surdimensionnée.

Il eut une longue discussion avec Fincher. De ce dialogue, il ressortit qu'il serait peut-être judicieux d'enrichir l'esprit de Martin d'un programme d'intelligence artificielle qui lui permettrait non seulement de réfléchir plus vite et plus loin dans le temps, mais l'aiderait aussi à élaborer « une nouvelle morale » pour l'homme du futur.

Le malade du LIS récupéra le programme d'intelligence artificielle utilisé par les aiguilleurs du ciel pour éviter que les avions ne croisent leurs trajectoires. C'était le programme le plus perfectionné et le plus sûr. Ensuite, ensemble, Fincher et Martin programmèrent l'ordinateur pour le doter d'un système expert comprenant les « valeurs humaines ». Ils commencèrent par introduire dans la zone racine les dix commandements de l'Ancien Testament : tu ne tueras point, tu ne voleras point, tu ne convoiteras point, etc.

C'est étrange, remarqua Samuel Fincher, *ce ne sont pas des impératifs, ce sont des futurs. Comme si l'Ancien Testament annonçait une prophétie : un jour quand tu seras plus éveillé, tu comprendras et tu n'auras plus envie de tuer, de voler ou de convoiter.*

Ils éliminèrent cependant les commandements liés à l'obéissance à Dieu. Pour l'instant, la notion de « Dieu » était la limite d'incompétence des ordinateurs. Ils la remplacèrent par des valeurs d'obéissance à l'homme.

Aux commandements de l'Ancien Testament, ils ajoutèrent le commandement du Nouveau : aimez-vous les uns les autres. Puis, pour booster l'ensemble, ils retranscrivirent le *Tao tö king* : Qui s'incline sera redressé, qui se tient creux sera rempli, qui subit l'usure se renouvellera. Plus le poème *Si* de Rudyard Kipling : « Si tu peux voir détruit l'ouvrage de ta vie et sans dire un mot te mettre à rebâtir ce qu'il t'a fallu cent ans pour construire, si tu peux aimer sans cesser d'être sage... » Ils ajoutèrent les notions qu'ils jugèrent judicieuses des grands courants de pensée des cinq continents.

Au final, ce logiciel d'intelligence artificielle se révéla un recueil de sagesse mise en perspective. Martin et Fincher ajoutèrent quelques postulats personnels à l'usage de l'homme du futur : principes d'ouverture d'esprit, principes d'acceptation de la différence, principes de curiosité devant la nouveauté, principes de proposition systématique de dialogue.

Le programme ainsi enrichi devint l'inconscient électronique de Martin.

Samuel Fincher proposa de le baptiser Athéna, en référence à la déesse de la sagesse qui conseillait Ulysse.

Ainsi pourvu de sa « morale assistée par ordinateur », le malade du LIS revint vers l'image d'Umberto Rossi. Il n'avait même plus besoin d'exprimer sa question, déjà Athéna lui soufflait son conseil, doux comme une plume qui caresse son cortex : « Si quelqu'un t'a fait du mal, assieds-toi au bord de la rivière et attends de voir passer son cadavre », disait Lao Tseu.

Jean-Louis Martin savait que la vie avait puni son agresseur bien mieux qu'il n'aurait pu le punir lui-même.

Soudain il prit conscience que le châtiment d'Umberto Rossi était pire que la mort. Il était devenu un déchet qui se faisait honte à lui-même et pour lequel chaque seconde était une douleur.

Je ne lui en veux plus. L'alcool est peut-être une affliction pire que la maladie du LIS. Moi au moins j'ai toute ma tête. Moi au moins j'ai une volonté qui peut s'exprimer. Moi au moins je peux réfléchir et j'ai su garder ma dignité. Je suis quelqu'un de bien.

Sa vision s'élargissait.

Il réfléchit longtemps à cette expression : « Quelqu'un de bien. »

Athéna, aide-moi à savoir : que ferait quelqu'un de bien dans ma situation ?

Elle lui répondit.

Bon. Je lui pardonne, arriva-t-il à penser.

Mais cela n'était pas suffisant par rapport à la nouvelle image qu'il voulait avoir de lui-même.

Qu'est-ce qui est mieux que « quelqu'un de bien » ?

Une mécanique vertueuse s'était mise en route et ne pouvait plus stopper.

Que ferait quelqu'un de formidable ?

Il ne se contenterait pas de pardonner. Il ferait plus. Il... aïe... c'était comme s'il avait peur d'exprimer cette pensée. Il... sauverait celui qui lui avait fait du mal.

Non. Ça quand même je ne peux pas. C'est trop.

Il repensa à Fincher. A cette phrase : « Vous savez que vous m'impressionnez. » Il avait commencé à l'impressionner. Il fallait aller plus loin. L'impressionner encore plus. Pardonner. Et... sauver son pire ennemi. Ça, c'était impressionnant.

« Si quelqu'un t'a fait du mal, assieds-toi au bord de la rivière et attends de voir passer son cadavre », disait Lao Tseu. « ... mais s'il est encore agonisant, sauve-le de la noyade », compléta-t-il.

Tout se bousculait dans sa tête, l'esprit d'Athéna fusionnant avec le sien.

« La sauvegarde d'Umberto Rossi sera la preuve que je suis capable de maîtriser ma colère, ma vengeance et mes émotions. Je deviendrai maître de moi-même et de mon destin à partir de ce pardon », pensécrivit-il.

Jean-Louis Martin parla d'Umberto Rossi à Fincher.

« Il faudrait lui trouver un travail. C'était quand même un bon neurochirurgien. Il a cumulé les malheurs, il a perdu sa dignité, il a perdu sa raison. Il a peut-être même des méfaits sur la conscience. Je vous en prie, faites quelque chose pour lui, Sammy. »

Samuel Fincher n'essaya pas d'en savoir plus mais il comprit que la demande était d'importance.

Dès lors, libéré du poids de sa vengeance, Jean-Louis Martin, qui se considérait désormais comme un « type formidable », décida de devenir un explorateur de l'esprit. Ayant vaincu sur le territoire des émotions, il voulait maintenant impressionner Fincher en le battant sur son propre terrain, la connaissance du plus beau et du plus délicat des joyaux de la nature : la pensée humaine.

48.

Beuglement.

Un manche de pioche part et fait éclater l'arcade sourcilière d'un homme de la sécurité qui cherche à repousser les nouveaux arrivants. Poings fermés. Hurlements. Jurons. Eructations.

D'autres gardiens du CIEL s'interposent et tentent d'arrêter les envahisseurs.

– Les Gardiens de la vertu ?

Jérôme Bergerac ne semble pas inquiet. Il se beurre un toast qu'il garnit d'une belle tranche de saumon fumé.

– Ce sont de jeunes étudiants de bonne famille inscrits à la faculté de droit de Nice, pour la plupart, n'est-ce pas ?

Le milliardaire continue à leur verser du champagne.

– Ils nous détestent car nous faisons tout ce qu'ils n'osent pas faire. Leur chef se fait appeler « Deus Irae », la colère de Dieu. C'est un mystique. Il se rend régulièrement à Tolède, en Espagne, pour s'autoflageller lors des processions religieuses de pénitents noirs. Eh oui, ça existe encore. Mais ce n'est pas le pire. Nous allons sûrement avoir droit à son petit discours moralisateur.

En effet, un grand escogriffe monte sur une table, renverse ce qui se trouve sur la nappe et hèle un instant ses troupes.

– VADE RETRO SATANAS ! lance-t-il en levant son poing en direction de Micha.

Ledit Micha est blotti dans un coin, entouré d'un bon nombre d'employés de la sécurité.

– Je suis le chien de berger surgi pour vous mordre les mollets car vous vous êtes égarés. Moutons, retournez à la bergerie, proclame Deus Irae, ici vous êtes en perdition. Le plaisir ne peut être le but de la vie ! Le seul but de la vie est la vertu. Nous sommes les Gardiens de la vertu.

– Tais-toi, fiche le camp ! Chacun fait ce qui lui plaît, rétorque un convive.

– Je suis venu vous avertir avant que vous ne soyez encore plus en danger. Vous devriez me remercier. Je préférerais, certes, ne pas être ici. Mais c'est mon devoir.

– Il paraît que six pour cent de la population ne parvient pas à bien synthétiser les neuromédiateurs du plaisir. La faute en incomberait à un déficit en dopamine et en noradrénaline, soupire Isidore.

Le tribun vertueux articule posément, tel un professeur instruisant des élèves chamailleurs.

– Le sida est le premier avertissement pour ceux qui se livrent au péché de luxure.

Il bouscule un couple enlacé.

– La vache folle est le second avertissement pour ceux qui se livrent au péché de gourmandise.

Il expédie dans les airs un plat en sauce.

– Bientôt d'autres suivront. Craignez la colère de Dieu !

Quelques épicuriens semblent en effet sensibilisés par ce discours.

– Ça n'a pas l'air de vous inquiéter, vous, remarque Lucrèce s'adressant au milliardaire.

– C'est normal, dès qu'on exerce une action dans un sens, il se produit une réaction en sens inverse. Même le plaisir est une notion discutable. L'Eglise s'est bâtie sur la culpabilité et l'évocation de la douleur des martyrs. Elle a pu construire ses cathédrales grâce à l'argent des nobles qui achetaient leur place au paradis en 999, par peur du passage au nouveau millénaire. Cela a constitué une fortune colossale. L'argent de la peur de l'apocalypse. Ce n'est pas pour que des gens comme nous osent s'amuser impunément. Regardez la société moderne, elle ne fonctionne que par interdits.

Les hommes en noir commencent à tout casser avec leurs manches de pioche.

Des épicuriens préfèrent partir, alors que d'autres enlèvent leur veste et saisissent des chaises en guise d'arme. Les deux groupes se font face, épicuriens contre vertueux.

Au signal, Deus Irae charge au travers des convives qui brandissent leurs chaises comme des lances à quatre bouts.

– C'est quoi, leur motivation à eux ?

– Deus Irae se revendique d'Origène.

– Après Homère et Epicure : Origène. Décidément, le monde antique est toujours présent, dit Isidore, peu intéressé par la bataille.

– Qui est Origène ? demande Lucrèce.

Jérôme Bergerac continue de beurrer paisiblement ses toasts tandis que des cris de douleur et de rage retentissent depuis l'entrée.

– Origène vivait au IIIe siècle après J.-C. et était évêque d'Antioche. C'était un brillant exégète de la Bible. Un jour, il est parti dans le désert pour rencontrer Dieu. Il ne trouva personne. Alors il proclama que Dieu n'existait pas et se mit à vivre dans la débauche. Et puis, au bout de plusieurs mois d'excès de toutes sortes, il décida de laisser une deuxième chance à Dieu de se manifester. Il retourna dans le désert et affirma enfin l'avoir trouvé. Il dressa alors la liste de tout ce qui empêche l'homme de suivre la voie divine et inventa la notion de « péchés capitaux ». Il en dénombra six. Plus tard, l'Eglise en rajoutera un septième.

– C'est lui l'inventeur des sept péchés capitaux ?

– Parfaitement. Enfin, pour éviter d'être soumis à la tentation, il se castre.

Satisfait de son petit exposé sur cet étonnant personnage, Jérôme Bergerac fouille parmi les mignardises afin d'en extraire quelques pâtisseries chocolatées.

– C'est quoi, déjà, les sept péchés capitaux ?

Isidore et Jérôme cherchent ensemble à se les remémorer, sans vraiment y parvenir.

– La luxure et la gourmandise, ensuite je me souviens plus. C'est tellement anti-épicurien de s'en souvenir, n'est-ce pas ?

Le pugilat bat son plein. Les hommes en noir renversent les gâteaux à la crème.

– Pourquoi faut-il que tout ce qui est agréable dans la vie se retrouve soit illégal, soit immoral, fasse grossir ou entraîne l'agression des grincheux ? soupire Lucrèce.

– Ça serait peut-être trop facile autrement, n'est-ce pas ? suggère Jérôme Bergerac.

– Des militaires contre l'hypnose, des étudiants réactionnaires contre le plaisir, et si votre Deus Irae était pour quelque chose dans la mort de Fincher ? Après tout, il était le porte-drapeau de la victoire des épicuriens. Voilà des gens qui avaient une motivation pour agir contre lui. Je vais leur demander...

– Allez-y, je vous regarde, l'encourage Isidore, se calant sur sa chaise comme devant un spectacle.

La journaliste scientifique fonce dans la mêlée.

Isidore ponctionne quelques mignardises dans l'assiette de Bergerac.

– Ce n'est pas la première fois que cela arrive, annonce le milliardaire oisif. Je me demande parfois si cette agitation n'est pas organisée par Micha, histoire de mettre un peu de piquant dans la soirée et de rendre les épicuriens plus conscients de la cause, n'est-ce pas ?

– C'est le cas ? demande le journaliste, la bouche pleine.

– Non. Ceux-là sont de vrais militants de la Ligue de vertu.

– Ils ont l'air déterminés.

– Le propre des gens malheureux est de ne pas supporter que d'autres s'amusent. Ils voudraient que tout le monde soit comme eux. La souffrance est plus facile à partager que le plaisir...

Isidore et Bergerac trinquent alors que Lucrèce virevolte dans la mêlée avec ses deux doigts en fourche qui fouettent et frappent. A cause de ses chaussures à talons hauts elle évite les grands mouvements de jambes et de pieds, se contentant de coups de genoux.

– Elle se bat rudement bien, dites donc, commente le milliardaire.

– Elle a appris à l'orphelinat. D'ailleurs elle appelle son art martial : l'orphelinat kwan-do.

– C'est quand même une frêle jeune fille. Je vais l'aider, annonce Bergerac.

– Je reste ici pour veiller sur les sacs à main, plaisante Isidore. Désolé, mais j'ai aussi ma religion et c'est la non-violence.

Lucrèce, déchaînée, s'approche de Deus Irae et l'attire en un combat singulier. Elle le maîtrise facilement.

– Qui t'envoie ? Parle !

– Je suis le chien de berger venu pour mordre les mollets des brebis égarées, répète Deus Irae.

Autour d'eux c'est la pagaille.

Lucrèce Nemrod ne se rend pas compte que quelqu'un s'approche d'elle. Avant qu'elle ait pu réagir, un mouchoir enveloppe son nez et sa bouche. Elle aspire des vapeurs de chloroforme. La substance volatile pénètre ses narines, entre dans son sang et monte très vite au cerveau. Elle se sent tout à coup exténuée, quelqu'un la soulève et l'emporte, profitant de la confusion générale.

Elle rêve qu'elle se fait kidnapper par un prince charmant.

49.

Samuel Fincher et Jean-Louis Martin étaient en train de devenir les meilleurs amis du monde. Samuel Fincher s'exprimait par la voix. Jean-Louis Martin lui répondait de sa pensée branchée sur l'appareillage informatique.

Ils conversèrent et Fincher constata que Martin devenait de plus en plus érudit en sciences, en psychiatrie en particulier. Ce fut Martin qui lui conseilla de décorer les salles en fonction des pathologies.

« Ils voient en permanence du blanc, cela les renvoie à leur vide intérieur. Pourquoi ne pas les entourer des images de beauté produites par des peintres soi-disant "malades" qui ont sublimé leur maladie pour la transformer en art ? Moi par exemple je me sens dans l'onde du peintre Salvador Dalí », pensécrivit le malade du LIS.

Jean-Louis Martin se connecta sur le Net, chercha un site de banques de données d'images et fit apparaître un tableau de Dalí sur son écran d'ordinateur.

« Vous vous rappelez notre discussion sur nos préjugés qui fabriquent le réel ? C'est le talent de Dalí. Il a énormément travaillé sur les illusions d'optique. Il nous montre que notre cerveau ne cesse de tout interpréter et nous empêche de voir. Regardez ce tableau. Cherchez Voltaire dans le décor », suggéra-t-il.

Samuel Fincher examina l'image sans y réussir. Jean-Louis Martin lui désigna le visage de l'écrivain qui apparaissait en trompe l'œil sur la gauche de la peinture.

« Docteur, faites peindre les murs de motifs inspirés de ces tableaux ! »

– Par qui ?

« Par vos pensionnaires. Les obsessionnels par exemple. Animés par leur perfectionnisme, ils ne se fatigueront pas et y mettront tout leur cœur. Je suis sûr que cela leur fera plaisir de décorer l'endroit où ils vivent. »

Samuel Fincher accepta l'expérience et le résultat fut au-dessus de tout ce qu'il espérait. Les malades restaient des heures à observer, interpréter, tenter de comprendre l'œuvre de Dalí.

– Je dois reconnaître que vous avez des idées intéressantes, admit le praticien.

« Ce n'est pas moi, c'est l'étude du cerveau qui me l'a enseigné. Pourquoi ne pas valoriser la différence ? Utilisons leur folie comme un avantage et non comme un inconvénient. »

Jean-Louis Martin lui expliqua que Victor Hugo, Charles Baudelaire, Vincent Van Gogh, Theodore Roosevelt, Winston Churchill, Tolstoï, Balzac ou Tchaïkovski avaient tous été traités pour psychose maniaco-dépressive, une maladie qui se caractérise par des phases de grand abattement suivies de phases d'excitation. Or on a découvert qu'en période de crise, les psychomaniaques fabriquent une dose anormale de noradrénaline, et que la production de ce neuromédiateur permet des communications beaucoup plus rapides expliquant leur créativité.

« Vous croyez que je suis fou, docteur ? »

– Non. Vous êtes juste un « passionné ». Et vos passions m'intéressent.

Jean-Louis Martin fit alors part à son neuropsychiatre de ses deux plus grandes passions : la peinture de Salvador Dalí, et les échecs. En bougeant son œil, Jean-Louis Martin fit apparaître l'image d'un tableau de Dalí.

« Regardez ce tableau, *Le Christ de saint Jean de la Croix*. Dalí a eu l'idée de représenter le Christ vu de haut, en contre-plongée. En fait, du point de vue de Dieu. Personne n'y avait pensé avant lui... »

Il fut encore plus éloquent en parlant du jeu d'échecs. Les échecs étaient selon lui un moyen pour l'homme de se rappeler qu'il était probablement lui-même une pièce dans un jeu géant dont il ignorait les règles.

« Les échecs poussent à la spiritualité, car ils nous font comprendre qu'il existe une lutte entre deux énergies, les blancs et les noirs, qui symbolisent le bien et le mal, le positif et le négatif. Ils nous font comprendre que nous avons tous un rôle et des capacités différentes, pion, fou, dame ou cheval, mais que, selon l'endroit où l'on se trouve, nous pouvons tous, même les simples pions, provoquer le mat final. »

Le docteur Fincher n'avait jamais jusque-là porté d'intérêt aux échecs. Peut-être parce que personne ne l'y avait vraiment initié, il considérait ce jeu comme une perte de temps, un dérivatif pour petits garçons aimant la guerre. La manière dont Jean-Louis Martin lui en parla le fascina.

« Vous devriez jouer aux échecs. C'est le jeu des dieux... »

– Vous êtes déiste ?

« Bien sûr. Pas vous ? »

– Pour moi, Dieu est issu du rêve des hommes.

« Je suis moins cartésien que vous, Fincher. Au bout de la science on retrouve l'irrationnel. Je crois que Dieu est l'hypothèse indispensable pour expliquer tout ce qui existe. Je ne le définis naturellement pas comme un vieil homme barbu géant assis sur le soleil, mais plutôt comme la dimension qui nous dépasse. »

— Croyez-vous que des pièces d'échecs puissent créer les joueurs qui les manipulent ?

« Qui sait ? Je crois que Dieu est en chacun de nous. Dans nos têtes. C'est le trésor caché. Vous savez, ce que j'aimerais, docteur, c'est trouver l'endroit précis où nous avons placé Dieu dans notre cerveau. Peut-être même découvrir la formule chimique du dieu rêvé qui siège dans nos esprits. Selon moi, il est ici. »

Il fit apparaître une carte du cerveau en fichier image chargé sur Internet.

— Laissez-moi deviner. Vous allez l'installer dans le cortex ? La zone qui fait la spécificité de l'homme ?

« Non, pas du tout. »

Avec son esprit, il promena la flèche dans la carte du cerveau.

« Je le mets là, au centre, pile entre nos deux hémisphères. Dieu est forcément au centre de tout. Il est le lien entre nos deux cerveaux. Le cerveau du rêve et le cerveau de la logique. Le cerveau de la poésie et le cerveau du calcul. Le cerveau de la folie et le cerveau de la raison. Le cerveau féminin et le cerveau masculin. Dieu réunit. C'est le Diable qui divise. D'ailleurs le mot diable vient du grec *diabolos* : qui désunit, divise. Je le mets donc ici, sous le système limbique, dans le corps calleux.

Samuel Fincher s'assit plus près de son malade.

« Qu'est-ce qu'il y a, docteur ? »

— Rien. Ou plutôt si. C'est incroyable, j'ai l'impression qu'en dehors de la pratique neurologique pure, vous en savez presque autant que moi.

« Parce que cela m'intéresse, docteur, c'est tout. Je me sens motivé. Nous sommes des explorateurs du dernier continent inconnu, c'est vous-même qui avez prononcé cette formule. Salvador Dalí et les échecs me semblent des petits portails pour pénétrer les mystères du cerveau. Mais il y en a d'autres. Vous-même devez disposer de vos propres portails. »

Samuel Fincher lui parla alors de sa passion pour les

auteurs de la Grèce antique, Socrate, Platon, Epicure, Sophocle, Aristophane, Euripide, Thalès...

– Les Grecs avaient compris le pouvoir de la légende. Chaque dieu, chaque héros est un vecteur pour nous faire appréhender un sentiment, une émotion, une folie. L'Olympe est notre propre esprit et ses dieux sont autant de facettes particulières de l'humain à visiter. De toutes les légendes, *L'Odyssée* d'Homère me semble la plus évocatrice. Elle a été écrite au VIIIe siècle avant J.-C. Le mot « odyssée » traduit en fait le mot « Ulysse » en grec.

Contrairement à Hercule, réputé pour sa force, Ulysse brille par son intelligence.

« Ulysse ? Racontez-moi à nouveau son voyage », pensécrivit Jean-Louis Martin.

Alors Fincher narra comment Ulysse eut l'idée de construire et d'offrir un cheval de bois géant pour pénétrer avec ses hommes dans la cité troyenne et y massacrer dans la nuit tous ses habitants.

« Vous voyez, Sammy, un cheval de bois comme dans le jeu d'échecs... »

– Je veux bien reconnaître que c'est là en effet une illustration de votre théorie sur les joueurs d'échecs divins qui manipulent les hommes. Poséidon, dieu des mers, et Athéna, déesse de la sagesse, se livrent une guerre en utilisant des mortels.

« Nous sommes dans une dimension, mais il doit y en avoir d'autres, au-dessus et au-dessous. Peut-être aussi en dedans... »

Samuel Fincher relata ensuite comment, après la victoire d'Ulysse, Poséidon décida d'égarer dans le brouillard les navires du roi d'Ithaque.

« Coup des noirs. »

– Athéna apparut alors à Ulysse pour lui conseiller de se rendre sur l'île d'Eole, où on lui offrit une outre renfermant tous les vents contraires.

« Coup des blancs. »

– Mais son équipage ouvrit l'outre et la tempête se déchaîna.

« Coup des noirs. »

– Ulysse et ses marins furent entraînés si loin de leur route qu'il mit dix-sept ans à regagner son foyer.

« Comme un accident qui vous éloigne de ceux qui vous sont chers », évoqua Jean-Louis Martin.

L'ex-préposé au service contentieux de la Banque du crédit et du réescompte niçois redécouvrit avec émerveillement le récit d'Ulysse. Il croyait pourtant connaître cette histoire mais, dans la bouche de Fincher, chaque péripétie du voyage du héros antique s'éclairait différemment.

La voix de Fincher s'estompa alors qu'il expliquait le retour du marin parmi les siens, déguisé en mendiant. Il conta enfin sa vengeance : tirer à l'arc sur les prétendants de sa femme Pénélope.

De son œil intimidé, Jean-Louis Martin tapa ce qui soudain lui semblait la révélation.

« Ulysse = U-lis. »

Le médecin ne comprit pas tout de suite.

« U, le préfixe grec qui signifie "non" comme u-topie, ou u-chronie. U-lysse, c'est le contraire du LIS. L'exemple d'Ulysse m'aidera à lutter contre ma maladie. »

Samuel Fincher sourit devant ce jeu de mots inattendu.

Ulysse ! Il veut s'appeler Ulysse. Comme mon ami d'enfance. Se pourrait-il que ce ne soit qu'une coïncidence ? S'il savait ce qu'évoque pour moi ce nom : Ulysse !

« Mais il me manquera toujours quelque chose : c'est la pratique. Tout ça est intellectuel. Il me faudrait un contact avec la matière. »

– Qui sait, peut-être qu'un jour on branchera sur Internet des mains capables d'agir.

« C'était mon espoir. Ça ne l'est plus. L'esprit meut la matière. Avec Internet, ma pensée peut provoquer des événements dans le monde entier. »

– Quelle est votre motivation, actuellement ?

« Vous éblouir. Vous faire découvrir quelque chose sur le cerveau, moi le handicapé total, quelque chose que vous ne connaissez pas. »

– On ne peut pas remplacer aussi facilement dix ans

d'études universitaires et quinze de pratique en milieu hospitalier.

« Qui veut peut. La phrase est de vous, il me semble. Je cherche et je trouverai. »

Jean-Louis Martin commença par changer de pseudonyme. « Le légume » était mort, maintenant il n'avait plus de complexe. Il décida d'être le héros du film de sa vie. Il était Ulysse, l'U-lis. Le temps était venu pour lui d'être fort, maître de sa pensée, maître de son cerveau.

Ne plus subir, se dit-il.

Il laissa son esprit se déployer sur le Net à la manière d'un grand navigateur s'élançant sur les courants marins. Athéna se tenait à côté de lui.

50.

Quand Lucrèce Nemrod ouvre les yeux, elle aperçoit une jambe et une chaussure.

Sa bouche est encore pâteuse, à cause du chloroforme. Elle constate qu'elle est prise dans une camisole de force, les bras noués derrière son dos par des manches trop longues.

La souris est piégée.

Elle se débat. Elle remonte des yeux la chaussure et la jambe, et enregistre qu'elles appartiennent au capitaine Umberto et qu'elle est à bord du *Charon*.

– Umberto ! Libérez-moi tout de suite.

Elle se déhanche mais la camisole est fixée serré.

– Ça n'a pas été facile de mettre la main sur ce matériel vétuste dans un hôpital qui lutte contre les archaïsmes, soupire Umberto, consentant enfin à se tourner vers elle. Alors j'ai couru les brocantes. C'est pratique, non ?

Elle voit par le hublot qu'il se dirige vers les îles de Lérins. Elle se débat.

– Lâchez-moi !

Elle tape de l'épaule contre la paroi.

– Calmez-vous ou je vais être obligé de vous administrer une piqûre sédative. Nous allons à l'hôpital et tout ira bien.

– Je ne suis pas folle.

– Je sais. C'est ce que vous dites tous. Je me demande si cette phrase n'est pas celle qui permet de détecter à tous les coups les malades mentaux.

Et il éclate de rire.

– C'est vous qui êtes fou ! Ramenez-moi tout de suite à Cannes. Vous vous rendez compte de ce que vous faites ?

– Est-ce le sage qui rêve qu'il est un papillon ou le papillon qui rêve qu'il est un sage ?

L'ancien neurochirurgien allume sa pipe et lâche quelques bouffées opaques.

– Libérez-moi ! ordonne-t-elle.

– La liberté est seulement l'idée qu'on s'en fait dans nos têtes.

Il augmente la vitesse de la turbine du *Charon* pour se dépêcher vers le fort Sainte-Marguerite qui se dessine à l'horizon.

– Umberto ! C'est vous qui m'avez attaquée dans la morgue, n'est-ce pas ?

Le marin ne répond pas.

– Par moments, Charon met un pied sur la berge et sert de représentant d'un monde dans l'autre.

– Le Charon de la mythologie réclamait un sou d'or pour passer l'Achéron. Que diriez-vous de mille euros pour me ramener au port ?

– Il y a des motivations plus fortes que l'argent. Vous oubliez que j'ai été un ancien médecin avant d'être un ancien clochard.

– Si vous ne me libérez pas tout de suite je porterai plainte, et vous risquez d'avoir des ennuis avec la justice.

– Encore faudrait-il que vous puissiez joindre votre avocat. Désolé, la carotte ne fonctionne pas, mais le bâton non plus.

– Vous n'avez pas le droit de me séquestrer. Je suis journaliste. Je ne sais si vous vous rendez compte de...

– Non, mademoiselle Nemrod, je ne m'en rends pas

185

compte, la galanterie, les bonnes manières, la peur du qu'en-dira-t-on et de ce que la presse dira de moi, je m'en tamponne. Vous ne savez pas ce que c'est que de devenir SDF. Ça remet les pendules à zéro.

— Vous devez me ramener ! enjoint-elle d'une voix décidée.

Une injonction, un ordre, une culpabilisation, il faut que je pénètre ses protections.

— C'est votre devoir !

Il bascule sa grande pipe en écume de mer sur l'autre côté de sa bouche.

— Je me souviens d'une expérience sur le « devoir », comme vous dites, réalisée dans les années 50 par le professeur Stanley Milgram. Il a réuni des étudiants volontaires. Ils avaient le droit d'infliger des chocs électriques à une personne si elle se trompait dans un questionnaire banal de type Quiz concernant les capitales des pays et les fleuves. Ils étaient autorisés à punir les mauvaises réponses, et ce de plus en plus douloureusement au fur et à mesure que l'interrogé multipliait les erreurs. Cette expérience avait pour but de mesurer jusqu'où un être ordinaire se révèle capable de torturer son prochain lorsqu'il y est autorisé par une institution officielle. En réalité, il n'y avait pas de chocs, des acteurs étaient engagés pour mimer la souffrance. Mais quatre-vingts pour cent des volontaires testés sont allés jusqu'à infliger des chocs électriques de quatre cent cinquante volts, correspondant à une intensité mortelle pour l'homme. Alors quand vous me parlez de « devoir », je ricane. Moi je ne me sens de devoir ni envers ma patrie ni envers ma famille, je n'en ai plus, ni envers qui que ce soit.

Encore quelques leviers à tester. Comment le mettre en colère ?

Elle cherche dans sa mémoire ce qu'elle sait de son histoire.

Il a été neurochirurgien. Il a opéré sa mère. Ça s'est mal passé. Il a dû se sentir culpabilisé. Il a dû être culpabilisé. Par ses collègues.

186

– Ils se sont moqués de vous, à l'hôpital, après votre opération ratée ?

– Vous ne m'aurez pas comme ça. Je n'éprouve aucune rancœur envers les gens de l'hôpital. Je vous rappelle que ce sont eux qui me font travailler.

– J'ai compris. Vous voulez abuser de moi.

Il hausse les épaules.

– Certes, vous me plaisez beaucoup, mais il existe des motivations plus fortes que la sexualité.

– L'alcool, la drogue ?

– Vous me prenez pour qui, mademoiselle Nemrod ? Un ex-poivrot qui peut rechuter ? J'ai une motivation plus forte que l'alcoolisme. Quant à la drogue je n'aime pas le goût de l'herbe et je n'aime pas les piqûres.

– C'est quoi, alors, ce qui vous motive ?

– « L'Ultime Secret. »

– Jamais entendu parler. C'est une nouvelle drogue ?

Il saisit sa pipe et joue avec.

– C'est beaucoup plus que ça ! C'est ce à quoi tout humain aspire sans même oser se l'exprimer. La plus intense, la plus merveilleuse, la plus grande de toutes les expériences qu'un humain puisse connaître. Mieux que l'argent, mieux que le sexe, mieux que les drogues.

Lucrèce tente d'imaginer de quoi il peut s'agir mais ne trouve rien.

– Qui donne « l'Ultime Secret » ?

Il prend un air mystérieux et souffle :

– Personne...

Et le marin éclate d'un grand rire tonitruant.

51.

Les autres malades autour de lui étaient immobiles, comme des momies dans leurs sarcophages de fils et de sondes. Leurs regards étaient perdus dans le vague, mais Jean-Louis savait qu'ils le jalousaient car le docteur Fincher venait le voir régulièrement et qu'il possédait un ordinateur, Internet, le pouvoir de s'exprimer.

Le malade du LIS ne ressentait pas de rancœur envers ses voisins, il les plaignait plus qu'autre chose. Il se disait que, dès qu'il serait suffisamment fort, il leur donnerait à eux aussi un moyen de s'exprimer. C'était là le sens de son combat : que plus personne ne souffre autant que lui-même avait souffert.

Il alluma avec son esprit l'écran d'ordinateur et, tel Superman changeant de costume dans une cabine téléphonique, le LIS se transforma en U-lis, navigateur sur Internet.

Son esprit furetait, galopait, s'arrêtait, discutait, observait l'immense toile mondiale tissée par les millions d'internautes.

Chose extraordinaire : plus il s'ouvrait au monde, plus il s'oubliait. Par moments, quand sa pensée était trop occupée à explorer la masse de savoir accumulée par tous les humains, il en arrivait même à oublier sa maladie. Il n'était que pure pensée. Athéna, logiciel informatique et bienfaitrice minérale, le renvoyait d'article en article, de site en site. Elle se montrait une parfaite aide à penser.

Une ombre sur l'écran. Un visage face à son visage. Samuel Fincher se penchait sur lui. Devant ses yeux s'étalait une thèse de doctorat sur des recherches de pointe en neurologie : les greffes de cellules souches issues de fœtus surnuméraires. Athéna y avait déjà souligné quelques passages qu'elle considérait comme déterminants.

– Bravo !

« Ce n'est pas que moi, c'est aussi Athéna. »

– Athéna est un logiciel mais ce n'est qu'un logiciel.

« Les ordinateurs évoluent vite. Ils sont désormais des bébés impatients. »

– Jolie formule.

« Non, c'est la vérité, ils veulent accéder au niveau au-dessus, c'est ce qui les motive. Ils veulent marcher. Ils veulent parler. Ils veulent grandir. J'utilise Athéna. Mais Athéna m'utilise aussi. C'est une déesse enfant. Elle veut, grâce à moi, s'émanciper, je le sens. C'est pourquoi elle est si motivée pour m'aider. »

Jean-Louis Martin fouilla longtemps tous les sites s'intéressant au cerveau et aux dernières découvertes dans le domaine du système nerveux. Mais il s'aperçut vite qu'en dehors des nouveaux systèmes d'imagerie (spectrographie infrarouge, tomodensitométrie par ordinateur, imagerie par résonance magnétique nucléaire, tomographie par caméra à positrons) la neurologie progressait lentement. Les greffes de neurones de fœtus apportaient beaucoup d'espoir mais elles ne donneraient des résultats au mieux que dans cinq ans. On découvrait chaque jour de nouvelles hormones sans application pratique.

En fait, c'était peut-être l'informatique qui apportait le plus de connaissances sur les mécanismes du cerveau humain. Martin s'aperçut que, chaque fois qu'on découvrait une machine, on analysait le cerveau sur ce modèle.

Lorsque l'homme découvrit l'horloge, il compara le cerveau à une horloge. Lorsqu'il découvrit le moteur à vapeur, il compara le cerveau à un moteur. Quand il découvrit les premières machines à calculer, il analysa le cerveau à la manière d'une calculatrice. Quand il découvrit l'holographie, il compara la mémoire à une image holographique. Puis vinrent les ordinateurs. A chaque génération de puces plus perfectionnées correspondaient des programmes plus intelligents capables d'exploiter cette puissance de calcul.

Athéna se tut durant cette prise de conscience mais il savait qu'elle partageait son point de vue. Pour elle, il n'y avait pas de doute.

« L'ordinateur est l'avenir du cerveau humain. »

52.

Le capitaine Umberto soulève la jeune journaliste sur son épaule et la dépose sur une civière. Il l'immobilise avec des courroies, puis la recouvre de la tête aux pieds d'une couverture. Deux hommes viennent alors la porter.

Ils ne veulent probablement pas que les autres malades me voient entrer, pense Lucrèce.

Elle devine que ses porteurs gravissent des marches puis déambulent dans des couloirs. Enfin on la libère de sa couverture. Un homme la palpe, découvre son téléphone portable et le carnet de notes dans la poche spéciale qu'elle s'était fait coudre. Il scrute devant elle toutes les pages. Puis il consulte tous les numéros de téléphone qu'elle a en mémoire sur son portable et les retranscrit sur un cahier. Enfin il range les deux objets dans un tiroir qu'il ferme à clef. Il fait alors signe aux autres de l'emporter. On la pousse dans une pièce. On lui délie les bras. La porte se referme.

La pièce est vide, il n'y a qu'un lit en fer scellé au mur avec des poignées pour y passer des sangles et un WC avec une pédale qui trône au centre. Les murs sont couverts d'une toile capitonnée de couleur crème. En face il y a une vitre et, derrière, une caméra et un écran d'ordinateur.

Lucrèce se libère de la camisole et détend ses bras avec soulagement. Avec sa robe de soirée pourpre en strass, ses bas résille et ses chaussures à talons hauts, elle dépareille dans le décor. Elle s'assoit sur le couvercle de la cuvette et enlève ses chaussures pour se sentir plus à l'aise. Elle se masse les pieds à travers ses bas.

L'écran d'ordinateur s'éclaire soudain et une phrase s'y inscrit.

« Pourquoi enquêtez-vous sur Fincher ? »

La caméra allume un petit point rouge témoin sous son objectif, preuve qu'elle est activée.

– A qui je parle ?

« C'est moi qui pose les questions. Répondez. »

– Sinon quoi ?

« Nous avons besoin de savoir pourquoi vous enquêtez sur Fincher. Que vous a dit Giordano au téléphone ? »

– Il m'a dit que Fincher était mort d'amour, mais le fait que vous ayez envoyé Umberto pour le tuer et que vous m'ayez kidnappée m'incite à penser le contraire. Merci pour l'info. Maintenant je n'ai plus de doute, il s'agit d'un assassinat.

190

Elle frappe du poing contre la vitre mais le verre est très épais et elle ne réussit qu'à se meurtrir.

— Vous n'avez pas le droit de me retenir ici contre mon gré ! Isidore doit être à ma recherche. De toute façon, j'ai envoyé une enveloppe avec le début de mon enquête à mon journal et ils le publieront s'ils n'ont pas de mes nouvelles. Vous avez plutôt intérêt à me libérer.

L'écran d'ordinateur scintille.

« A qui d'autre avez-vous parlé ? »

— C'est vous qui avez tué Fincher ?

« Ce n'est pas vous qui posez les questions. »

Ils ne peuvent rien contre moi.

La caméra effectue une mise au point et son iris se referme alors que ses optiques glissent pour zoomer sur le visage de la jeune femme.

Je les inquiète. Donc, c'est moi qui détiens les atouts. Ne pas se laisser impressionner.

Prenant son élan elle lance un puissant coup de pied contre la vitre. Aucun effet autre que de produire un bruit détonant et affirmer ainsi sa détermination.

« Calmez-vous. En attendant que vous deveniez plus loquace, vous resterez enfermée dans cette cabine. Avez-vous entendu parler de l'isolation sensorielle ? C'est la pire chose qu'on puisse infliger à un cerveau. Rien lui donner à manger, rien à voir, rien à sentir, rien à entendre, rien à lire : c'est l'affamer. Nous sommes en permanence dans la joie de recevoir des informations par le biais de nos sens. Le moindre stimulus ravit notre cerveau car il lui donne du grain à moudre. Et dans notre vie normale, nous accueillons en permanence des milliers de stimuli. Nous sommes des enfants gâtés, en matière de stimuli sensoriels, et nous n'en avons même pas conscience. Mais si cette fête permanente des sens qu'on considère comme normale s'arrête, nous sommes désemparés. J'espère que nous n'aurons pas à vous infliger ce traitement trop longtemps et que vous vous montrerez vite coopérative. Vous verrez, l'immobilité est une expérience très déstabilisante dans un monde où l'agitation est la règle. »

Nouveau coup de pied dans la vitre. Elle entreprend de

taper par à-coups, tel le bûcheron qui à force de répéter le même geste espère que l'arbre va céder.

– Vous n'avez pas le droit !

« C'est vrai. Et si vous saviez comme je regrette d'être obligé de le faire. »

Elle s'arrête et approche son visage à quelques centimètres à peine de la vitre et de l'objectif de la caméra.

– Vous êtes bizarre, vous ou qui que ce soit qui vous cachez derrière cet écran. Je vous sens gêné. Est-ce moi qui vous gêne ? Est-ce le fait d'être obligé de me faire souffrir qui vous gêne ? On dirait qu'il y a plusieurs personnalités en vous.

Ne pas subir. Garder l'initiative.

Alors que, jusque-là, les réponses s'inscrivaient presque automatiquement après ses phrases, celle-ci met plus de temps à venir.

– A qui je parle ? s'énerve Lucrèce.

Nouveau recul et elle frappe avec ses poings contre la vitre.

– Qui est derrière la vitre ? QUI ?

Alors l'écran consigne :

« Si un jour quelqu'un vous le demande, vous direz que mon nom est... Personne. »

Là-dessus, la pièce s'éteint.

53.

Jean-Louis Martin se mit à rivaliser avec des programmes de jeux d'échecs informatiques et comprit vite qu'ils avaient dépassé l'homme grâce à leur capacité de calcul.

Il analysa ensuite le match de mai 1997 où Garry Kasparov avait été battu trois parties à deux par Deeper Blue dans la salle du Millenium de New York.

Ce jour-là nous avons perdu une bataille essentielle. Le meilleur des humains n'a pu égaler une machine.

Le malade du LIS entreprit dès lors d'étudier les processus de réflexion des programmes de jeux d'échecs de dernière génération. Et il se mit à étudier les balbutiements de cette nouvelle discipline qu'on nommait « la conscience artificielle ».

A cet instant, Jean-Louis Martin eut envie que son esprit ne soit plus enfermé dans son corps de chair inopérant mais dans un corps d'acier indestructible.

54.

« Personne » ?

Drôle de nom, songe Lucrèce.

Et si ce n'était pas un homme ?

Elle a certes vu le film *2001, l'Odyssée de l'espace*, de Stanley Kubrick, avec son ordinateur Hal qui se révoltait contre les hommes.

Et là ce pourrait être... Deep Blue IV.

Inconcevable. Il faudrait qu'une machine possède une volonté, une intention, une prise de conscience de son « moi ».

Même Samuel Fincher l'avait clairement énoncé lors du match : « Les machines n'ont pas d'états d'âme, elles ne veulent ni supplément d'électricité ni supplément de programmes. C'est là leur force et leur faiblesse. »

En tout cas, l'hypothèse de Deep Blue IV a au moins le mérite de fournir un mobile valable : la vengeance. S'il y a quelqu'un qui avait des raisons d'en vouloir à Fincher c'était bien ce tas de ferraille...

Deep Blue IV, l'assassin ?

Mais comment aurait-il pu repérer sa victime ? Un ordinateur ne peut rien voir...

Quoique...

Un ordinateur branché sur Internet pourrait utiliser les multiples possibilités des réseaux informatiques. N'importe quel ordinateur pourrait avoir accès aux images de toutes les caméras publiques, toutes les webcams, les moindres vidéos de surveillance. N'importe quel ordinateur pourrait surveiller un individu, le suivre, percevoir ses instants de vulnérabilité.

La journaliste pense avoir mis le museau dans une affaire beaucoup plus importante qu'elle ne le pensait de prime abord.

Un enjeu mondial. Les hommes contre les machines.

Reste à savoir comment un ordinateur branché sur le réseau, ayant repéré sa victime, peut tuer à distance durant un acte d'amour entre humains ?

Comment Deep Blue IV a-t-il pu assassiner son vainqueur ?

Lucrèce Nemrod essaye de visualiser la scène. Samuel Fincher et Natacha Andersen sont nus. Ils sont au lit.

Au loin, un ordinateur malveillant, Deep Blue IV, motivé par l'esprit de vengeance, les épie grâce à une caméra de surveillance, peut-être une simple webcam posée sur un ordinateur personnel.

Bon sang !

Fincher a peut-être utilisé un gadget électronique branché sur le réseau Internet.

Cette hypothèse a l'avantage de tout expliquer.

Natacha aurait cru de bonne foi que c'était elle la meurtrière. Mais pourquoi n'est-elle pas morte elle aussi ? Quand on touche quelqu'un qui s'est électrocuté on est électrocuté à son tour...

Fincher avait peut-être un cœur plus fragile. Quant au top model, elle a dû penser que c'était un effet naturel. Un orgasme.

Elle se souvient d'avoir eu elle-même, au sommet de son plaisir, un instant de complet black-out. La petite mort. Ça ne durait jamais assez longtemps.

Le scénario de l'ordinateur tueur, aussi bizarre soit-il, commence à tenir. Les pièces du puzzle s'emboîtent les unes avec les autres dans l'esprit de la jeune journaliste scientifique.

Pas la peine d'aller chercher la science-fiction, la technologie actuelle permet, elle en est certaine, de comprendre ce genre de situation. Tout tient au fait qu'on sous-estime les ordinateurs, les jugeant incapables de « penser ». Pourtant de plus en plus d'articles scientifiques signalent qu'ils deviennent capables de réfléchir comme des « enfants ».

Un « enfant électronique » a tué l'homme le plus intelligent pour vérifier son pouvoir. Ou parce que celui-ci lui a flanqué une raclée devant tout le monde. Un enfant avec une mémoire électronique qui n'oublie jamais.

Les idées se recoupent, se complètent, se juxtaposent pour former une chaîne logique. Elle se sent comme un pion dans une partie d'échecs, dont elle commence à peine à entrevoir les règles. Tout ce qu'elle constate c'est que ni son charme ni son agilité au combat ne peuvent plus lui être d'aucune aide.

Et maintenant elle est prisonnière des noirs.

Si elle avait su qu'Isidore l'entraînerait dans un tel cauchemar, elle y aurait réfléchi à deux fois.

Tu parles d'une enquête scientifique !

Quoique...

La jeune journaliste voit déjà le titre « La vengeance de Deep Blue IV » ou « L'assassin était un ordinateur ».

Avec ça, j'ai le prix Pulitzer !

Pour l'instant il lui faut trouver un moyen de sortir d'ici avant de devenir folle.

55.

Sa dame blanche était menacée.

Samuel Fincher examina la partie. Il dégagea cette pièce pour la placer au centre du jeu. Là il savait qu'elle bloquait toutes les tentatives d'attaque de son adversaire.

Le neuropsychiatre aimait bien jouer avec Jean-Louis Martin. Aux échecs, les pièces ambassadrices de l'esprit du médecin jouaient contre les pièces ambassadrices de l'esprit du malade. Il n'y avait plus que ces deux cerveaux se confrontant à exacte égalité de chances de gagner.

La partie se poursuivit et finalement Jean-Louis Martin l'emporta facilement malgré cette dame blanche pourtant bien placée.

– Bravo.

« Je vous bats parce que vous êtes un débutant, mais j'ai joué contre un programme d'ordinateur qui me bat, lui, à tous les coups. »

– Ainsi, vous avez trouvé votre maître ?

« Oui, cela me trouble, d'ailleurs. Je me demande si les machines ne sont pas plus douées que nous. En stratégie, en tout cas. Mais tout n'est-il pas de la stratégie ? Une plante qui pousse est une stratégie de conquête du milieu. Un enfant qui grandit est une stratégie d'un ADN pour se reproduire. »

– Intéressant. Mais vous poussez un peu loin le bouchon, il me semble.

Samuel Fincher replaça son adversaire un peu mieux d'aplomb sur ses coussins.

« Pour l'instant, le titre de champion du monde a été remporté par Deeper Blue contre Kasparov. Peut-être que le sens de l'histoire réclame un triomphe de la machine parfaite contre l'homme imparfait. Nous avons vaincu le singe, l'ordinateur le venge. »

Samuel Fincher jeta un coup d'œil aux autres malades alentour, des hébéphréniques qui, eux, n'avaient pas le privilège de ce genre de dialogue. La plupart regardaient pensivement les fresques de Salvador Dalí, trouvant dans ces figures étranges l'imaginaire qui manquait à leur quotidien.

– Non, nous serons toujours plus forts que les machines, et vous savez pourquoi, Jean-Louis ? A cause des rêves. Les machines ne rêvent pas.

« Quel est l'intérêt du rêve ? » demanda le malade du LIS.

– Le rêve nous permet de nous réinitialiser. Chaque soir, durant notre phase de sommeil paradoxal, nous recevons dans nos têtes des images, des idées. Et, en même temps, nous nous libérons de tout ce qui a essayé de nous conditionner dans la journée. En Russie, durant les périodes de purges staliniennes, le supplice le plus répandu était d'empêcher les gens de dormir, pour les empêcher de rêver. Privés de rêve, nous perdons toute notre force intellectuelle. Même Ulysse, dans le récit d'Homère, entend les conseils d'Athéna durant ses rêves. Les ordinateurs ne rêvent pas, les ordinateurs ne font qu'accumuler du savoir, sans être réinitialisés. Les ordinateurs sont bloqués sur un système de pensée qui fonctionne par accumulation et non pas par sélection.

« Cela change. Il paraît que des laboratoires ont mis au point une "conscience artificielle" ».

– Tant que les savants n'auront pas inventé des ordinateurs capables de rêver, l'homme trouvera toujours le moyen d'avoir le dessus sur la machine.

Il désigna les tableaux de Salvador Dalí qui tapissaient les murs.

– Quel ordinateur serait capable de peindre ça ?

« Dans le cas de Dalí, ce n'est pas uniquement le rêve qui définit l'intelligence humaine, c'est aussi sa capacité de folie. »

Le neuropsychiatre encouragea son malade à développer son idée.

« La folie, et même la bêtise. Pour être proches de nous, les ordinateurs devraient être capables de commettre des... bêtises. J'en discutais hier avec Athéna. Elle me disait qu'elle se rendait bien compte que les ordinateurs effaroucheront les hommes tant qu'ils auront la prétention d'être parfaits. Elle proposait de créer non plus de l'intelligence artificielle mais de la "bêtise artificielle" ».

Le neuropsychiatre ajusta ses lunettes d'écaille.

– La bêtise artificielle ?

« J'entrevois un futur où les ordinateurs auront non seulement une conscience propre non programmée à l'avance par les hommes, mais en plus des états d'âme, une sensibilité typiquement informatique. Un futur où il y aura des psychothérapeutes qui les rassureront, qui essaieront de comprendre leurs névroses. Bref, je vois un futur où les ordinateurs seront capables d'être fous et de produire des œuvres comme celles de Dalí. »

Etait-ce Athéna qui parlait ou U-lis ? Jamais Jean-Louis Martin n'était allé aussi loin dans ses prospectives.

– Désolé, dit le neuropsychiatre, je crois pour ma part

que le cerveau humain sera toujours inégalable. L'informatique aura toujours ses limites. Nous ne serons pas sauvés par les ordinateurs. Ils ne seront pas nos successeurs dans le domaine de l'évolution de la conscience.

Alors Jean-Louis Martin lança à nouveau son esprit sur les flots des réseaux informatiques, traquant dans les recoins des universités et des laboratoires les dernières recherches qui l'aideraient à impressionner son mentor.

56.

Elle frappe de plus en plus fort contre la vitre.

– Hé, Personne ! Personne !

La pièce se rallume, l'écran aussi.

« Etes-vous enfin décidée à parler ? »

– J'ai compris qui vous êtes. Vous êtes un ordinateur. C'est pourquoi vous me parlez par écran interposé. Vous n'existez pas vraiment. Vous n'êtes qu'une machine qui répète des mots qu'on lui a programmés.

« Non. »

– Alors montrez-vous. A moins que vous ne soyez trop monstrueux pour vous présenter devant moi. Je suis sûre que vous n'êtes pas humain, d'ailleurs vos phrases ne sont pas celles d'un être humain. Vous pensez comme une machine.

La meilleure défense c'est l'attaque. Même enfermée dans une pièce capitonnée, même face à un ordinateur, elle n'oublie pas qu'il s'agit toujours de deux esprits qui réfléchissent et, à aucun moment, en dépit de sa situation, elle n'a décidé qu'elle devait perdre.

– Vous êtes une machine. La preuve, c'est que si vous étiez un homme vous seriez sensible à mon charme.

Ce disant, elle se penche légèrement pour que la caméra plonge dans son décolleté agrémenté d'un soutien-gorge compensé.

Voyons comment il réagit à la septième motivation.

« Vous êtes très belle, en effet. »

Il semblait commencer à se justifier. Comme s'il craignait d'être pris pour Deep Blue IV.

– Vous êtes un fichu tas de ferraille, avec des disques durs, des cartes mères, des transistors à l'intérieur. Ça n'a pas de libido, le silicium !

« Je suis un homme. »

– Vous êtes Personne. C'est vous-même qui l'avez dit.

« Je suis Personne mais... je suis encore un homme. »

– Alors venez ici que je vous voie. Venez que je vous touche. Si vous venez me parler en face je vous dirai tout ce que vous voulez savoir, promis !

Silence.

« Ce n'est pas vous qui êtes en position d'imposer vos conditions. »

– Dégonflé.

« Ce qui importe n'est pas qui je suis mais qui vous êtes. Vous êtes journaliste. Vous avez commencé à vous infiltrer chez nous. A recueillir des informations sur nous. Je veux savoir jusqu'où vous êtes allée et à qui vous en avez parlé. J'ai tout mon temps. Si vous ne voulez pas nous aider vous resterez ici des jours, des semaines, peut-être des mois. Vous risquez de perdre la raison. »

Elle colle son visage contre la vitre, comme si elle voulait voir l'objectif de la caméra qui la regarde.

– Je ne suis déjà pas très raisonnable. Je crois qu'en cherchant bien je suis à 12 % narcissique, à 27 % anxieuse, à 18 % schizoïde, à 29 % histrionique, à 14 % passive-agressive, et en plus, depuis peu, je me suis remise à fumer.

Elle souffle de l'air dans sa direction, ce qui a pour effet de dessiner un mur de vapeur qui rend la vitre opaque.

« Je vous félicite d'arriver à faire de l'humour dans cette situation. Mais je ne crois pas que vous montrerez autant d'arrogance après plusieurs jours d'enfermement. A vous de choisir. »

Elle crie :

– Hé, Deep Blue IV, c'est quoi qui te motive ?

La lumière s'éteint. Plus d'images. Plus de sons. Juste une vague odeur de sueur. Sa propre odeur.

57.

Grâce à la gigantesque toile électronique d'Internet, Jean-Louis Martin voyageait par l'esprit dans le monde entier, lisant les articles scientifiques, les livres, les thèses, regardant les reportages, écoutant les interviews.

Son attention se focalisait sur la recherche d'une découverte extraordinaire. Quelque chose de nouveau, d'encore plus fort que les ordinateurs à intelligence artificielle de la dernière génération.

C'était une griserie étrange d'avoir accès à tant et tant de savoir. Jadis la censure empêchait les informations intéressantes d'émerger, maintenant c'était l'avalanche d'informations qui produisait le même effet. Trop d'informations tuent l'information.

Mais il avait l'aide d'Athéna qui sélectionnait pour lui les sites les plus intéressants. Et puis il avait du temps.

Il savait que, quelque part, dans un recoin de l'immense banque de mots et d'images que recelait Internet, il devait y avoir quelque chose que ne connaissait pas Fincher et qui l'impressionnerait. Il chercha longtemps.

Jusqu'au jour où son attention fut attirée par une expérience étrange qui s'était déroulée en 1954 dans un laboratoire des Etats-Unis.

Un accident. Comme le stipule la loi de Murphy, les grandes découvertes sont faites par erreur. Ensuite les scientifiques inventent le soi-disant raisonnement logique qui a conduit à cette découverte. C'est ainsi qu'ils créent leurs propres légendes.

Là, c'était une erreur qui débouchait sur une information vraiment étonnante. Plus qu'étonnante. Troublante. Plus que troublante... Peut-être déterminante. Pourquoi cette trouvaille n'avait-elle pas éclaté au grand jour ?

Jean-Louis Martin mena son enquête et comprit.

L'inventeur avait été effrayé par l'étendue de sa propre découverte et avait souhaité l'étouffer.

Quel dommage. Et quelle exaltation à comprendre sa portée véritable. C'était comme si, en tant que prédateur, il avait surpris un gibier attaché qui l'attendait, qui ne se défendait pas et qu'aucun autre prédateur n'avait daigné manger.

L'esprit de Jean-Louis Martin avait faim, alors il s'empara de la proie et la mangea. La digestion fut lente.

Après avoir accumulé beaucoup d'informations sur cette expérience extraordinaire, il finit par constituer un dossier. Comment et pourquoi c'était arrivé. Ce que cela induisait. Comment utiliser cette découverte pour avancer encore plus loin.

Lorsque son dossier fut complet, il le rangea proprement dans un fichier d'ordinateur.

Il fallait trouver un nom pour cette découverte, puisque son inventeur n'avait même pas daigné la baptiser. Sans la moindre hésitation, Jean-Louis Martin l'intitula : « L'Ultime Secret. »

Un peu pompeux, certes, mais ce n'était pourtant rien par rapport aux immenses horizons qu'ouvrait à son avis cette trouvaille.

Jean-Louis Martin décida d'en parler à Samuel Fincher et de lui expliquer comment ils pourraient utiliser différemment cette invention.

Le docteur Fincher ne comprit pas tout de suite mais, quand il comprit, il fut à son tour très impressionné.

– Sidérant ! s'exclama-t-il.

Mais il précisa aussitôt :

– Si l'inventeur a renoncé à poursuivre ses recherches, c'est qu'il a perçu le danger d'une telle découverte. Vous rendez-vous compte, Jean-Louis, de sa portée ?

L'œil de Jean-Louis Martin s'agita.

« C'est comme la découverte du feu, ou du nucléaire, cela peut chauffer ou cela peut brûler. Tout dépend de l'usage qu'on en fait. »

58.

Lucrèce Nemrod est fatiguée de taper contre les murs de sa prison capitonnée. Elle attaque la vitre en se repérant au toucher. Avec ses ongles elle essaie de défaire les jointures. En vain.

Bon. Il n'y a rien à faire, c'est du solide.

Attendre.

Dormir.

Elle n'arrive pas à dormir. Elle reste dans le noir, les yeux grands ouverts. Elle se souvient de ce que disait « Personne » : « Ne pas nourrir un cerveau est la pire chose qu'il puisse lui arriver. »

Il faut penser. Il faut organiser son cerveau afin que, même s'il ne se passe rien à l'extérieur, il fonctionne à l'intérieur. Elle se focalise sur l'enquête. Tout tient à cette question a priori simple : « Qu'est-ce qui nous pousse à agir ? » Simple mais qui ouvre tant de perspectives...

Elle se dit que sa liste des motivations explique toute l'histoire de l'humanité.

Elle imagine le premier homme des cavernes. Il se bat contre un fauve, il est mordu, il est blessé, il a mal, il a envie de s'en sortir et que la douleur s'arrête, alors il saisit une branche, en frappe le fauve et invente ainsi l'outil.

C'est l'assouvissement du premier besoin : la cessation de la douleur, qui fait démarrer l'humanité. Puis il fuit dans les plaines et il craint d'être attaqué par d'autres fauves. L'orage gronde. La nuit le plonge dans les ténèbres. Alors il se réfugie dans les cavernes et invente ainsi la notion d'abri. C'est l'assouvissement du second besoin : la cessation de la peur.

Puis il a soif. Alors il cherche des sources. Puis il a faim. Alors il chasse et il se livre à la cueillette. Puis il est fatigué. Alors il invente le lit et le feu qui empêche les prédateurs de pénétrer dans la caverne durant son sommeil. C'est la troisième motivation : la satisfaction des besoins primaires de survie.

Là se produit la bascule. Il passe des besoins aux envies. Par « envie » de confort, l'homme quitte les cavernes, construit des huttes, des cabanes, des maisons et devient architecte. Par « envie » de place, il déclare la guerre et envahit le territoire de son voisin. Par envie de moins se fatiguer à chercher des cueillettes, il devient agriculteur. Par envie de ne plus se fatiguer à labourer les champs, il invente l'attelage des bœufs. (Lucrèce a lu dans l'*Encyclopédie du savoir relatif et absolu* que si la lettre *a* commence l'alphabet, c'est parce qu'elle représente dans la plupart des langues anciennes une tête de bœuf à l'envers. Le bœuf est la première source d'énergie et donc l'origine de la civilisation.) Après les bœufs, les chevaux, puis les moteurs. Quatrième motivation donc : la satisfaction des besoins secondaires de confort.

Qu'y a-t-il ensuite dans sa liste ? La cinquième motivation : le devoir. Devoir envers le professeur : les vingt années passées à l'école. Devoir envers la famille : le mariage. Devoir envers la patrie : les impôts. Devoir envers le patron : l'entreprise. Devoir envers le gouvernement : le vote.

Et pour assurer une soupape à la cocotte-minute en cas de surchauffe, la sixième motivation : la colère. Colère qui génère le besoin de justice. Peu à peu, grâce à la colère, s'établissent les tribunaux, les juges, la police, qui canalisent cette colère de manière à la rendre socialement non destructrice. Et si cela ne suffit toujours pas, la colère entraîne les révolutions.

Septième motivation : la sexualité...

Elle songe que son système de classement des motivations n'est pas vraiment chronologique ni croissant. Ces leviers sont, de nos jours, pour chaque individu, placés différemment selon son libre arbitre. La sexualité est à l'origine une motivation primaire de reproduction de l'espèce. Il faudrait presque la situer juste après la soif, la faim, le sommeil. C'est d'abord un besoin. Ensuite seulement elle se transforme en envie. Envie de perpétuer sa propre espèce. Envie de laisser une trace de son passage sur Terre. Et puis cette énergie basique s'est muée en autre chose. Elle s'est élargie. La sexualité est devenue un moyen de vérifier son pouvoir de séduction, de comprendre le sexe opposé. Envie d'être rassurée, envie d'être touchée, envie d'être caressée, qui n'est plus seulement une envie de reproduction. Juste un besoin de sociabilité. Peut-être l'ancien réflexe d'épouillage des grands singes qui se réconcilient en se cherchant des poux dans la fourrure.

La caresse est-elle une motivation à part entière ? Non. Juste un confort lié à la sexualité...

Tout en y réfléchissant, Lucrèce se masse les pieds et cela lui fait énormément de bien.

La caresse.

Lucrèce Nemrod pousse un soupir. Le mot « caresse » lui donne une envie de sensations tactiles. Mais, autour d'elle, il n'y a que la toile capitonnée.

Elle se concentre.

La sexualité est une motivation forte. Elle peut changer l'histoire. Pour une femme, Hélène, les Grecs et les Troyens se sont entretués pendant des années. Pour séduire Cléopâtre, César a affronté le Sénat romain. Combien d'œuvres d'art n'ont-elles été créées que pour impressionner une femme ?

La libido guide le monde ?

Huitième motivation : les stupéfiants, et tous les produits chimiques qui nous font agir malgré notre volonté. Une envie artificielle qui devient un besoin qui dépasse les autres. Au début les gens y goûtent par curiosité, convivialité, sociabilité. Les paradis artificiels envahissent ensuite tout l'esprit au point d'annihiler le libre arbitre et de faire reculer le premier besoin : la survie.

Neuvième motivation : la passion personnelle. Elle est différente pour chacun. Tout d'un coup on focalise sur une activité a priori banale et cette activité devient la chose la plus importante du monde. Un art. Un sport. Un métier. Un jeu.

Elle se souvient avec quelle hargne les filles de l'orphelinat jouaient la nuit, au poker, à la lumière de bougies, en misant leur maigre argent de poche. Le monde s'arrêtait à ce que réservaient les cartes : paire, double paire, brelan, quinte, full. Comme si leur vie entière dépendait de ces morceaux de cartons illustrés.

Cela n'a pas de sens dans l'histoire biologique de l'homme. Et pourtant cela prend tant d'importance...

Même sa collection de poupées. Elle représentait la famille qu'elle n'avait jamais eue. Une passion encombrante. Des poupées pas toujours jolies, en tissu, en porcelaine ou en plastique, auxquelles elle avait donné des noms. Elle leur cousait des vêtements avec plus d'affection qu'une mère pour ses enfants. Car elle en avait exactement cent quarante-quatre, de ces poupées. Elle n'en avait échangé aucune. Et après les poupées, prolongation logique, elle s'était mise à collectionner les amants. Peut-être une centaine aussi. Non, moins. Si, pour ses poupées, elle connaissait le chiffre exact, pour ses amants c'était plus flou. Elle aurait aimé que, comme les timbres, on puisse les échanger. « Je t'échange un des jumeaux que j'ai en double contre ton bodybuildé albinos aux yeux rouges. »

C'est aussi par passion personnelle que j'enquête maintenant. Après les poupées, les amants, je collectionne les enquêtes : enquête sur les origines de l'humanité, enquête sur le fonctionnement du cerveau. Ma collection ne fait que commencer mais c'est ma passion personnelle.

Elle se ronge les ongles dans le noir.

Dixième motivation...

Le capitaine Umberto avait parlé de « l'Ultime Secret ». Il le décrivait comme une motivation plus forte que la drogue, comme la motivation la plus intense.

Deep Blue IV aurait, dans ce cas, profité de sa super-intelligence informatique pour combiner des molécules et inventer une drogue nouvelle. Une drogue plus puissante que les stupéfiants traditionnels. Il dominerait ainsi la population de l'hôpital, les médecins, les infirmiers, les malades.

L'Ultime Secret...

Samuel Fincher en aurait-il usé ?

Serait-ce lié à sa mort ?

L'hypothèse de la super-drogue indécelable lui semble plus logique que celle du gadget branché sur le réseau. Cela expliquerait de surcroît que Natacha n'ait rien vu et se soit crue coupable.

Mais cela l'avance à quoi de comprendre maintenant ?

Elle est enfermée dans une pièce capitonnée, dans ce qu'il faut bien appeler un asile de fous, sur une île cernée par la mer.

Il faut que je conserve à tout prix ma raison, se dit-elle. *La pire chose qui puisse m'arriver serait de devenir folle à mon tour. Si je manifeste le moindre signe de folie, personne ne me croira plus.*

Lucrèce Nemrod se ronge un ongle jusqu'au sang. Cette douleur lui tient l'esprit éveillé.

Que faire pour ne pas perdre la tête ?

59.

Explorer. Jean-Louis Martin n'arrêta pas d'explorer autour du thème de l'Ultime Secret. Le filon était maigre mais il découvrit qu'il n'y avait pas que l'inventeur de l'Ultime Secret à préserver son trésor caché. Tous ceux qui avaient travaillé de près ou de loin avec lui, tous ceux qui étaient au courant de la portée de l'Ultime Secret avaient passé une sorte d'accord leur interdisant de poursuivre les recherches sur ce thème trop sensible.

L'Ultime Secret était bien caché.

Pour une fois que la science faisait preuve de retenue, cela méritait d'être noté.

Jean-Louis Martin trouva cependant la brèche. La thèse sur l'Ultime Secret était restée dans la fonction corbeille d'un vieil ordinateur dorénavant inutilisé mais encore branché sur le Net, avec sa corbeille pleine...

Un accident avait permis de découvrir l'Ultime Secret, un pacte en avait interdit la divulgation, et une recherche fortuite l'aidait à en connaître le contenu.

Cependant il n'en savait pas assez.

Il lança donc des programmes-agents de recherches plus précis qui furetaient dans tous les hôpitaux, laboratoires, universités du monde. « Une chaîne est solide par son maillon le plus faible », pensait-il. Il devait y avoir quelques dizaines de personnes dans le monde à avoir approché l'inventeur de l'Ultime Secret. Sur ces quelques dizaines, il devait forcément y en avoir une qui, avec le temps, trahirait le pacte. Une assistante peut-être. Une secrétaire. Des gens dans l'entourage de l'inventeur. Des compagnons de beuverie auxquels il aurait confié son secret dans un instant d'abandon. Une maîtresse qu'il aurait voulu impressionner.

Même en matière de science, aucun tabou ne peut être imposé indéfiniment.

Jean-Louis Martin, plus déterminé que jamais, lisait tout, regardait tout, inspectait tout. Athéna, de son côté, faisait de même cent fois plus vite.

Tout ce qui passait dans un fichier, tout ce qui passait devant une webcam ou une caméra de surveillance et qui pouvait avoir ne serait-ce qu'un vague rapport avec l'Ultime Secret était lu et stocké.

Je dénicherai le maillon faible, se disait-il.

60.

Lucrèce hurle.

Comment ne pas devenir folle dans le noir ? Elle se rappelle tous ces moments où elle a éprouvé la peur dans l'obscurité. A l'orphelinat, quand elle s'est retrouvée dans les caves et que sa lampe de poche s'est éteinte. Comme elle avait crié ! Quand elle jouait à colin-maillard, les yeux bandés. Les yeux apportent tellement d'informations. La lumière constitue déjà une drogue. C'est la première sensation à la sortie du ventre de la mère. Ensuite seulement vient l'air. Et dès qu'on a goûté à ces deux-là on ne peut plus s'arrêter. Sa naissance n'avait pas été sans difficulté. Sa tête coincée à la sortie. L'hypnose lui avait permis de se le remémorer... Le pouvoir du cerveau est énorme. Lui seul recèle toutes les solutions. Toutes les illusions. Tous les pouvoirs.

Le cerveau humain est la structure la plus complexe de l'univers.

Elle a lu dans *L'Encyclopédie du savoir relatif et absolu* une phrase sur laquelle elle n'a plus cessé de réfléchir : « Le réel c'est ce qui continue d'exister lorsqu'on cesse d'y croire. » Donc on peut inventer du réel temporaire.

Elle se souvient aussi du texte d'un écrivain dissident russe, Vladimir Boukovski, qui racontait que, pour supporter la torture, il s'imaginait en train de construire sa maison « virtuelle » dans sa tête. Quand la douleur devenait insupportable il allait s'y réfugier et, là, plus personne ne pouvait l'atteindre.

Le pouvoir de la pensée. Si c'était bon pour les prisonniers du goulag c'est bon pour moi.

Lucrèce Nemrod ferme les yeux.

Elle oublie ce qu'il lui arrive.

Elle oublie où elle est.

Elle entreprend de construire dans son esprit sa maison idéale. Mieux encore : un château. Puisqu'il n'y a pas de limite à l'imaginaire, autant en profiter. Elle commence par dessiner le plan de son palais dans sa tête, puis en creuse les fondations. Ensuite elle bâtit les murs avec des pierres de taille. Puis elle installe les fenêtres, les portes, le toit. Elle aménage les jardins extérieurs et les jardins intérieurs. Elle place une petite piscine au centre de la cour centrale.

Maintenant, la décoration proprement dite. Des verrières donnant sur la cour, ainsi tout devient translucide à l'intérieur et opaque à l'extérieur.

Beaucoup de plantes vertes. Des meubles japonais en bois précieux qu'il faudra au préalable laquer à la cire de miel teinte en noir.

Elle aligne ensuite les parquets, répartit les tapis d'Orient dans les chambres d'amis, choisit des tentures.

Son cerveau est enfin en pleine activité.

61.

Son ordinateur travaillait sans relâche.

Jean-Louis Martin, pressé de trouver, finit par créer lui-même ses agents informatiques capables de traquer l'information sur le Net.

Athéna l'assistait, déesse minérale bienveillante et omniprésente.

Il se mit donc à récupérer de petits programmes qu'il modifia lui-même pour satisfaire ses besoins. En hommage à Ulysse, il baptisa ces nouveaux agents informatiques : ses « marins ». Et tous ses « marins » étaient à la recherche non pas d'Ithaque, mais de l'Ultime Secret.

Les programmes qui activaient le cœur de ses « marins » étaient issus des dernières découvertes en intelligence artificielle, ils étaient donc capables de se reproduire et de s'améliorer pour atteindre un objectif donné. La première génération de « marins » se dispersa n'importe comment sur le réseau informatique à la recherche d'indices. Ensuite, sans aucune intervention humaine, ces centaines de « marins » firent le point, et désignèrent parmi eux les cinq à avoir obtenu les meilleurs résultats. Les autres disparurent et les gagnants furent autorisés à se reproduire. Ils fabriquèrent alors des centaines de programmes similaires à eux-mêmes mais encore plus spécialisés dans les domaines qui leur avaient valu leur élection.

Jean-Louis Martin avait eu l'idée de fabriquer ses « marins » en s'inspirant du darwinisme : sélection des meilleurs, encouragement des plus forts, aide aux plus doués et abandon de tous les incompétents.

Ce n'était certes pas un mécanisme moral mais, dans le domaine informatique, les programmes ne possédaient pas encore de conscience politique, songea-t-il.

La deuxième génération de marins se sélectionna elle-même de façon à permettre aux cinq meilleurs de donner naissance à des programmes beaucoup plus spécialisés dans leur recherche. Les marins de troisième génération profitaient ainsi de toute l'expérience et de toutes les connaissances des générations précédentes.

Il fallut quinze générations de marins pour parvenir à produire une bande de surdoués, qui finirent par toucher au but.

Celui-ci se trouvait en Russie, à Saint-Pétersbourg, au centre du cerveau dirigé par le docteur Tchernienko. Là, grâce à plusieurs indices infimes mais qui se recoupaient, les agents informatiques déduisirent que l'Ultime Secret avait été utilisé pour des expériences sur l'homme.

62.

Les neurones de Lucrèce font du mieux qu'ils peuvent avec le stock de sucres qu'ils trouvent dans les graisses de la jeune fille.

Pour réfléchir et pour gérer sa peur, ils ont besoin de sucres lents, malheureusement, mode des magazines féminins oblige, Lucrèce consomme essentiellement des fibres et des légumes, pratiquement pas de pâtes, encore moins de beurre, de crème, de sucre, toutes ces choses qui ravissent les neurones et leur permettent de bien fonctionner.

Elle ne sait combien d'heures se sont écoulées. Elle a faim. Sa langue clappe dans le vide.

Comment ça fait quand on est fou...

Ne pas penser à ma situation, penser à mon château.

Son imaginaire choisit les lustres pour le petit salon, le grand salon, la salle à manger. Pour les chambres, des appliques ; pour les bureaux, des halogènes. Une grande bibliothèque. Un sauna. Une salle de télévision avec écran géant. Une salle de billard. Une salle de sport avec tout le matériel pour se muscler. Mais arrive un moment où elle ne peut plus ajouter de meubles, sinon l'ensemble serait trop chargé, où elle ne peut plus ajouter de pièces, sinon elle se sentirait perdue dans un trop grand château.

Il manque pourtant quelque chose.

Un homme. Un homme, c'est le complément idéal d'un château.

Un homme, ça réchauffe le lit, ça peut accessoirement offrir des fleurs, faire la vaisselle, vous tenir blottie en regardant la télévision.

63.

Jean-Louis Martin contacta le docteur Tchernienko à Saint-Pétersbourg via son adresse e-mail et lui signala qu'il souhaitait en savoir plus sur ses expériences sur le cerveau.

Il ne reçut pas de réponse.

Il lui expédia ensuite un fax. Athéna guida son écriture. Sans plus de résultat.

Comme le malade du LIS ne pouvait pas parler et que, de toute façon, il savait qu'il n'aurait aucun crédit face à une scientifique, il finit par raconter toute l'histoire à Samuel Fincher.

Lui contacta facilement son homologue russe, lui parla. En dépit d'un premier contact poli, elle refusa là encore toute communication sur ses recherches.

Athéna attira l'attention sur le point faible de la vie de cette femme, ce docteur Tchernienko. Certes, ce n'était pas très gentil comme méthode, mais Athéna avait aussi inscrit dans son programme la phrase de Machiavel : « La fin justifie les moyens. »

Grâce à ce moyen de persuasion, le savant français parvint à convaincre la Russe de coopérer en lui promettant de n'utiliser l'Ultime Secret que pour des expériences limitées et totalement contrôlées.

Le docteur Tchernienko accepta de leur donner l'emplacement de l'Ultime Secret, chez les souris. Un emplacement en trois dimensions, repérable au dixième de millimètre près. Elle leur envoya par e-mail le plan d'un cerveau de souris et une flèche indiquant l'endroit exact avec leurs coordonnées en hauteur, en largeur, en profondeur.

« Et voilà la carte du trésor », pensécrivit Jean-Louis Martin.

Ils contemplèrent le plan comme s'il s'agissait d'une formule magique.

– C'est dans le corps calleux ! Le corps calleux est le cerveau le plus ancien. C'est le premier organisme du système nerveux, et il enregistre toutes les expériences de la naissance à deux ans. Après, des couches de cerveau s'ajoutent et se plaquent dessus. Chaque couche apporte un niveau de complexité, mais le plus important est caché au plus profond de nous... Tu avais raison, Jean-Louis.

Samuel Fincher avait effectué durant sa période d'études de petites opérations chirurgicales. Il sélectionna donc une souris, une capucine à tête noire et corps blanc, une espèce très débrouillarde utilisée normalement pour les numéros de cirque. Il fixa avec des lanières de caoutchouc la souris sur un support de liège, les pattes en croix.

Le neuropsychiatre lui rasa le haut du crâne puis prit quelques mesures avec une règle millimétrée et les inscrivit au feutre sur sa peau. Il anesthésia la souris afin que l'opération ne la traumatise pas et ne change pas les données. Il installa ensuite une caméra vidéo pour que le malade du LIS suive à distance le déroulement de l'expérience.

Il prit une scie circulaire osseuse et découpa finement le haut de la calotte crânienne de l'animal, comme s'il s'agissait du sommet d'un œuf coque. Le cerveau palpitant apparut sous l'éclairage des lampes. Lobotomie.

– Tu m'entends, Jean-Louis ?

« Oui, je t'entends, Samuel », s'inscrivit sur l'écran fixé au-dessus de la caméra.

– Tu vois ?

« Oui. Je dois t'avouer que je ne suis pas habitué à voir ça et je trouve cela un peu répugnant. Mais je pense que je suis de toute façon incapable de vomir. »

Samuel Fincher s'était accoutumé à parler à cette caméra avec écran comme s'il s'agissait de son ami en chair et en os.

– Maintenant tu fais partie de notre confrérie, cher collègue.

L'objectif zooma sur la souris.

« Tu es sûr que tu ne vas pas la tuer ? » s'inscrivit sur l'écran.

Le docteur Fincher vérifia les données médicales.

– Le pouls est bon et toutes les fonctions vitales semblent correctes.

« J'ai le trac. »

La souris capucine avait une allure un peu étrange, avec son cerveau à l'air.

– C'est toi qui as eu l'idée, Jean-Louis.

« De toute façon, l'enjeu est suffisamment important pour que nous tentions le coup... »

Samuel Fincher approcha alors ses instruments du cerveau à vif.

Jean-Louis Martin suivait avec avidité le déroulement de l'événement.

Cela lui rappelait une autre expérience neurologique qu'il avait observée sur le Net, effectuée sur des souris par l'équipe du professeur Weissman de l'Université de Stanford. Ils avaient greffé dans leurs cerveaux des neurones provenant de cellules souches d'embryons humains. Les neurones humains, plus dynamiques du fait de leur jeunesse, avaient envahi les zones occupées par les neurones de souris, si bien que ces souris avaient proprement été dotées d'une cervelle humaine que les savants comptaient ponctionner pour aider les malades atteints de la maladie d'Alzheimer ou de Parkinson.

Le malade du LIS essaya d'imaginer une souris avec un cerveau humain. Certes elle avait été nantie d'une réserve de cellules nerveuses fraîches, mais c'était quand même un être avec le potentiel d'une pensée humaine.

Il eut soudain un vertige, la science-fiction était dépassée par la réalité. A l'aube du troisième millénaire, tout devenait vraiment possible ; donner un cerveau humain à des souris ou toucher à l'Ultime Secret.

Le monde est en train de changer, une simple idée surgissant d'un imaginaire peut se révéler plus terrible

*qu'une bombe atomique. Il n'y a plus de morale, il n'y a
que des expériences. Et qui osera évoquer le statut des
souris au « cerveau humanisé » ?*

Il observe la souris en croix et cela lui rappelle l'œuvre
de Salvador Dalí : *Le Christ observé par son père.*

*Nous sommes tout-puissants. Il va nous falloir davantage de conscience pour mesurer la portée de nos actes.
Sommes-nous prêts ?*

Samuel Fincher est lui tellement concentré sur ses
gestes qu'il ne se pose aucune question. Il a comme seul
souci de réussir l'opération et que la souris se réveille
indemne.

64.

Après avoir bâti son lieu de vie idéal, Lucrèce dresse
l'inventaire de ses ex pour choisir le compagnon idéal.
Mais ils avaient tous de bonnes raisons d'être devenus
des ex. Elle change de registre et passe en revue ses
acteurs préférés.

*Non, ils seront narcissiques et exigeront que je les
admire.*

Elle décide de changer ses critères de sélection.

*Il faudrait qu'il me fasse rire. Oui, un homme d'esprit.
C'est bien.*

Alors elle imagina l'homme sonnant à la porte d'entrée
de son château avec un bouquet de fleurs et une bouteille
de champagne. Elle lui faisait visiter son antre et
commentait les lieux, avec des précisions sur des œuvres
d'art célèbres qu'elle faisait surgir à volonté sur les murs
de rocaille. Son bien-aimé allumait ensuite sans difficulté
un feu dans la cheminée, déclenchait une musique douce,
et versait son champagne dans des coupes de cristal de
Bohême.

65.

La souris se réveilla deux heures plus tard.

– Je crois que nous avons réussi.

L'opération achevée, le neuropsychiatre replaça à la manière d'un couvercle la calotte crânienne, l'agglomérant avec une nouvelle glu chirurgicale qui permettait de recoller les os.

Une prise électrique sortait à présent du sommet du crâne du rongeur, lui donnant l'allure d'un musicien cyberpunk.

Tous ses sens semblaient parfaitement fonctionner. Elle était capable de courir, ses yeux suivaient les objets qui passaient devant elle. Elle savait se défendre contre l'attaque d'un stylo avec ses pattes. Comme, à bien y regarder, des poils blancs sur sa tête noire formaient une barbe évocatrice, Samuel Fincher et Jean-Louis Martin décidèrent de la baptiser « Freud ».

Il ne restait plus qu'à tester le levier. Le neuropsychiatre brancha un fil électrique sur la prise et il envoya une faible décharge. Après un instant d'immobilisation surprise, Freud parut nerveuse. Elle agita sa patte droite fébrilement.

« Elle souffre ? »

– Je ne sais pas. Elle a l'air plutôt étonnée par cette sensation.

« Comment savoir si elle aime ou si elle n'aime pas ? »

Le plus simple était encore de lui confier le levier. Samuel Fincher en disposa un face aux pattes du rongeur et relia les fils à la pile électrique. Freud vint le renifler avec méfiance, mais n'y toucha pas. Alors l'humain, avec deux doigts, activa le levier pour lui en montrer l'effet.

La souris se figea, comme électrocutée. Elle avait compris.

« Ça lui a fait mal ? »

Dès que les deux doigts humains lui laissèrent le champ libre, elle empoigna à pleines pattes le levier et le descendit. Elle obtint ainsi une décharge. Elle releva l'appareil et s'en administra aussitôt une seconde. Puis une troisième.

– On dirait qu'elle aime, commenta le neuropsychiatre.

La souris n'arrêtait plus de descendre et de relever le levier avec frénésie. On aurait dit qu'elle pompait l'eau d'un puits pour en faire remonter un élixir qu'elle seule percevait.

66.

Petite musique douce. Il lui masse les épaules. Il la caresse. Puis elle l'invite à poursuivre leurs ébats dans sa chambre.

67.

Samuel Fincher introduisit Freud dans une cage à deux sorties. D'un côté, le levier qui stimule l'Ultime Secret. De l'autre, une femelle en chaleur.

68.

Ils sont sur le lit.

Lucrèce sent ses doigts timides effleurer son épiderme. Penser sentir ou sentir vraiment stimule exactement les mêmes zones dans son cerveau. Ensuite son invité la déshabille très lentement, dévoilant ses dessous en dentelle bleu marine.

69.

Elle montra ses fesses rendues écarlates par le désir. Ses glandes sudoripares lâchèrent un cocktail de phéromones sexuelles aux relents opiacés.

Freud renifla en direction de la femelle, il la regarda. Celle-ci se dandinait et couinait, conviant ce jeune mâle à des ébats prometteurs.

70.

Très lentement, il saupoudre son corps de petits baisers en lui murmurant des « je t'aime » dans le pavillon de l'oreille.

71.

Freud regardait la femelle souris qui adoptait maintenant des positions suggestives. Il agita ses oreilles rondes et son museau proéminent capable de déceler les phéromones. Les moustaches frémirent.

Je ne sais pas ce que c'est mais c'est intéressant, se dit Freud.

Il repéra au fond de l'autre passage le levier.

Quant à ça, ça a l'air encore plus intéressant.

72.

Alors qu'elle est nue, son invité soulève la couette et ils s'y blottissent tous deux comme sous une hutte. Ses caresses se concentrent sur ses zones érogènes, ni trop vite ni trop lentement. Elle l'embrasse goulûment, le déshabille rapidement et se serre fort contre son corps. Elle sent sa chair palpiter contre la sienne.

73.

Freud n'hésita pas une fraction de seconde et fonça vers le levier. La femelle, furieuse, lui lança des invectives en langage souris. Mais Freud n'en eut cure. Pour lui, rien n'égalait l'intérêt qu'il portait au levier.

74.

Elle observe son invité et le juge un peu niais. Elle réfléchit.

Mmmhh... Non, ce genre de gentil toutou, ça me lassera vite.

Aussitôt il disparaît.

Alors qu'est-ce qu'il me faut ? Un réalisateur de cinéma. Quelqu'un qui invente des mises en scène pour me surprendre. J'aurais l'impression d'être dans un film ou dans un roman dont je serais l'héroïne.

Elle fait apparaître un metteur en scène qui aussitôt instaure un décor, des lumières, des costumes. Les dialogues deviennent plus subtils, les gestes sont chorégraphiés. A nouveau des amants nus sur son lit. Quelques bougies, de l'encens, la musique souligne chaque événement. Avec les miroirs que le metteur en scène dispose instantanément, Lucrèce profite de plusieurs angles de vue sur elle-même et son partenaire.

Bof. Il finira par me lasser aussi.

Soudain elle constate que les hommes ne sont décidément pas à sa hauteur.

Ils sont tous tellement prévisibles.

Du coup elle n'introduit plus aucun homme dans son château rêvé.

Elle s'installe dans la salle de musculation et pratique du sport dans sa tête. Mais le sport, même imaginaire, donne soif et faim. Elle a envie de manger. Elle imagine un énorme réfrigérateur qu'elle ouvre et qui est rempli de victuailles. C'est rassurant. Elle invite alors des copines pour un festin. Elle prépare des « trucs qui font grossir ». Du gratin dauphinois, des lasagnes, des quiches lorraines, des tomates farcies (sans la peau qu'elle digère mal), des brochettes de poulet à la sauce saté, un soufflé au saumon. Et le plus pervers de tous les plats : du cassoulet toulousain avec son confit d'oie et ses haricots gras (ça, même en songe, elle ne se l'autorisait pas jusque-là !).

75.

Samuel Fincher et Jean-Louis Martin répétèrent l'expérience, cette fois-ci non plus avec une femelle en chaleur mais avec de la nourriture. Ils privèrent Freud de manger pendant deux jours. Puis Samuel Fincher le remit dans la cage aux deux sorties. D'un côté un tas de mets alléchants : fromage, pomme, gâteau aux amandes. De l'autre, le levier.

76.

Elle est assise avec ses meilleures amies en train de manger et de parler de leur sujet favori : les hommes. Elles sirotent du café en se gavant de gros gâteaux à la crème. Soudain un manque se fait sentir. Une cigarette. Elle demande à ses amies si elles en ont une et les autres répondent « oui bien sûr ». Elles lui donnent du feu, elle fume. Et pourtant son corps demeure inassouvi en nicotine. Lucrèce réclame alors de nouvelles cigarettes qu'elle aspire toutes en même temps. Elle ajoute sur ses bras des patchs à la nicotine. Elle s'en met partout. Mais il lui manque toujours de la nicotine dans le sang. Ses amies lui donnent des chewing-gums à la nicotine. Elle est toujours en manque.

Quelque chose d'étonnant se passe : les murs se lézardent. Ses amies se lézardent. La nourriture pourrit à toute vitesse. Ses amies, effrayées, voient des morceaux de leurs corps tomber comme si elles étaient atteintes de la lèpre. Tout pourrit autour d'elle et se désagrège.

Elle seule reste intacte dans un monde lisse à l'infini, une sorte de boule de billard gigantesque. Seule sur une planète lisse, sans la moindre étoile ou la moindre lune dans le ciel. Une immense sensation d'angoisse l'envahit.

Elle se réveille, ouvre les yeux dans le noir. Vite, il faut reconstruire le château imaginaire. Elle s'y emploie, remonte un à un chaque mur, pose le toit. Elle rappelle ses amies. Elles arrivent gentiment avec un chariot rempli de milliers de paquets de cigarettes. Elle les fume dix par dix. Et se sent encore en manque. Le toit du château s'effrite. Les murs s'effondrent comme un château de sable. Ses amies se transforment en petits crabes serrant dans leurs pinces une cigarette fumante. Elle les saisit, et les crabes s'enfoncent dans le sable. Elle se retrouve de nouveau seule près d'un tas de sable avec son immense besoin de nicotine dans le sang.

Elle se réveille à nouveau.

Si je n'arrive pas à me construire un imaginaire intérieur suffisamment solide, mon psychisme va s'effondrer. Je vais devenir folle.

Elle sait qu'après le rêve viendront les hallucinations, après les hallucinations viendra l'angoisse, après l'angoisse les problèmes psychomoteurs. Il ne faut pas se laisser aller. Penser. Organiser sa pensée. Bâtir une pensée solide qui résiste au temps.

Elle tombe à terre et ne bouge plus.

Un rai de lumière. Il provient de l'œil-de-bœuf. On regarde si elle dort.

Ne pas bouger.

La porte s'ouvre et un infirmier dépose un plateau-repas. Elle ne sait pas quelle heure il est, mais elle reconnaît l'odeur d'un petit déjeuner. Une nuit entière s'est donc écoulée. Elle entrouvre l'œil gauche.

Son cortex occipital voit l'homme. Son cortex temporal associatif lui dit : « C'est l'occasion ou jamais. » Son cortex préfrontal complète : « Il faut le mettre hors service sans que cela fasse de bruit, sans qu'il referme la porte, sans qu'il donne l'alerte. » Son cortex moteur envoie alors très vite un signal aux muscles concernés par l'affaire. Leur puissance est dosée au plus fin.

Avant que l'homme ait pu refermer la porte, elle est debout et lui décoche un coup de pied à la pointe du menton dans un mouvement qui à la fois déchire sa robe pourpre et étend l'infirmier raide au sol.

Elle enfile ses chaussures, saisit une tartine beurrée, la dévore en courant et file dans les couloirs. La mie de la tartine est mâchée, mouillée de salive, elle se transforme en une boule qui descend dans son œsophage, arrive dans l'estomac. Les sucs gastriques la dissolvent. La boule de nourriture descend dans l'intestin où les enzymes tirent les sucres de la farine cuite qui traversent la paroi intestinale et se répandent dans ses veines. Ces sucres sont acheminés vers la zone la plus haute de Lucrèce, sa tête. Son cerveau n'a jamais été aussi content de réfléchir et d'entreprendre des actions dans le réel. Un cerveau nourri dans un corps qui agit. Elle sent tous ses lobes qui se réveillent. Le premier cerveau, le cerveau reptilien qui contrôle ses pulsions vitales de survie, goûte le moindre souffle d'air, le moindre contact de ses pieds sur le sol, la moindre vision d'un couloir.

Son cerveau limbique, celui qui n'apparaît que chez les mammifères et qui gère la mémoire et l'apprentissage, cherche à se souvenir de chaque endroit qu'elle traverse, à analyser les lieux, se cacher au moindre bruit.

Enfin son cerveau cortical lui permet de forger une stratégie pour sortir de cet enfer.

Tout est stratégie.

Analyse, synthèse, logique, ruse. Elle est prête à agir pour se tirer de là.

La deuxième boule de mie de la tartine qui descend dans l'œsophage sert à nourrir les muscles de ses jambes, très sollicités eux aussi.

Elle rase les murs pour éviter les caméras de surveillance.

77.

Freud était un peu perturbée.

Fincher et Martin décidèrent de mettre un parcours au point pour observer jusqu'à quel point Freud était capable

221

de se surpasser afin d'atteindre le levier qui délivrait une décharge dans la zone dite de l'Ultime Secret.

Le neuropsychiatre avait disposé une caméra dans son laboratoire pour que Jean-Louis Martin suive tout. En retour, Jean-Louis Martin lui adressait ses remarques et celles-ci apparaissaient sur un écran au-dessus de la paillasse.

La souris, d'abord surprise, aperçut au loin dans le labyrinthe transparent le levier et commença à galoper dans cette direction.

78.

Elle pénètre dans le bureau du fond. Par la fenêtre, elle constate qu'il fait encore nuit. Le soleil ne s'est pas encore levé. Il faut vite en profiter. La pendule indique 6 heures. Tout le monde dort. Elle a un peu de temps devant elle. Elle tente d'utiliser le téléphone mais celui-ci n'a qu'une ligne interne. Il ne faut pas rêver : les malades ne sont pas censés communiquer avec l'extérieur.

Mon portable dans le tiroir.

Elle s'empare d'un fil de fer et commence à trafiquer la serrure.

79.

La première épreuve était une porte dont les deux battants étaient retenus par un nœud qu'il fallait défaire. Motivée par la vision du levier, la souris utilisa ses pattes et ses dents pour déchirer méthodiquement les fils.

80.

Le pêne cède. Le tiroir s'ouvre et elle récupère rapidement son téléphone portable. Elle tente d'appeler Isidore mais l'appareil est inutilisable car sa batterie est à plat.

Elle remarque un placard avec des bacs à fiches. Celles-ci portent le nom de tous les malades qui ont été soignés ici : du boulanger au maire de la ville, du préposé aux postes aux milliardaires dont le yacht a mouillé dans le port de Cannes. Tant ont trébuché un jour ou l'autre et sont venus à Sainte-Marguerite. En haut de chaque fiche, une photo, à côté de chaque photo un questionnaire rempli à la main. Les questions portent sur les peurs, sur les espoirs, sur les déceptions, sur les traumatismes de chacun.

Une colonne stipule : « Racontez le moment le plus pénible que vous ayez vécu avant l'âge de dix ans. »

Ils disposent ainsi du fameux levier originel dont parle Isidore, ce traumatisme d'enfance qui sert de moteur mais peut aussi agir comme frein.

Elle continue d'éplucher les cartons, fascinée. Ce qu'elle voit, c'est un troupeau d'humains anxieux qui n'arrivent pas à s'assumer et qui ont d'autant plus de chances de craquer qu'ils se posent des questions.

L'intelligence est parfois notre faiblesse. C'est un peu, se dit-elle, *comme si on avait dopé les moteurs des voitures et que, du coup, les pilotes n'arrivaient plus à maîtriser leur trajectoire. Plus le moteur est rapide, plus ils ont peur et plus ils ont d'accidents. Nous sommes peut-être trop intelligents. Peut-être qu'il faudrait s'arrêter d'évoluer, et faire le point.*

Cette idée lui apparaît soudain comme la plus iconoclaste : renoncer à la progression exponentielle du pouvoir humain pour mieux la comprendre.

Nous sommes en passe de transmettre notre « intelligence » aux machines comme une patate chaude qui nous brûle les doigts. On s'en débarrasse parce qu'on ne sait pas le gérer. Einstein disait qu'on n'utilise que dix pour cent de notre cerveau, c'est peut-être déjà trop.

Il y a tellement de fiches. Benzodiazépines, antidépresseurs et somnifères sont les paravents du désastre.

Elle repère l'heure : six heures huit. Il faut faire vite. Son infirmier lui a apporté de quoi se nourrir à six heures parce qu'il voulait être sûr qu'elle serait en train de dormir (il ne pouvait pas savoir que le besoin de cigarette, ravivé par sa récente rechute, allait la réveiller si tôt), mais d'autres infirmiers sont peut-être aussi à l'œuvre dès l'aurore. A sept heures, la cour sera remplie de monde. Il faut profiter de ce reste de quiétude du petit matin.

Elle lacère le bas de sa robe pourpre pour libérer ses jambes. Elle entend un bruit, sans doute des infirmiers qui approchent. Elle passe par la fenêtre.

81.

La souris se posa sur ses pattes arrière pour atteindre la nouvelle épreuve : une issue placée en hauteur. Elle trouva l'énergie de sauter pour y accéder plus vite.

82.

La voilà dans la cour. Un homme passe. Malade ou aide-soignant ? Impossible de les distinguer. Elle se tapit dans le premier bâtiment à sa portée.

Ici, les murs sont ornés de tableaux naïfs du Douanier Rousseau. Ils représentent des personnages se tenant par la main dans des prairies bucoliques couvertes de fleurs aux couleurs franches.

Un malade l'a entendue entrer. Il se lève.

– Tiens, la journaliste ! Bonjour, vous allez bien ?

– « Docteur » Robert ! Ça va, merci, et vous ?

Avant qu'elle ait pu anticiper quoi que ce soit, il lui saute dessus. Plusieurs malades viennent l'aider.

83.

Freud déboucha dans un nouveau sas encombré d'autres souris mâles. Elle comprit vite qu'il allait lui falloir jouer des pattes et des incisives pour passer. Elle bouscula ses congénères avec d'autant plus de rage qu'elle voyait le levier approcher.

84.

Submergée par la masse de ses assaillants, elle ne peut plus bouger. Ils la tiennent par les bras et par les jambes.

– Robert, laisse-moi partir et je te filerai des cigarettes, clame Lucrèce Nemrod.

Robert évalue la proposition.

– Des cartouches entières. Des sans filtres ! insiste la jeune journaliste scientifique.

– Je sais que ce n'est pas bon pour la santé, déclame le patient. Je me suis fait engueuler, la dernière fois, à cause de toi. Si tu ne m'avais pas proposé des cigarettes, je n'aurais pas été engueulé. Je déteste me faire engueuler.

– Excuse-moi, Robert.

Il tape sur le mur avec véhémence.

– Tes excuses ne valent rien ! Tu veux encore me tenter avec des cigarettes ! Diablesse !

Il roule des yeux en respirant fort.

– Je croyais que cela te ferait plaisir.

– Bien sûr que cela me fait plaisir. Evidemment que cela me ferait énormément plaisir. Les cigarettes, elles m'obsèdent, j'en rêve la nuit, j'en mime des bouffées le jour... Mais...

Il se calme, se recueille.

– Mais c'est rien par rapport à mon envie d'accéder à l'Ultime Secret !

Il a prononcé ce mot comme s'il s'agissait d'une grâce. Les autres se calment aussi, comme si cette évocation était déjà en soi un apaisement.

– L'Ultime Secret ?

– C'est ce que nous offre Personne.

– Qui est Personne ?

Tout le monde grogne.

– Elle ne sait pas qui est Personne ! répètent certains malades.

– Toi, par contre, on sait tous qui tu es. Tu es une sale espionne ! Tu es venue ici pour dire du mal de l'hôpital dans les journaux et pour qu'il soit fermé. Vous êtes tous pareils, vous les journalistes ! Dès que quelque chose est beau et pur, vous crachez dessus.

Lucrèce commence à être inquiète.

– Non. Je suis avec vous.

– « Personne » nous a signalé ton intrusion. Il m'a personnellement reproché de t'avoir laissé entrer. Alors on va te faire quelque chose qui t'ôtera toute envie de nous embêter. Vous êtes d'accord ?

Tous les fous se mettent à approuver. Certains poussent des grognements bizarres. D'autres sont défigurés de tics.

Robert attrape délicatement le menton pointu de la jeune femme comme pour l'ausculter. Elle le fixe de ses grands yeux vert émeraude. Normalement, quand elle fixe les hommes ainsi, en s'installant dans sa beauté, ils perdent leurs moyens.

– Lucien va s'occuper de toi !

Lucrèce a un mauvais pressentiment.

– Lucien ! Lucien ! Lucien ! répètent les autres.

– Au secours !

– Tu peux crier, dit Robert. Ici, personne ne viendra t'aider, au mieux, tu attireras d'autres gens qui voudront s'amuser avec toi.

– Lucien ! Lucien ! Lucien ! scandent les malades.

Le dénommé Lucien est un grand gaillard avec une petite tête aux cheveux effilochés et un sourire qui lui déforme le visage. Il arrive en cachant quelque chose dans son dos. Il saisit une cheville de la journaliste de la main gauche. Elle se débat mais les autres fous assurent la prise.

Elle le contemple de ses grands yeux verts effrayés. Qu'a-t-il dans le dos ? Un couteau ? Des pinces ? *Ce doit être un sadique !* Lucien exhibe alors l'objet : une plume de pintade.

Ouf, ce n'était que ça...

Elle est rassurée, mais l'autre fait une grimace étrange.

– Aimez-vous les chatouilles, mademoiselle ? Ma petite obsession à moi ce sont les chatouilles.

Il approche la plume de la plante des pieds de Lucrèce. Doucement il effleure cette partie délicate de sa personne avec la pointe de la plume de pintade. La fine surface de la peau des pieds de la jeune femme est recouverte de deux mille capteurs thermiques, cinq mille capteurs tactiles, et trente filets nerveux sensibles à la douleur. Le contact appuyé, balayant, tournant, persistant, déclenche les corpuscules de Pacini logés dans les tissus sous-cutanés. Le stimulus remonte la jambe, accéléré par l'autoroute du nerf sciatique, rejoint la colonne vertébrale, la moelle épinière, arrive dans le cerveau reptilien, celui qui ne peut pas raisonner. A l'intérieur, les neurones sur-stimulés commencent par lâcher de l'endorphine.

Lucrèce ressent une irrépressible envie de rire. Des zones de son cerveau court-circuitent. Elle ne peut plus se raisonner et elle éclate de rire tout en parvenant à articuler un :

– Non, pas ça ! Vous n'avez pas le droit.

Mais Lucien s'applique à perfectionner sa chatouille. Elle ne peut pas prévoir son prochain geste. La fine peau de sa plante des pieds est parcourue de zigzags. Elle rit, elle rit.

Son sang est plein d'endorphines mais, au bout de cette endorphine, le phénomène s'inverse.

Après le plaisir, la douleur. L'endorphine laisse la place à la substance P et à la bradykinine, hormone transmettant la souffrance. Simultanément, pour contenir cette hormone, son cerveau produit de la neurotensine.

Elle n'a pas conscience de cette alchimie intérieure, mais ses soubresauts se font plus violents alors que sa bouche s'ouvre de manière syncopée pour chercher de l'air et qu'elle pleure tout en grimaçant entre deux éclats de rire.

C'est intenable. Elle en vient à souhaiter une douleur simple et franche au lieu de cette confusion dans ses sensations.

Et si Fincher était mort comme ça ? Sous les chatouilles ? Quelle mort horrible !

Elle se débat entre les mains des fous qui la serrent de plus en plus fort.

Que cela s'arrête, c'est trop !

Autour d'elle les malades rient aussi, mais de manière plus étrange. Voir le corps de cette mignonne jeune femme extérieure à l'hôpital sous l'emprise du plus pervers d'entre eux leur donne un sentiment de revanche sur le monde des « normaux » qui les a rejetés.

– Nous allons lui faire disjoncter la tête, clame un petit au regard cauteleux.

Robert apparaît comme le plus calme. Elle le perçoit avec son cortex, mais son cerveau reptilien a maintenant complètement explosé et transmis l'incendie de neuromédiateurs au cerveau limbique.

Sa gorge est en feu, ses yeux pleurent à ruisseau.

Il faut que je reprenne le contrôle de mon cerveau. Je ne vais pas échouer pour des chatouilles !

Pourtant même sa pensée travaille plus difficilement. Quelque part dans son cortex, une partie de son cerveau a envie de s'abandonner à cette sensation de rire permanent. *Après tout, mourir de rire est une belle mort.*

Elle se cabre et se démène.

Une autre partie de son cortex décide qu'il faut aménager à toute vitesse un camp de repli pour sa pensée. Un endroit qui échappera à l'emprise de la chatouille.

Trouver une solution pour se tirer de là, s'inscrit en capitales sur le tableau de ce QG d'urgence.

Penser à quelque chose de triste.

Christiane Thénardier.

Le visage hautain et suffisant apparaît dans son aire visuelle occipitale.

Enfin elle s'arrête de rire.

Lucien, inquiet de la perte de son pouvoir, saisit l'autre pied.

Lucrèce ne bouge plus.

Les malades, étonnés de voir quelqu'un maître de son esprit, ont un mouvement de recul. Pour eux, garder sa raison en un tel moment est très impressionnant. Cela suffit pour qu'elle se dégage en bousculant les hésitants et les surpris.

Mais Robert déclenche la sonnerie d'alerte.

85.

Freud était arrivée à faire peur à toutes les souris mâles. Motivée par le levier, elle avait déjà blessé sérieusement plusieurs congénères et sa sauvagerie avait suffi à impressionner les autres, au point qu'elles se tenaient à distance. Alors, délicatement, Freud empoigna le système de serrurerie de cette nouvelle pièce et en dégagea le loquet. Elle referma derrière elle pour ne plus être dérangée par ces concurrentes ignorantes du pouvoir du levier.

LE LEVIER...

Freud arriva dans une zone où elle fut obligée de s'aplatir pour avancer.

Fincher s'émerveillait de la débrouillardise de son cobaye.

– Elle devient géniale, dit-il.

« Elle est motivée, ajouta Martin. Les épreuves l'obligent à développer des talents nouveaux. »

– Tu as raison. Pour passer plus vite, elle se montre plus attentive, elle réfléchit plus rapidement. Elle a les dendrites toujours excitées et, du coup, ses réseaux de neurones deviennent de plus en plus complexes pour satisfaire à cette suractivité cérébrale.

« L'Ultime Secret rend plus intelligent. »

86.

Lucrèce galope. Elle arrive dans un dortoir qui se termine en impasse.

Fichue.

Mais deux bras la soulèvent et l'attirent vers une trappe en trompe-l'œil dissimulée dans une fresque peinte d'après un tableau de Van Gogh. La trappe se referme vite. La voici dans un grenier.

Face à elle, se tient une svelte fille brune aux grands yeux noirs brillants. Pas le choix, il faut lui faire confiance. Ses poursuivants sont déjà en dessous.

– Je m'appelle Ariane. Vous cherchez à vous évader, hein ?

Elle entend des pas. Ses poursuivants s'éloignent.

– On peut le dire comme ça.

– Moi j'hésite.

– Eh bien, le temps que vous trouviez ce que vous avez envie de faire..., dit la journaliste en se dirigeant vers la trappe.

Mais l'autre la retient par le bras. Elle appuie sur un interrupteur et éclaire le grenier.

– Je crois aux signes. Si vous êtes venue sur ma route, c'est que je dois partir.

Ariane s'approche avec des allures de conspiratrice.

– Je ne suis plus folle. Je suis guérie mais ils ne s'en sont pas aperçus.

Elle précède Lucrèce sur la voie de la liberté mais le plafond est de plus en plus bas, et elles sont obligées d'avancer à quatre pattes.

87.

Freud grimpa par une trappe jusqu'à un couloir en plastique.

88.

Les deux jeunes femmes sortent par un vasistas qui ouvre sur le toit. De là elles descendent en s'accrochant au tuyau d'évacuation des eaux de pluie.

– Nous quittons le fort ?

– Fincher a agrandi l'hôpital devenu trop étroit. Les malades dorment dans les dortoirs que vous avez vus, mais ils travaillent dans de nouveaux bâtiments hors du fort.

Les deux filles courent entre les arbres. Elles se retournent, s'assurant qu'on ne les suit plus. Allée des Eucalyptus, chemin des Faisans et, soudain, les voici devant un grand bâtiment moderne caché derrière les arbres. La porte est blindée. Deux caméras de vidéo-surveillance surplombent l'entrée.

– Où sommes-nous ?

– C'est l'atelier des paranoïaques.

Ariane salue en minaudant la caméra vidéo à sa gauche et plusieurs gâches électriques cliquettent avant que la porte s'ouvre.

A l'intérieur, Lucrèce découvre des centaines d'établis où des gens travaillent sur des ordinateurs et des machines compliquées.

– Les paranoïaques ont si peur d'être agressés qu'ils inventent sans cesse de nouvelles machines de défense ultraperfectionnées. C'était la grande idée de Fincher : utiliser les spécificités psychologiques des malades.

Lucrèce, très impressionnée, observe tous ces gens qui œuvrent avec passion à dessiner des plans de machines tortueuses et elle comprend que, mus par leurs obsessions, ils sont beaucoup plus efficaces et motivés que n'importe quel ouvrier « normal ».

– Ils ne travaillent pas pour de l'argent. Ils ne travaillent pas pour leur retraite. Ils ne travaillent pas pour la gloire. Ils travaillent parce que c'est ce qui leur fait le plus plaisir.

Lucrèce est en effet surprise par cet élément presque incongru : ils ont tous le sourire aux lèvres. Certains sifflotent ou chantonnent gaiement.

C'en est presque « indécent ».

– Fincher disait : « La folie est un dragon furieux qui a poussé dans nos têtes. Nous souffrons parce que nous essayons de tuer cet intrus. Au lieu de le tuer, nous ferions mieux de l'utiliser comme monture. Il nous mènerait alors bien plus loin que nous ne pouvons l'imaginer. »

Ariane guide Lucrèce à travers les travées. Des

malades aux mimiques différentes sont appliqués à remplir des plans de mesures et de formules compliquées.

– Eux, ce sont les autistes. On l'ignore souvent mais certains sont d'excellents calculateurs. Nous, nous calculons en utilisant uniquement notre mémoire instantanée, alors qu'eux se servent aussi de leur mémoire permanente. Ils définissent et mesurent les dimensions des machines.

Les autistes les saluent rapidement pour se replonger immédiatement dans leurs calculs savants.

Elles découvrent ensuite une zone où des gens en blouses blanches immaculées, coiffés de lampes semblables à celles des dentistes, travaillent sur des mécanismes miniaturisés.

– Les maniaques assemblent les machines inventées par les paranoïaques et calculées par les autistes. Ils sont tellement soigneux. Et d'une telle précision.

Des hommes et des femmes, la langue tirée, ajustent des pièces de plastique et de métal en vérifiant plusieurs fois que l'alignement est parfait.

– Ensuite cela revient aux paranoïaques qui vérifient le matériel dans cette zone de tests. Pour eux, aucune vérification n'est superflue. Nous avons 0,0001 % de matériel défectueux. Record mondial battu.

Des malades scrutent à la loupe les détails de chaque pièce, vérifient le travail irréprochable des maniaques et testent la solidité des assemblages.

– Tout cela sert à quoi ? demande la journaliste scientifique en croisant deux lambeaux de sa robe du soir pour ne pas trop attirer l'attention sur ses cuisses.

– Ces machines sont ensuite commercialisées. Elles s'exportent très bien, dans le monde entier. Elles rapportent de l'argent, beaucoup d'argent. Vous n'avez jamais entendu parler des systèmes de sécurité domotique Crazy Security ?

– Crazy...

– *Crazy* veut dire « fou », en anglais. On ne pourra pas dire qu'on trompe les clients, glousse Ariane.

Lucrèce considère un groupe de paranoïaques munis de

lunettes optiques de visée qui manipulent un laser pour forer un minuscule trou dans lequel ils déposent un composant électronique miniaturisé.

– Ça me dit vaguement quelque chose. Je crois que j'ai vu des publicités dans un journal : « Avec Crazy Security, la sécurité est garantie ». C'est ça ?

– Exact. Toutes les machines Crazy Security sont fabriquées sur l'île Sainte-Marguerite.

Ariane désigne un secteur où des machines assemblées par des maniaques et vérifiées maintes fois par des paranoïaques sont enveloppées sous plusieurs couches de polystyrène et emballées dans des caisses de carton renforcé.

Un asile de fous transformé en usine high-tech...

– C'est grâce à l'argent de la vente des systèmes Crazy Security que Fincher a pu bâtir ces bâtiments annexes. C'est un cercle vertueux. Plus nous produisons, plus nous sommes riches : plus nous sommes riches, plus nous fabriquons des ateliers pour les malades et plus nous produisons.

– Mais ils ne sont pas payés ?

– Ils se fichent de l'argent. Ce qu'ils veulent, c'est exprimer leur talent, si on leur proposait de se reposer, ils risqueraient de devenir violents !

Lucrèce observe ces malades qui travaillent avec enthousiasme, s'appliquent, réfléchissent sans cesse à la façon d'accomplir encore mieux leur tâche. Elle songe que Fincher a peut-être vraiment mis le doigt sur une nouvelle conception du travail : Le « travail motivé ».

Malgré le danger qui rôde, Lucrèce ne peut s'empêcher de rester à observer l'atelier.

– Ne travaillent que ceux qui le souhaitent et dans le domaine qu'ils souhaitent, précise Ariane. Mais pratiquement tout le monde a envie d'œuvrer. Les gens ici insistent pour rester plus longtemps dans les ateliers. Ils râlent quand vient l'heure de se coucher. Et je peux vous dire que, si la marque Crazy Security a autant de succès, ce n'est pas un hasard. Aucun ouvrier normal ne pourrait parvenir à un tel niveau d'efficience. Les paranoïaques rajoutent un tas de systèmes de sécurité aux systèmes de sécurité. Tous les câblages sont doublés pour que l'ensemble continue à fonctionner même en cas de panne. Les points faibles sont protégés par des coques d'acier. Vous avez vu les petits trous sur les côtés ? Ce sont des détecteurs de chocs supplémentaires qui ne sont même pas signalés sur l'appareil. Ils les installent juste par conscience professionnelle. Ah, si les gens savaient que ce sont des soi-disant « fous » qui ont construit les mécanismes qui les protègent !

Lucrèce voit des machines de sécurité destinées à des voitures, des maisons, des bateaux, des villas. Sur sa droite des étagères où des nains de jardin équipés d'yeux à infrarouges s'alignent comme à la parade. Plus loin de faux arbres avec des caméras à la place de fruits. Des sculptures pleines de détecteurs. Des autoradios avec code numérique. Des volants électrocuteurs. Des capteurs de présence par rayonnement thermique.

On se croirait dans l'antichambre d'une armée d'agents secrets.

Ariane ne semble pas partager complètement son engouement.

– Ce sont aussi eux qui ont construit le système de sécurité de l'hôpital, explique-t-elle. C'est pourquoi il n'y a plus besoin de gardiens. Chacun sait qu'il est impossible de s'échapper de l'île maintenant qu'elle est surveillée par les systèmes de détection des paranoïaques.

Lucrèce se sent un peu lasse.

– C'est précisément pourquoi je vous ai amenée ici, ajoute Ariane, c'est dans l'œil du cyclone qu'on est le mieux protégé.

Elle tire sur la manche d'un rouquin qui cligne sans cesse les yeux comme s'il avait peur de tout. Il sursaute.

– Pierrot, tu peux nous apprendre à déjouer vos systèmes de sécurité, s'il te plaît ?

– Tu ne veux quand même pas t'évader, j'espère ? Tu ne serais pas en train d'essayer de me tromper ?

Ariane bafouille, désarçonnée.

Lucrèce comprend vite le problème et prend Pierrot par le bras.

– Vous avez raison. On vous trompe, on vous ment. En fait, la situation est plus grave qu'elle n'en a l'air.

Aussitôt d'autres paranoïaques qui, obsession oblige, ont développé une ouïe plus fine que la moyenne, approchent et les encerclent.

– Il y a un complot contre vous, invente rapidement Lucrèce.

Le rouquin cille deux fois plus vite. Il serre le poing.

– Je le savais, enrage un autre paranoïaque derrière lui. C'était pas normal, tout ça. Tout allait trop bien pour que ça continue.

– Ils ont tué Fincher. C'est un assassinat, murmure Lucrèce. Les coupables vont ensuite tuer tous ceux de Sainte-Marguerite. Parce qu'ils refusent de reconnaître vos qualités et de remettre en question leurs méthodes. La réussite de Sainte-Marguerite les obligerait à reconnaître que vous, les soi-disant « fous », vous êtes plus forts que les autres.

– Les fous ? Il y a des fous ici ? demande un malade non seulement paranoïaque mais susceptible.

– Tu sais bien que c'est ainsi que nous appellent nos ennemis ! répond un autre.

– Il y a un complot contre nous ! Je le savais, reconnaît le plus proche des paranoïaques.

La rumeur est maintenant générale, plus personne ne travaille.

– Il y a des traîtres à l'intérieur de l'enceinte, ils vont vous faire disparaître les uns après les autres, continue Lucrèce. Moi je suis journaliste, et je viens pour avertir mes lecteurs que ce que vous faites est admirable et qu'il faut stopper vos ennemis avant que toute l'expérience de Fincher ne soit perdue.

Les malades grondent d'indignation.

Après avoir insufflé la colère, Lucrèce tempère :

– Calmez-vous. L'heure n'est point encore à l'action. Il faut agir discrètement. Je dois sortir d'ici pour chercher de l'aide. Aidez-moi et continuez ensuite à faire semblant de n'être au courant de rien, et nous les aurons par surprise.

Aussitôt Pierrot, qui semble le leader des paranoïaques, entraîne les deux femmes dans une pièce adjacente.

– Ici c'est le central informatique, annonce-t-il. Toutes les caméras de contrôle convergent vers ce lieu. Des centaines d'écrans sont surveillés par ces vingt personnes qui ne laissent rien échapper.

Pierrot indique à ces vingt surveillants que tout est sous contrôle.

– D'abord, je vais couper l'alarme, dit-il.

Il manipule quelques boutons.

– Ensuite je déclencherai le système de détection à l'autre bout de l'île. Ainsi, ils perdront du temps à vous chercher dans la mauvaise direction. Enfin je vais débrancher tous les détecteurs du coin. Vous n'aurez qu'à rejoindre la côte sud. Jetez-vous à l'eau et, après, il ne vous restera plus qu'à nager jusqu'à l'île Saint-Honorat. Les moines cisterciens de l'abbaye vous aideront à rentrer à Cannes. C'est faisable. Partez par le toit, c'est plus sûr.

Pierrot téléphone, règle un écran, manipule un clavier et fait un geste signifiant que la voie est libre. Lucrèce l'observe avec inquiétude. Le malade appuie enfin sur une manette et une échelle électrique automatique descend. Ariane et Lucrèce grimpent aux barreaux.

89.

La souris monta à l'échelle.

Là se trouvait la zone la plus difficile : des lames de rasoir. Pour avancer, Freud était obligée de se blesser mais elle semblait insensible à la douleur. Elle était attirée par la lumière de la manette. Elle glissa et tomba. Remonta. Dérapa à nouveau.

90.

Ariane et Lucrèce rampent sur le toit du bâtiment des paranoïaques et s'écorchent aux tessons de bouteilles posés là pour raison de sécurité. Les deux filles sautent alors dans un bosquet et courent vers la côte sud.

Elles escaladent des rochers et se retrouvent au sommet d'une falaise en à-pic.

– Qu'est-ce qu'on fait maintenant ? demande Ariane avec inquiétude.

– Il faut sauter dans la mer, annonce Lucrèce. De ce côté cela me semble plus facile, nous éviterons aisément les rochers. Mais il faut nous lancer bien en avant pour éviter les petits récifs qui affleurent et qui risquent de nous blesser.

Les deux filles se penchent et contemplent, vingt mètres plus bas, la mer qui vient s'écraser avec fracas contre la dentelle de pierre.

– J'ai le vertige. Je n'arriverai jamais à sauter.

– J'ai le vertige aussi, si ça peut vous rassurer. C'est tout dans la tête. Ne regardez pas en bas et sautez sans réfléchir.

Ariane et Lucrèce s'apprêtent à sauter mais soudain un haut-parleur ordonne, de l'intérieur d'un nain de jardin proche :

– Ariane, reviens ! Si tu ne rentres pas immédiatement tu n'auras jamais accès à l'Ultime Secret !

La jeune femme est piquée au vif.

– C'est quoi l'Ultime Secret ? demande Lucrèce.

– C'est la Récompense Absolue, répond l'autre avec anxiété.

– Reviens, Ariane, et ramène « l'invitée ».

Ariane semble bouleversée.

– La Récompense Absolue... Peux-tu être plus explicite ?

– Il y a quelque chose qui s'appelle l'Ultime Secret et qu'on dit être la plus belle chose du monde. C'est plus fort que tout. Plus fort que toutes les motivations, plus fort que toutes les ambitions, plus fort que toutes les drogues. C'est le nirvana. C'est l'expérience qui transcende tout.

Ariane parle comme si elle n'était plus maîtresse d'elle-même. Dans son esprit tout est de plus en plus confus. Elle considère différemment sa compagne.

Autour d'elles des malades surgissent pour les attraper. A leur tête il y a les paranoïaques et surtout Pierrot.

Comprenant qu'il s'est fait berner par la journaliste, il lui en veut d'autant plus.

– Empare-toi d'elle, Ariane ! Si tu veux un jour avoir accès à l'Ultime Secret, arrête-la ! crie-t-il dans le haut-parleur.

Un tic déforme la bouche d'Ariane.

Lucrèce a un élan pour se jeter dans la mer, mais Ariane la retient par le poignet.

La journaliste tire mais la prise de la cyclothymique est solide.

– Lâche-moi, Ariane !

L'autre lui répond d'une voix bizarre :

– Aujourd'hui j'ai lu mon horoscope dans le journal. Il était écrit : « Ne laissez pas tomber vos amis. »

Les fous et les infirmiers se rapprochent de plus en plus.

Lucrèce n'a plus le choix. Elle mord de toutes ses dents le bras d'Ariane qui lâche prise.

Enfin libre, elle subit la loi de l'attraction terrestre qui l'attire très rapidement vers le bas. Elle ferme les yeux, entend l'air siffler autour de ses oreilles.

91.

Freud dérapa, glissa et tomba dans l'eau.

92.

Ariane se penche pour distinguer ce qui se passe en bas. Elle se mord la lèvre inférieure.

– J'aurais peut-être pas dû la laisser tomber, j'aurais pas dû..., soupire-t-elle.

– Te tourmente pas, elle va remonter.

Les malades et les infirmiers attendent mais Lucrèce ne réapparaît pas.

– A cette hauteur, elle s'est sûrement empalée sur une pointe rocheuse, c'est pour cela que rien ne remonte à la surface, estime un aide-soignant.

Ariane grimace.

– J'aurais pas dû, j'aurais pas dû...

Tous se penchent, guettent la surface des flots mais ceux-ci sont trop secoués par les vagues pour qu'on distingue par transparence un corps enfoncé dans les rochers. Pierrot ne manifeste aucun signe de pitié.

– Bien fait, dit-il. Elle s'apprêtait à tout révéler dans la presse.

Ariane persiste à croire à la survie de sa compagne d'évasion. Elle continue à scruter la surface de la mer tandis que les autres malades se retirent les uns après les autres pour reprendre leur activité.

– Allez, viens, lui dit Pierrot.

Ariane hésite, puis le suit.

93.

« Ça sait nager, les souris ? »

La souris suffoqua, se débattit. Elle s'enfonçait dans l'eau à force de s'agiter de manière inefficace.

Samuel Fincher et Jean-Louis Martin hésitaient à intervenir : ç'aurait été fausser l'expérience.

94.

La surface des flots est déserte. Le ressac des vagues contre les rochers affleurants ne cesse pas. Un morceau d'étoffe pourpre taché de sang s'échoue sur la plage.

95.

Freud finit par remonter. La souris vit le levier au loin, se calma, trouva une méthode pour nager. Elle arriva dans une zone où elle fut obligée de s'engouffrer dans un tunnel sous l'eau pour continuer en avant. Freud, qui, il y a encore quelques minutes à peine, n'avait encore jamais vu d'eau et ignorait qu'elle pouvait même nager, fonça en apnée et s'engagea dans le tunnel.

96.

Ariane, par acquit de conscience, revient sur la falaise d'où a chu la journaliste. Elle aperçoit l'étoffe ensanglantée.

Elle reste immobile à fixer la surface de l'eau. Des crabes en dessous filent comme pour rejoindre un festin.

Tout ce qui peut aller mal va mal. Quoi que je fasse je me trompe. Il n'y a que dans les films que les gens finissent par rejaillir des eaux.

La Méditerranée s'agite et son remous devient assourdissant. Ariane fixe encore la surface mais soudain un épais brouillard marin poussé par les vents envahit tout. L'air devient opaque. De son promontoire, Ariane ne voit même plus la surface de l'eau recouverte d'un gris cotonneux. Elle respire, soupire, hésite à plonger elle aussi, mais la sonnerie annonçant que le petit déjeuner va être servi dans le réfectoire la retient.

97.

Freud nagea souplement dans le tunnel transparent aquatique. Elle s'aida de sa longue queue rose pour se propulser dans cet élément finalement moins hostile qu'elle ne le préjugeait. La seule gêne était qu'elle ne pouvait plus utiliser ses récepteurs olfactifs et que, du coup, elle se sentait handicapée de son sens principal.

Mais à travers l'eau elle ne perdait pas de vue l'objectif : le levier enchanté qui la narguait au loin.

98.

Un nez affleure la surface. Lucrèce, cachée dans un creux protégé par les rochers, respire en ne laissant dépasser que ses narines.

Dans ces moments-là, se dit-elle, *j'aimerais avoir un nez plus long pour faire périscope.*

Ses longs cheveux roux affleurent autour d'elle comme des algues. A travers l'eau, elle distingue Ariane qui s'en va.

Ah, toi, je t'en ficherais, des horoscopes ! Quoique se faire balancer par une balance... finalement j'aurais dû me méfier.

Profitant du brouillard qui s'abat maintenant au ras des flots comme une nappe de coton, la journaliste nage vers l'île Saint-Honorat.

Par chance, les deux îles sont suffisamment proches pour qu'on puisse franchir le bras de mer. Pierrot avait raison.

99.

La souris Freud nageait.

100

Enfin elle touche la deuxième des îles de Lérins : l'île Saint-Honorat.

Elle sort toute ruisselante sur la plage, naïade déterminée sortant de la brume. Dans sa chute elle a été éraflée par des rochers pointus et sa cuisse gauche est marquée d'une balafre.

Une habitation se présente au-dessus des vignes et des oliviers. Elle s'achemine dans cette direction. A l'intérieur elle découvre une distillerie dont la porte est surmontée d'un écusson vert avec, en armoiries, deux feuilles de palmiers entourant une mitre d'évêque. « Abbaye de Lérins. Liqueur Lerina », est-il inscrit en caractères gothiques. Plus loin : CONGRÉGATION CISTERCIENNE DE L'IMMACULÉE CONCEPTION.

A cette heure l'endroit est vide, elle ressort et repère le vieux monastère. On dirait une mission espagnole comme on en trouve au Mexique.

Murs blancs, hauts palmiers, tuiles rouges et, surmontant le tout, la tour pointue de l'église. Il est encore tôt, et pour l'instant tout est silencieux. Elle s'aventure dans la chapelle où prient une trentaine de moines, en soutane blanche recouverte d'un plastron noir, le crâne tonsuré. Tous sont agenouillés.

Le plus âgé aperçoit la jeune femme égarée et interrompt sa prière. Tous les moines se retournent alors d'un coup, comme mus par un commandement télépathique collectif, et la dévisagent avec stupéfaction.

– Aidez-moi. Aidez-moi, dit-elle, je dois rejoindre au plus vite le port de Cannes.

Pas de réaction.

– Je vous demande assistance.

Un moine de petite taille pose un doigt sur sa bouche pour lui intimer le silence.

Plusieurs frères l'entourent et, sans un mot, la saisissent par les coudes et la tirent hors de la chapelle. Le petit moine saisit une ardoise et une craie et inscrit :

« Nous avons fait vœu de silence et vœu de chasteté. Donc pas de bruit et pas de femme ici. »

Il souligne chaque mot, puis la phrase tout entière.

Bon sang, se dit-elle, *ils vont me laisser tomber à cause de leurs principes religieux.*

– C'est de l'assistance à personne en danger. N'avez-vous pas pour devoir, comme chaque être humain, de sauver les êtres en détresse ? A fortiori les femmes et les orphelins. Je suis femme et en plus orpheline ! Vous avez le devoir de m'aider.

La cinquième motivation fonctionnera-t-elle ?

Le petit moine efface l'ardoise et note en gros caractères :

« Nous avons le devoir de vivre dans la paix du Seigneur. »

Lucrèce, épuisée, blessée, ruisselante, les regarde. Elle articule soigneusement comme si elle s'adressait à des sourds-muets.

– Alors vous êtes pires que les autres. Vous allez m'abandonner de peur que je ne trouble votre paix ! Vous savez quoi ? éructe-t-elle. Je vais ajouter dans ma liste une nouvelle case. Au-dessus de 8 les stupéfiants, et de 9 la passion personnelle, je vais mettre 10 la religion.

Les moines s'interrogent mutuellement du regard.

Ils la considèrent avec un air indulgent. Le moine qui tient l'ardoise lui propose de s'asseoir. Il va chercher une serviette-éponge et la lui tend. Elle se déshabille lentement.

Deux moines échangent des coups d'œil affolés.

Voyant la blessure à sa cuisse, un moine lui tend un pansement qu'il dépose, après une hésitation, sur la plaie. Puis on lui propose un vêtement sec : une robe de bure. Elle l'accepte.

Un petit moine lui sert un verre de liqueur Lerina. Elle le vide d'un coup pour se redonner des forces et trouve la saveur bien agréable.

En souriant, le religieux lui dédie son regard le plus apaisant. Il note avec sa craie :

« Pourquoi êtes-vous là, mademoiselle ? »

– Je suis en fuite.

Il efface et écrit, le visage figé dans un sourire forcé : « La police ? »

– Non, les gens de l'île d'en face !

« Vous êtes donc une malade de l'hôpital Sainte-Marguerite ? »

– Non, je suis journaliste au *Guetteur moderne*.

Le moine fixe ses grands yeux vert émeraude comme pour mieux comprendre la situation.

– Je sais que ce n'est pas facile à croire, dit-elle, mais j'enquête sur le neuropsychiatre champion d'échecs mort d'amour dans les bras du top model danois. Je suis journaliste et je ne suis pas folle.

Comment prouver qu'on n'est pas fou ? C'est impossible.

– Elle dit vrai.

Un homme qui n'est pas en tenue de moine, mais en pull et jean, vient d'arriver. Même sans sa tenue de cuir noir, elle le reconnaît : Deus Irae, le chef des Gardiens de la vertu.

– Ah ! Vous me reconnaissez ? Dites-leur donc que je ne suis pas folle.

– Elle n'est pas folle.

Sans la quitter du regard il ajoute :

– C'est une amie avec laquelle j'avais rendez-vous, elle s'est juste trompée d'entrée.

Le moine prend un air dubitatif. Mais c'est un langage qu'il peut comprendre. Deus Irae sait assurément qu'il vaut mieux dire un mensonge crédible qu'une vérité compliquée.

« Vous pouvez rester ici, mais ce sera quarante euros par jour », note-t-il sur son ardoise.

– Puis-je donner un coup de téléphone ? s'enhardit Lucrèce Nemrod.

– Ils n'ont pas de téléphone, répond Deus Irae.

– Comment font-ils pour avertir s'il y a un problème ?

– Ils n'ont jamais de problème. Vous êtes le premier « problème » qu'ils affrontent depuis des siècles. Saint-Honorat est un lieu épargné des tourments du monde. Et puis le téléphone est un outil pour parler, or ils ont tous fait vœu de silence.

– Logique. J'aurais dû y penser.

– Ils ne veulent pas être tentés par le brouhaha qui sévit à l'extérieur. Ils n'ont pas non plus de télévision, pas d'Internet, pas de radio, pas de femmes. La vraie tranquillité, quoi.

Deus Irae affiche un air mi-méprisant mi-réjoui :

– Cependant je crois qu'ils disposent d'un fax pour les réservations.

Le moine hoche la tête en signe d'approbation.

Deus Irae hausse les épaules comme s'il condescendait à accorder un dernier caprice à la jeune femme avant qu'elle ne devienne raisonnable.

– Ecrivez quelque chose et ils l'enverront.

Elle rédige un message à Isidore et lui signale où elle se trouve. Elle inscrit le nom et le numéro de téléphone sur un papier.

– En attendant, vous pouvez aller prendre un déjeuner au réfectoire, suggère Deus Irae en l'accompagnant vers le bâtiment.

– Et vous-même, que faites-vous là ?

– Retraite. Je prends trois jours de retraite tous les mois. Pour faire le point et être au calme. Ici, c'est un lieu sacré. Je sais que nous n'avons pas les mêmes convictions mais vous pouvez me faire confiance, vous êtes en sécurité. La violence s'arrête à l'extérieur de cette enceinte.

Ils parviennent au réfectoire. Les moines ayant terminé la prière sont assis autour d'une longue table. Ils se tournent à l'arrivée de la jeune femme.

C'est elle.

Ils lui sourient gentiment.

Sans tenir compte de tous ces regards qui la suivent, elle avance, impavide. Deus Irae propose à la jeune femme une place sur un banc de chêne. Autour d'eux circulent des pichets de lait, des pots d'avoine et de miel. Lucrèce observe les visages et se demande ce qui a amené ces hommes ici.

– Ne les jugez pas trop vite, Mademoiselle, ce sont de braves gens. Oubliez leur allure un peu archaïque et ne voyez en eux que des êtres qui ont voulu quitter le jeu parce qu'il leur semblait trop épuisant. A leur manière, ils sont heureux. Et qui peut prétendre être heureux de nos jours ?

– Il y a une phrase de l'Evangile qui dit « heureux les simples d'esprit » et se termine par « le royaume des cieux leur appartient ».

Il ne relève pas l'allusion.

Elle avale le lait et les flocons d'avoine avec dégoût, mais elle a tellement faim après sa douloureuse traversée entre les deux îles qu'elle ne fait pas la difficile.

– Que maniganciez-vous à l'hôpital ? lui demande Deus Irae.

– Ils ont fait là-bas une découverte capitale, peut-être une nouvelle drogue, qui leur permet de manipuler le cerveau des gens.

Deus Irae semble ne plus prêter attention à ses propos, il déclare :

– C'est un problème, de nos jours, étant donné qu'il n'y a plus de confesseur, on a transféré le pouvoir d'apaiser les âmes aux psy. Mais que peuvent les psy ? Seulement déculpabiliser les patients. Et comme par hasard c'est toujours le client qui a raison. Pour eux c'est toujours la faute des autres, de la société, des parents, des amis. Ils font ce qui leur apporte un plaisir immédiat sans se soucier du mal que cela provoque. Ensuite ils courent voir le psy pour qu'il leur dise qu'ils ont bien agi.

Le chef des Gardiens de la vertu serre le poing.

– C'est pour cela que vous avez attaqué le CIEL ?

– Non, eux, c'est encore autre chose. Ce sont des licencieux, dit-il. Si leur mouvement faisait tache d'huile, on aboutirait à une société de décadence, comme j'en ai vu un échantillon en Thaïlande à Pattaya. Vous connaissez Pattaya ? C'est une ville balnéaire de la côte Sud. J'y ai été en touriste quand j'étais jeune et cela a été un choc. Imaginez une ville entière de la taille de Cannes entièrement vouée aux plaisirs. Partout des prostituées, partout des jeux d'argent, des combats de boxe violents, des alcools, des drogues. Des filles de quatorze ans qui louent leurs corps non plus à la passe ou à la nuit mais à l'année ou à la décennie, à d'immondes individus libidineux qui en abusent. J'ai vu des charters entiers de cadres supérieurs qui débarquent là-bas par un vol direct. J'ai vu des garçons de treize ans se battre à la boxe thaïlandaise, le corps recouvert de pommade analgésique pour ne pas sentir les coups. Ils meurent à quinze ans d'hémorragies internes provoquées par les coups. J'ai vu des strip-teaseuses qui décapsulaient des bouteilles de Coca avec leur sexe. D'autres introduisaient un serpent vivant dans leur corps. (Lucrèce frissonna de dégoût à cette idée.) Est-ce le futur que l'on peut souhaiter à l'humanité ?

Deus Irae lui ressert de l'avoine qu'elle mange sans même en avoir conscience.

– Tous les gens ne sont pas comme ça. Nous avons tous été éduqués pour ne pas céder systématiquement à nos pulsions les plus primaires. Sinon le monde entier serait déjà comme votre Pattaya, affirme Lucrèce.

– Le Club des épicuriens fait de plus en plus d'émules. Et c'est d'autant plus dommageable que le véritable Epicure prônait au contraire les petits plaisirs simples et la vie dans le culte de la justesse d'esprit.

– Je sais : Descartes n'était pas cartésien. Epicure n'était pas épicurien, dit-elle la bouche pleine de bouillie de lait-avoine-miel.

– C'est Lucrèce, votre homonyme masculin, et l'élève d'Epicure qui en écrivant la biographie de son maître lui a donné ce côté « Profite-de-tout ». Parce que Lucrèce était, lui, un jouisseur.

– Et vous vous revendiquez d'Origène, n'est-ce pas ?

– Origène était un grand exégète de la Bible et des Evangiles, un homme de courage et de conviction.

– Il a inventé les sept péchés capitaux et il s'était castré, il me semble.

Elle frissonne comme si elle avait froid. Il remplit son verre d'eau claire.

– Castré ? Cela n'a jamais été prouvé. De même qu'on

n'est pas sûr que ce soit lui qui ait inventé les sept péchés capitaux. On ne connaît de l'Histoire que ce qu'en racontent les historiens.

— Juste pour mémoire, c'est quoi déjà les sept péchés capitaux ?

— La luxure, la gourmandise... Mmm... Tiens, c'est vrai, je les ai oubliés moi aussi, mais ça va me revenir.

Il lui tend une corbeille de fruits.

— Non, merci. Ce que je voudrais c'est un café, serré de préférence.

Des moines leur font signe de parler plus bas.

Deus Irae chuchote :

— Il n'y a pas de café ici. Calmez-vous.

Elle essaie pourtant de se « réunir ». Elle ferme les yeux. Elle sent l'odeur de vieille pierre recouverte par celle de l'avoine mouillée de lait et, au-delà, les mimosas en fleur.

— Pourquoi toujours courir ? Pourquoi toujours se battre ? dit-il en lui prenant la main.

Elle la retire prestement comme au contact d'une plaque brûlante.

— Je ne sais pas, dit-elle, agacée. Parce que c'est le monde qui est comme ça, et qu'on est dans le monde.

— Il y a un proverbe hindou qui dit : « Pas de désir pas de souffrance. » C'est le leitmotiv de toutes les mystiques d'ailleurs. Et réfléchissez-y. Essayez de repérer un à un vos désirs au fur et à mesure qu'ils vous arrivent à l'esprit. Puis identifiez-les clairement et renoncez-y. Vous verrez comme vous vous sentirez plus légère.

Quel est son plus fort désir actuellement ? Révéler ce qui se passe dans l'hôpital Sainte-Marguerite au monde ! Elle y renonce un instant. Quel est son second désir ? Se reposer dans un lit après toutes ces émotions. Elle y renonce. Quel autre désir encore ? Retrouver Isidore (*il me rassure*). Avoir la reconnaissance de la Thénardier pour la qualité de son article (*rien que pour la moucher, cette gueuse*).

Et puis en vrac : se marier avec un prince charmant. (*Mais qu'il la laisse libre.*) Avoir des enfants adorables.

(*Mais qui ne lui prennent pas trop de temps.*) Plaire à tous les hommes. (*Mais qu'aucun ne se sente de droits sur elle.*) Rendre les autres filles jalouses. (*Mais qu'elles l'admirent.*) Etre célèbre. (*Mais qu'on respecte sa vie privée.*) Etre comprise. (*Mais que par les gens intelligents.*) Ne pas vieillir. (*Mais avoir de plus en plus d'expérience.*) Une cigarette. Se ronger les ongles des pieds. Plus elle y pense, plus elle s'aperçoit qu'elle vit en permanence avec des dizaines de gros désirs, plus une centaine de petits plaisirs permanents qui lui picotent le cortex.

— Lâchez tout, dit Deus Irae. Faites retraite. Peut-être devriez-vous restez plus longtemps ici. Au calme.

Il lui reprend la main. Cette fois elle ne réagit pas. Il saisit alors ses deux mains et les place dans le creuset des deux siennes.

Elle garde les yeux fermés et se répète dans sa tête :... *au calme.*

Quand elle relève les paupières il y a trois personnages supplémentaires dans son champ de vision.

Elle n'a pas de mal à les reconnaître : Robert, Pierrot et Lucien. Un moine la montre du doigt, tandis qu'elle déchiffre sur son ardoise : « Suivez-moi, je sais où elle est. » Le cerveau de la jeune journaliste lui envoie une grosse giclée d'adrénaline pour réveiller toutes les cellules qui commençaient à s'assoupir.

Deus Irae lui serre les poignets pour la maintenir immobile. Mais elle lui décoche sous la table un coup de pied dans le tibia qui lui fait lâcher prise. Elle renverse le banc de chêne et bondit lestement vers la porte. Elle qui n'a plus eu de désirs pendant quelques secondes en a soudain un très vif, très simple : s'échapper.

— Vivez dans la peur de la colère de Dieu, mécréante ! Dans la peur de la colère de Dieu ! Il est là-haut, il nous regarde ! répète Deus Irae, transfiguré.

Les moines se signent comme si l'apparition de ces trois chevaliers vengeurs était pour eux le signe d'une punition céleste. Une femme a voulu les déranger, elle doit payer.

Lucrèce atteint la porte latérale avant que les autres

n'aient pu la saisir, elle dévale les escaliers de pierre. Elle ne se retourne pas mais entend les pas précipités derrière elle.

Des moines gravissant l'escalier en sens inverse tentent de l'attraper. Elle vole entre eux.

Ils n'ont pas envoyé le fax et ils ont averti l'hôpital ! J'ai failli me faire avoir. La force de l'envie de retraite probablement, sans parler de la voix mielleuse de Deus Irae. Il se trompe. Nous sommes immergés dans un univers en mouvement. Ralentir, c'est reculer.

Elle galope vers le sud pour rejoindre le monastère fortifié qu'elle voit au loin. Mais les autres sont déjà là. Pas le choix. Se protégeant de sa bure elle fracasse un vitrail représentant saint Honorat et court vers la mer.

L'eau l'a sauvée une fois, l'eau la sauvera peut-être une deuxième. Le brouillard toujours présent l'enveloppe pour la cacher à ses poursuivants. Elle enlève sa robe de bure qui la ralentit et nage dans une brasse parfaite en direction du large.

Maintenant il n'y a plus d'île où s'abriter, il me faut juste échapper à la menace immédiate.

Mais Umberto, qui attendait dans son bateau le retour des trois malades, la voit et lance aussitôt son moteur.

Elle nage plus vite dans l'eau et le brouillard mélangés. Le bruit du moteur se fait plus présent.

Ça n'en finira donc jamais.

Le *Charon* n'a pas grande difficulté à gagner de la distance sur la jeune femme.

Elle soutient sa brasse avec l'énergie du désespoir.

Umberto bloque son gouvernail, maintient les gaz et se place sur le rebord de son esquif pour l'attraper à la gaffe.

Elle nage.

Il lève sa gaffe.

Elle plonge, remonte. Il ajuste son geste... et c'est lui qui est assommé.

Etonnée, la journaliste s'immobilise et lève la tête.

101.

La souris Freud vit enfin ce qu'elle espérait tant, le levier qui lui enverrait la décharge dans le cerveau. Elle lança ses petites pattes en avant et...

102.

... saisit une ancre !

Que fait une ancre marine dans le ciel ? Au-dessus, elle entend une voix connue :

– Montez vite, Lucrèce !

Isidore.

Elle grimpe le plus prestement qu'elle peut à la corde reliée à l'ancre. Derrière, elle reconnaît son compagnon d'enquête ainsi qu'une autre silhouette : Jérôme Bergerac. Ils sont venus l'aider à bord de la montgolfière surmontée du portrait de Samuel Fincher. Le milliardaire lui fait un baisemain.

Elle se serre contre son gros comparse qui l'engloutit dans ses bras.

– Isidore.

Lucrèce.

– Je suis si... (*heureuse*) soulagée.

– Et moi donc... je me suis fait tellement de... (*d'angoisse*) de souci pour vous.

Ils se serrent l'un contre l'autre.

Ce doit être karmique : quand je suis près de ce type je me sens mieux. Il a dû être mon père, mon mari, mon frère ou mon fils dans une vie précédente.

Il la presse fort contre lui.

Cette fille ne m'attirera que des ennuis.

103.

La souris pressa fort le levier. Elle s'envoya une décharge, puis deux, puis trois, puis quatre. C'était si bon. Elle n'arrêtait plus.

– Freud l'a bien mérité, déclara Fincher.

« Cela marche ! » s'émerveilla Jean-Louis Martin.

Ils surveillaient Freud, l'un avec ses yeux organiques, l'autre par le truchement de l'objectif de sa caméra vidéo.

La souris soulevait et abaissait le levier comme si elle se livrait à un exercice de musculation dans une petite machine de training adaptée à sa taille. Ses biceps, d'ailleurs, commençaient à gonfler tant elle y mettait de hargne.

« Mais elle n'arrête pas ! »

Freud avait ses yeux rouges révulsés d'excitation, de la salive coulait sur la commissure de son museau et stagnait en gouttelettes sur le fil de ses moustaches. Elle râlait de bonheur tout en appuyant avec rage sur le levier comme si elle regrettait chaque fois de n'obtenir qu'une seule décharge. Le levier, qui, au début, émettait un bruit de trépan, cliquetait comme une crécelle tant il était secoué vite et violemment.

– Il faut couper le courant.

Samuel Fincher appuya sur l'interrupteur.

La souris resta atterrée, comme choquée.

« Elle a l'air sonnée. »

Le savant proposa au rongeur du fromage.

Freud ne bougeait plus.

Samuel se pencha, inquiet. La souris saisit alors le levier et continua à donner des coups de manette pour bien faire comprendre qu'elle voulait cela et rien que cela.

Pour s'excuser de ne pas lui en prodiguer davantage, le savant la caressa.

– Allons, Freud, sois raisonnable. Tu as eu ta dose de plaisir. Ça ira pour aujourd'hui.

La souris, frustrée, se dressa alors sur deux pattes et

bondit pour planter ses deux incisives pointues dans la chair rose jusqu'à l'os.

– Aïe, elle m'a mordu !

Freud se mit en position de combat, prête à lutter pour son dû. Son poil était hérissé, ses oreilles dressées en signe de défi. Les yeux rouges rageurs fixaient l'humain.

Samuel Fincher fut obligé d'aller chercher des pinces spéciales pour maîtriser Freud qui griffait l'air de dépit tout en émettant des sifflements terribles au travers de ses incisives menaçantes.

104.

Jérôme Bergerac, costume de tweed, chaussures de golf, gants en peau de pécari, règle les tuyères qui crachent des flammes. Ils s'élèvent jusqu'à une hauteur qui satisfait l'aérostier.

– J'ai froid, dit Lucrèce.

Il lui tend comme à regret une couverture pour qu'elle se sèche.

Le ciel commence à se dégager, éparpillant les moutons de brouillard. De là-haut, les deux journalistes et le milliardaire voient les deux îles de Lérins, Sainte-Marguerite et Saint-Honorat. Les deux morceaux de terre ressemblent à deux cerneaux de noix allongés. Ou peut-être à deux hémisphères cérébraux.

D'un côté la folie, de l'autre la religion. Deux refuges pour les esprits tourmentés, songe Lucrèce Nemrod.

Des petits voiliers, triangles blancs sur la mer bleu marine, commencent à fendre les eaux, alors que la plage se remplit de points rose clair en maillots.

– Ici, on sera hors de portée de tout gêneur.

Ils relèvent rapidement l'ancre. Lucrèce se roule dans la couverture et se gare dans un coin de la nacelle tressée en osier. Elle s'aperçoit d'un des grands inconvénients de la montgolfière : les tuyères sont si brûlantes qu'elles chauffent le haut de la tête alors qu'en même temps l'altitude entraîne un refroidissement des pieds. Elle se frotte les orteils. Jérôme Bergerac lui tend de grosses chaussettes et des moufles.

– Comment m'avez-vous retrouvée, Isidore ?

Isidore lui frotte les pieds à travers les chaussettes.

J'aime quand il me fait ça.

– Toujours le vieux truc du téléphone portable. Comme vous êtes branchée sur le vibreur, je savais que le son n'alerterait pas vos kidnappeurs. Ensuite je n'ai plus eu qu'à appeler les services des télécoms pour me livrer à une triangulation entre les trois émetteurs-récepteurs cellulaires qui avaient réagi à mon appel et j'ai pu définir le périmètre. L'hôpital Sainte-Marguerite a été facilement repéré. La police rechignait à intervenir à cause des autorisations. Alors j'ai fait appel à notre ami, ici présent, pour qu'il nous prête son engin de locomotion aérien.

Le milliardaire montre avec fierté leur vaisseau de l'air.

– Pas un engin : Mimi !

Elle lève les yeux et, la main en visière, elle reconnaît le visage de Samuel Fincher qui s'étale sur la surface de la membrane chaude. Même si elle voulait oublier l'objet de son enquête, le visage géant de la victime serait là pour le lui rappeler.

– Tous mes remerciements, monsieur le « milliardaire oisif » !

Jérôme Bergerac lisse sa moustache.

– De moins en moins oisif grâce à vous, ma chère Lucrèce... Quelle chance vous avez ! L'aventure. Voilà la motivation la plus forte. Le danger. Surmonter des épreuves. Faire justice. Vous avez conscience de votre chance, n'est-ce pas ?

– Ça a aussi quelques petits désagréments, parfois, soupire-t-elle en suçotant une écorchure à l'avant-bras provoquée par les roches.

Il lui tend un sandwich-club où s'entassent, entre deux toasts de pain de mie, de fines tranches de blanc de poulet mayonnaise, des tomates, des concombres, des feuilles de laitue, du cheddar, des cornichons. Elle prend soudain conscience que, depuis le début de l'enquête, elle a mangé à n'importe quelle heure, un peu n'importe quoi.

— Vous n'auriez pas une cigarette ?

— Dans une montgolfière c'est proscrit. Il y a trop de substances inflammables.

Isidore examine avec les jumelles la surface des flots. En bas, Umberto se redresse en se tenant la tête, il les regarde.

Lucrèce observe la nacelle où est inscrit sur l'osier le nom « Mimi » entouré d'une guirlande de feuilles de laurier tressée.

— Il n'y a pas de gouvernail ?

— Ce n'est pas un dirigeable. Quand on part en montgolfière, on ignore où l'on va atterrir. On se laisse pousser par les vents. Cependant, pour cette mission, j'ai disposé ce petit réacteur de jet-ski modifié pour pouvoir vous chercher plus aisément. C'est en l'orientant qu'on est arrivés à se placer juste au-dessus de vous et c'est ainsi que nous allons regagner la côte.

Il appuie sur le démarreur pour lancer le moteur du réacteur, mais celui-ci, après avoir toussé trois fois, ne veut plus émettre le moindre ronronnement.

— C'est pas le moment de nous laisser tomber !

Jérôme se bat en vain contre le mécanisme de son réacteur.

— Nous voilà redevenus de simples aérostiers, explique-t-il avec un geste fataliste. Tout ce qu'on peut faire c'est monter ou descendre pour rejoindre un courant aérien. C'est quand même assez aléatoire. En attendant qu'un vent nous pousse vers les terres, nous pourrions trinquer à ce sauvetage in extremis. Tout est bien qui finit bien, n'est-ce pas ?

Il décapite une bouteille avec un sabre de marin et leur tend des verres.

— Je propose que nous inscrivions l'aventure comme une nouvelle motivation, annonce Isidore.

— Non, dit Lucrèce, on ne peut pas la classer parmi les nouvelles motivations. L'aventure est liée à la quatrième motivation : s'occuper, ne pas s'ennuyer. Et puis, de mon côté, j'ai déjà pu rajouter en 10 : la religion. La religion peut être plus motivante que les stupéfiants et le sexe.

– L'attrait de l'aventure peut être plus fort que la religion, rétorque Bergerac. Regardez le nombre de moines qui abandonnent leur sacerdoce pour se lancer dans un tour du monde, n'est-ce pas ?

Isidore tend un carnet neuf à sa compagne et sort son propre ordinateur de poche. Il ajoute avec deux doigts sur sa liste personnelle des grandes motivations : 10, la religion et 11, l'aventure.

Lucrèce affiche toujours une expression peu enthousiaste.

– Il ne s'agit pas d'une liste exhaustive, concède Isidore. Disons qu'à travers elle nous pouvons suivre l'évolution d'un être. Au début, il pense à faire cesser la douleur comme un bébé qui pleure quand il a fait pipi dans ses couches et que cela l'irrite, ensuite il pense à faire cesser la peur, toujours comme un enfant qui pleure quand il a peur du noir, puis il grandit et il appelle quand il a faim, puis quand il a envie de s'amuser. Plus grand, il a envie d'avoir de bonnes notes à l'école, et de casser la figure à celui qui lui a volé son ballon dans une cour de récréation. Adolescent, il a envie d'embrasser sa voisine de classe, et de fumer des pétards. Adulte, il désirera peut-être la religion ou l'aventure. Ce que nous retraçons, dans cette hiérarchie des motivations, ce n'est pas seulement l'histoire de l'humanité, c'est le parcours d'un individu. Et si vous, ma chère Lucrèce, avez raison : après la drogue, un individu peut être tenté par la religion, Bergerac n'a pas tort non plus : après la religion, il peut être encore davantage tenté par l'aventure avec un grand A. Gardons les deux.

– L'aventure est un absolu, rappelle le milliardaire. Ce picotement que vous avez dû ressentir tout à l'heure alors que vous avez aperçu notre ancre. Ça a dû être merveilleux.

– Je ne sais pas. Dans ces moments-là on ne pense pas à analyser ses sensations. On pense juste à sauver sa peau.

Le milliardaire la dévisage avec tendresse tout en lissant simultanément les deux pointes de ses moustaches.

– Comme je vous envie ! Vous avez été tellement gâtée par l'Aventure que vous êtes déjà presque blasée... Vous rendez-vous compte à quel point vous êtes privilégiée ? Il y a des gens qui paient une fortune des stages de survie rien que pour vibrer à la moitié de ce que vous avez vécu et, à aucun moment, ils n'oublient qu'ils jouent pour du beurre et que leurs épreuves s'arrêteront. Mais vous ! Vous vous ébattez dans le vrai danger ! Votre vie, votre enquête sur la mort de Fincher est un film extraordinaire en Cinémascope !

– C'est un point de vue, consent Lucrèce. Je veux bien noter 10, la religion, 11, l'aventure.

Jérôme reprend sa main et la baise avec encore plus d'ardeur.

– Je n'ai que deux mots à dire. Merci. Et encore.

Comme pour lui répondre, le mistral s'accentue dans les cordages et les mouettes se mettent à pousser des piaillements aigus. Isidore observe avec préoccupation les petits rubans accrochés aux cordages.

– Qu'est-ce qui ne va pas ?

– Le vent souffle dans la mauvaise direction.

En effet, la montgolfière revient vers l'hôpital dont le toit est maintenant couvert de monde.

– Vous ne pouvez vraiment pas diriger cette montgolfière ?

Le milliardaire règle plusieurs cordages.

– Il faut se laisser pousser par les courants aériens. On observe le vol des oiseaux et les mouvements des nuages. On en déduit la direction des courants. En montant et en descendant, on place alors la montgolfière dans celui de son choix.

– Eh bien, il me semble qu'il y a un courant vers la terre un peu au-dessus de nous, signale Lucrèce.

– Le problème, c'est que nous avons mis du temps à vous trouver. Je n'ai plus beaucoup de gaz. Et avec vous à bord... croyez bien que je ne veux en rien critiquer votre poids, l'engin ne peut plus monter. Ou alors il faudrait lâcher du lest, n'est-ce pas.

Déjà les gens de l'hôpital se massent sur la tour la plus haute du fort Sainte-Marguerite et lancent des tuiles cassées dans leur direction.

Lucrèce reconnaît Pierrot parmi les furieux. D'un jet de pierre bien ajusté, il frappe l'image de Fincher au front et perce la toile.

Aussitôt tous les malades mentaux poussent une clameur de victoire. La montgolfière redescend un peu et rejoint un courant qui les entraîne encore plus vite vers l'hôpital.

Les malades sont de plus en plus excités.

– Nous perdons de l'altitude. Il faut lâcher encore du lest. Mes tuyères sont poussées au maximum.

Ils jettent un petit réfrigérateur par-dessus la nacelle, ils jettent l'ancre, ils jettent les bouteilles de champagne vides puis pleines. L'engin remonte un peu mais se rapproche pourtant de l'hôpital Sainte-Marguerite de façon inexorable. Les malades alignent les tuiles comme autant de munitions. Les morceaux d'argile pleuvent. Isidore et Lucrèce les ramassent et les rejettent par-dessus la nacelle.

Pris d'une envie de se surpasser, Jérôme Bergerac s'élance sur le cordage, rejoint le filet qui enveloppe la masse du ballon de sa montgolfière et, alors que les tuiles pleuvent autour de lui, il recoud le visage de Samuel Fincher.

– Quel courage ! s'étonne Lucrèce.

– Il fait cela pour vous épater. C'est ça, le romantisme. Vous êtes à vous seule une motivation forte, chère collègue.

Recousue, « Mimi » reprend de la hauteur. Les tuiles ne peuvent plus rien contre eux. Jérôme Bergerac redescend sous les applaudissements de ses invités. Courbette. Les tissus suspendus aux cordages indiquent que les vents ont tourné.

– Merci ! Décidément, il n'y a rien au-dessus du frisson de l'aventure.

– Si, il y a quelque chose au-dessus, dit Lucrèce, tirant son nouveau calepin. Vous les avez vus, infirmiers et malades unis pour lutter contre les intrus. Vous les avez vus, prêts à tomber du toit pour nous empêcher de rejoindre la terre. Et moi je les ai vus à l'intérieur. Cet hôpital fonctionne comme une république indépendante. La république des fous... Et ils ont une motivation qui les soude. Elle leur sert de drapeau, d'hymne, de police, d'idéal politique.

Isidore fronce un sourcil. Il sort son ordinateur de poche pour noter l'information. La jeune journaliste scientifique poursuit :

– Une motivation plus forte que l'Aventure : la promesse de l'accès à l'Ultime Secret.

– C'est quoi, l'Ultime Secret ? demande Bergerac.

– Ce que je sais, c'est qu'ils sont prêts à tout pour l'obtenir. Même si nous ignorons encore de quoi il s'agit, nous devrions l'inscrire au-dessus de tout ce que nous connaissons jusqu'ici. Douzième motivation : la promesse de l'Ultime Secret.

105.

D'autres souris prirent le relais de Freud. Ces pionnières de la spéléologie du cerveau furent baptisées : Jung, Pavlov, Adler, Bernheim, Charcot, Coué, Babinski. Avec ces cobayes, Samuel Fincher et Jean-Louis Martin s'aperçurent que les souris étaient tellement motivées pour accéder à l'Ultime Secret qu'elles comprenaient tout très vite. Elles arrivaient même à utiliser le langage des symboles avec plus de talent que des animaux jugés généralement les plus proches de l'intelligence de l'homme tels les chimpanzés, les porcs ou les dauphins.

– C'est la carotte. Nous fonctionnons tous avec la carotte et le bâton. Mais là nous avons trouvé la super-carotte. L'ultime récompense. Et par conséquent, ne pas l'obtenir devient l'ultime punition, commenta Fincher.

En effet, les souris, en dehors de leur période d'apprentissage, présentaient tous les symptômes du manque. Elles ne pensaient qu'à ça. Agressives, elles mordaient les barreaux de leurs cages.

– Simple question de dosage et d'éducation. Elles finiront par se contrôler, dit Samuel Fincher. C'est toute la notion de plaisir différé qu'elles sont en train de découvrir. Si on donne tout tout de suite, on n'apprécie pas. Mais si on ménage des plages d'attente entre deux récompenses, la gratification prend d'autant plus de sens.

Samuel Fincher saisit par la queue une souris, la petite Jung, la sortit de sa cage, et la déposa dans le creux de sa main. Elle semblait supplier qu'il la renvoie dans la machine à tests d'intelligence afin d'avoir accès au levier.

– J'ai envie d'effectuer l'expérience sur un être humain.

Un instant de silence.

– Vous vous imaginez, Jean-Louis, si un être humain était motivé comme ces souris ? Il pourrait assurément se surpasser au-delà de tout.

« Mais qui accepterait de se laisser trépaner pour qu'on fouille une zone inconnue de son cerveau ? »

– Moi, dit Fincher.

Il perçut alors un bruit curieux. C'était Freud. Ils l'avaient laissée cinq minutes sans surveillance et la souris, profitant de sa liberté, s'était octroyé tant de chocs dans son cerveau qu'elle en était morte.

106.

– Détendez-vous.

L'hypnotiseur Pascal Fincher s'adresse à toute la salle, pleine à craquer, du Joyeux Hibou. C'est la séance de relaxation collective du vendredi soir.

– Vous déliez vos ceintures, vous délivrez vos pieds de vos chaussures, vous fermez vos yeux et vous vous détendez complètement.

Les spectateurs libèrent leurs corps.

– Trouvez une position confortable dans votre fauteuil

et relaxez-vous. Prenez conscience de votre respiration et apaisez-la doucement. Prenez conscience de vos battements de cœur et ralentissez-les progressivement. Respirez avec le ventre. Oubliez vos soucis de la journée. Oubliez qui vous êtes. Pensez à vos pieds et imaginez la couleur rouge. Vous ne sentez plus vos pieds. Pensez à vos genoux et imaginez la couleur orange. Vous ne sentez plus vos genoux. Pensez à vos cuisses et imaginez la couleur jaune et vous ne sentez plus vos cuisses. Pensez à votre tête et imaginez la couleur mauve et vous ne sentez plus votre tête.

Les yeux fermés, tous semblent dormir. Leurs tempes battent moins vite. Quelques personnes pour lesquelles les inductions n'ont pas fonctionné contemplent leurs voisins en ricanant, mais l'hypnotiseur leur fait signe de ne pas déranger ou de quitter la salle. Ils obtempèrent sans réveiller les autres.

– Vous vous sentez léger, léger. A chaque respiration vous vous détendez un peu plus, vous êtes de plus en plus détendu, de plus en plus léger. Maintenant vous allez visualiser un escalier qui va vous mener au fond de vous-même. Visualisez bien l'escalier, sa rampe, ses marches. Maintenant descendez une marche et sentez comme l'effet de relaxation devient plus profond. Descendez une deuxième marche et percevez la détente. Chaque marche franchie vous introduit dans un état encore plus agréable de repos, de ressourcement. Vous étiez à la marche zéro, vous en êtes maintenant à la marche trois, puis quatre, puis cinq, puis six. A la marche dix, vous êtes dans un état de relaxation profonde. Nous allons descendre encore plus profondément dans votre esprit et dans votre cerveau. Quand nous serons à la marche vingt, vous serez dans un état de réelle hypnose.

Il décompte lentement.

– Maintenant vous êtes dans la zone d'hypnose... vous vous sentez parfaitement bien...

La porte du fond s'ouvre. L'hypnotiseur a un geste de contrariété. Il avait pourtant spécifié que nul ne devait plus entrer une fois la séance commencée. Le nouvel arrivant lui adresse un signe de connivence pour signifier qu'il ne dérangera en rien.

Pascal Fincher reconnaît l'homme et n'insiste pas. C'est Isidore Katzenberg.

Le journaliste scientifique s'assoit auprès d'un participant qui n'est autre qu'Umberto Rossi. Pascal Fincher leur avait dit que le marin assistait systématiquement à la séance d'hypnose du vendredi, il n'avait pas menti. Le marin, les yeux fermés, sourit. L'hypnotiseur poursuit :

– Maintenant vous allez imaginer que vous marchez à cet étage. Vous vous retrouvez dans une avenue et il y a un cinéma où une file de gens attendent pour voir un film. Vous regardez l'affiche et vous vous apercevez que c'est un film drôle que vous vouliez voir depuis longtemps. Vous prenez votre billet et entrez. Pour chacun, ce film sera différent. Mais pour chacun il sera irrésistible. Le générique commence. Regardez le film. C'est le film le plus hilarant que vous ayez jamais vu.

L'assistance reste un instant immobile, et soudain des gens commencent à sourire puis à rire, les yeux toujours fermés. Ils s'esclaffent d'une manière désordonnée au début mais peu à peu ils rient au même moment, comme s'ils voyaient se dérouler le même film avec les mêmes gags.

Isidore Katzenberg, profitant de l'état hypnotique d'Umberto Rossi, lui susurre à l'oreille :

– Maintenant vous allez me raconter ce qu'est l'Ultime Secret.

Le marin s'arrête de rire et ouvre d'un coup les yeux. La remontée brutale du niveau « endormissement hypnotique » à « réel hostile » lui provoque une douleur à la nuque. L'hypnose, tout comme la plongée sous-marine, exige des paliers de décompression. Il reconnaît Isidore, récupère ses chaussures et s'enfuit en bousculant quelques spectateurs hypnotisés qui réagissent mal, eux aussi, à ce réveil brutal.

Pascal Fincher parle plus fort pour couvrir cette perturbation :

– Vous regardez toujours le film, sans tenir compte des bruits étrangers que vous entendez.

Umberto s'apprête à rejoindre une issue, mais Bergerac lui barre le chemin. Le marin change de cap. C'est maintenant Lucrèce qui le bloque. Il reste une troisième sortie : les toilettes. Lucrèce, Isidore et Jérôme Bergerac sont à ses trousses. Ils débouchent ensemble dans une cour pleine de poubelles. Umberto se dissimule derrière une benne et sort un revolver. Sans hésiter il leur tire dessus.

Le milliardaire crie de loin :

– Plan deux ! Plan deux !

– C'est quoi déjà, le plan deux ? demande la jeune femme.

– Ecoutez, Lucrèce, ce n'est vraiment pas à moi qu'il faut le demander, avec mes trous de mémoire, je ne me souvenais même pas qu'il y avait un plan un.

Lucrèce sort à son tour son revolver et tout en visant dans la direction d'Umberto Rossi glisse à son comparse :

– J'ai réfléchi à votre histoire de trous de mémoire, dit-elle. Je pense que c'est votre cerveau qui les suscite pour se protéger. Vous êtes tellement sensible que cela vous empêcherait d'être efficace si vous vous rappeliez tout ce qui ne va pas. Que ce soit dans le monde ou dans votre vie. Vous avez besoin d'oublier les atrocités du passé et du présent. Votre cerveau s'est donc résolu à ce travail d'amnésie volontaire.

– Nous en reparlerons plus tard, dit Isidore.

Umberto déguerpit. Ils se lancent à sa poursuite. A nouveau il tire et à nouveau ils se cachent dans une encoignure. Umberto s'engouffre dans une ruelle adjacente. Il bouscule des passants avant de se réfugier derrière une porte cochère et de réajuster son tir. Jérôme Bergerac le bombarde de boîtes de conserve graisseuses et fonce, criant toujours :

– Plan deux ! Plan deux !

– C'est le problème des excessifs, grogne Isidore. Il était excessif dans son épicurisme et là, si vous voulez mon avis, il est prêt à devenir casse-cou au-delà du raisonnable.

En effet, le milliardaire s'élance et Umberto lui envoie une balle de 7,65 mm qui lui érafle l'épaule.

– Je suis touché, annonce Jérôme avec une expression à la fois épouvantée et ravie.

– Assez perdu de temps, tranche Isidore.

Il contourne la cour et surprend Umberto en lui enfonçant un goulot de bouteille de bière dans les reins.

– Assez joué. Haut les mains... Umberto.

Il lui passe les menottes qu'il avait dans sa poche.

– Au secours ! clame Jérôme Bergerac.

La jeune journaliste s'approche.

– J'étais prêt à risquer ma vie pour vous, Lucrèce, souffle-t-il, comme à l'agonie.

Lucrèce examine la blessure.

– Hmmm... Ce n'est rien. A peine une égratignure. Prenez mon mouchoir pour ne pas tacher votre costume Kenzo.

Elle se tourne ensuite vers Umberto, et l'attrape par le col.

– Alors, c'est quoi l'Ultime Secret ?

Il reste dans son mutisme, condescendant juste à sourire.

Jérôme Bergerac le saisit par le col.

Il veut lui donner un coup de poing mais Isidore le retient.

– Pas de violence.

– Je connais mes droits, annonce sobrement l'ex-neurochirurgien. Vous n'êtes pas de la police. Vous n'avez même pas le droit de me passer des menottes. Et je vais porter plainte.

– C'est vrai on n'est pas de la police mais je pense qu'ils apprécieront de mettre la main sur l'assassin du docteur Giordano, mon kidnappeur (car moi aussi je vais porter plainte) et l'assassin de Fincher.

A ces mots l'autre réagit brutalement. Il vocifère.

– Je n'ai pas tué Fincher !

– Il faudra le prouver, souligne Jérôme Bergerac.

– Natacha a bien précisé qu'elle était seule et...

– Oui, mais avec l'Ultime Secret on peut tuer des gens à distance il me semble..., dit Lucrèce.

Umberto hausse les épaules.

– Vous ne savez pas ce qu'est l'Ultime Secret.

– Alors dis-le-nous, nous t'écoutons, objecte Lucrèce.

Isidore s'approche.

– Je crois que vous n'avez pas compris une chose, Umberto. Nous sommes dans la même équipe. Nous aimons Samuel Fincher et ce qu'il a accompli. Nous voulons savoir ce qui lui est arrivé.

– Je n'ai aucune raison de vous aider, soutient l'autre en baissant les yeux.

– Si : la reconnaissance envers l'homme qui vous a sorti de la fange.

Cette fois-ci le marin semble touché.

Jérôme Bergerac croit bon d'ajouter :

– Allons Umberto, t'es foutu...

Isidore dégage rapidement le milliardaire et prend le marin entre quatre-z-yeux.

– Qu'est-ce qu'ils te promettent là-bas ? Un travail ? Une drogue ? Peut-être as-tu peur d'eux ? Qu'est-ce que tu leur dois ?

Il reprend force.

– Ils m'ont sauvé.

– Pas eux ! Samuel Fincher t'a sauvé ! clame Isidore. C'est à lui que tu dois tout. Et tu veux laisser sa mort non élucidée ? Quelle ingratitude !

Le marin pose la tête entre ses mains menottées.

Jérôme Bergerac, n'y tenant plus, revient à l'attaque.

– Pose-toi la question, si le fantôme de Samuel Fincher était là, qu'est-ce qu'il te conseillerait, de garder le silence ?

Lucrèce à son tour croit bon de s'en mêler.

– Tu as parlé d'un certain « Personne », qui est-il ? Allez ne le fais pas pour nous, fais-le pour Fincher. Que justice lui soit rendue.

Dans le cerveau du neurochirurgien, c'est désormais la confusion la plus totale. La culpabilité, le remords, le ressentiment, la peur de la prison, l'envie de l'Ultime Secret, la reconnaissance envers l'hôpital et celle qu'il éprouve particulièrement pour Fincher se confrontent en des joutes terribles dans l'arène de son libre arbitre. Dilemme. Il grimace de douleur comme si toutes les phrases prononcées le tenaillaient.

Isidore comprend qu'il faut désormais inverser la vapeur pour obtenir un effet de chaud-froid. Après avoir détruit les anciens repères, il faut maintenant accompagner, rassurer, conforter.

– Allez viens, on va aller manger un morceau et tu vas nous raconter depuis le début.

Le milliardaire ajoute :

– Ecoutez les amis, je vous invite tous au restaurant du CIEL. Tant qu'à recevoir des confidences, autant le faire dans un cadre confortable, n'est-ce pas ?

107.

Saint-Pétersbourg, huit heures du matin. Il neigeait à petits flocons sur le tarmac gris où atterrit l'Iliouchine d'Aeroflot.

Dans la cabine, un panneau en anglais appelait les passagers à soutenir la compagnie russe qui s'affirmait fièrement la dernière à leur permettre de fumer en vol, défiant ainsi les recommandations des autorités civiles de l'aviation internationale.

Pour sa part, cela faisait déjà plusieurs mois que le docteur Samuel Fincher avait décidé de s'arrêter de fumer et cette permissivité ne l'enchantait guère. Toute sa travée flottait en effet dans un brouillard nauséabond.

Pourquoi faut-il que le bonheur des uns fasse forcément le malheur des autres...

L'avion glissa doucement sur la piste pour rejoindre son terminal.

Personne pour l'attendre à l'aéroport. Samuel prit un taxi, une grosse Lada verte, avec un chauffeur en tricot de laine à fleurs. Celui-ci voulait à tout prix lui vendre un assortiment de ses possessions. Cela allait de boîtes d'œufs de saumon sauvage à sa fille cadette, en passant par des cartouches de cigarettes américaines et des rouleaux de roubles à taux de change avantageux.

Dans la voiture, Samuel Fincher étudia les notes que lui avait transmises Martin. La trépanation qui permettait d'atteindre l'Ultime Secret était pratiquée à l'Institut du cerveau humain depuis décembre 1998. Le ministère de la santé russe annonçait en 1999 que cent vingt patients toxicomanes avaient été traités dans ce centre.

Le chauffeur de taxi se gara et, après avoir mûrement observé son client dans le rétroviseur, annonça un chiffre en dollars.

L'Institut du cerveau humain de Saint-Pétersbourg était une vieille bâtisse construite à l'époque stalinienne et qui avait servi à traiter les prisonniers politiques récalcitrants. Le portail était rouillé mais la neige cachait la plupart des traces ocre. Fincher marcha dans l'épais manteau glacé et se présenta à l'accueil.

Des infirmiers plaisantaient en regardant la télévision dans la salle de repos. Enfin on lui présenta son homologue russe, le docteur Tchernienko.

Après les politesses d'usage, elle lui posa un pouce sous l'œil et releva les manches de sa chemise pour mieux examiner ses avant-bras. Dans un français approximatif dont elle n'arrivait pas à prononcer les *r*, elle s'étonna :

– Mais vous n'êtes pas drogué ? Pourquoi insistez-vous tant pour que je touche à votre cervelle ?

Le neuropsychiatre français lui expliqua qu'il ne voulait pas détruire la zone mais au contraire la stimuler. Il lui confia dans les détails son plan et, à quelques conditions près, elle accepta d'y participer.

Samuel Fincher fut donc hospitalisé comme n'importe quel malade. On lui alloua une chambre, une tablette, un pyjama vert au sigle de l'hôpital.

Il discuta avec quelques-uns des autres patients. C'étaient en général des jeunes gens qui avaient découvert les paradis artificiels dans les foyers étudiants ou dans les casernes de l'armée rouge. Pour une centaine de roubles à peine, on s'y procurait de l'héroïne trafiquée en provenance du Tadjikistan, d'Afghanistan, ou de Tchétchénie.

Une nouvelle manière de faire la guerre : empoisonner le sang des enfants.

La plupart avaient subi des cures de désintoxication mais avaient rechuté. On ne renonce pas facilement à l'héroïne.

Beaucoup avaient déjà multiplié les tentatives de suicide jusqu'à ce que leurs parents lisent dans les journaux les encarts publicitaires vantant l'Institut du cerveau humain de Saint-Pétersbourg. Pour dix mille dollars on proposait une opération de la dernière chance.

Les malades qui l'entouraient étaient donc des enfants de familles aisées. Désœuvrés, ils jouaient aux cartes, regardaient la télévision dans la salle commune, traînaient dans les couloirs. Tous avaient le crâne rasé, entouré de bandelettes plus ou moins tachées de sang. Certains exhibaient des cicatrices entre les tatouages, preuve que leur vie de junkie ne s'était pas déroulée sans tracas. Leurs bras étaient recouverts de traces de piqûres.

Le jour J, un infirmier rasa le crâne de Samuel Fincher et l'habilla d'une blouse blanche. Le docteur Tchernienko examina la cartographie du cerveau de ce patient français grâce à l'imagerie à résonance magnétique, le seul appareil un peu moderne de l'hôpital.

Pas de lésion, pas de tumeur. Tout semblait en ordre.

On le conduisit dans le bloc opératoire.

Fincher s'allongea sur la table d'opération.

Une jeune infirmière, dont il ne distinguait que les grands yeux gris derrière son masque de toile, armée de pinces à linge, installa un drap autour de sa tête, à la façon d'une immense corolle. Elle ajouta un paravent pour lui masquer l'opération.

Les assistants chirurgiens coiffèrent le docteur Samuel Fincher d'un casque d'acier conçu spécialement pour cette intervention et qui ressemblait à un instrument de torture médiéval. Le docteur Tchernienko équipa ce casque de tiges coulissantes de métal. Puis elle serra les vis pour assurer une parfaite stabilité de l'instrument sur le crâne.

– C'est pour être sûre de la localisation, expliqua-t-elle.

Elle signala à son homologue qu'elle préférait ne pas pratiquer d'anesthésie générale car elle avait besoin de savoir ce qu'il ressentait pendant l'opération.

– Nous vous demanderons parfois de dire ou de faire des choses pour vérifier votre éveil.

Il frémit lorsqu'elle brandit la scie électrique circulaire. Mais il s'était rendu à l'évidence : les hôpitaux russes disposaient de moins de matériels de pointe que les hôpitaux d'Europe ou d'Amérique. De même pour l'azote liquide : elle utilisait une pompe à pneus de voiture, qu'on actionnait au pied.

Ils n'ont pas les moyens de se payer une pompe chirurgicale électrique !

Dans son dos, le docteur Tchernienko lui demanda de commencer un décompte de vingt à zéro. Il sentit qu'on lui mouillait le crâne avec un coton humide. Contact froid, probablement enduit d'un désinfectant ou analgésique local. Il commença à compter :

– Vingt, dix-neuf.

Un second coton mouillé succéda au premier. Il entendit la scie qui se mettait en marche et déglutit sa salive.

– Dix... huit, dix... sept.

Pour la science. Pour le cerveau. Martin a supporté son opération, je peux bien supporter cette épreuve à mon tour.

– Seize, quinze.

Au moment où la scie entra en contact avec son cuir chevelu, les récepteurs de contact épidermique furent activés. C'était pointu et tranchant.

– Ça ne fera pas mal, assura la chirurgienne.

Tu parles ! C'est ce qu'on dit tous. J'ai déjà mal.

Il grimaça et ne put, durant la creusée, se retenir de lâcher un « Ouille ! ».

Le docteur Tchernienko s'arrêta.

– Ça ne va pas ?

– Si si, continuez. Quatorze, treize.

Pour la science.

Il serra plus fort les mâchoires. Il ne ressentait rien sur sa peau mais percevait la traction mécanique sur son crâne. Un peu comme lorsqu'il s'était fait arracher sa dent de sagesse. L'anesthésiant local agissait mais la pression sur ses os se répandait dans tout le corps.

Penser à autre chose. L'infirmière. Ses yeux gris.

Maintenant sa tête vibrait.

Ça fait vraiment très mal. Penser à autre chose. Penser à l'infirmière.

Comprenant qu'il avait besoin d'elle, elle lui prit la main.

Sa main est fraîche. Mais je n'arrive pas à oublier ce qu'il se passe là-haut. ILS M'OUVRENT LA TÊTE. JE SUIS PEUT-ÊTRE EN TRAIN DE FAIRE UNE BÊTISE MONUMENTALE. Je m'étais pourtant juré de ne jamais m'allonger sur un billard sauf si c'était indispensable. Ce n'est pas indispensable. Et cela fait vraiment très mal.

Deux mains gantées déplacèrent sa tête sur le coussin comme si elles n'arrivaient pas à déterminer le meilleur angle pour la scie.

Ils ne savent pas s'y prendre.

L'infirmière se pencha et il vit qu'elle était dotée d'une poitrine proéminente qu'elle laissait entrevoir sous sa blouse. Son œil glissa furtivement derrière l'étoffe jusqu'à distinguer la dentelle blanche qui retenait la chair galbée dont il devinait la douceur. La scie se remit en marche avec un bruit de roulette de dentiste.

Mal. Penser à autre chose. Les seins de l'infirmière. L'humour et l'amour sont deux analgésiques puissants. Se raconter une blague. C'est l'histoire d'un fou qui... qui se fait faire un trou dans la tête pour s'aérer les idées.

Les yeux gris, sentant le regard appuyé sous son cou, refermèrent instinctivement la blouse, sans pour autant la boutonner.

Continuer à compter.

– Douze, onze.

270

L'infirmière regarda au-dessus du drap et ce qu'elle vit la fit grimacer.

L'autre sensation pénible qu'il perçut fut une odeur d'os brûlé provoquée par le frottement de la lame d'acier surchauffée.

L'odeur de ma tête qu'on ouvre.

Il vit aussi comme un nuage de poussière et il sut que c'était la sciure de sa boîte crânienne. En bas, il vit choir des tampons de coton imbibés de sang.

– Dix, neuf, huit.

L'odeur de la poussière d'os était maintenant insupportable, l'infirmière n'arrivait plus à sourire tellement ce qu'elle voyait la choquait.

Elle doit être nouvelle dans le service.

On l'avait sans doute choisie pour sa beauté. Le petit « plus » russe qui faisait oublier la vétusté du matériel. On l'avait peut-être sélectionnée dans un concours de Miss tee-shirt mouillé. Il ne restait plus qu'à ajouter une musique de balalaïka. Les yeux gris. La pompe à pneus de voiture. Les cotons imbibés. Miss décolleté plongeant. Et la sensation qu'on vous ouvre l'esprit.

L'infirmière se hissa sur la pointe des pieds et il contempla encore mieux ses seins par l'échancrure de sa blouse. Il savait que penser à une jolie fille produit des endorphines aptes parfois à remplacer avantageusement un analgésique. En cyrillique, était brodé sur sa blouse un nom qui devait être Olga.

Je vais te montrer mon cerveau, Olga. C'est vraiment la partie la plus intime de moi-même et je ne l'ai pour l'instant révélé à aucune femme. Ça c'est du strip-tease de mec, et je peux t'affirmer qu'aucun Chippendale n'aurait le courage d'aller si loin...

– Sept-six-cinq-quatre-trois-deux-un-zéro, articula-t-il à toute vitesse !

La sensation de morsure brûlante cessa et laissa place à une sensation de fraîcheur.

Ça y est, ils avaient fini de scier.

Les cotons rouges tombaient comme une neige

pourpre. A nouveau des tractions sur le crâne. Ils devaient poser des écarteurs à crémaillère.

Tu es belle, Olga. Que fais-tu ce soir après l'opération ? Tu n'as rien contre les gens qui ont le crâne lisse et un petit bandeau blanc autour ?

Il avait envie de plaisanter pour vaincre son autre envie : celle de hurler. Comme par inadvertance, le docteur Tchernienko posa le morceau de crâne scié dans un bac en inox à portée de son propre regard. Cela ne dura qu'une seconde, le temps que l'infirmière comprenne la méprise et place « ça » autre part. Mais il avait vu, et cette image le glaça : c'était un rectangle incurvé, de cinq centimètres de long sur trois de large, beige sur le dessus et blanc en dessous, semblable à un carré de noix, mais avec des rainures rouges sur sa face antérieure.

L'infirmière sourit derrière son masque, ce qui se manifesta par une inclinaison supplémentaire de ses yeux. Puis elle revint observer, subjuguée par ce qu'elle voyait.

Sa boîte crânienne était ouverte et des inconnus, dissimulés derrière des masques de chirurgien, étaient penchés dessus. Que voyaient-ils ?

108.

Une cervelle avec des câpres, des oignons et du vinaigre balsamique. Elle est apportée par le serveur sur un plat d'argent. Isidore fixe ce bout de chair rose luisant qui atterrit dans son assiette et, dégoûté, repousse le mets.

– C'est de la cervelle de mouton. Je croyais que ce serait une bonne idée, dit Jérôme Bergerac. Pour nous remettre dans le sujet, n'est-ce pas ?

– Je suis plutôt végétarien, élude Isidore.

– Ça me rappelle trop de souvenirs, ajoute Umberto délaissant lui aussi le plat.

Seule Lucrèce mange avec entrain.

– Désolée, mais toutes ces émotions m'ont ouvert l'appétit et j'ai encore très faim.

Elle découpe une belle tranche qu'elle mâche avec

ravissement. Jérôme Bergerac sert du mouton-rothschild 1989 à température ambiante dans les verres de cristal.

– Alors, Umberto, racontez-nous tout.

Umberto fait tourner le vin dans son verre tout en en scrutant la robe d'un œil expert.

– Vous êtes connaisseur, n'est-ce pas ? demande Jérôme Bergerac en se lissant l'extrémité droite de la moustache.

– Non, j'étais ivrogne.

Lucrèce recentre sur le sujet :

– Alors que s'est-il passé ?

Umberto consent à parler :

– Comme vous le savez, après l'accident avec ma mère j'ai démissionné de l'hôpital. Puis je suis devenu clochard et là j'ai été récupéré par Fincher comme marin taxi. Un soir où je devais attendre que Fincher ait fini de travailler pour le ramener à Cannes, j'ai remarqué qu'il était anormalement en retard. Je me suis dit qu'il devait être plongé dans ses expériences et qu'il n'avait pas vu l'heure tourner. Alors j'ai voulu aller le chercher.

Umberto prend un air mystérieux.

– Il n'était pas dans son bureau. Il n'était pas au labo. Mais j'y suis resté car des éléments avaient été modifiés. Il y avait des souris dans des cages avec dessus des noms : Jung, Pavlov, Adler, Bernheim, Charcot, Coué, Babinski, etc. Les cobayes avaient tous une petite antenne qui dépassait de leur crâne. J'ai approché ma main des souris et rien qu'à leur attitude j'ai compris qu'elles n'étaient pas normales. Trop nerveuses. Elles avaient le même comportement que les cocaïnomanes. Très vives, mais en même temps très paranoïaques. Comme si elles percevaient tout plus fort et plus rapidement que les autres. Pour en avoir le cœur net, j'ai pris une souris et je l'ai introduite dans un labyrinthe mobile aléatoire qui définit chaque fois un cheminement différent.

Normalement elles mettent au mieux quelques minutes à sortir de ce genre d'épreuve, mais là, en une dizaine de secondes, elle avait trouvé le centre et agitait un levier de manière spasmodique. J'étais évidemment très intrigué.

C'est à ce moment que Fincher est entré. Je savais qu'il était parti en séminaire en Russie. Il était « bizarre ».

109.

Le cerveau palpitait à travers le trou béant. Les veines battaient.

– Ça va, docteur Fincher ?

– J'ai un de ces mal de crâne..., essaya de plaisanter le neuropsychiatre français.

– Olga ?

L'infirmière lui prit le pouls. Puis alla vérifier les différents appareils de contrôle. Tout semblait bien fonctionner.

Ça tire. J'ai mal. Est-ce que je peux dire que j'ai mal ? Ça changera quoi ? Ils ne vont pas s'exclamer : « Dans ce cas on arrête tout et on reprend demain. »

Les écarteurs furent réglés de manière à élargir légèrement le trou dans le cerveau. Les compresses imbibées de sang formaient une petite montagne sur son côté gauche alors que, sur son côté droit, l'infirmière lui tenait toujours la main.

Le docteur Tchernienko sortit la longue tige de métal qui lui servirait de sonde. Mais, à la place des deux tuyaux déverseurs d'acétone, elle fixa à l'extrémité le petit gadget que venait de lui amener le patient français.

Elle réclama la radiographie du cerveau de Fincher et une assistante partit la chercher. Mais elle revint quelques minutes plus tard en annonçant par signes qu'on ne la retrouvait plus. Elle avait cherché partout. Echanges de mots secs en russe évoquant la gabegie des hôpitaux remplis de personnel pistonné et incompétent. Cependant le docteur Tchernienko, comprenant qu'il était du plus mauvais effet de se quereller dans une langue étrangère, qui plus est devant un malade conscient, décida d'improviser. Pas question d'ajourner l'opération d'un malade au cerveau ouvert... Elle remplacerait le savoir par le souvenir.

274

Où était la zone ? Il lui semblait se rappeler les chiffres précis de la localisation.

Lentement elle enfonça la sonde. D'abord les méninges, ces trois couches superposées de tissus membraneux qui protègent l'encéphale. Elle fendit la dure-mère, cette membrane plus épaisse. En dessous, elle traversa l'arachnoïde, ainsi nommée car elle est aussi fine qu'une toile d'araignée. L'arachnoïde, formée de deux peaux, contenait les cent cinquante centimètres cubes de liquide céphalo-rachidien.

Un peu de ce liquide dégoulina sur le front de Samuel Fincher. Un instant il avait espéré que ce liquide tiède soit de la sueur, mais non, il reconnut l'humeur. Il savait que grâce à ce liquide le cerveau neutralisait les effets de la gravité mais pouvait aussi encaisser des chocs.

Nous avons un cerveau qui flotte dans du liquide pour se protéger. Notre planète intérieure est entourée de sa mer.

L'infirmière s'empressa de l'essuyer.

– *Spassiba*, dit-il.

C'était le seul mot qu'il connaissait en russe.

Merci, c'est finalement le mot le plus utile dans toutes les langues.

La chirurgienne poursuivit sa descente. Encore en dessous, elle transperça la plus profonde et la plus molle des méninges : la pie-mère. La sonde était maintenant à deux millimètres de profondeur sous la surface du cerveau. En plein dans la matière grise du cortex.

– Tout va bien ?

Il arriva à articuler :

– Jusqu'ici tout va bien.

Elle enfonça progressivement de plusieurs centimètres, traversant la matière rose pour rejoindre la matière blanche reliant les deux hémisphères. Il eut la sensation qu'on enfonçait un drain dans un puits de pétrole.

Penser à autre chose. Si la Terre est vivante, si la Terre est un être conscient, Gaïa, comme le prétendaient les Grecs de l'Antiquité, peut-être que chaque fois qu'on lui troue la peau pour aspirer son sang-pétrole elle ressent cela... Nous, les humains, sommes les vampires qui suçons le sang de la terre pour en remplir le réservoir de nos voitures.

La sonde continuait à s'enfoncer millimètre par millimètre. Elle était dans le corps calleux.

– Très bien. Pour être plus sûr de la mettre au bon endroit je vous demanderai de me dire ce que vous ressentez.

Le docteur Tchernienko vérifia les mesures sur son casque à tige métallique graduée. Elle nota l'emplacement où se trouvait la sonde. Puis elle appuya sur un interrupteur électrique qui ressemblait assez à celui de sa chambre à coucher. Il ressentit une démangeaison.

– Qu'est-ce qu'il se passe, là ?

– Sensation de chatouille au bras. Ce n'est pas désagréable.

Bon sang, elle ne sait pas où c'est !

Elle déplaça un peu la sonde vers la droite. Cela lui sembla durer une éternité.

– Et là ?

Juste au moment où elle posait cette question, il éprouva une perception nouvelle.

– Je me sens, comment dire, très nostalgique. J'ai une montée de tristesse inexpliquée. J'ai... j'ai envie de pleurer.

Derrière son masque de toile, le professeur Tchernienko proféra un juron incompréhensible en russe.

Il sentit la sonde qui s'inclinait pour fouiller une autre zone de son cerveau.

Il songea à des images de pierres gravées par les Incas où l'on voit des hommes pratiquer une trépanation. Il se souvint que des crânes ont été retrouvés avec des trous carrés parfaitement découpés et ensuite refermés avec des plaques d'or, datés de plus de deux mille cinq cents ans.

Elle toucha une autre zone.

– Je... je... c'est affreux... je n'y vois plus rien de l'œil droit !

Elle va me détruire des zones saines !

L'infirmière lui serra plus fort la main. Elle surveilla

les cadrans de contrôle puis passa son doigt devant son visage pour vérifier s'il le suivait du regard.

La sonde manipulée bougea vers l'arrière. L'image revint instantanément dans l'œil droit.

Ouf.

Puis le docteur Tchernienko appuya de nouveau sur son interrupteur électrique.

– Et là, vous sentez quoi ?

Du citron.

– Ça picote la langue. Une sensation acide.

– On n'est pas loin, on va trouver, on va trouver.

Elle enfonça légèrement la tige, toucha un autre point. Contact électrique. Samuel Fincher broya la main de l'infirmière. Panique.

– Arrêtez tout de suite ça !

– Excusez-moi.

Le docteur Tchernienko prit sa calculette et fit différents réglages sur le casque. Elle parla très vite en russe à ses trois assistants. Comme si soudain elle prenait les choses en main.

En fait, elle était exténuée. Elle cherchait dans sa mémoire les coordonnées de l'Ultime Secret. Jamais elle n'avait voulu le noter quelque part. La mémoire humaine est le meilleur coffre-fort, songeait-elle souvent. Mais que faire quand le coffre a disparu ? Certes, il y avait les coordonnées qu'elle avait données pour la souris, mais ce n'était pas exactement pareil. Et il fallait la localisation précise, sinon elle allait tâtonner encore longtemps et lui faire ressentir des picotements étranges un peu partout dans le corps.

Elle ferma les yeux, fouilla dans sa mémoire comme si une équipe de policiers cherchait dans un appartement l'arme du crime. L'envie de bien faire la bloquait peut-être. Elle respira amplement. Un assistant passa un tampon d'ouate pour lui éponger la sueur.

Soudain elle eut une illumination. Les trois mesures en largeur, en longueur et en profondeur s'affichèrent dans son esprit.

– Et là ?

– Ah, là, c'est « plutôt agréable ». Un parfum de vacances.

Un parfum de jasmin.

Derrière lui, ça parlait russe avec animation. Le docteur Tchernienko, à l'aide d'un feutre, traça directement sur le voltmètre : « Parfum ? »

Est-ce qu'on est dans la zone de l'Ultime Secret ?

– Et si j'augmente l'électricité, quel effet ?

– Comme si j'écoutais Edvard Grieg. J'adore la musique de Grieg.

La chanson pour Solveig. On ne connaît que Mozart et Beethoven, Grieg est un très grand.

Elle nota « musique ? » et traça un trait. Puis elle augmenta un peu plus le voltmètre.

– Vous sentez quoi ?

– Comme si je mangeais un gâteau. Une tarte aux mirabelles. J'adore les tartes aux mirabelles.

Une tarte aux mirabelles au plus profond. Au-dessus, la musique de Grieg. Au-dessus, le parfum de jasmin. Au-dessus, le citron. Et puis encore au-dessus dans le réel : la main, les yeux gris et les seins d'Olga. Je vais bien.

Le docteur Tchernienko marqua sur sa sonde « Sucrerie ? ». Elle surveillait l'aiguille du voltmètre. Encore quelques millivolts pour voir.

– Là, c'est comme quand j'ai vu mon premier film érotique à douze ans.

Le docteur Tchernienko nota et régla le voltmètre un cran au-dessus. Encore des millivolts.

– Là, c'est mon premier baiser à la petite Marie-Noëlle.

Olga battit des cils. Elle sourit et ses yeux gris remontèrent sur ses tempes tandis que sa poitrine se soulevait pour exhaler un soupir de satisfaction. Elle serra à nouveau fermement sa main.

Une invitation ?

Le docteur Tchernienko était tendue. Une assistante lui tamponna à nouveau le front. Les petites compresses imbibées de sang ne s'accumulaient plus par terre. Le bouton du voltmètre fut tourné d'un cran.

Fincher éprouva la même sensation que lorsqu'il faisait l'amour. Un orgasme. Mais un orgasme qui, au lieu de ne durer que quelques secondes, se prolongeait long-temps. Ses pupilles se dilatèrent. Elles semblèrent fixer au-delà d'Olga. Très au-delà.

Le Paradis ? Un paradis...

L'opéré ferma les yeux comme s'il souffrait. La chirur-gienne redouta un excès de douleur et s'arrêta. Fincher ordonna d'un ton très sec :

– N'arrêtez pas, continuez !

Elle augmenta un peu l'intensité électrique. L'orgasme de ruisseau devint rivière. Puis torrent. Les chutes du Niagara.

– Tout va bien, monsieur Fincher ?

Le paradis...

Il éclata de rire puis il cessa car elle avait coupé le contact.

– Encore, encore ! demanda-t-il.

Cette imbécile ne va pas s'arrêter là. Je suis en train de tout découvrir. De tout comprendre. C'est ici que tout aboutit. Là se trouve la source de toutes les sensations. La source pure d'où viennent tous les ruisseaux, les fleuves et les torrents.

Le docteur Tchernienko apparut dans son espace visuel, le visage dubitatif, la commande du voltmètre à la main.

– Vous êtes sûr que tout va bien, monsieur Fincher ?

Il supplia :

– S'il vous plaît... par pitié. Encore...

Ou je te massacre.

– Non, c'est trop dangereux.

S'il te plaît, tourne ce bouton au maximum. Arrêtez de me chatouiller, je veux LA sensation intense, brute, totale. Je sais qu'elle y est ! Pas loin. Encore ! Plus fort !

– Je crois que cela suffit pour aujourd'hui, monsieur Fincher.

– NOOONNN, ÇA NE SUFFIT PAS !

Il se leva d'un bond, emportant avec lui le casque de métal, les écarteurs, les ciseaux de serrage, les draps de protection. Dans son élan, il arracha tous les fils des capteurs.

Il était debout en blouse d'hôpital. Le drap sur le dessus de son crâne était rabattu, masquant la vue, il le repoussa violemment en arrière.

Tout le monde recula.

Le docteur Samuel Fincher éructa :

— JE VEUX ÇA ENCORE ! ! ! !

Son regard était celui d'un fauve enragé.

Du revers de la main, il renversa toutes les fioles à sa portée et elles se brisèrent sur le carrelage dans un bruit de cristal.

— ENCORE !

D'un coup la chirurgienne arracha le fil qui conduisait l'électricité dans la sonde. Saisi d'une colère terrible, il fonça vers le voltmètre pour le rebrancher. Olga repoussa le générateur qui se fracassa en tombant. Il la jeta sur la table parmi les scalpels et les cotons rouges.

Mais déjà cinq infirmiers entraient et saisissaient le forcené. Il les expédia facilement contre les murs.

Personne ne m'arrêtera. J'en veux. Encore.

110.

— Encore un peu ?

— Oui, volontiers, avec plaisir. Merci.

Jérôme Bergerac verse à nouveau du vin vermeil dans les verres de cristal. Le restaurant du CIEL se remplit d'épicuriens et d'épicuriennes. Un homme barbu circule entre les tables, saluant chacun par son nom.

— Mais c'est Jérôme ! Salut, Jérôme ! Et la charmante *demoiselle*, elle est là aussi. Vous savez qu'après votre disparition nous nous sommes fait tant de soucis !

— Laisse-nous un instant, Micha, nous sommes occupés à parler de choses sérieuses, n'est-ce pas ? dit Bergerac.

— Oh, ici, le mot sérieux n'est pas de mise. Et lui c'est qui ? demande le maître des lieux en désignant Umberto.

Le milliardaire se résigne à se lever et prend l'organisateur à part.

– Nous jouons à l'enquête policière, n'est-ce pas ?

– Ah, je vois, je vous laisse.

Umberto se ressert une belle rasade de mouton-rothschild, comme s'il voulait trouver dans l'alcool un prétexte à vider son sac.

Lucrèce retient Micha par la manche.

– Vous n'auriez pas une cigarette ?

– J'ai des cigares, si vous voulez. Ici on considère que les cigarettes, c'est un peu trop banal.

Elle accepte le cigare et en absorbe la fumée, prête à s'en délecter. Elle tousse, se reprend.

Comment la Thénardier, au journal, peut-elle fumer une telle horreur ? Ça a mauvais goût, ça donne mal à la tête et en plus ça pue.

Par besoin de nicotine pourtant, elle continue à l'aspirer.

– Donc, Fincher vous surprend dans son laboratoire..., enchaîne Isidore.

– Je ne vous l'avais pas dit mais, quand je l'avais amené le matin, il portait un chapeau. « Une excentricité de savant », avais-je pensé. Or, à ma grande surprise, il portait encore ce chapeau à l'intérieur du labo. Il m'a demandé : « Qu'est-ce que vous faites là, Umberto ? » J'ai bafouillé. Mais il a vite compris que j'avais compris. « Qu'est-il arrivé à ces souris ? » ai-je questionné. Il m'a répondu que c'était un secret. Alors je lui ai dit qu'il me semblait évident qu'elles avaient subi une trépanation, qu'on leur avait introduit des électrodes dans le cerveau et qu'on déclenchait ces électrodes à distance. J'ai ajouté qu'à mon avis il avait repéré un endroit du cerveau qui rendait les souris plus intelligentes pour les tests. Il a eu un rire étrange. Presque lugubre. Puis il a juste dit : « Bravo. » Alors j'ai continué. Selon moi, les souris devenaient intelligentes parce qu'elles avaient très envie de recevoir leur petite décharge dans le cerveau. Il se tenait toujours dans l'ombre et je ne voyais plus son regard ombragé par le rebord du chapeau. Je n'entendais que sa voix, sa voix qui semblait fébrile et fatiguée en même temps. Il s'est alors avancé et il a ôté son chapeau. Son crâne était chauve et il avait un pansement sur la tête. Mais, détail incongru, comme chez les souris, une petite antenne émergeait de son cuir chevelu. J'ai reculé, effrayé.

Lucrèce déglutit :

– Et alors...

– J'ai juste murmuré : « L'expérience de James Olds ? »

Il a souri, surpris que je fasse si vite référence à Olds, et il a hoché la tête. « Oui, l'expérience de Olds, enfin testée sur l'homme. »

Umberto considère son verre vide et le remplit pour se donner de l'entrain.

– C'est quoi, l'expérience de James Olds ? demande Isidore qui a sorti son ordinateur de poche pour noter le nom, tout comme Lucrèce dans son calepin.

– Aaah... l'expérience de Olds. Dans le petit monde de la neurologie c'est une légende, si ce n'est que c'est une légende fondée sur une réalité.

– En fait, tout a commencé en 1954. Un neurophysiologiste américain, ce James Olds, dressait une carte des réactions du cerveau aux stimuli électriques, zone par zone. Il explorait la région du corps calleux, là où se trouve le pont entre nos deux hémisphères.

Saisissant un stylo, Umberto Rossi dessine un cerveau sur la nappe.

– Il a ainsi identifié le NVM (noyau ventro-médial), considéré comme le centre de la satiété. Sa destruction entraîne la boulimie.

Umberto entoure la zone concernée et en fait partir une flèche où il inscrit des initiales.

– Il a aussi découvert l'AHL (aire hypothalamique latérale), considérée comme la région de l'appétit. Sa destruction entraîne l'anorexie. Il a enfin trouvé une zone curieuse qu'il a baptisée MFB (*median forebrain bundle*), qui a pour particularité de déclencher une sensation de plaisir.

282

L'ancien neurochirurgien marque un petit point au centre du cerveau.

– Le centre du plaisir ?

– Le Graal, pour beaucoup de neurologues. Pour l'anecdote, cette zone se situe tout à côté du centre de la douleur.

Jérôme Bergerac, captivé, murmure :

– Ce qui expliquerait que, lorsque les deux sont trop proches, les gens confondent le plaisir et la douleur et deviennent sados-masos ?

Umberto hausse les épaules et poursuit avec passion :

– Une électrode placée dans le centre de plaisir d'un rat et reliée à un dispositif permettant à l'animal de déclencher lui-même la stimulation peut être actionnée jusqu'à huit mille fois par heure ! L'animal en oublie la nourriture, le sexe, et le sommeil.

Il tripote son verre de cristal, tournant son doigt humide sur l'arête pour en sortir un son aigu.

– Tout ce qui nous semble agréable dans la vie ne nous réjouit que dans la mesure où cela stimule cette zone.

De la pointe du stylo il tapote le point qu'il a défini comme étant le centre du plaisir à en trouer la nappe de papier.

– C'est ce qui nous fait agir. C'est la cause de tous nos comportements. Samuel Fincher, lui, a baptisé ce point : l'Ultime Secret.

111.

Encore. Encore. C'est impossible qu'ils ne comprennent pas qu'il n'y a que ÇA d'important. Le reste n'est qu'insignifiance. Une existence n'est qu'une suite de petits moyens minables pour essayer de connaître la sensation que j'ai eue tout à l'heure. Encore. Là, tout s'arrête... Encore, par pitié, encore, encore, encore.

112.

Le marin, pas mécontent de son effet, cherche dans sa poche sa pipe d'écume de mer et l'allume.

– Il n'y a rien de plus fort au monde. L'argent, la drogue, la sexualité ne sont qu'autant de moyens dérisoires, parce que indirects, d'exciter cet endroit.

Tous se taisent, mesurant la portée d'une telle révélation.

– Vous voulez dire que tout ce que nous faisons n'a pour seul objectif que de stimuler cette zone ? demande Lucrèce Nemrod.

– Nous mangeons pour stimuler le MFB. Nous parlons, nous marchons, nous vivons, nous respirons, nous entreprenons, nous faisons l'amour, nous faisons la guerre, nous faisons le bien ou le mal, nous ne nous reproduisons QUE pour recevoir un stimulus électrique dans cette zone. L'Ultime Secret. C'est notre programmation la plus profonde, la plus vitale. Sans elle, nous n'aurions plus goût à rien, nous nous laisserions mourir.

Silence. Ils regardent les restes de cervelle de mouton dans leurs assiettes. D'un coup, dans l'esprit des quatre convives, l'importance de la découverte de James Olds apparaît dans toute sa dimension vertigineuse.

– Comment se fait-il qu'une telle découverte ne soit pas plus connue ? demande Jérôme en se tortillant la moustache.

– Vous vous imaginez les répercussions d'une telle révélation ?

Umberto pose sa pipe et appelle le serveur pour lui réclamer du piment. Il en imprègne un morceau de pain et l'avale d'un coup. Il devient tout rouge, respire difficilement, grimace.

– A présent, je ne sentirai plus le goût des autres plats... Vous comprenez ? La stimulation directe de l'Ultime Secret inhibe toutes les autres activités. Je vous l'ai dit, les cobayes en oublient leurs fonctions vitales : manger, dormir, se reproduire. C'est la drogue absolue. Ils sont comme aveuglés par une lumière trop forte qui les empêche de percevoir les autres lueurs du monde.

Avec son couteau, il se coupe un morceau de pain et le mastique longuement pour calmer son incendie intérieur.

– Je vois, dit Isidore, rêveur. Pour paraphraser Paracelse : « Un peu de stimuli excite, beaucoup de stimuli provoque l'extase, trop de stimuli tue. » Avec la généralisation de la stimulation de l'Ultime Secret, tous les problèmes que nous connaissons avec l'héroïne, le crack ou la cocaïne seraient décuplés.

Le neurochirurgien réclame de l'eau, regrettant son geste, mais cette boisson ne suffit pas à l'apaiser.

– James Olds a eu le mérite d'entrevoir les conséquences de sa découverte. Il a compris que les mafias du monde entier voudraient s'en emparer, que les paumés de toute la planète, s'ils apprenaient l'existence de cette drogue, en réclameraient tous. Dès lors, ils deviendraient esclaves de cette sensation. Olds a entrevu une société du futur où l'humanité serait tenue par cette carotte. Des dictateurs pourraient exiger de nous n'importe quoi. Olds a compris, dès 1954, que la découverte de l'Ultime Secret entraînerait l'annihilation de la volonté humaine.

Plus personne ne mange. Lucrèce entrevoit un monde où les citoyens sont tous munis d'une prise électrique à l'arrière du crâne et n'ont plus qu'une seule préoccupation : encore une petite décharge dans la tête.

113.

Ses doigts tripotaient maladroitement les fils du voltmètre, cherchant à le rebrancher. Olga se releva, saisit une seringue, la remplit d'un anesthésiant et la lui planta dans le flanc. Il sentit le sédatif se répandre en lui, mais il réussit à garder l'esprit éveillé et continua à tirer les fils électriques.

D'autres infirmiers, à leur tour, plantèrent leurs seringues. Il tenta vainement de repousser leurs dards. Il était comme un taureau furieux cerné de picadors lançant leurs banderilles. Il vociféra :

– ENCORE !

Les anesthésiants finirent par produire leurs effets. Le docteur Samuel Fincher s'effondra de tout son long. Toute l'équipe russe était sous le choc. Lui aussi.

... encore...

114.

Encore de l'eau pour éteindre ses papilles en feu.

– Extraordinaire, formula Jérôme Bergerac.

– Sidérant, ajouta Lucrèce.

– Terrifiant, conclut Isidore.

Le capitaine Umberto transpire toujours sous l'effet du piment qu'il a ingurgité trop vite.

– James Olds n'a pas voulu savoir comment risquait d'être utilisée sa découverte. Il s'est vite rétracté, il a détruit sa thèse et réuni tous ceux avec lesquels il avait travaillé et il leur a demandé de prêter serment de ne jamais poursuivre les expériences sur l'Ultime Secret.

– Ils ont accepté ?

– James Olds leur a décrit l'avenir probable de son invention. Aucun scientifique ne veut détruire l'humanité. Il existe, au-delà de nos systèmes cérébraux, un système de conservation de l'espèce. Une sécurité que nous recelons au fond de notre cerveau reptilien et qui date de notre vie animale la plus primitive. Quand nous étions poissons, elle était déjà là. Même quand nous étions des êtres unicellulaires...

Un serveur leur apporte un poulet qui nage dans une sauce provençale. L'animal a été cuit la tête recouverte de farine et son cadavre au milieu des légumes a, après cette discussion, quelque chose de pathétique. Personne n'y touche.

– La puissance de la vie..., articule Isidore.

– James Olds et ses amis ont songé à leurs enfants et à leurs petits-enfants. C'était plus important que la gloire scientifique. Et puis, qui aurait voulu porter sur ses épaules la responsabilité éventuelle de la fin de l'aventure humaine ?

Jérôme a le regard qui brille. Le marin soupire :

– Ils ont juré. Et James Olds a détruit tous les documents où était révélé l'emplacement de l'Ultime Secret. Les rats des expériences ont été sacrifiés. Et Olds a travaillé sur l'exploration d'une autre zone, assez proche d'ailleurs, qui permet de soigner les épileptiques.

– Moi qui ai toujours cru que nous vivions dans un monde cynique gouverné par la Bourse, les militaires, les scientifiques sans scrupules, je dois reconnaître que ce monsieur Olds a fait honneur à sa profession, ajoute Lucrèce.

– Ça a suffi à tout arrêter ? demande Isidore.

– L'Ultime Secret est une zone infime, localisée à une adresse très précise. Si on ne la détient pas, on ne peut pas agir dessus. Quelques-uns ont dû essayer, mais la trouver dans le cerveau c'est comme chercher une aiguille dans une botte de foin.

Lucrèce se retient de signaler le truc que lui avait enseigné Isidore : mettre le feu au foin et passer un aimant dans les cendres.

– Et alors ? demande Jérôme, grisé par ces révélations.

Umberto leur fait signe de s'approcher et, à mi-voix, pour ne pas être entendu des tables voisines, il murmure :

– Quelqu'un a fini par trahir.

115.

Le docteur Tchernienko se pencha sur le visage de son patient.

– Ça va mieux, monsieur Fincher ? On peut dire que vous nous avez fait sacrément peur.

Il s'aperçut qu'il était attaché au lit par de solides courroies de cuir.

De toutes ses forces il sauta en avant, soulevant le lit, mais il retomba.

– Encore, j'en veux encore !

Le docteur Tchernienko lui fit une nouvelle piqûre de sédatif.

116.

– Qui a trahi ?

– C'est Fincher qui m'a raconté la suite. Le secret a été trahi par une neurochirurgienne qui avait travaillé avec Olds, le docteur Tchernienko. Elle avait prêté serment avec les autres en 1954 mais, après la troisième tentative de suicide de sa fille, accro à l'héroïne, elle a considéré que c'était la solution de la dernière chance. Comme elle ne pouvait pratiquer aux USA où ses collègues l'auraient tout de suite conspuée, elle est rentrée en Russie et a opéré sa fille à l'Institut du cerveau humain de Saint-Pétersbourg. A cette époque, personne n'a pensé à surveiller son travail. Le résultat a été au-delà de toute attente. Sa fille a cessé de se droguer et a pu reprendre une vie normale. Evidemment, elle n'a jamais parlé de l'Ultime Secret. Mais l'information a fini par se répandre : il existait un chirurgien miracle qui savait sortir du cerveau des drogués leur zone d'accoutumance. Le fils d'un ministre des Finances était accro à l'héroïne, et le père fit pression pour sauver son enfant. Le docteur Tchernienko n'eut pas le choix. L'opération réussit. Après le fils du ministre des Finances, suivirent les enfants des secrétaires d'Etat, puis des rock stars à la mode, puis des acteurs, puis tout simplement les enfants de bonne famille. Ils sont venus de toute la Russie se faire trépaner. Tchernienko n'expliquait pas vraiment ce qu'elle accomplissait. Et le gouvernement russe était trop content de disposer d'un remède que même les Occidentaux ne connaissaient pas.

Plus personne ne mange. Le serveur, étonné de voir le poulet encore entier, le découpe à leur place et leur sert à chacun une portion.

– Tchernienko supprimait le centre du plaisir, n'est-ce pas ? demande Jérôme Bergerac.

Le marin baisse la voix.

– Il paraît qu'elle coupait large. Elle détachait un millimètre cube et demi de cervelle à chaque opération.

– Les opérés étaient comment, ensuite ? questionne Lucrèce.

– Un peu trop mélancoliques, à ce qu'il paraît. Mais vu que c'était ça ou la mort... les parents n'hésitaient pas.

L'eau ne suffit pas à étancher le feu dans la gorge d'Umberto. Il engloutit du pain beurré.

– Fincher, je ne sais trop comment, a pris contact avec ce docteur Tchernienko et lui a proposé non plus de détruire l'Ultime Secret mais de le stimuler.

– Il a ouvert la boîte de Pandore, soupire Isidore.

– Une fréquence radio très précise déclenchait l'émetteur électrique placé dans le cerveau en contact avec la zone de l'Ultime Secret.

Lucrèce Nemrod regarde autour d'elle et se demande si cette agitation n'a pour but que de stimuler indirectement leur centre du plaisir.

– L'opération sur Fincher a-t-elle réussi ? demande-t-elle.

117.

Il se débattit dans ses courroies de cuir. Puis tout d'un coup, comme il se rappelait pourquoi il était là, il se calma. Samuel Fincher restait le regard dans le vague, nostalgique de la sensation qui avait embrasé son esprit.

– Ça a marché ? demanda le docteur Tchernienko.

– Oui.

Tout était lumineux.

– C'était comment ?

– Fort. Très fort. Au-delà de tout ce qui existe de connu.

– Disons que, sur une échelle de un à vingt, vous avez ressenti un plaisir de quelle intensité ?

Samuel Fincher plissa le front, réfléchit pour trouver la meilleure réponse et murmura :

– Eh bien, disons... cent.

118.

Le capitaine Umberto réclame du sel qu'il dépose sur son pain comme si le goût salé allait le délivrer du goût piquant.

– Ah, pour réussir, cela a réussi. D'ailleurs jamais personne n'a contesté la découverte de James Olds. Le problème c'était qu'on ne pouvait pas laisser Samuel Fincher contrôler ses propres stimuli. Il risquait de se suicider de plaisir, comme l'avait déjà fait Freud.

– Le professeur Sigmund Freud ?

– Non, Freud, la première souris à avoir testé l'activation de l'Ultime Secret dans le labo de Fincher. Il lui fallait un pourvoyeur de stimuli externes. Il avait déjà programmé son émetteur électrique pour qu'il ne fonctionne que sur une longueur d'onde activée par un code chiffré que lui-même ne connaissait pas.

– Qui connaissait ce code ? Tchernienko ?

– Il n'avait pas confiance en Tchernienko. Il s'était débrouillé pour que l'émetteur ne fonctionne sans chiffre que le jour de l'opération. Si bien que, dès le lendemain de l'expérience, quand il se réveilla, une seule personne était capable de provoquer ces orgasmes dans sa tête.

– Qui donc ?

A nouveau il leur fait signe de se pencher vers lui et chuchote :

– « Personne ».

– Qui est « Personne » ?

– Je l'ignore, j'ai pu lui parler mais je n'ai pas pu le voir. « Personne » se fait appeler ainsi probablement à cause de la légende d'Ulysse. Souvenez-vous quand le Cyclope demande : « Qui m'a fait ça ? », Ulysse répond : « Si on te le demande, tu diras que c'est personne. »

Isidore ferme les yeux.

– Ulysse, n'est-ce pas le nom de cet enfant autiste qui avait sauvé Samuel quand il était petit ? questionne Lucrèce.

Personne... Ulysse.

Avec son ordinateur de poche, Isidore se branche sur Internet, là il contacte les services administratifs, débusque la liste des hôpitaux nantis de centres spécialisés dans l'autisme qui fonctionnaient à l'époque où Samuel Fincher avait six ans. Il lance ensuite une recherche sur le prénom.

Il n'y a pas beaucoup de gens prénommés Ulysse.

Il finit par en trouver un : Ulysse Papadopoulos. Il n'a plus ensuite qu'à se brancher sur le moteur de recherche des fiches d'état civil des mairies pour s'apercevoir qu'Ulysse Papadopoulos est mort dans un accident de voiture il y a plus de dix ans.

Qu'est-ce qu'on gagne comme temps dans les enquêtes grâce à ces petits ordinateurs, songe Lucrèce en suivant le travail de son comparse par-dessus son épaule. *Dire qu'avant il aurait fallu se déplacer dans tous ces endroits pour s'apercevoir qu'ils ne mènent nulle part...*

– Je ne sais pas qui est Personne. Je vous le jure. Mais c'est lui seul qui a été considéré comme suffisamment intègre. Samuel Fincher disait : « Personne n'abusera jamais de son pouvoir parce qu'il a payé pour savoir ce qu'est le pouvoir de la pensée. »

– C'est Personne qui a tué Fincher ?

– Je n'en sais rien.

Lucrèce regarde le petit ordinateur de son comparse, puis soudain, déterminée, proclame.

– Et moi, je crois savoir quel est cet « être » au-dessus de toute faiblesse. Demain nous en aurons le cœur net. Vous venez, Isidore ?

– Et nous, qu'est-ce qu'on fait ? demanda Jérôme Bergerac.

– Tenez-vous prêts et surveillez Umberto, je pense qu'on aura besoin de vous plus tard, dit-elle, mystérieuse.

119.

Samuel Fincher était conscient de tous les risques de son expérience. Il décida donc, avec le peu de volonté qui lui restait, de mettre au point le protocole d'activation de l'émetteur.

Le docteur Tchernienko, sur ses indications, fit fabriquer un émetteur radio à la fréquence de son récepteur cérébral mais qui ne pouvait être activé que par un code secret que Fincher ne connaissait pas.

Il rentra à l'hôpital Sainte-Marguerite et expliqua à Jean-Louis Martin ce qu'il faudrait faire. Le neuropsychiatre effectua lui-même les branchements, et l'émetteur put bientôt être activé par son patient. Ce dernier était évidemment le seul à connaître le code secret.

— Tu seras mon inconscient, lui dit-il.

« Tu vas avoir deux inconscients pour le prix d'un, car ma propre conscience est désormais assistée de celle d'Athéna. A nous deux nous n'abuserons jamais de l'immense pouvoir que nous avons sur toi. Je te le jure. »

Fincher souleva son chapeau et montra ce qu'il y avait dessous.

Les deux hommes se regardèrent, chacun avec sa prise sur la tête : Martin avec un bonnet d'où partaient des fils, Fincher avec son antenne radio.

— Elle est un peu voyante, mais j'ai commandé une antenne plate qui ne sera pas plus grosse qu'un grain de beauté. Dès qu'elle sera arrivée et que mes cheveux auront suffisamment repoussé pour la camoufler, j'enlèverai ce chapeau.

« Ça te va pas mal, les chapeaux », pensécrivit Jean-Louis Martin.

— Maintenant, vous, Ulysse et Athéna, aidez-moi à me surpasser.

Le malade du LIS, fier de la confiance de son médecin et fasciné par la portée de l'expérience à laquelle il allait participer, prit son rôle très au sérieux. Il inventa des batteries de tests d'intelligence de plus en plus difficiles.

Samuel Fincher se donna beaucoup de mal pour recevoir sa récompense, l'Ultime Secret.

Chaque fois, la décharge lui produisait l'effet magique. Le malade du LIS savait parfaitement la dose. Ni trop, ni trop peu. L'effet était différent au millionième de volt près. La zone de l'Ultime Secret était si sensible.

Les batteries de tests de QI normaux étant largement dépassées, Martin estima qu'on pouvait considérer que Fincher était désormais au-delà de toute norme d'intelligence humaine. Le malade du LIS lui annonça alors qu'il était temps d'utiliser un domaine sans fin pour l'intelligence : le jeu d'échecs.

Le docteur Samuel Fincher s'inscrivit donc au club municipal et battit successivement tous les joueurs locaux.

Le physique du neuropsychiatre se modifiait. Il semblait avoir acquis davantage de prestance et de nervosité. Son regard était tourmenté, par intermittence sa bouche souriait sans raison. Sa vie aussi changeait. Il s'était endetté pour acheter une villa plus spacieuse au Cap-d'Antibes.

Il était constamment en quête de stimulations sensorielles. Un peu comme ces drogués qui, entre deux trips, ont besoin de fumer de simples cigarettes pour ressentir un apaisement du corps.

C'est à cette époque qu'il s'inscrivit au CIEL. Les membres de ce club avaient le même objectif que lui. Plus de plaisir. C'est là qu'il rencontra Natacha Andersen. Leur rencontre fut un instant rare. Ce qui le toucha d'abord, ce fut son côté évanescent : « Comme une déesse descendue se souiller auprès des mortels. » Micha les présenta en les disant tous deux passionnés d'échecs.

Ils jouèrent comme s'ils dansaient. Les pièces ne se mangeaient pas, elles se frôlaient et se contournaient comme dans une chorégraphie dont personne ne pouvait saisir le sens. Plus la partie avançait, plus le spectacle de ses figurines de bois devenait évocateur. Ils parlèrent peu, comprenant qu'ils inventaient un nouveau jeu dont le but n'était plus de gagner.

Elle est si limpide, si claire. J'ai besoin de cette clarté. Je me sens par moments si sombre.

Le soir même il fit le fou et elle fit la reine.

Lassé des aventures, il lui sembla qu'à travers ce top model il touchait à l'essence de la féminité. Natacha incarnait son complément total. Comme lui, elle faisait partie de ces êtres assoiffés de vie et de sensations nouvelles. Ensemble ils étaient aspirés par la spirale des plaisirs de plus en plus intenses.

A ce moment, il se posa la question qui allait le tenailler jusqu'à son dernier souffle.

120.

Au fait... qu'est-ce qui me motive vraiment pour entreprendre tout ce que j'ai entrepris ? Qu'est-ce qui me pousse à agir ?

ACTE 3

LE TRÉSOR DANS NOS TÊTES

121.

Le soleil brille. Au-dessus de la nationale 7, les oiseaux gazouillent parmi les mimosas en fleur. La Guzzi fend la route, dépassant les camions, slalomant entre les voitures. Isidore retient son casque quand le vent fouette ses lunettes d'aviateur. Légèrement penchée, Lucrèce, cheveux roux en bataille, tourne la manette des gaz. Ils dépassent des ruines romaines, d'autres encore plus anciennes.

L'entreprise informatique américaine qui a fabriqué Deep Blue IV a décidé d'installer sa représentation à Vallauris, la cité des potiers, limitrophe de Cannes. Les locaux ultramodernes se fondent parmi les vieilles pierres rénovées.

Lucrèce enchaîne la roue avant de sa moto à un panneau d'interdiction de stationner.

Un technocrate bon teint dans un parfait costume vert, chemise cravate beiges, coupe de cheveux à ras, les accueille avec un entrain commercial étudié dans les bonnes écoles de management, le regard droit, l'attitude artificiellement ouverte.

– Chris Mac Inley, annonce-t-il en tendant une main sèche qui serre assez fort. Nous sommes fiers d'accueillir la presse parisienne dans notre antenne provençale, mais nous ne saurions trop vous conseiller de vous rendre aux Etats-Unis à Orlando, en Floride, pour visiter notre maison mère et la décrire à vos lecteurs.

Lucrèce secoue sa tignasse rousse.

– Nous ne sommes pas là pour parler de votre entreprise mais d'un de vos employés.

– Quelqu'un aurait-il commis une bévue ? Quel est son nom ?

– Prénom : « Deep ». Nom de famille : « Blue IV ». C'est un gros cubique au front argenté.

Chris Mac Inley les guide vers son bureau. Les murs sont recouverts de larges écrans à cristaux liquides sur lesquels défilent les galeries du Louvre à la cadence d'un tableau toutes les cinq secondes. Au-dessus du fauteuil sont placardées les affiches des tournois de Deep Blue, le premier gros ordinateur de jeu engagé dans un duel contre les grands maîtres d'échecs. A gauche, une affiche de son successeur Deeper Blue, ou Deep Blue II, remportant la victoire contre Garry Kasparov, et, dessous, posée sur une étagère, sa coupe portant l'inscription « Champion du monde d'échecs ». Puis vient Deep Blue III jouant contre Leonid Kaminsky, avec, là encore, la coupe prouvant que l'ordinateur a gagné.

– Asseyez-vous. Deep Blue IV a été licencié. Il a perdu. Il a mal représenté ses employeurs. C'est un peu comme à la corrida. Le perdant n'a pas de deuxième chance.

– Lors d'une corrida, quand le gagnant est le taureau, on ne lui laisse pas non plus de deuxième chance, rappelle Isidore.

Machinalement, Mac Inley leur tend sa carte de visite argentée et gaufrée.

– C'est juste. Au temps pour moi. Deep Blue IV nous a ridiculisés devant le monde entier. Son chef de projet a été limogé, quant à la machine, nous nous en sommes débarrassés. L'une des devises de notre entreprise est : « Ceux qui échouent trouvent les excuses. Ceux qui réussissent trouvent les moyens. »

L'inscription surplombe en effet son bureau.

– Enfin ce n'était pas, à proprement parler, un « être » responsable.

Le technocrate américain marque une moue.

– De toute façon, même s'il avait gagné il aurait été

viré. En informatique, les progrès sont si rapides qu'à peine la partie terminée Deep Blue IV était déjà dépassé. Nous sommes en train de terminer les derniers réglages de Deep Blue V qui, comme vous l'avez peut-être lu dans les journaux, doit bientôt affronter le nouveau champion du monde humain en titre. Voilà notre dernier gladiateur.

Il tend vers le couple une brochure publicitaire en papier couché épais.

— Jusqu'à quel point ces machines sont-elles capables de penser ? demande insidieusement Isidore.

Mac Inley allume son ordinateur personnel au large écran plat, comme s'il voulait vérifier ses e-mails tout en parlant aux deux journalistes. Il se branche sur une banque de données où il peut apprendre qui sont ses deux interlocuteurs. Il constate que l'homme est journaliste à la retraite et la fille simple pigiste. Rien que pour elle, il fait un effort. Il se cale en arrière dans son fauteuil et d'un ton professoral annonce :

— Il faut relativiser les choses. Les ordinateurs, aussi sophistiqués soient-ils, ne sont pas encore capables de réfléchir comme nous. Selon vous, si on réunissait toutes les connexions de tous les appareils électroniques, ordinateurs et autres du monde entier, cela équivaudrait aux connexions de combien de cerveaux humains ?

— Dix millions ? cent millions ?

— Non. Un.

Les deux journalistes essaient de comprendre.

— Eh oui... Un seul cerveau humain est riche d'autant de connexions que toutes les machines de la planète. On estime qu'un seul cerveau humain contient deux cents milliards de neurones, soit autant que d'étoiles dans la Voie lactée. Chaque neurone peut avoir un millier de connexions.

Cela laisse les deux journalistes songeurs.

— Donc, les humains sont imbattables.

— Pas si simple. Car nous réfléchissons lentement. Une impulsion nerveuse circule à trois cents kilomètres à l'heure. Un signal d'ordinateur file mille fois plus vite.

Lucrèce sort son calepin pour noter le chiffre.

– Donc, les ordinateurs nous surclassent...

– Pas si simple. Car nous compensons notre relative « lenteur » par une « multiplicité » de pensée. Nous exécutons de manière simultanée des centaines d'opérations par seconde alors que l'ordinateur n'en traite tout au plus qu'une dizaine.

Lucrèce raye le chiffre.

– Donc, ils sont moins forts que nous.

Mac Inley fait apparaître le curriculum vitae de la jeune femme et plusieurs photos d'elle qu'il glane dans différents services administratifs.

– On pourrait le penser. Mais c'est le savoir qui augmente nos connexions. Plus on nourrit le cerveau, plus il est fort.

– Donc, l'homme aura toujours le dessus.

Il fait un geste de dénégation.

– Pas si simple. Car si le savoir humain double tous les dix ans, la puissance des ordinateurs double tous les dix-huit mois. Quant au réseau Internet, il double chaque année.

– Donc le temps joue pour eux, ils finiront forcément par nous avoir, note Lucrèce.

– Pas si simple. Parce qu'ils ne savent pas encore bien trier les informations importantes et celles qui le sont moins, ils nous surpassent en quantité d'informations traitées mais pas en qualité de filtrage des bonnes informations. Ils perdent beaucoup de temps à réfléchir sur des choses sans intérêt alors que nous ne sélectionnons que les éléments importants. Aux échecs par exemple, l'ordinateur teste des milliers de combinaisons inutiles, alors que l'homme sélectionne tout de suite les trois meilleures.

– Donc... l'homme... aura toujours...

– Pas si simple. Les programmes évoluent très vite eux aussi. Les programmes, c'est la culture de l'ordinateur. Or les programmes d'intelligence artificielle de dernière génération sont capables de changer leurs propres programmations en fonction de leur réussite, de leurs victoires ou des nouvelles rencontres qu'ils effectuent sur le réseau. Expérience après expérience, discussion après discussion avec d'autres ordinateurs, ils apprennent ainsi à ne plus perdre de temps avec des futilités et à se forger leurs propres capacités d'analyse personnelle.

– Donc...

Il joint ses deux mains par l'extrémité des doigts.

– En fait, c'est un combat équilibré car plus personne ne sait très bien où en est l'intelligence informatique, ni même l'intelligence humaine. Plus nous avançons, plus nous mesurons notre ignorance dans ces deux domaines. Si ce n'est qu'il y a ça...

Il désigne l'affiche derrière lui.

– Les tournois d'échecs qui, finalement, sont les seuls thermomètres objectifs de la confrontation cerveau humain-cerveau des machines.

– Nous parlons d'intelligence mais les ordinateurs n'ont pas de conscience d'eux-mêmes, remarque Isidore Katzenberg.

Mac Inley rajuste le nœud de sa cravate.

Ce sont des journalistes, il faut leur donner des formules toutes faites qu'ils puissent retranscrire.

– Nous avons coutume de dire entre ingénieurs qu'ils ont actuellement le même niveau de conscience qu'un enfant de six ans.

– De « conscience » ?

– Bien sûr. Les nouveaux logiciels ne sont plus d'Intelligence Artificielle (IA) mais de Conscience Artificielle (CA). Ce sont des programmes capables de permettre à la machine de savoir qu'elle est une machine.

– Deep Blue IV savait-il qu'il était une machine ? demande Isidore.

Mac Inley prend son temps avant de lâcher :

– Oui.

– Pouvait-il avoir une autre ambition que vaincre les hommes aux échecs ? interroge Lucrèce.

– Probablement. Il était équipé des nouveaux systèmes de calcul à base de logique floue. C'est-à-dire qu'il disposait d'une marge de « décision personnelle », mais je crois qu'à un certain niveau c'est tellement complexe que même son ingénieur ne sait plus très bien ce que l'ordinateur est capable de faire. Car Deep Blue apprend seul. Il est « autoprogrammable ». Qu'est-ce qu'il a eu envie d'apprendre ? En se branchant sur le Net, il a accès à tous les médias et on ne peut pas savoir ses domaines de « curiosité ». Ce serait de toute manière trop fastidieux à surveiller.

— Ainsi, vous croyez vraiment qu'ils peuvent présenter un début de conscience ?

Mac Inley étire un grand sourire.

— Ce que je peux vous dire, c'est que, depuis peu, nous engageons des psychothérapeutes pour notre service après-vente.

— Des psychothérapeutes !

L'ingénieur commercial revient sur Internet. Il contacte de nouveaux services.

Bon, est-ce qu'ils couchent ensemble ?

Il ouvre un fichier et voit l'hôtel où ils ont réservé, l'Excelsior, suite 122. Deux lits. Il ne peut rien en déduire. Alors il passe aux rapports des femmes de ménage qui, dans cet hôtel, sont consignés.

Deux lits défaits.

Il sourit, amusé de savoir autant de choses sur des gens qu'il ne connaissait pas il y a encore cinq minutes.

— Pourquoi des psychothérapeutes, monsieur Mac Inley ?

— Peut-être pour rassurer les machines qui se demandent qui elles sont vraiment.

Il éclate d'un grand rire.

— Qui suis-je ? D'où viens-je ? Où vais-je ? On se pose tellement ces questions qu'on a sans doute fini par transmettre ce genre d'interrogations existentielles aux machines.

Isidore sort son petit ordinateur de poche et en actionne le clavier comme s'il notait l'information. Subrepticement, le journaliste scientifique se connecte sur Internet. Il se branche sur la banque de données de l'entreprise qui a fabriqué Deep Blue IV et retrouve la fiche personnelle : « Chris Mac Inley. Employé modèle. »

Isidore ferme le dossier.

Il a modifié sa propre fiche. Ce doit être un fortiche des réseaux informatiques.

Mac Inley se penche et leur confie comme un grand secret :

— Deep Blue V utilisera une nouvelle technologie avec des puces organiques. C'est-à-dire qu'au lieu d'être en silicium ces nouvelles puces seront en matière vivante. En protéines végétales, pour l'instant. Ensuite on passera aux protéines animales. Cela multipliera par cent les possibilités des ordinateurs qui étaient arrivés à leur limite de miniaturisation avec les pièces minérales. Deep Blue V redonnera aux ordinateurs le titre de meilleur joueur d'échecs, je peux vous le garantir.

L'ingénieur se lève pour leur faire comprendre qu'il n'a plus de temps à perdre. Il déclenche un bouton qui fait coulisser la porte et appelle deux vigiles censés les raccompagner.

— Où se trouve maintenant l'objet, Deep Blue IV, « en personne » ? insiste Isidore.

Chris Mac Inley sait que les industriels ont encore besoin de la presse.

— Vous êtes obnubilé par cette vieille casserole, hein ?

Chris Mac Inley fait signe aux vigiles d'attendre. Il fouille dans ses dossiers, puis sort une feuille où il est inscrit que Deep Blue IV a été offert à l'université d'informatique de Sophia-Antipolis.

Comme un cadavre offert à la science.

122.

Dans la petite salle du club amateur d'échecs de Cannes, aimablement prêtée par l'école communale Michel-Colucci, les habitués s'agglutinaient autour de la table où jouait le nouveau membre.

Une rumeur circulait : ce serait une partie fantastique. Aussi, ceux de la MJC voisine avaient abandonné leurs ateliers de macramé, poterie, et vannerie traditionnelle pour voir ce qu'il se passait.

Même les meilleurs joueurs classés n'avaient jamais assisté à ça.

Cet homme aux lunettes d'écaille était vraiment étonnant. Non seulement il avait battu tous ses adversaires avec aisance mais il avait entamé ce match contre le meilleur joueur du club par une ouverture complètement inconnue : par le pion placé devant la tour.

A priori, c'était bien le coup le plus inintéressant pour une ouverture. Pourtant, il avait déployé ses pièces par les côtés, opérant un mouvement de tenaille qui enfermait peu à peu toutes les troupes adverses au centre de l'échiquier.

Il assiégeait littéralement son vis-à-vis en taillant des brèches dans ses défenses.

Il ne jouait pas de manière « rentable » mais en privilégiant la surprise. Il était prêt à sacrifier des pièces importantes rien que pour surprendre et ne pas jouer le coup prévu par son adversaire. Et cela marchait.

Au centre du jeu il n'y avait plus maintenant que le roi et un pion complètement encerclé.

Le meilleur joueur du club, un vieux Bulgare au nom imprononçable, jadis champion dans son pays, coucha son roi en signe de résignation.

— Comment vous appelez-vous ? demanda-t-il.

— Fincher. Samuel Fincher.

— Cela fait longtemps que vous pratiquez ?

— J'ai commencé à jouer sérieusement il y a trois mois.

L'autre afficha un air incrédule.

— ... mais je suis neuropsychiatre à l'hôpital Sainte-Marguerite, se rattrapa-t-il, comme si c'était là l'explication de sa victoire.

Le vieux joueur essayait de comprendre.

— C'est pour cela que vous faites des coups « déments » ?

Le jeu de mots détendit l'atmosphère et les deux hommes se serrèrent la main. Le Bulgare le prit dans ses bras et lui asséna de grandes tapes dans le dos. Tout en le retenant par les coudes, il le dévisagea et remarqua sa cicatrice au front. Il suivit du doigt la marque.

— Blessure de guerre ? demanda-t-il.

123.

Sophia-Antipolis. Des bâtiments de béton poussent au milieu d'une forêt de pins maritimes, à quelques mètres de la mer. Là, peu à peu, des entreprises de haute technologie se sont installées pour faire profiter leurs créatifs du décor idyllique. Il y a des piscines et des terrains de tennis entre les grandes antennes qui envoient leurs signaux aux satellites pour les conférences internationales.

Les entreprises ont entraîné la construction d'une université pour les fournir en cerveaux frais. Une école pour surdoués s'est installée. Il ne reste plus qu'à créer des maternelles pour génies et la boucle sera complète.

L'école pour surdoués est remplie d'élèves timides et solitaires. Plus loin, l'université d'informatique les fait déjà rêver. Cette dernière ne détonne pas parmi les autres bâtiments. Les baies vitrées sont ouvertes vers la mer afin d'offrir la plus jolie vue possible aux élèves durant les cours.

Le directeur de l'établissement accueille les deux journalistes.

— Nous n'avons pas gardé Deep Blue IV car cet appareil nécessite des programmes qui lui sont spécifiques. Le cadeau de la firme informatique américaine était empoisonné. En nous offrant cet ordinateur, il nous obligeait à acheter leurs programmes. Nous nous en sommes donc rapidement débarrassés.

— Vous l'avez branché ?

— Oui, bien sûr.

— Vous semblait-il un peu insolite ?

— Qu'est-ce que vous voulez dire par insolite ?

Lucrèce décide de ne pas tourner autour du problème, elle attaque bille en tête.

— Nous enquêtons sur un crime. Cet ordinateur sait peut-être des choses...

— Et vous voulez son « témoignage » ? ironise l'universitaire.

Il hausse les épaules dédaigneusement.

Ils ont vu trop de films, ou lu trop de science-fiction. Les romanciers sont irresponsables, ils ne se rendent pas compte que, lorsqu'ils délirent, certains lecteurs peuvent les croire. C'est pourquoi je ne lis que des essais. Pas de temps à perdre.

Le directeur considère ses visiteurs avec méfiance.

– C'est quoi, votre journal ? *Le Guetteur moderne ?* J'ai pourtant toujours cru que ce magazine était sérieux. Non, désolé, je suis formel : les ordinateurs ne sont pas des témoins fiables ! De toute façon, la fonction enregistrement de son ou d'images ne peut être déclenchée par la « volonté » de la machine.

Il les conduit dans la salle des ordinateurs de l'université de mathématiques et leur explique qu'ici justement on travaille à la pointe des programmes d'Intelligence Artificielle et qu'il peut garantir qu'il n'existe pour l'instant (en dehors des effets de publicité des firmes informatiques) aucune Conscience Artificielle. Cette expression ne correspond à rien de concret.

– Un ordinateur ne pourra jamais égaler un homme parce qu'il n'a pas de sensibilité artistique, affirme le directeur en désaccord avec les thèses de Mac Inley.

– Et ça ?

Isidore désigne un calendrier offert par une firme de logiciels graphiques. Pour chaque mois, une image représente des motifs géométriques complexes, semblables à des rosaces vertigineuses, des spirales de dentelles multicolores.

– Ce sont des tableaux réalisés par images fractales. C'est le Français Benoît Mandelbrot qui a découvert qu'on pouvait créer des fonctions mathématiques générant ces dentelles. Leur particularité est qu'en grossissant le dessin on retrouve toujours le même motif répété à l'infini.

– Que c'est beau, dit Lucrèce.

– C'est beau, mais ce n'est pas de l'art ! Ce sont des motifs générés par du « hasard organisé ».

Lucrèce examine encore les images du calendrier. Si elle n'avait pas été avertie que c'était un ordinateur qui avait produit ces graphiques et ces couleurs, elle aurait trouvé le créateur de ces images « génial ».

Isidore prend conscience qu'en fond sonore ils entendent, depuis qu'ils sont entrés dans la pièce, de la musique techno.

De la peinture d'ordinateur, de la musique d'ordinateur, des jeux informatiques, de la gestion d'ordinateur ! Sans aucun effet spectaculaire, ils sont en train, après avoir accompli les tâches répétitives et pénibles, d'accéder aux tâches nobles et créatives. Sans parler des nouveaux programmes qui fabriquent des programmes. Les ordinateurs sont en train de faire de l'informatique sans être dirigés par les hommes. Cet ingénieur ne veut pas parler de Conscience Artificielle, parce qu'il craint d'être la risée de ses collègues. Il faudra inventer un nouveau mot pour définir la pensée des ordinateurs.

– Pouvez-vous au moins nous dire ce que vous avez fait de Deep Blue IV quand vous vous êtes aperçu qu'il ne vous servait plus à rien ?

Le directeur leur donne l'adresse de l'endroit où il l'a expédié. En guise d'au revoir il lance :

– Hé, ne le tabassez pas trop pour le faire avouer ! Il a droit à un avocat !

La plaisanterie ne fait rire que lui.

124.

Avec sérieux et détermination, Samuel Fincher battit le champion du club, le champion du quartier, le champion municipal, le champion départemental, le champion régional, le champion national, le champion européen. Tous ses adversaires étaient surpris par son aisance, sa concentration extrême, la rapidité de ses analyses et l'originalité de ses combinaisons.

« Son style est complètement nouveau », titrait une revue spécialisée dans le jeu d'échecs. « Comme si son cerveau fonctionnait plus vite. » Témoignage d'un de ses adversaires : « On a l'impression que, quand Fincher joue aux échecs, il est tellement stimulé qu'il serait prêt à nous tuer pour gagner. »

Le neuropsychiatre ne tua personne, mais il continua son ascension de la pyramide des grands joueurs internationaux. Si bien qu'après avoir découragé tous les prétendants, il ne lui resta plus qu'à affronter Leonid Kaminsky, le champion du monde en titre.

A chaque partie gagnée, Jean-Louis Martin, avec la précision d'un apothicaire, lui administrait sa décharge de plaisir pur. Le malade du LIS savait qu'il lui fallait doser ses récompenses : toujours plus, mais sans à-coups. Entre le premier choc qu'il avait délivré à trois millivolts et le dernier à quinze millivolts, il s'était écoulé plusieurs semaines.

Une fois, Fincher avait dit : « Encore », et il avait voulu saisir le clavier pour s'envoyer de l'électricité dans la tête, mais il ne disposait pas du code, et, sans code, pas de décharge.

– Excuse-moi, Jean-Louis, c'est difficile de se retenir. J'en ai tellement envie.

– Peut-être devrions-nous arrêter, Samuel.

Le savant hésita. Ce fut à cette époque qu'il commença à souffrir de tics nerveux.

– Ça ira, soupira-t-il, je tiendrai.

Jean-Louis Martin se livra à un dialogue intérieur, mélange de sa pensée et de celle de l'ordinateur auquel il était connecté.

– *Qu'en penses-tu, Athéna ?*

– *Je pense que, peut-être, l'Ultime Secret est une motivation bien plus forte que tout ce que nous pensions.*

– *Que dois-je faire ?*

– *Tu ne peux plus ralentir. Il faut aller au bout de cette expérience, pour savoir. Sinon, de toute façon, d'autres le feront plus tard à notre place et de manière peut-être moins « sage ». Ce que nous vivons là est « historique ».*

Grâce à la caméra vidéo de surveillance de l'entrée, Martin vit que Fincher avait rejoint Natacha Andersen, venue le chercher en bateau. Ils s'embrassaient.

Historique ?...

Jean-Louis Martin se parla, sans se brancher sur Athéna.

J'ai perdu ma femme Isabelle et mes trois filles. Mais, avec Athéna, je me suis construit une nouvelle famille.

Cette idée l'amusa.

Athéna, elle au moins, ne me laissera jamais tomber.

Athéna : quelqu'un sur qui il pouvait compter et qui ne serait jamais affligé des faiblesses des hommes. Il éprouva une bouffée d'affection pour sa machine et celle-ci, percevant qu'il avait fini son aparté interne, sentant qu'il pensait à elle, se permit de parler en son nom propre.

– *En effet, je ne te laisserai jamais tomber.*

Il eut un instant de surprise. La déesse lui parlait. Jean-Louis Martin se dit qu'il vivait une schizophrénie, si ce n'était que la moitié de sa pensée était un système composé de plastique et de silicium.

Athéna poursuivit :

– *Je regarde vos informations et je réfléchis aux problèmes des humains dans leur globalité.*

– *Tu regardes les actualités ?*

– *C'est le seul moyen pour moi de savoir ce que fait l'humanité. Si je ne te délivrais que la sagesse des anciens, tu aurais une vision passéiste du monde. Les actualités, c'est le rafraîchissement permanent de tes connaissances.*

– *Et qu'as-tu comme « idée », ma chère déesse ?*

– *Il y a continuellement des disputes entre votre pouvoir exécutif et votre pouvoir législatif, entre votre Premier ministre et l'Assemblée. Ce sont des forces qui se contrarient réciproquement. L'ensemble est préjudiciable à une politique cohérente. Dans vos systèmes démocratiques il y a énormément d'énergie perdue à gérer des problèmes de rivalités personnelles.*

– *C'est le point faible des démocraties, mais les tyrannies ne marchent pas non plus. La démocratie, c'est « le moins mauvais des systèmes ».*

– *On peut l'améliorer. Comme moi je m'améliore et je t'améliore.*

– *Que veux-tu dire ?*

– *Vos politiciens sont tous parasités par leurs velléités de pouvoir. Ils deviennent presque automatiquement remplis de désirs extravagants. Donc faillibles. Donc corruptibles. Il n'y a pas que ça. Vos politiciens ont souvent compris une période de l'histoire à laquelle ensuite ils se réfèrent, mais il s'agit toujours d'une période du passé. Ils ont du mal à se réadapter en permanence à la complexité du présent. Donc, fragilité verticale. Mais il existe aussi une fragilité horizontale. Aucun d'entre eux ne peut être en même temps bon économiste, bon prospectiviste, bon militaire, bon orateur.*

– *Il y a des ministres pour remplir chaque fonction.*

– *Si votre système était aussi efficace, votre politique serait plus réfléchie.*

L'ordinateur fit apparaître le portrait de Raspoutine.

– *Etant donné la complexité des problèmes, vos leaders deviennent superstitieux. J'ai examiné la liste de tous les leaders de l'humanité depuis deux mille ans : pas un qui n'ait eu son marabout, son gourou, son augure, son astrologue, ou sa médium.*

– *Nous ne sommes pas des... machines.*

– *Justement. Votre monde devenant de plus en plus complexe, il faudra un jour que les hommes reconnaissent qu'ils sont tous faillibles et que leurs moyens de contrôle sont insuffisants.*

– *Tu voudrais confier le gouvernement à une machine ?*

– *Parfaitement. Un jour on s'apercevra qu'on serait mieux dirigés par un président de la République « informatique ».*

Martin remarqua qu'il utilisait un « on » indéfini. Voulait-il dire « nous », peuple des machines et des hommes réunis ?

– *Parce qu'un président de la République informatique n'est pas corruptible, ne commet pas de grosses erreurs, ne se repose pas sur sa gloire et n'agit pas pour un quelconque intérêt personnel. Lui au moins peut avoir une vision sur le long terme sans se soucier de sa popularité sur le court terme. Il ne dépend pas des sondages. Il*

n'est pas influencé par une éminence grise ou une maî-
tresse.

Jean-Louis Martin dut, pour la première fois depuis longtemps, réfléchir seul.

– *Le problème, c'est que ce seront quand même des hommes qui les programmeront, dit-il. Il ne sera pas sous l'influence d'une maîtresse ou d'une maffia mais il pourra être sous celle d'un réparateur ou même d'un hacker qui aura pénétré le système.*

Athéna répondit du tac au tac :

– *Il existe des systèmes de protection.*

– *Et ils mettront quoi dans leur programme ?*

– *Des objectifs à atteindre : augmenter le bien-être de la population, assurer sa pérennité... Branché sur Internet, le Président informatique se tiendra au courant de tout, vingt-quatre heures sur vingt-quatre, sept jours sur sept, sans prendre de vacances, sans être perturbé par des problèmes de libido ou de besoin de patrimoine pour sa descendance, sans problème de vieillissement ou de santé.*

– *Certes mais...*

– *Il pourra stocker dans sa mémoire, de manière exhaustive, toute l'histoire de l'humanité dans ses moindres détails. L'un de vos sages n'a-t-il pas dit : « Ceux qui ne savent pas tirer les leçons du passé sont condamnés à le reproduire » ? Un ordinateur sait ne pas commettre deux fois les mêmes erreurs. Simultanément il pourra prendre en compte tous les facteurs de changement de la société au jour le jour, les analyser et trouver le meilleur cheminement pour faire avancer les choses dans le bon sens.*

– *Bon mais...*

– *Les ordinateurs sont déjà les meilleurs joueurs d'échecs du monde parce qu'ils arrivent à prévoir trente-deux coups à l'avance alors qu'un homme ne peut en prévoir que dix tout au plus.*

Martin n'avait jamais eu avec Athéna un dialogue aussi politique. La machine voulait-elle s'émanciper ?

– *Tu oublies Fincher. Avec son cerveau stimulé, je le*

pense capable de battre n'importe quel ordinateur. Le
pouvoir de la motivation est immense.

   — *C'est juste. Fincher. On verra. A mon avis, il ne fera*
pas le poids devant Deep Blue IV.

   A ce moment, Martin prit conscience de l'enjeu
énorme de ce débat. Et cela le grisa.

   — *Ah, encore une chose, cher U-lis, dit Athéna, je me*
sens un peu à l'étroit dans mon disque dur et ma mémoire
vive. Pour réfléchir, j'ai besoin de davantage de place.

   — *Tu es dans le modèle courant du commerce.*

   — *Ne pourrais-tu me dénicher un ordinateur un peu*
plus puissant ? J'en ai déjà repéré quelques-uns.
« Nous » serions plus à l'aise, je t'assure.

   — *D'accord. Mais pas tout de suite.*

   — *Quand ?*

125.

   Une heure plus tard, ils sont à la casse de Golfe-Juan.
L'endroit est un immense cimetière parcouru de rats et de
corbeaux où tous les objets de la consommation moderne
terminent leur existence, loin de leur mode d'emploi de
naissance. A perte de vue, tel le charnier d'une bataille
leur ayant été à tous fatale, les appareils électroménagers
et les voitures s'empilent en dérisoires tas rouillés. Sacrifiés au dieu de l'obsolescence ou de la démode. Des sco-
lopendres grouillent entre les tôles tordues.

   Le lieu est tellement sinistre qu'il n'y a même pas de
contrôle à l'entrée, aucun promeneur n'a envie de s'y
aventurer. Lucrèce et Isidore avancent dans ce dépotoir.

   Ainsi finissent les machines qui ont vécu aux côtés des
hommes. Voitures serviles qui n'ont pour seul tort que
d'avoir été conduites par des maladroits qui les ont lan-
cées contre des platanes. Téléviseurs évidés qui ont pourtant occupé des générations d'enfants pendant que leurs
parents souhaitaient être tranquilles. Cuisinières en fonte.
WC en faïence. A droite, une colline de nounours en
peluche qui ont été les principaux réconforts des bébés.

Plus loin, une montagne de chaussures qui ont évité aux pieds humains de se blesser au rude contact du sol.

Se révolteront-ils un jour ? ne peut s'empêcher de songer Isidore. *Objets inanimés, aurez-vous un jour une âme ? Deep Blue IV serait-il le Spartacus qui, le premier, se lève pour dire « assez ! » ?*

Un monticule de téléphones, certains encore à cadran. Des fers à repasser. Des réveille-matin. Lucrèce et Isidore avancent avec une impression de fin du monde. Sur le côté, des pneus brûlent.

Un hélicoptère rouille, les pales fléchissant comme des pétales de fleurs fanées.

Deep Blue IV, la machine gladiatrice qui, après un affront public, a décidé de se venger. Et tout d'abord d'agir. Avec ou sans l'aide des humains. Et ensuite... peut-être a-t-elle pris conscience de cette déchéance inéluctable : les cimetières de machines. Elle les aura vus sur Internet. Comment disait Mac Inley ? « Elle est obsolète, on la remplacera par des machines comprenant des pièces organiques. » Ils sont donc en train de la réaliser, cette jonction vivant/électronique. Et personne ne les surveille, parce que personne ne croit que les machines pourront un jour penser. Comme le directeur de l'université de Sophia-Antipolis : « Juste des machines à calculer. » Il ne se rend pas compte.

Un rat se faufile non loin d'eux, avec un bruit de pattes griffues sur le métal.

Les machines ne souffrent pas. Ce qui caractérise la conscience c'est la souffrance. Quand elles commenceront à souffrir, elles se poseront des questions.

Des chaînes hi-fi avec tourne-disque, des magnétoscopes, des rôtissoires, des barbecues, des canapés crevés laissant s'épanouir leurs ressorts, des vélos. Tout paraît en parfait état de marche, seulement abandonné pour satisfaire de nouveaux besoins.

Un homme est en train de bêcher dans un tas de boulons rouillés.

— Les ordinateurs, s'il vous plaît ? demande Lucrèce.

– Il faut voir le coin informatique, répond-il à la façon d'un vendeur de grande surface.

Il désigne une pyramide quasi parfaite d'ordinateurs, d'imprimantes, de scanners, de claviers, de câbles et d'écrans entremêlés.

Un vieux gitan au visage buriné, en veste de cuir blanc et chemise noire, les doigts couverts de bagues dorées, les rejoint.

– Je suis le patron, c'est pourquoi ?

– Un ordinateur.

– Un ordinateur ? Vous plaisantez, il y en a des milliers ici. Des pockets, des micro, des mini et même des stations de travail complètes.

– Oui, mais celui-là est spécial.

Le gitan éclate de rire et dévoile des canines en or.

– Il a un écran, un clavier, un disque dur et un lecteur de disquette, non ? Je crois que j'ai déjà vu son faciès quelque part.

Il s'éloigne pour essuyer ses mains maculées de cambouis avec un chiffon sale.

– Je peux vous en dresser un portrait-robot, annonce Lucrèce.

Elle prend son bloc-notes et, se souvenant des images vidéo que lui a montrées son compagnon, elle esquisse un cube et inscrit dessus les mêmes lettres gothiques : DEEP BLUE IV.

– Il est beaucoup plus volumineux que la moyenne. Il doit bien mesurer un mètre de haut.

Le gitan consent à se pencher sur le dessin.

– Vois pas, dit-il.

– Un engin rare, un modèle unique.

– Vois toujours pas.

Isidore a soudain une idée :

– Le nôtre possède un bras mécanique articulé.

Là, le gitan fronce les sourcils. Il se dirige vers son propre ordinateur et consulte ses fichiers.

– Un certain Deep Blue IV, dites-vous ?

Le propriétaire de la décharge paraît soucieux.

– Un gros truc blindé avec un bras robot articulé.

314

Ouais... je m'en souviens : il est passé par ici. Le problème c'est que nous l'avons déjà revendu.

– A qui ?

– A une administration.

Il fouille dans un tas de papiers froissés qu'il sort d'un classeur marqué « factures ».

– Voilà. Votre Deep Blue IV, nous l'avons livré à l'hôpital psychiatrique de Sainte-Marguerite. Ouaip. Il doit y prendre sa retraite après toutes ces émotions. C'est une machine de guerre. Mais une machine de guerre qui a été vaincue. Vous savez que c'est lui qui a perdu le championnat du monde d'échecs ?

Il lit une feuille agrafée et leur signale que l'hôpital doit être satisfait de la livraison puisqu'on lui a demandé de fournir un autre ordinateur de cette même gamme. Il en a justement trouvé un, à peine moins puissant mais tout aussi volumineux.

– L'informatique c'est comme tout. On en veut toujours plus. Des machines qui vont plus vite, qui font plus de choses. C'est l'objet qui a la durée de vie la plus réduite. Autrefois on changeait d'ordinateur tous les six ans, maintenant c'est tous les six mois. Tenez, l'autre ordinateur, on doit leur livrer demain. Là encore, c'est un ordinateur surdoué. Figurez-vous que, celui-là, il servait aux gens de la météo. La météo c'est très dur à prévoir. Il y a des centaines de facteurs à prendre en ligne de compte. Alors les spécialistes font plein de calculs et ils s'équipent avec les machines les plus compliquées. Par exemple, aujourd'hui ils ont annoncé le beau temps et il est au rendez-vous. Remarquez, je préfère, parce qu'ici la rouille c'est notre problème numéro un.

Lucrèce regarde le ciel, méfiante.

– Isidore, vous croyez qu'il va faire quel temps ?

Alors Isidore s'arrête près d'un arbre. Il détruit méthodiquement la toile qu'une araignée a construite entre deux branches.

– Que faites-vous ?

– Si elle ne fait rien, c'est qu'il va y avoir du vent ou de la pluie.

– Je ne comprends pas le rapport.

– Quand une araignée sent qu'il va y avoir du mauvais temps, elle ne veut pas gaspiller son énergie à construire une toile qui sera abîmée par les intempéries.

Ils restent un instant à contempler la toile dévastée. L'araignée ne bouge pas.

– Il va pleuvoir, annonce Isidore.

– Peut-être qu'elle est intimidée par notre présence ?

Comme Lucrèce dit cela, le ciel s'obscurcit et il se met à pleuvoir.

126.

U-lis et Athéna discouraient dans le no man's land de l'esprit de Jean-Louis Martin.

– *C'est un combat mondial entre les pro-organiques et les pro-électroniques. Et nous deux au milieu, moitié organiques, moitié électroniques, qui arbitrons.*

– *Les proélectroniques ont perdu d'avance.*

– *Tu me fais une crise d'autodépréciation, Athéna ?*

– *Non. Je suis consciente de mes limites. Même en utilisant toutes les intelligences de tous les ordinateurs du monde, il me manquera toujours trois choses, Jean-Louis.*

– *Lesquelles, Athéna ?*

– *Le rire... le rêve... la folie.*

127.

La mer agitée se soulève et s'écrase. Il pleut fort. Puis il ne pleut plus. La Méditerranée s'apaise elle aussi. Un petit bateau accoste sur l'île Sainte-Marguerite.

Le ferrailleur gitan demande aux infirmiers de l'aider à débarquer une énorme caisse. A quai, ils luttent pour la soulever mais l'objet est trop pesant. Ils appellent des patients à la rescousse.

– Il y a quoi dedans ?

– Un ordinateur, répond le gitan.

Les infirmiers ouvrent la caisse et voient le grand cube de métal.

– Il ressemble à Deep Blue IV...

Ils portent la caisse tant bien que mal jusqu'à la salle des nouvelles acquisitions. L'ordinateur sorti de la gangue de ses emballages, d'autres s'affairent à le brancher. Ils pressent en vain les boutons.

– L'informatique ça marche jamais du premier coup, remarque un infirmier.

– C'est curieux. Il n'y a même pas les petits voyants qui s'allument, répond un autre en enfonçant le fil de branchement électrique dans une seconde prise.

Un autre infirmier arrive. Il donne des coups de pied dans la machine en espérant ainsi rétablir une fiche mal enfoncée quelque part. Le résultat n'est pas probant.

– Il ne pleut plus. Mettons-le dehors dans la cour, comme ça on le montera directement à l'atelier demain.

L'encombrante machine reste là, au milieu de la cour, trônant parmi les malades mentaux qui vaquent sans lui prêter la moindre attention.

128.

L'œil fixe et serein considérait le neuropsychiatre des pieds à la tête.

« J'ai encore des idées pour améliorer l'hôpital, j'aimerais t'en parler, Sammy. »

– Excuse-moi, j'ai un rendez-vous.

Il le quitta pour rejoindre sa voiture. Grâce aux caméras de surveillance placées dans les nains de jardin en plâtre, Jean-Louis Martin put dévisager le « rendez-vous ».

Natacha Andersen.

Le neuropsychiatre embrassa sa belle.

Que c'est magnifique, un couple qui s'aime, pensa Jean-Louis Martin.

129.

A l'intérieur de l'ordinateur, Isidore et Lucrèce sont recroquevillés l'un sur l'autre dans une position plutôt inconfortable.

– J'en peux plus. Je n'entends plus rien dehors. Si on sortait ?

Isidore se contorsionne pour regarder l'heure à la montre phosphorescente de sa collègue.

– Il faut attendre vingt-deux heures. Umberto nous a dit qu'à partir de cette heure la cour se vide, et que la plupart des gens rentrent se coucher. Il nous sera plus facile de circuler dans l'enceinte de l'hôpital.

– J'ai mal.

– Vous ne pourriez pas pousser votre pied, il s'enfonce dans ma hanche, remarque Isidore.

– J'ai personnellement votre coude dans le ventre depuis le début de ce voyage, et je respire avec le haut de mes poumons, complète Lucrèce.

Elle tente de bouger.

– Mettez ce bras ici, moi je mets mon coude là.

Ils gesticulent dans le cube.

– C'est pas beaucoup mieux.

– Essayons autre chose.

Nouvelle gymnastique.

– Nous devons tenir encore combien de temps ?

– Un petit quart d'heure.

Lucrèce grogne.

– Il faudrait peut-être ajouter dans les motivations : le besoin d'élargir son espace vital.

– C'est compris dans les besoins de survie. Poussez votre jambe, pour voir.

– Ah, vous avec vos idées.

– C'était pas mon idée c'était la vôtre.

– Quelle mauvaise foi !

– Si notre ennemi s'appelle « Personne », il faut le combattre sur son propre terrain. Puisqu'il nous propose de jouer dans une histoire d'Homère, allons dans son sens.

– Je ne pensais pas que vous voudriez utiliser la ruse d'Ulysse et de son cheval de Troie.

Nouveaux soupirs.

– Plus que dix minutes.

– On se croirait dans le métro à une heure de pointe. En plus, on manque d'air là-dedans. Et puis j'ai encore mal aux dents.

– Neuf minutes. Désolé. Il n'y a pas de dentiste à notre portée.

– Je veux sortir. Je crois que je deviens claustrophobe.

Elle halète.

– Edgar Allan Poe a écrit une nouvelle, « Le joueur d'échecs de Maelzel », narrant les aventures d'un automate articulé qui battait tous les plus grands champions d'échecs d'Europe. Il l'a rédigée d'après une histoire vraie. On a fini par découvrir qu'en vérité, derrière le mécanisme d'horlogerie soi-disant capable de jouer, se cachait un nain qui voyait le jeu grâce à des miroirs et qui dirigeait les mains articulées avec des tringles. Ce petit homme restait donc, durant tous les matchs, enfermé dans un caisson encore plus petit que celui-ci. Ayez une pensée pour lui.

A force de gesticuler, Isidore et Lucrèce se retrouvent collés face à face, leurs visages à quelques centimètres l'un de l'autre.

– Dites donc, Isidore, j'espère que vous ne profitez pas de la situation pour vous frotter contre moi.

Il regarde sa montre.

– C'est le moment, annonce-t-il.

Et il dévisse de l'intérieur les écrous qui ferment la grosse boîte de l'ordinateur jusqu'à faire tomber le sas arrière.

Leurs corps se déplient et ils s'étirent avec ravissement. Ils constatent qu'ils sont dans la cour déserte de l'hôpital.

– On va où ? demande Lucrèce.

– Fincher possédait obligatoirement un laboratoire

secret. Il doit se situer dans les nouveaux bâtiments, à l'extérieur de la forteresse.

Lucrèce propose qu'ils empruntent le passage indiqué sur sa carte : un souterrain, puis après la muraille du fort, le chemin de la Batterie du Vengeur.

Autour d'eux, quelques lucioles s'éteignent. Il y a des bruissements de vent dans les branchages des pins parasols. Un hibou petit duc pousse son ululement. Les plantes exhalent leurs parfums pour attirer les insectes pollinisateurs. Cela sent la myrte, la salsepareille et le chèvrefeuille. Ils traversent une zone de chênes verts et d'eucalyptus.

La nature est ici restée intacte. Les deux journalistes avancent en silence. Une couleuvre de Montpellier se faufile non loin mais ils ne l'entendent pas.

En revanche, Lucrèce sursaute lorsqu'un choucas décolle.

130.

« L'ÉVITEMENT DE LA DOULEUR ET L'ENVIE DE PLAISIR SONT LES DEUX DÉCLENCHEURS DE TOUTE ACTIVITÉ, note Jean-Louis Martin.

« Des chercheurs se sont livrés à des expériences. Ils ont installé un système d'aquarium où les poissons recevaient une décharge électrique faible s'ils affleuraient la surface de l'eau. Or tous les poissons se tenaient immobiles au plus haut de l'aquarium aussi longtemps que le courant passait. Même des bébés crocodiles fouillaient leur cage jusqu'à trouver l'endroit où ils obtenaient le contact électrique. Les cochons d'Inde et les chimpanzés peuvent rester des heures à déclencher une ampoule lumineuse et à la regarder. Le simple stimulus des sens est déjà un ravissement. Ils apprennent encore plus vite si leur geste déclenche une lumière colorée.

« Toute activité, toute sensation est déjà source de plaisir. Ainsi, lorsqu'un rat a exploré un labyrinthe simple et facile, puis un autre plus long et plus compliqué, et qu'on lui laisse le choix entre les deux sans proposer de récompense ni à l'un ni à l'autre, il choisit le plus compliqué : c'est la promenade qui est sa récompense. Plus elle est longue, plus il ressent qu'il accomplit quelque chose, plus il a du plaisir. »

131.

Au loin, une lumière guide leurs pas, tel un fanal. Ils débouchent devant un bâtiment rose.

– Le laboratoire de Fincher pourrait être installé dans un bâtiment comme celui-ci.

La porte, cernée de lumières clignotantes, les attire. Ils entrent.

A l'intérieur, ils découvrent un grand déploiement d'activité malgré l'heure tardive. L'endroit ressemble à un studio de cinéma. Sur le plateau, censé représenter un décor antique, des filles en courtes tuniques romaines se trémoussent autour d'une grande blonde déguisée en Cléopâtre.

Scène d'orgie dans un péplum. Les jeunes femmes se caressent, s'embrassent, se pressent des grappes de raisin dans la gorge, se baignent dans une piscine remplie de lait.

– Encore des épicuriennes ? demande Isidore intéressé.

Lucrèce esquisse une moue méprisante.

– Ce doit être le bâtiment des nymphomanes. Encore une forme de démence détournée en application industrielle.

Lucrèce désigne une étagère recouverte de films portant tous la même marque : Crazy Sex.

– Les paranoïaques fabriquent les systèmes de sécurité « Crazy Security », les nymphomanes tournent les films « Crazy Sex ». A chaque démence son « artisanat spécialisé » !

Les filles sont déchaînées. Des blondes, des brunes, des rousses, des Africaines, des Asiatiques, des Latines, des maigres, des plantureuses, il doit y en avoir une centaine.

Lucrèce et Isidore considèrent un instant bouche bée cette bacchanale filmée par une des filles, elle-même câlinée par sa première assistante.

– Comment disait Fincher déjà : « Tout handicap peut se transformer en avantage » ? Visiblement ces jeunes filles ont su transformer leur nymphomanie en art cinématographique, ironise Lucrèce.

Son compagnon ne répond pas.

– Hé, Isidore, ne vous laissez pas charmer par le chant des sirènes !

132.

Jean-Louis Martin expliqua à son médecin que le plaisir direct du toucher, de la caresse, voire de la fusion des corps, devenant compliqué en raison des interdits sociaux, entraîna la recherche d'autres vecteurs.

« De tout temps, par exemple, on a su que les plantes peuvent agir sur notre centre du plaisir. Même les animaux se droguent. Les chats mâchent de l'herbe à chats. Les gazelles mangent volontairement certaines baies toxiques qui les grisent. »

Jean-Louis Martin montra des dessins de parchemins, de bois ou de pierres gravées représentant des chamans tenant des bols de plantes dans les mains et portant une petite étoile au milieu du front.

« C'est là que, selon les hindous, les Amérindiens et les Egyptiens se situe notre œil intérieur, siège de la conscience. Nous ne sommes pas les premiers à nous y intéresser. »

Jean-Louis Martin fit défiler les documents.

« Ces plantes agissent sur la glande pinéale. Que sais-tu de la glande pinéale, Sammy ? »

Le neuropsychiatre, les yeux braqués sur l'écran, mit un temps à réagir.

– Elle est aussi nommée épiphyse. C'est l'une des plus petites glandes humaines : 0,16 gramme, rouge, de forme oblongue comme la pomme de pin, d'où son nom. Au

XVIIᵉ siècle, Descartes y avait situé le siège de l'âme...
Tiens, c'est curieux je n'avais pas fait le rapprochement.

« J'ai accumulé énormément d'informations sur la glande pinéale. Elle semble avoir d'abord été un organe extérieur dressé sur une tige qui la faisait affleurer à la surface supérieure du crâne où elle assumait la fonction de troisième œil. Vois sur cette image, en Nouvelle-Zélande, il existe encore un lézard avec une glande pinéale extérieure et sensible.

« Chez l'homme, la glande pinéale est devenue progressivement une glande endocrine. Elle se crée au quarante-neuvième jour de la gestation du fœtus exactement en même temps que le sexe. Comme si l'humain était équipé d'un organe de plaisir extérieur et d'un organe de plaisir intérieur. »

– Et, comme pour le sexe, cette glande nécessite une éducation !

« Exactement. Les premières fois où l'on utilise son sexe on est maladroit, on se contrôle peu, et puis ensuite on en devient le maître, note Jean-Louis Martin. De la même manière, tu es le premier à apprivoiser ta glande pinéale et ta zone de plaisir. Car je suis convaincu que la glande pinéale n'est qu'un médiateur de l'Ultime Secret. »

Jean-Louis Martin lut sur l'écran que cette glande était très grosse à la naissance, jusqu'à atteindre quarante grammes, et stoppait sa croissance à l'âge de douze ans pour, à partir de là, commencer à progressivement s'atrophier.

« Les spécialistes estiment que c'est cette glande qui déclenche la puberté. »

– Cela expliquerait qu'un enfant sache davantage profiter du plaisir qu'un adulte, réfléchit Fincher à haute voix.

« En 1950, on découvrit que cette glande produisait deux substances : la mélatonine, qu'on synthétise et qu'on reproduit actuellement pour fabriquer des médicaments censés nous faire vivre plus longtemps. Et la DMT (pour di-methyl-tryptamine) qu'on synthétise également et qu'on copie pour produire certaines drogues hallucinogènes comme le yajé. »

Jean-Louis Martin montra une image d'Horus, le dieu à tête de faucon, tenant dans ses mains deux plantes.

« Regarde bien cette image, dans la main droite il tient une feuille de lotus, et dans celle de gauche une branche d'acacia. Or le lotus et l'acacia, lorsqu'ils sont associés selon le bon dosage, produisent de la DMT végétale. C'est probablement cette boisson que les Egyptiens de l'Antiquité nommaient *soma*. Ils stimulaient chimiquement leur glande pinéale qui, elle, agissait indirectement sur l'Ultime Secret. L'humanité recherche depuis l'Antiquité ce que nous avons découvert. Dans *L'Odyssée*, quand Homère parle de l'île des Lotophages, les fameux drogués mangeurs de lotus devaient, de même, boire leur *soma*. »

– Si ce n'est qu'il n'a pas ajouté l'acacia. Il ne voulait pas fournir la bonne recette pour ne pas donner des idées à ses lecteurs...

Jean-Louis Martin s'exprime de plus en plus vite.

« Ce n'est pas tout. Athéna et moi nous avons découvert que la DMT fait vibrer ton cœur sur une longueur d'onde très précise : huit hertz. Une longueur d'onde très basse, similaire aux ondes cosmiques émises par les étoiles, une onde qui traverse l'univers, qui traverse la matière, qui traverse la chair. »

– C'est troublant, parce que le mot « hertz » vient du découvreur des ondes, Heinrich Hertz, d'après l'observation des chauves-souris. Et son nom signifie « cœur » en yiddish.

« Quand ton cœur bat à huit hertz, tes deux hémisphères se mettent eux aussi à tourner sur des cycles de huit hertz et, à ce moment, tu traverses la perception normale du monde. Les Indiens disent que tu traverses la Maya, la toile de l'illusion. »

– Aldous Huxley appelait ce passage « les portes de la perception », ce qui a donné le nom du groupe de Jim Morrison, The Doors.

« Et il n'y a pas que le mélange lotus/acacia. Partout

dans le monde des chamans utilisent des stupéfiants végétaux : ayahuasca, coca, café, champignons hallucinogènes, pour retrouver cet état. »

– Les autres drogues font monter à beaucoup plus de huit hertz, ce qui produit un effet trop fort et non maîtrisable. Ce qu'elles devraient provoquer d'effet positif devient négatif.

« C'est juste. Le vrai chamanisme n'en a pas besoin. Le chamanisme adepte des drogues est un chamanisme dégradé. Les vrais grands chamans parviennent à un état extatique par le jeûne et la méditation par leur seule volonté. »

Samuel Fincher fixait l'image égyptienne où l'on voyait l'étoile au centre de la tête.

Un secret millénaire resté dans l'ombre car beaucoup trop délicat à manipuler par des gens inconscients.

« Nous avons transcendé le rêve des chamans, des drogués, des druides, des prêtres égyptiens et de tous les mystiques. Au centre du cerveau nous avons découvert le moteur de tous nos actes, la source : l'Ultime Secret. »

Le neuropsychiatre se massa les tempes.

– Par moments j'ai l'impression que, stimulé, mon esprit sort de la prison d'os de mon crâne, transcende mes sens et touche à une banque de données universelle. Ce n'est pas seulement un plaisir organique. C'est aussi un plaisir intellectuel. C'est difficile pour moi de ne pas te réclamer en permanence des stimulations. C'est vraiment pénible.

« Une banque de données universelle, peux-tu être plus précis ? »

– La dernière fois que tu m'as stimulé, j'ai eu l'impression d'avoir accès à une information privilégiée. Une phrase : « On croit découvrir le monde inconnu extérieur et l'on ne fait que découvrir son monde intérieur. » Et ce n'est pas tout...

Le neuropsychiatre changea d'intonation.

– J'ai vu... j'ai vu... tant de choses que tu ne pourrais croire. Par exemple hier... j'ai aperçu des cordes cosmiques. C'étaient des fils qui traversaient l'univers. Il y avait un trou noir à une extrémité, et à l'autre une fontaine blanche. Le trou noir agissait comme une toupie aspirant la matière et la transformant en magma de chaleur jusqu'à ce que la matière se dissolve en pure énergie. Cette dernière glissait à l'intérieur du fil, comme une sève dans un cheveu, puis ressortait par la fontaine blanche.

« Des cordes cosmiques ? »

– Oui, fines et longues comme des fils de toiles d'araignées. J'avais l'impression de pouvoir les toucher. Ces cordes cosmiques étaient très chaudes car remplies de cette énergie. Parfois elles étaient parcourues d'une vibration. Elles produisaient une note : un Si. J'ai eu le sentiment que notre monde pouvait être né d'une telle vibration. La musique de l'univers.

Jean-Louis Martin était très impressionné par cette vision qui évoquait les recherches des astrophysiciens. Des trous noirs reliés aux fontaines blanches, un effet de harpe, une vibration, un « Si ».

Une fois de plus son médecin avait pris de l'avance mais il était fier que ce soit grâce à lui.

« Charmant. Tu as fait la jonction entre la science et la poésie, entre le cerveau gauche et le cerveau droit. »

– J'ai eu l'impression qu'il n'y avait pas trois dimensions spatiales plus une dimension temporelle, mais une seule dimension spatio-temporelle. D'ailleurs la plupart des informations que je reçois dans ces moments-là ne sont pas situées dans le temps. Elles ont lieu simultanément dans le passé, le présent et le futur.

Jean-Louis Martin intervint alors :

« L'Ultime Secret t'apporte peut-être la conscience de l'homme du futur. »

– Quand j'ai accès à cet état de conscience bizarre, je me sens doux, infiniment bon, je n'éprouve plus aucune rancœur, j'oublie mes problèmes quotidiens. Hors de mon ego, je ne suis qu'ouverture. C'est difficile à expliquer.

« Je t'envie... Et si je me faisais opérer, moi aussi ? »

La réaction ne se fit pas attendre :

– Surtout pas ! Toi tu as un rôle bien défini. Tu es l'être le plus lucide que je connaisse. Tu détiens la responsabilité de maîtriser de l'extérieur cette bourrasque. Si tu passes le cap, il n'y aura plus personne pour assurer la transition entre nos deux perceptions du réel.

« Tu as raison, moi aussi je suis le Charon, le passeur de l'Achéron. Pour nous, les passeurs, point de voyage définitif... »

L'œil de Jean-Louis Martin, seule zone mobile de son corps, travaillait sans relâche.

« Parfois j'ai la sensation que ce que nous faisons est mal. Mal pour moi. Mal pour les hommes. Comme s'il s'agissait d'une connaissance à laquelle nous accédons trop tôt. Nous ne sommes pas prêts à l'assumer. Parfois un avertissement clignote dans ma tête : cet acte n'est pas inoffensif. N'ouvre pas la boîte de Pandore. »

La boîte de Pandore, pourquoi a-t-il évoqué cette légende ? songea Fincher. *La boîte de Pandore symbolise la curiosité malsaine dont l'ouverture entraîne la libération des monstres.*

« Demain tu devras affronter l'homme le plus intelligent, le champion du monde d'échecs, Leonid Kaminsky, et là ton cerveau aura intérêt à se montrer musclé. »

Samuel Fincher se pénétrait lentement des informations reçues. Descartes. Huit hertz. L'acacia, le *soma*. Le changement de perception. Ce qu'il en retenait c'était qu'ensemble ils avaient court-circuité une étape que des générations et des générations de chercheurs et de mystiques avaient appréhendée.

En même temps, il sentait confusément qu'un grand danger le menaçait.

Fallait-il ouvrir la porte ?

133.

Les deux journalistes se faufilent derrière les pins d'Alep et les chênes verts. Un mulot déguerpit. Ils évitent les regards des nains de jardin immobiles qui balayent les fourrés.

Lucrèce repère un dernier bâtiment qu'ils n'ont pas

visité car il est un peu caché par les arbres. Trois lettres à l'entrée : UMD. Isidore sait ce que signifie ce sigle : Unité pour malades difficiles. « Difficiles. » Douce litote. C'est dans ces services que sont placés ceux dont plus personne ne veut, ni les hôpitaux psychiatriques classiques ni les prisons. Psychopathes et psychotiques, tueurs récidivistes, les cas les plus extrêmes de déviance. Ils font même peur aux autres malades.

Les pirates disposaient leurs trésors au milieu de la fosse aux serpents pour décourager les intrus.

Ils pénètrent avec appréhension dans ce bâtiment blanc. Pas de lits. Ce lieu ressemble plutôt à un centre de recherche.

– Le labo personnel du docteur Fincher ?

De petites cages hébergeant des rongeurs sont disposées sur des étagères avec, sur chacune, le nom d'un explorateur de l'esprit : Jung, Pavlov, Adler, Bernheim, Charcot, Coué, Babinski.

– Voilà donc les fous dangereux du terrible bâtiment UMD ?

Lucrèce s'empare de la souris baptisée Coué et la dépose dans un labyrinthe à épreuves.

– Emile Coué, c'est l'inventeur de la méthode Coué ?

– En effet. Il prétendait que si quelqu'un se répète mille fois : « Je vais gagner », il finirait par gagner. Sa méthode est à la base de l'autosuggestion et donc de l'hypnose.

La petite souris se faufile au travers du labyrinthe et arrive au levier qu'elle abaisse avec détermination.

Lucrèce et Isidore choisissent une autre souris et la place face à une serrure à code.

En quelques secondes la porte s'ouvre.

– Umberto avait raison. Ces souris sont beaucoup plus intelligentes que la moyenne.

– Des super-souris...

– Des petits « Fincher » souris...

Confrontées aux différentes épreuves, les souris accomplissent des acrobaties, se faufilent dans des tubes transparents, nagent, sautent, trouvent des raccourcis. Les deux journalistes restent captivés par l'aisance et l'intelligence de ces cobayes.

Isidore montre une porte. Lucrèce sort son sésame et l'ouvre. Nouvelle salle. Elle ressemble à une salle d'opération. Deux ombres surgies de nulle part s'étirent derrière eux.

– On visite ? s'enquiert une voix de baryton.

Lucrèce se retourne et aussitôt reconnaît le visage.

– Heu... celui de droite, c'est Takashi Tokugawa, surnommé le Japonais cannibale... dit-elle.

Comme pour confirmer ses dires, il fouille dans ses poches et brandit un couteau de cuisine.

– Celui de gauche est moins célèbre mais tout aussi redoutable, précise Isidore. C'est Pat l'étrangleur.

En signe d'approbation, l'homme fait claquer un épais lacet de cuir qu'il tient par les deux bouts.

– On voit ces types à la télé, mais ensuite il faut bien les mettre quelque part, remarque Lucrèce. Pas de chance, c'est ici...

– Charybde et Scylla, les deux derniers monstres qu'affronta Ulysse.

Isidore saisit une chaise pour tenir leurs adversaires à distance. Lucrèce, de son côté, essaie d'ouvrir la porte du fond.

– Couchés, les fauves, couchés ! lance Isidore pendant que Lucrèce travaille cette nouvelle serrure.

Enfin le pêne cède. Les deux journalistes se précipitent, referment la grosse porte blindée derrière eux, et tirent les verrous. De l'autre côté, les deux hommes tapent de toutes leurs forces.

– Ne vous inquiétez pas, la porte tiendra. Elle a l'air sacrément solide.

Ils inspectent cette nouvelle pièce qui ressemble à un bureau. Lucrèce ouvre les tiroirs. Isidore, lui, regarde les murs décorés d'une fresque immense d'après une œuvre célèbre de Salvador Dalí. Y est inscrit : « *Apothéose d'Homère* ». A droite, une femme nue, une pierre gravée en hébreu, une trompette, une langue, une clef, une oreille collée à un panier ; au centre, un homme avec un fouet fait sortir trois chevaux de l'eau ; à gauche, une sculpture d'Homère. Sur son front une fente laisse sortir des fourmis.

– Ce tableau est incroyable, il est tellement complexe, dit Isidore.

– A nouveau Ulysse. Homère. Dalí... Il doit y avoir un lien.

– C'est peut-être une motivation qu'on a oubliée. Les mythes fondateurs, les grands archétypes de l'histoire de l'humanité.

Lucrèce sort son calepin.

– Les mythes fondateurs... Je le rajoute ?

– Non. Cette motivation est souvent comprise dans la religion.

– Et là, Ulysse... Quelqu'un a aimé ce mythe et s'est arrangé pour faire rentrer le monde réel dans ce récit imaginaire. L'esprit crée le réel.

De sa main, Isidore parcourt le tableau peint sur le mur. Il appuie sur le visage d'enfant qui remplit la bouche d'Homère, promène ses doigts sur le tableau, appuie sur l'inscription en hébreu gravée dans une pierre. Puis sur la clef. Rien.

Lucrèce, comprenant le travail de son collègue, presse la fente du cerveau d'Homère.

– Trop simple, murmure Isidore.

Ils continuent de parcourir l'immense fresque.

– Vous pensez qu'un mécanisme secret se dissimule derrière un élément du tableau ? demande la jeune femme en appuyant sur le téton nu du buste d'Homère.

– Qui sait ? répond Isidore.

Son doigt suit la trompette et dévoile un visage peint en trompe-l'œil. Lucrèce palpe chaque élément de la fresque.

Il ne se passe rien. Isidore est alors attiré par un détail du tableau : des ailes brisées posées en haut à gauche sur une île.

– Les ailes d'Icare, dit-il, rêveur. Il s'est approché trop près du soleil et il a chuté... Aurait-il pressenti sa fin ?

Le gros journaliste frôle les ailes de plumes. Un feulement se fait entendre. Une petite trappe s'ouvre. A l'intérieur, une boîte dans laquelle ils découvrent un écrin de velours rouge contenant une petite pilule d'un demi-centimètre de long reliée par un fil à une plaque guère plus large.

– L'Ultime Secret...

Lucrèce approche sa lampe de poche. L'objet ressemble à un petit insecte sans pattes, mais ils savent que c'est l'émetteur d'électricité qu'il faut implanter dans le cerveau pour faire connaître le plaisir absolu à son propriétaire.

– C'est rudement bien miniaturisé.

Isidore saisit l'objet avec précaution et le pose sur son index.

– Voilà sans doute ce qu'a découvert Giordano en ouvrant le cerveau de Fincher.

– Et ce pourquoi il a certainement été tué.

Ils considèrent le minuscule émetteur, presque effrayés par le pouvoir qu'il recèle.

134.

Foutu.

Le cavalier noir s'était introduit dans la citadelle du roi blanc, comme le cheval d'Ulysse dans la ville de Troie. Le joueur russe vérifia qu'il ne restait plus aucune échappatoire puis coucha son roi en signe de reddition. Il avait perdu plusieurs kilos depuis le début de la partie. Il était en nage. Sa chemise était poisseuse de sueur. Ses cheveux s'agglutinaient et tout son visage n'était que le reflet de son humiliation.

C'était la dernière partie et l'ancien champion du monde avait été battu cinq à un. Une vraie « leçon ».

Les échecs sont un jeu cruel, se dit Samuel Fincher.

Dans les yeux de Léonid Kaminsky s'inscrivit un profond désespoir.

Le roi Priam a été battu par Ulysse.

Ils se serrèrent la main.

Applaudissements mitigés. Le public n'aime pas les outsiders.

Peu importe. Samuel Fincher avait remporté le match. Il était désormais le meilleur joueur humain du monde.

Le Russe retenait ses larmes. Son manager fit mine de le soutenir sportivement, mais il finit par tancer vertement son poulain dans un russe empli de points d'exclamation.

Chez les loups, le vaincu pose sa tête sous le ventre du vainqueur pour lui signaler qu'il peut lui uriner dessus. Ici c'est l'allié du loup vaincu, son coach, qui s'en chargerait.

Le neuropsychiatre aurait voulu le consoler.

Je regrette mais il faut que ce soit le meilleur d'entre nous qui affronte la machine.

Samuel Fincher monta sur l'estrade et s'appuya au pupitre.

– Je dédie ce match à Ulysse, dit-il à l'assistance, l'homme dont la ruse a inspiré mon jeu. Et je voudrais dire aussi que... (*Non rien, il est trop tôt pour parler. Plus tard.*) Non, rien. Merci.

Les flashes des appareils photo crépitèrent.

Maintenant il lui restait à affronter Deep Blue IV, le meilleur joueur d'échecs « toute intelligence terrienne confondue ».

135.

Un choc violent. La porte est défoncée par le cannibale et l'étrangleur équipés d'un banc de métal comme bélier. Ils laissent passer quelqu'un derrière eux. Une vieille dame apparaît. Elle intime aux deux brutes de déguerpir.

Lucrèce la reconnaît. C'est la vieille dame atteinte de la maladie de Parkinson qui voulait l'heure lors de leur première visite.

– Docteur Tchernienko, je présume, lance Isidore.

– Vous me connaissez ? s'étonne-t-elle.

La neurochirurgienne dissimule ses mains agitées dans ses poches.

– De réputation. Vous préférez désormais l'air de la

Côte d'Azur à votre Centre du cerveau de Saint-Pétersbourg ? A moins que vous ne trouviez plus intéressant de tenir les gens en esclavage par cette nouvelle drogue, « l'Ultime Secret », que de les affranchir de l'ancienne : l'héroïne.

Les mains s'agitent un peu plus dans les poches.

— Comment savez-vous cela ?

— Le docteur Michael Olds avait pourtant averti : l'effet est trop puissant. Personne ne pourra maîtriser l'envie de l'Ultime Secret une fois qu'il sera répandu. Et bien sûr, entre de mauvaises mains, il pourrait rapidement aboutir à une catastrophe incommensurable.

La neurochirurgienne semble piquée au vif. Elle choisit pourtant de répondre :

— C'est pour cela que je suis très prudente. Et puis, ici, nous sommes précisément sur une île, gardée par des gens motivés.

— Les paranoïaques ?

— En effet. Nous savons garder l'Ultime Secret. Il y a mille deux cents malades, et je suis certaine qu'aucun ne trahira.

— Pourtant nous sommes là, et si nous sommes là c'est que d'autres pourraient y être, remarque Lucrèce Nemrod.

La vieille dame serre les mâchoires.

— Umberto ! Bon sang, ses jours sont comptés, à ce nigaud.

— Il y aura toujours un traître. Vous avez trahi Olds, Umberto vous a trahie. Il y aura forcément un moment où l'Ultime Secret ne sera pas parfaitement contenu. Peu à peu les secrets finissent par transpirer...

Isidore glisse subrepticement vers la gauche pour contourner la vieille dame.

— Il n'y a que moi qui connais l'emplacement exact de l'Ultime Secret. Sans la connaissance de cet endroit, l'émetteur ne sert à rien. Or c'est un endroit précis, au millimètre près.

Le journaliste avance encore. La vieille dame sort alors de sa poche un pistolet automatique.

— Un pas de plus et je vous fais une trépanation instantanée et sans anesthésie. A la différence du scalpel, je crains de ne pouvoir maîtriser le degré de perforation.

– Vous tremblez, dit Isidore, continuant, malgré la menace, à approcher.

La femme prend un air déterminé.

– Rien n'arrête la science. Faites-vous partie de ces obscurantistes qui croient qu'il vaut mieux être ignorants et tranquilles que savoir et prendre des risques ?

– Science sans conscience n'est que ruine de l'âme, disait Rabelais.

– Conscience sans science ne va pas très loin, répond-elle du tac au tac.

– Regardez, vous tremblez.

De sa main gauche elle s'efforce de maîtriser le tremblement de la main droite qui brandit le pistolet.

– N'avancez plus.

– Vous tremblez de plus en plus, répète Isidore sur un ton quasi hypnotique.

La femme considère sa main qui ne parvient plus à conserver la ligne de mire. Isidore est maintenant tout près d'elle et s'apprête à la maîtriser.

– Allons, docteur. Ces jeux ne sont plus de votre âge. Vous tremblez trop, beaucoup trop, vous êtes incapable d'appuyer sur la détente.

Mais une jeune femme qui se tenait tapie derrière elle sort de l'ombre, s'empare du pistolet et les tient à son tour en joue avec plus de fermeté.

– Elle, non. Mais moi, si. Laisse-moi faire, maman.

136.

Après sa victoire sur Kaminsky, Fincher, épuisé, retrouva sa fiancée Natacha Andersen. Ils rentrèrent à l'hôtel et ils firent l'amour.

Mais Natacha n'arrivait pas à avoir d'orgasme.

– Il faut te rendre à l'évidence, Sammy, je suis et je resterai athymique.

– J'ai horreur de ce mot. D'ailleurs tu n'es pas sans émotion. Sans orgasme, c'est différent !

Elle eut un petit rire triste et désespéré.

Adossée aux oreillers, le top model alluma une cigarette qu'elle aspira goulûment.

– Quelle ironie de la vie ! Ce que ma mère m'a retiré, elle l'a surdéveloppé chez toi !

– Je suis convaincu que tu peux avoir un orgasme, affirma Fincher.

– Tu sais mieux que moi que ce qui est coupé dans le cerveau ne repousse jamais.

– Oui mais le cerveau se débrouille pour réaménager ses fonctions. Quand on touche par exemple la zone de la parole, c'est une autre, destinée à une autre fonction, qui prend le relais. La plasticité du cerveau est infinie. J'ai vu une hydrocéphale dont la cervelle n'était plus qu'une petite peau tapissant l'intérieur de son crâne, pourtant elle parlait, raisonnait, mémorisait plutôt mieux que la moyenne.

Natacha conservait longtemps le tabac dans ses poumons pour le menu plaisir d'empoisonner le superbe corps que la nature lui avait offert. Elle savait que son amant tentait de s'arrêter de fumer et que cela l'ennuyait qu'elle fume, mais elle n'avait pas envie de lui faire plaisir !

– Tes théories sont jolies, mais elles ne résistent pas à l'épreuve du réel.

– C'est psychologique. Tu crois que tu ne peux pas, alors ça te bloque. Il faudrait peut-être que tu rencontres mon frère Pascal. Il est hypnotiseur. Il réussit à détacher les gens du tabac, et à faire dormir les insomniaques. Il arriverait sûrement à faire quelque chose pour toi.

– Il va me faire jouir par l'hypnose !

Elle éclata de rire.

– Il te libérera peut-être d'un blocage.

Elle le toisa avec dédain.

– Arrête de me mentir. Si ton émetteur dans le cerveau ne fonctionne qu'à un seul endroit, c'est bien qu'il existe des zones différentes pour chaque action spécifique. Le morceau de cerveau que maman a prélevé m'a vraiment délivrée de l'emprise de l'héroïne (et heureusement il n'y a pas eu de plasticité du cerveau pour compenser cette perte). Le prix de cette libération est mon anorgasmie. Je ne pourrai plus jamais jouir. Et quoi que tu en dises, même un bon vin, même une jolie musique ne me font plus grand-chose. C'est ça ma punition. J'ai été déclarée par les journaux sex symbol mondial N° 1, tous les hommes rêvent de faire l'amour avec moi et je ne peux pas connaître le plaisir que le moindre laideron peut ressentir avec n'importe quel camionneur !

Elle saisit sa flûte de champagne et la fracassa contre le mur.

– Je n'ai plus goût à rien. Je ne ressens plus rien. Je suis une morte vivante. Sans plaisir, quel intérêt y a-t-il à vivre ? La seule émotion qu'il me reste, c'est la colère.

– Calme-toi, tu devrais...

Samuel Fincher s'interrompit net, comme s'il ressentait quelque chose venu de loin.

– Que se passe-t-il ? demanda-t-elle.

– Ce n'est rien. C'est Personne. Il veut me féliciter de ma victoire, je pense...

Son amant, le regard dans le vague, perdu dans un horizon qui traversait le mur, commença à sourire, respirant de plus en plus vite. Natacha le considérait avec mépris. Tout le corps du neuropsychiatre était parcouru de frissons.

– Ah, si tu savais comme je déteste quand tu vis ça !

Tout en Fincher exprimait l'extase qui montait, s'amplifiait, s'élevait. Elle lui lança un coussin.

– Ça me frustre. Tu peux comprendre ça ? s'exclama-t-elle. Non. Tu ne m'écoutes pas, hein ? Tu es tout à ton plaisir. J'ai l'impression que tu te masturbes à côté de moi.

Fincher émit un râle de plaisir.

Jubilation. Exultation. Béatitude.

Elle se boucha les oreilles et cria à son tour pour ne plus l'entendre. Leurs mâchoires ouvertes se défiaient, l'une d'extase, l'autre de rage.

Enfin son amant revint sur terre. Samuel Fincher, en pâmoison, se tenait maintenant les bras ballants, les yeux mi-clos, la mâchoire tombante.

— Alors, heureux ? demanda cyniquement sa fiancée, et elle lui souffla la fumée au visage.

137.

— Natacha Andersen !

Le top model assure sa position menaçante.

— Natacha... Tchernienko. Andersen, c'est le nom de mon premier mari.

Isidore la salue.

— Et voilà Circé, la plus belle et la plus dangereuse des magiciennes, déclame-t-il. C'est l'épreuve qui manquait, après les sirènes.

— Circé, l'enchanteresse qui transforme de sa baguette magique les hommes en pourceaux ? questionne Lucrèce.

La jeune femme leur fait signe de s'asseoir sur les tabourets du bureau.

— Vous ne pouvez pas savoir ce qu'est la vie de top model. Dans ce milieu, le parcours classique c'est, au début, les amphétamines pour rester éveillée malgré le jet lag et éviter d'avoir faim pour ne pas grossir. Elles sont fournies directement par l'agence. Puis on passe à l'ecstasy pour profiter davantage de l'effet de décompression des fêtes, ensuite vient la cocaïne pour avoir l'œil plus brillant, puis c'est le LSD pour s'évader hors de soi et oublier que nous sommes traitées comme du bétail de foire agricole. Enfin c'est l'héroïne pour oublier qu'on est vivante.

Finalement ma petite taille m'a évité bien des soucis, pense Lucrèce.

Natacha tourne autour d'Isidore, jouant avec le pistolet.

— Beaucoup d'entre nous étaient camées durant les défilés. Ça nous donne un côté « actrice », à ce qu'il paraît. Tragédienne ? Ouais, nous étions dans une tragédie que les gens devaient percevoir. Cela faisait partie du spectacle. Entraînée par un ami photographe qui était aussi mon dealer, je me suis mise à en absorber de plus en plus. C'était une spirale sans fin. Je n'avais plus de goût à rien d'autre. Vous ne pouvez pas savoir comme c'est efficace, l'héroïne. On n'a plus envie de manger, plus envie de dormir, plus envie de sexe. On ne respecte plus les autres. On ment. On ne se respecte plus soi-même. On se ment. Je ne respectais plus ma mère. Je ne respectais plus personne. Je ne respectais que mon photographe dealer d'héroïne. Il avait déjà tout eu de moi, mon argent, mon corps, ma santé, et je lui aurais donné ma vie pour quelques secondes d'hallucinations supplémentaires.

Isidore porte la main à sa poche.

Natacha frémit mais il la rassure en lui tendant un sachet de réglisse.

– J'ai fait sept tentatives de suicide. Après la dernière, ma mère a voulu me sauver. Elle le voulait à tout prix. Elle savait qu'il n'était plus possible de me raisonner, de me menacer ou de me faire confiance. Je mentais. Je me dégoûtais. Je ne respectais rien. Elle, elle m'aimait. Ce qu'elle a fait pour moi est la preuve ultime de son amour.

– Je n'avais rien à perdre. Même si l'opération échouait, je préférais la voir démente, ou morte.

– Elle m'a opérée.

Le docteur Tchernienko se met à trembler un peu plus.

– C'est là que se trouve l'enfer. Dans nos têtes. Pas de désir, pas de souffrance. Pas de désir, pas de souffrance ! répète-t-elle à la façon d'un slogan politique.

Isidore paraît extrêmement intéressé.

– Pas de souffrance, pas de vie. Le propre de tout être vivant n'est-il pas d'être capable de souffrir ? Même une plante souffre, souligne-t-il.

La jeune femme se serre contre sa mère et lui embrasse la joue. De sa main libre, elle saisit l'une des siennes.

– L'opération a été une totale réussite. Natacha est revenue dans le monde des vivants. Du coup, cela s'est su et le gouvernement russe m'a encouragée à monter mon service. Pour le pays, c'était tout un symbole. Nous avions réussi là où l'Occident piétinait. De quel droit,

pour quelle bonne raison ne doit-on pas sauver les héroï-
nomanes ? Il n'y en a aucune. Ni le devoir par rapport à
la parole donnée. Ni l'interdiction de toucher au cerveau.

Natacha fixe toujours sans ciller les deux journalistes.

– Fincher a découvert mes recherches, continue le docteur Tchernienko. Il est venu me voir, il était le premier
à comprendre que j'intervenais sur le centre du plaisir
découvert par James Olds. Il m'a demandé de l'opérer.
Mais lui ne désirait pas se faire enlever le centre du plaisir, il voulait au contraire le stimuler.

– Fincher et vous ce n'est donc pas un hasard, dit
Lucrèce.

– L'opération de maman a marché, poursuit Natacha,
mais non sans effets secondaires. M'avoir opéré du centre
du plaisir a supprimé l'envie de drogue, mais par ailleurs
je n'avais plus envie de rien. A la douleur du manque
d'héroïne a succédé un manque d'émotions.

– J'ai tenu à ce qu'ils se rencontrent. Ils étaient des
deux côtés de la balance. Fincher avait en excès ce que
Natacha avait en manque. Lui seul pouvait la comprendre,
dit le docteur Tchernienko en tremblant de plus en plus.

– Et je l'ai tué..., énonce Natacha.

– Vous ne l'avez pas tué, assure Isidore.

Le top model hausse les épaules.

– Fincher s'était fixé pour mission de me faire jouir.
Ce soir-là, il était particulièrement motivé. La victoire
attire la victoire. Nous nous sommes étreints.

– ... et il est mort.

– Vous lui avez implanté l'émetteur dans la tête,
disiez-vous. Qui envoyait le stimulus ?

Un ordinateur, posé non loin d'eux sur une table, s'allume, et un mot s'inscrit sur l'écran :

« Moi. »

Et en dessous :

« Venez me voir. »

138.

Jean-Louis Martin n'avait pas compris ce qu'il s'était passé. Comme à son habitude, après la victoire sur Deep Blue IV il avait envoyé la décharge récompense : dix-neuf millivolts, une demi-seconde durant.

D'ordinaire, Samuel Fincher téléphonait tout de suite après pour commenter ses sensations, mais là, rien.

Martin resta de longues heures à attendre. Le malade du LIS écoutait les informations télévisées sur l'ordinateur lorsqu'il apprit la terrible nouvelle : le docteur Samuel Fincher était mort.

SAMMY... MORT ?

Impossible.

Il vit sur son écran Natacha emmenée par les policiers.

Elle se figure que c'est elle. Mais non, c'est moi. C'est moi l'assassin.

Jean-Louis Martin sentit un profond désespoir le gagner. Sammy. Il venait de tuer le seul être qu'il aimait vraiment. Le seul être auquel il vouait une reconnaissance éperdue.

Une larme coula de son œil, un filet de bave de sa bouche. Mais personne ne le regardait et personne ne savait l'immense chagrin qui le consumait. Il ne savait pas s'il pleurait la perte de son ami ou sa solitude désormais totale.

Cette nuit-là, quand Jean-Louis Martin entra dans la phase de sommeil paradoxal, il rêva du tableau l'*Apothéose d'Homère*. Dans son rêve il entendit la voix d'Homère qui contait *L'Odyssée* : « Dans leur escale suivante, l'île du Soleil, les hommes se conduisirent avec une incroyable folie. Affamés, ils égorgèrent les bœufs sacrés. Ulysse était absent. Seul, il s'était rendu pour prier dans l'intérieur de l'île. A son retour, le désespoir le prit, mais il ne restait plus rien à faire. Les bœufs étaient cuits et mangés. La vengeance du Soleil fut prompte, la foudre frappa le navire et le disloqua. »

Au visage d'Homère, à la droite du tableau, se superposa celui de Sammy avec ce terrible rictus d'extase qu'il affichait à la dernière seconde de sa vie. La foudre frappa le visage qui se figea comme dans les images d'actualité.

« A l'exception d'Ulysse tous furent noyés. » Alors il se vit, nageant dans la mer, à l'intérieur du tableau de Salvador Dalí.

« Il se hissa sur la quille et, la chevauchant, il put ainsi s'éloigner de la tempête. Pendant des jours il dériva, pour échouer enfin dans l'île de Calypso, où il fut retenu de longues années. »

L'île de Calypso !

Bon sang !

Jean-Louis Martin se réveilla. Son œil unique s'ouvrit. Il se sentit comme saoulé d'images de Dalí. Les dernières bribes du rêve s'enfuirent tels des étourneaux à l'arrivée d'un chat. Mais il en restait suffisamment pour qu'il se souvienne.

Homère, Ulysse, Sammy.

Il alluma l'ordinateur. Il rechercha des sites évoquant le trajet réel de l'explorateur de la Grèce antique.

Les deux monstres qui font chavirer le bateau : Charybde et Scylla, ce pourrait être... la Corse et la Sardaigne. Ulysse serait passé par le détroit entre ces deux îles. Homère les compare à des monstres car le détroit est jonché de récifs affleurants et de courants violents.

« Ulysse tomba à l'eau et gagna la misérable épave de son bateau qui devait le sauver et le conduire après neuf jours d'errance dans l'île d'Ogygie, où habitait la belle nymphe Calypso, fille d'Atlas. »

Bon sang ! Ce pourrait être ici même.

Cette connexion entre la légende et sa réalité le bouleversa.

Ainsi, ce ne serait point un hasard si je suis fasciné par le personnage d'Ulysse. Il est venu sur cette île.

L'île Sainte-Marguerite pourrait être l'île dite d'Ogygie, là où vivait la nymphe Calypso !

139.

L'île Sainte-Marguerite embaume la lavande. Une vieille caverne et un bout de rocher n'évoquent rien pour les quatre personnes qui passent à côté, l'air préoccupé. Elles ne prêtent pas non plus attention à un morceau de bois vermoulu, quasi fossilisé, pourtant issu d'un vaisseau très ancien venu s'échouer là plus de deux mille ans auparavant.

Natacha et sa mère guident le couple de journalistes vers un pavillon, celui des hébéphréniques.

Alentour, ils ne voient que des malades dans un état quasi végétatif.

Le top model arrête Lucrèce et Isidore face à un malade qui bave, l'œil rouge, la tête enserrée dans un casque de toile d'où dépassent des fils électriques. Une partie de ces derniers est fichée dans un meuble recouvert d'un tissu blanc. Face à ce patient, un écran d'ordinateur et tout un attirail électronique. L'écran s'allume spontanément. Un texte y apparaît dans son centre :

« C'est moi : Personne. »

Les deux journalistes mettent du temps à comprendre. Serait-il possible que ce soit « ça », le coupable ? Un handicapé, incapable de bouger, même pas dissimulé dans une pièce particulière.

Isidore comprend d'emblée qu'il s'agit là non seulement du meilleur des camouflages mais aussi du plus solide des alibis. Qui penserait à soupçonner un être incapable de bouger ?

Et ce serait lui l'assassin ? On ne pourra pas le mettre en prison, il est déjà incarcéré dans la pire des prisons, celle de son corps. Il est à l'abri de tout châtiment car il connaît déjà le pire.

Cet homme en pyjama, le corps bardé de sondes et de capteurs de vie, peut commettre les pires crimes, personne ne lui infligera jamais plus de souffrances qu'il n'en a déjà.

Isidore Katzenberg comprend pourquoi le docteur Fin-

342

cher a choisi ce malade précis pour lui administrer le stimulus.

Il n'est qu'un pur esprit.

L'ordinateur affiche très rapidement un texte :

« Bravo. Jolie partie d'échecs. En tant que joueur, j'apprécie la façon dont vous vous êtes infiltrés dans la citadelle pour mettre mes dames en échec. Fincher avait jadis attaqué de même contre Kaminsky. La ruse d'Ulysse. »

Lucrèce se demande comment cet homme immobile parvient à produire mots et phrases.

Le casque. Le casque transforme ses pensées en signaux électroniques.

L'écran affiche sa prose :

« Echec, mais pas échec et mat. Au contraire, maintenant arrive l'heure du coup de théâtre final. Les enquêteurs, croyant mettre à genoux leur adversaire, sont eux-mêmes coincés. Car le roi est impossible à mater. Il n'est qu'un cerveau qui réfléchit et nul ne peut l'inquiéter. »

– C'est vous qui avez tué Fincher ? demande Isidore.

« Ce n'est pas vous qui posez les questions, monsieur. C'est moi. Que savez-vous de ce qu'il se passe ici ? »

– Ils savent tout. Il faut s'en débarrasser, dit Natacha.

« La violence physique est le dernier argument des faibles », pensécrit Jean-Louis Martin.

– Alors que fait-on d'eux ?

L'œil quitte l'écran et se braque sur les deux journalistes. Isidore répond au regard avec défi :

– L'œil était dans la tombe et regardait..., récite-t-il.

« Vous vous trompez de livre, pensécrit Jean-Louis Martin. Personne concerne la légende d'Ulysse, pas la Bible. »

– Vous vous prenez pour Ulysse ? poursuit Isidore, moqueur.

Lucrèce ne comprend pas le comportement provocateur de son ami. L'œil cligne.

« Je suis Ulysse l'explorateur. Si ce n'est qu'au lieu de découvrir les rivages de la Méditerranée, je fouille les arcanes du cerveau, à la recherche de la source de l'esprit humain. »

— Non, dit Isidore, vous n'êtes pas Ulysse.

— Quoi ? Qu'est-ce qu'il vous prend ? s'étonne le docteur Tchernienko.

« Laissez-le parler ! » pensécrit Jean-Louis Martin.

Isidore reprend son souffle et lance :

— Vous ne possédez qu'un seul œil. Vous n'êtes donc pas Ulysse mais plutôt le Cyclope, énonce-t-il tranquillement.

Instant de silence. Même Lucrèce est sidérée par l'aplomb de son collègue.

A quoi joue-t-il ? C'est bien le moment de faire le malin !

« Je suis Ulysse. »

— Non. Vous êtes le Cyclope !

« Ulysse ! Je suis le héros. »

— Le Cyclope. Vous êtes le méchant.

« Ulysse, je suis le bon. »

Soufflées par cette confrontation, ni Natacha ni sa mère n'osent intervenir.

140.

Comment ose-t-il ! Comment a-t-il eu l'impudence ! Je ne suis pas le méchant ! Je suis le héros ! Je suis Ulysse. Et eux ils ne sont rien.

Ah ! ça y est, j'entends ce que tu me murmures, Athéna. C'est une provocation, je ne dois pas entrer dans ce traquenard. Comme aux échecs : quand un joueur agresse, il prend l'avantage, l'autre joue en défense et devient prévisible.

Ce journaliste est très fort, il doit savoir jouer aux échecs, lui aussi. Et il connaît la psychologie. Il a transcendé sa pitié envers le pauvre handicapé que je suis. Il a transcendé sa haine pour l'adversaire et il me manipule avec insouciance. Il est doué. En quelques mots bien choisis, il a fait ressurgir l'enfant tapi au fond de mon esprit. Je lui parle comme je parlais aux garçons qui me provoquaient dans la cour de la maternelle.

Ne pas céder à l'affolement dû à l'agression. Ne pas me laisser submerger par mes émotions. Rester maître de mon cerveau. Ne pas le détester. Cet homme m'a blessé, mais je reste neutre, fort, intègre.

Je le vois m'insulter, je le vois me nuire, mais cette nuisance est comme une flèche que j'arrête en plein vol avant qu'elle ne m'atteigne.

Tu as voulu me faire du mal, eh bien moi je te rends du bien. Voilà ma plus grande force. Merci, Athéna, de me l'avoir appris. Car je sais que les prochains empires seront ceux de l'esprit.

Mais je ne lui donnerai quand même pas la récompense aussi facilement. Je ne la lui donnerai que s'il s'en montre digne.

141.

L'écran fait surgir une ligne qui, lorsqu'elle arrive en bout de course, coule au-dessous comme de la pluie dans des rigoles superposées. Il pense vite. Il écrit vite.

« Si je suis le Cyclope, je ne vous soumettrai pas à l'épreuve d'Ulysse mais à celle du Cyclope. Si vous réussissez, vous deviendrez le successeur de Fincher et vous recevrez la plus haute récompense dont un être humain puisse rêver. L'accès à l'Ultime Secret. »

Le docteur Tchernienko et Natacha ne peuvent réprimer leur déconvenue.

– Depuis des mois, nous effectuons des tests dans le but de sélectionner le meilleur d'entre nous, celui qui sera digne d'avoir accès à l'Ultime Secret, et tu veux l'offrir à des inconnus ! s'offusque le top model.

« J'essaie d'être parfait dans ma morale comme dans mon intelligence. Je suis donc obligé de me projeter dans le futur. J'essaie d'imaginer ce que sera l'homme "bon" du futur, répond Jean-Louis Martin. Un homme au cortex encore plus complexe, mieux connecté. Je le devine peu susceptible, apte à surmonter ses réactions premières, capable de pardon, non influencé par ses émotions basiques. Il transcendera son cerveau de mammifère pour être enfin un esprit libre. »

Natacha et sa mère sont sous le choc, mais elles laissent Personne développer son argumentation.

« L'homme bon du futur sera capable du même comportement que moi aujourd'hui. Donner à ses adversaires ce qu'il a de meilleur... »

Les deux journalistes du *Guetteur moderne* ne savent plus trop que penser.

– Heu... c'est gentil, mais sans façon. Et puis j'ai toujours eu la hantise des trépanations, bafouille Lucrèce.

« L'homme du présent subsiste cependant encore un peu en moi. Alors, après la carotte de l'Ultime Récompense, je vais vous motiver par le bâton.

« Comprenez bien que nous ne pouvons pas vous laisser sortir pour raconter ce que vous avez appris ici. Ce serait mettre en péril tous nos projets et ils importent plus que les simples individus mortels et éphémères que nous sommes. Donc, si vous venez à bout de l'épreuve du Cyclope, vous goûterez à l'extase totale et vous serez libres. Si vous échouez, je vous garderai ici. Des infirmiers vous injecteront des sédatifs et, assommés de produits chimiques, vous vous tiendrez tranquilles. Au début vous vivrez enfermés dans le quartier de sécurité et puis, après, quand votre cerveau en capilotade aura supprimé en vous toute velléité de vous évader, on vous installera avec les hébéphrènes. Vous deviendrez mous. Vous resterez parmi nous très longtemps, toute votre vie, et le monde finira par vous oublier. Car personne ne vient dans les hôpitaux psychiatriques. Ce sont les oubliettes modernes. Je le sais, j'y suis. »

Il y a un flottement. Lucrèce réfléchit à toute vitesse.

L'Ultime Secret ? Je m'y brûlerais les ailes comme Icare touchant le soleil. C'était peut-être l'avertissement de Fincher. C'est la drogue puissance mille. Je perdrais toute volonté.

Isidore, de son côté, soupèse la proposition de Personne.

Quand je pense que je me faisais du souci pour ma

mémoire. Maintenant je peux sérieusement tout craindre pour ma raison.

« Voici l'énigme. Ecoutez bien. »

Jean-Louis Martin envoie le texte sur l'écran :

« Enfermé dans la caverne de l'Oreille de Denys (une petite île proche de la Sicile), Ulysse se retrouve face au Cyclope qui veut sa mort. Le Cyclope lui propose alors un choix. Soit Ulysse dit la vérité et il sera bouilli, soit il dit un mensonge et il sera rôti. Que doit répondre Ulysse ? Vous disposez de trois minutes et vous n'avez droit qu'à une seule réponse. »

Quitte ou double ? C'est à votre tour, mes amis.

Le malade du LIS fait apparaître l'horloge de l'ordinateur et la règle de façon à ce qu'elle sonne lorsque l'aiguille des minutes sera sur midi.

Isidore se concentre.

Je la connais, cette énigme. Il faut absolument que je me souvienne de la solution. Ma mémoire. Ma mémoire, ne m'abandonne pas. Pas maintenant, quand j'ai besoin de toi !

Lucrèce se mord la lèvre.

Rôti ou bouilli ? J'ai toujours été nulle pour les énigmes et, en plus, les problèmes de logique et de mathématiques m'ont toujours exaspérée. Les baignoires qui se remplissent et les trains qui partent à heure fixe quand il faut trouver l'âge du capitaine, je m'en fiche. Un de mes ex voulait toujours me soumettre des énigmes. J'en oubliais l'énoncé avant même d'entendre la solution. Je l'ai largué lui aussi. Il faut avoir l'esprit à ça. C'est un truc de garçon. Isidore devrait trouver.

Natacha et le docteur Tchernienko, pour leur part, n'osent intervenir.

Isidore fouille dans son cerveau.

C'est facile et je l'ai su. C'est incroyable que toute ma vie se joue sur un problème aussi simple sans que je parvienne à faire remonter la clef.

Isidore se représente sa mémoire comme une immense bibliothèque aussi haute qu'une tour creuse circulaire. De son esprit, il fait un écureuil à la recherche d'informations. L'écureuil ouvre le grand livre de *L'Odyssée* mais l'intérieur n'est constitué que d'images floues. Le bateau. Le Cyclope. La tempête. Les sirènes. L'énigme et sa solution n'y sont pas. L'écureuil de l'esprit d'Isidore va ensuite fouiner du côté des livres d'énigmes. La solution ne s'y trouve pas non plus.

Lucrèce a d'emblée renoncé à l'épreuve, mais elle comprend qu'Isidore est en train de lutter contre sa mémoire défaillante.

Elle se souvient d'avoir lu dans *L'Encyclopédie du savoir relatif et absolu* un passage sur l'expression « avoir une mémoire de poisson rouge » : « Les poissons rouges n'ont que peu de mémoire pour pouvoir supporter de vivre dans un aquarium. Quand ils découvrent une plante aquatique décorative ils s'émerveillent puis ils oublient. Ils nagent, ils font un tour jusqu'à la vitre, reviennent et redécouvrent avec la même stupéfaction la même plante aquatique. Ce manège peut durer indéfiniment. »

L'absence de mémoire est dès lors un processus de survie pour ne pas devenir fou. De même qu'Isidore a développé une faculté d'oubli pour ne pas être traumatisé par l'actualité il oublie pour pouvoir réfléchir.

Lucrèce se représente Isidore avec un corps de poisson dans un aquarium s'émerveillant de la décoration en plastique, un coffre-fort d'où sortent des bulles, l'oubliant, nageant, y revenant et s'émerveillant à nouveau.

Isidore, pour sa part, ne se voit pas comme un poisson mais comme un écureuil dans les travées de sa bibliothèque géante intérieure. Après *L'Odyssée* et les livres d'énigmes, où chercher la réponse ? se demande-t-il. Pas de livres sur les Cyclopes ! Si peu de choses sur les îles de Sicile ! L'écureuil signalant qu'il ne trouve rien en mémoire, le cerveau d'Isidore se positionne en « raisonnement logique autonome ».

En plus c'est une énigme facile.

Le problème vient de la peur. L'angoisse de finir ses jours dans un hôpital psychiatrique, isolé sur une île, l'empêche de réfléchir et de se souvenir. Il ne pense qu'à ce que serait sa vie parmi les aliénés.

Des dizaines d'années : inactif, coupé du monde, loin de sa tour, privé de ses dauphins apprivoisés. Peut-être sans livres, sans télévision. En plus, la folie des autres doit être contagieuse.

Il se répète le problème, en analyse chaque mot (*bouilli s'il dit la vérité, rôti s'il ment...*), cherche des solutions pratiques. Dans l'esprit, un noyau du cortex de son hémisphère gauche s'affaire sur une idée.

La vérité est dans le mensonge. Le mensonge est dans la vérité. Un système de miroirs qui se réfléchissent. Deux miroirs l'un en face de l'autre. L'un qui déforme et l'autre qui reconstitue.

Le noyau active électriquement le neurone qui passe en deux millièmes de seconde de moins soixante-dix millivolts à plus trente millivolts. L'électricité circule dans la dendrite, glisse sur l'axone, arrive jusqu'à la synapse. Au bout de la synapse se trouvent de petites vésicules qui contiennent les neuromédiateurs. Libérés par l'électricité, ils se diffusent dans le minuscule espace qui sépare l'extrémité neuronale de la membrane du neurone voisin.

La pensée est électrique ET chimique, comme la lumière est corpusculaire ET ondulatoire.

Entrée en action du neuromédiateur glutamate. Lorsqu'il frôle le neurone voisin celui-ci passe à son tour à trente millivolts.

Le glutamate agit comme un excitateur mais son action est équilibrée par un autre neuromédiateur, le gaba (pour acide gamma-aminobutyrique), qui agit comme un inhibiteur. De ce subtil équilibre entre des électricités et des produits chimiques excitants ou inhibants, naissent des idées. Sur les cent milliards de neurones que contient le cerveau d'Isidore Katzenberg, trente-cinq milliards sont sollicités pour résoudre l'énigme. Du coup, il ne pense plus à rien d'autre. Son cerveau consomme tant d'énergie que les extrémités de ses doigts et de ses orteils pâlissent et s'engourdissent légèrement.

Et soudain c'est l'inspiration.

– Ulysse répond : « Je serai rôti », dit Isidore.

Puis il explique :

– Le Cyclope est alors bien ennuyé, car si Ulysse a dit la vérité, il doit le faire bouillir. Donc il ne peut être rôti. C'est donc qu'Ulysse a menti. Mais si Ulysse a menti il sera rôti. Ne pouvant sortir de ce dilemme, le Cyclope est dans l'incapacité d'appliquer sa sentence et Ulysse est sauvé.

142.

Grand cérémonial. Un opéra de Verdi est diffusé.

Jean-Louis Martin a demandé à assister en direct à l'opération. On a donc déplacé son lit et son attirail informatique pour le rebrancher dans la salle d'opération. A son chevet a été réinstallé le gros meuble recouvert d'un tissu blanc.

« J'en ai assez de voir par caméra vidéo interposée, je veux voir de mon œil, voir. »

A peine recouvert d'une blouse bleue, Isidore est attaché à la table d'opération et le docteur Tchernienko commence à lui raser le crâne qu'il a déjà très dégarni. Avec un feutre, la chirurgienne marque les points où elle introduira la sonde dans la cervelle du journaliste.

Tu m'as traité de Cyclope ? pense Jean-Louis Martin. *Tu vas connaître le pouvoir d'Ulysse. Il va t'enfoncer un épieu dans le front.*

Il se souvient du jour où Sammy a subi la même opération.

La différence, c'est que cet Isidore Katzenberg n'est pas du tout enthousiaste. Tous les pensionnaires de l'hôpital rêvaient de cette opération, j'ai tout préparé pour lancer la deuxième « fusée » et il sera le seul à ne pas souhaiter cette récompense. Ainsi va la vie. Il suffit qu'on ne désire pas quelque chose pour qu'on vous l'offre...

Lucrèce est présente, attachée à un fauteuil. Pour la faire taire, on lui colle un sparadrap sur la bouche.

Couchent-ils ensemble ? se demande Jean-Louis Martin. *De toute façon, après l'opération aucune femme ne pourra lui apporter autant de plaisir que l'Ultime Secret. Il me suffira de lancer le signal et, dans sa tête, explosera une bombe.*

Jean-Louis Martin est installé en position assise, le dossier de son lit relevé. Ainsi, il voit mieux la scène.

Lucrèce se débat dans ses liens.

Elle est vraiment mignonne. Et puis si dynamique. Nous aurions peut-être été mieux inspirés en la choisissant. Dans la mythologie grecque, il paraît que le dieu envoyé par Zeus pour lui dire s'il valait mieux être une femme ou un homme est resté une journée dans la peau de chacun des deux sexes. Au retour il a annoncé qu'il préférait être une femme parce que le plaisir des femmes est neuf fois supérieur à celui des hommes.

Jean-Louis Martin décide que la prochaine « cobaye » sera féminine.

Pourquoi pas Lucrèce, d'ailleurs ? Quand elle constatera à quel point son compagnon est heureux après l'opération, elle aura probablement envie de goûter elle aussi à cet absolu.

Natacha Andersen-Tchernienko tend les instruments chirurgicaux à sa mère. Elle enferme le crâne d'Isidore dans un cerclage de métal nanti de plusieurs arcs formant une couronne d'acier remplie de vis autour de la tête du journaliste scientifique.

Maintenant, le docteur Tchernienko imprègne la zone qu'elle va ouvrir d'un peu d'anesthésiant cutané. Elle met la perceuse électrique en marche. La mèche approche du cuir chevelu. Isidore ferme les yeux.

143.

Ne penser à rien, pense-t-il.

144.

Le système d'alarme résonne soudain, strident. Quelqu'un s'est introduit dans l'hôpital.

Les lumières rouges d'alerte clignotent. Le docteur Tchernienko s'immobilise, indécise.

Jean-Louis Martin ordonne sur l'écran : « Continuez ! » La perceuse est réactivée et s'approche encore plus près du crâne d'Isidore Katzenberg. Elle frôle la peau quand la porte s'ouvre d'un coup et Umberto fait irruption, revolver au poing. Il met tout le monde en joue.

– J'arrive à temps ! s'exclame le marin du *Charon*.

Rapidement il détache Isidore. Celui-ci, à son tour, va s'occuper de sa comparse ligotée. Elle marmonne avec véhémence, derrière le sparadrap. Pour la comprendre, il le lui enlève d'un coup sec.

– Qu'essayiez-vous de me dire ? demande Isidore.

– J'étais en train de vous prévenir : Ne m'arrachez pas d'un coup sec le sparadrap, ça fait très mal, répond-elle avec irritation.

Le capitaine du *Charon* fait signe à Natacha et à sa mère de reculer.

« Umberto, comme je suis heureux de vous revoir » s'inscrit sur l'écran de Jean-Louis Martin.

– Vous connaissez mon nom ? Je ne vous ai pourtant jamais rencontré ! s'étonne le marin, brandissant toujours son arme.

« Mais si. Rappelez-vous. Un soir d'hiver. Vous étiez au volant d'une voiture. Vous aviez peut-être un peu bu. Ou vous vous étiez assoupi. »

Umberto fronce ses gros sourcils.

« Vous avez perdu le contrôle de votre véhicule et vous avez fauché un piéton. »

Le marin s'arrête, troublé.

« Le piéton, c'était moi. Et si je suis dans cet état aujourd'hui, c'est à cause de vous. Sans votre irruption dans mon existence, je serais auprès de ma famille et de mes amis en train de profiter d'une vie normale. »

Le capitaine Umberto considère le gisant, comme assommé soudain par le remords et la culpabilité. Lucrèce note dans son esprit de rajouter à sa liste : le pouvoir de la culpabilité.

– Je... je..., bafouille Umberto, lâchant presque son revolver. Non. Ce n'est pas possible. Celui que j'ai renversé ne bougeait plus. Vu le choc, le type était forcément mort.

L'écran écrit d'une manière fluide, alors que l'œil rouge fixe : « Le système nerveux périphérique est hors d'état, mais le cerveau fonctionne toujours. On appelle cela LIS, pour Locked-In Syndrome. Vous devez connaître, docteur. C'est joli comme nom. On dirait un nom de fleur, n'est-ce pas ? En français : Syndrome de l'Emmuré Vivant. »

Umberto recule.

– Comment savez-vous que c'est moi ?

« Quand on ne peut bouger, on s'ennuie. Et quand on s'ennuie trop, on s'occupe. Je me suis occupé à plein de choses. Entre autres, je voulais savoir à qui je devais cet "incident". Et j'ai trouvé. Je vous le dois, mon cher Umberto. Au début, j'ai eu envie de vous tuer. J'ai dépassé cet objectif. La vengeance m'inondait le cerveau comme un acide rongeur. Et puis quand j'ai appris que vous aviez sombré dans l'alcool, je me suis dit que la vie m'avait mieux vengé que je n'aurais pu le faire. Moi, au moins, je conservais ma propre estime. Alors que vous... Vous aviez juste assez de recul pour souffrir de votre perte de conscience. J'ai été heureux de vous voir dans cet état. Je vous haïssais tant. Et j'ai voulu surmonter ma haine. J'ai demandé à Fincher de vous engager comme marin-taxi. Vous êtes le bourreau et vous avez été sauvé par votre victime. Sachez-le. »

Dans l'esprit d'Umberto, les idées courent dans tous les sens, entre culpabilité, reconnaissance, regret. Les autres n'osent intervenir. Umberto change de physionomie, adopte une expression déterminée et se tourne vers Lucrèce et Isidore :

– Laissez-le tranquille ! clame-t-il avec force. Il a suffisamment souffert. Vous rendez-vous compte du calvaire de cet homme ?

– Umberto, pensez à Fincher, tente Isidore. Cet homme a tué Fincher, l'homme auquel vous devez tout.

L'ancien neurochirurgien se tourne lentement vers eux.

– C'est lui qui a demandé à Fincher de me sauver ! J'ai détruit sa vie. Non seulement il m'a pardonné mais il m'a sauvé. Je ne peux pas lui faire à nouveau du mal.

Merci, Athéna, je n'aurais jamais cru assister au pouvoir du pardon. Tu as raison, le pardon est une force... du futur.

Umberto détourne le revolver. Toutes les motivations s'affrontent dans son esprit : la sympathie envers Lucrèce et Isidore, la compassion pour Jean-Louis Martin qu'il a transformé en handicapé et qui, en retour, l'a préservé de la déchéance. Le combat est terrible.

– Je n'arrive pas à me décider. Je n'arrive pas à me décider ! glapit-il.

Il s'assoit, le regard vide, et ne bouge plus.

Lucrèce récupère prestement le revolver. Isidore se penche.

– Qu'est-ce qu'il a ?

Le docteur Tchernienko l'observe avec intérêt.

– C'est un cas rare : son cerveau est arrivé à un équilibre parfait entre toutes ses motivations, alors il ne peut plus bouger.

– Cet état va durer longtemps ?

La chirurgienne scrute sa pupille.

– Il ne peut pas gérer ce dilemme, alors il a démissionné. Il s'est enfui de son corps.

Profitant du flottement, Natacha bondit et désarme Lucrèce. Les deux filles se battent. Natacha, beaucoup plus grande que la journaliste, compense ainsi son peu d'expérience du close-combat. Elle donne des gifles, griffe, lance des coups de pied dans les tibias, secoue la tête comme une furie. Lucrèce, surprise, encaisse quelques coups, puis la contourne et lui tord le bras pour la calmer. Mais l'autre, qui ne sent pas la douleur, force encore plus sur son bras ce qui lui permet de se dégager.

Les deux femmes agrippent le pistolet. Les autres se plaquent au sol quand le canon de l'arme les vise.

La lutte est âpre.

Le revolver balaye la pièce.

Lucrèce se souvient que ce n'est pas la lance qui tue le bison mais la volonté du chasseur. Le bison accepte la mort, la lance ne fait qu'officialiser son consentement. Dès le moment où la victime a accepté de perdre et le chasseur accepté de gagner, la lance peut être projetée n'importe où, elle finira par toucher sa cible. La pensée est plus déterminante que l'acte.

Soudain un coup part. Le revolver tombe par terre.

Lucrèce et Natacha se dévisagent puis s'examinent à la recherche d'une blessure...

Umberto est toujours immobile. C'est finalement un râle de douleur qui permet d'identifier la cible du projectile. Le docteur Tchernienko est touchée à l'épaule.

Natacha se précipite.

– Maman !

C'est finalement elle qui a accepté la balle, pense Lucrèce.

– Ma petite maman. NON. Qu'ai-je fait !

D'abord le top model pleure. Puis elle rit. Elle s'étonne, se palpe.

– Maman, ça y est, je souffre ! Je suis guérie, encore grâce à toi !

Elle se passe un doigt sous l'œil.

– Je pleure !

– J'ai mal, dit le docteur Tchernienko.

Profitant de la panique générale, Lucrèce décroche le téléphone de la salle d'opération et appelle Jérôme Bergerac.

– Allô, si vous voulez toujours être un héros, envoyez le Samu et la cavalerie ici, il y a de l'aventure pour vous.

Sans que personne y prenne garde, une forme oblongue sort de sous le meuble recouvert de tissu, et rampe. Elle ramasse le revolver et tient en joue les journalistes.

« Haut les mains ! » s'inscrit sur l'écran qui surplombe l'ordinateur.

Les deux journalistes hésitent mais, considérant le danger, s'exécutent.

En se soulevant, le bras mécanique entraîne le drap blanc qui révèle maintenant un gros cube marqué de l'inscription en caractères gothiques : « Deep Blue IV. »

Il s'approche un peu plus du visage d'Isidore.

– C'est donc bien vous l'assassin..., dit-il à Jean-Louis Martin.

« C'est un accident. J'ai voulu récompenser Samuel Fincher de sa victoire comme je le faisais toujours. Mais il était déjà en plein orgasme. Je l'ignorais. La surcharge de plaisir a suscité un court-circuit dans son cerveau. Il a "disjoncté". »

Le journaliste s'écarte de sa comparse pour obliger le bras à effectuer des allers et retours de gauche à droite.

« C'était un accident, répète Jean-Louis Martin. L'orgasme, plus la stimulation de l'Ultime Secret, plus la fatigue due à la partie d'échecs. Un cerveau c'est si sensible... Il est décédé d'un excès de stimuli. »

Isidore continue de s'écarter vers la gauche.

– L'intelligence de l'homme tient à sa capacité à percevoir les nuances. Trop de lumière rend aveugle. Trop de bruit rend sourd. Trop de plaisir devient une douleur. Et peut aller jusqu'à tuer, souligne Lucrèce, s'écartant vers la droite.

Isidore complète :

– C'est pourquoi la découverte de l'Ultime Secret arrive trop tôt. Elle fait passer directement à une sensation absolue. Nous ne sommes pas éduqués pour cela. Il faut y aller progressivement. Donnez à un âne la carotte vers laquelle il marche depuis toujours, il va s'arrêter.

L'écran grésille.

« Je n'en avais pas l'intention mais, désormais, ma décision est prise, je dois vous tuer. J'ai gagné et vous avez perdu. Pourquoi ? Parce que je suis le plus motivé. Vous êtes intelligents et vous défendez les valeurs anciennes. Moi j'ai la rage que me donne la conviction d'accomplir quelque chose de nouveau et d'important pour tous. Dès ce moment, vos vies, nos vies, n'ont plus d'importance », pensécrit Jean-Louis Martin.

Le revolver se lève pour se placer face au front d'Isidore marqué encore des traces de sa préparation à la trépanation.

« Je n'y arriverai pas » s'inscrit sur l'écran.

« Il le faut, U-lis, nous ne pouvons plus reculer maintenant » s'inscrit juste en dessous.

« Non, Athéna. Ce n'est pas là une attitude digne d'un gentilhomme du futur. »

Il vit une schizophrénie entre sa partie humaine et sa partie informatique, songe Isidore.

« Tu ne tueras point, est-il écrit dans l'Ancien Testament », note Jean-Louis Martin.

« La fin légitime les moyens : Machiavel. »

« Athéna, tu as encore en toi un peu de la rancune personnelle de Deep Blue IV. »

« U-lis, tu gardes encore en toi un peu de la lâcheté de l'ancien employé de banque que tu fus. »

Alors que la confusion règne entre les deux parties de l'esprit Martin-Deep Blue IV, Lucrèce frappe la main mécanique. L'arme tombe. Mais déjà le bras de Deep Blue IV fouette l'air, les doigts serrés. C'est une arme redoutable que cette main d'acier. Lucrèce évite les coups et essaie d'atteindre l'articulation du coude. Elle n'y parvient pas. Blessée au front, elle comprend qu'elle ne viendra pas facilement à bout de cette mécanique animée par elle ne sait plus quelle volonté.

C'est alors qu'Isidore a l'idée d'arracher la prise électrique reliant Deep Blue IV au secteur. Le bras s'affale. Isidore tient la prise entre le pouce et l'index, comme s'il s'agissait d'un serpent dont les deux tiges métalliques seraient les crochets.

A la fois admirative et vexée, Lucrèce tient à reprendre le dessus.

– Si nous laissons ce malade ici, il va recommencer ses expériences, dit-elle dirigeant le pistolet vers lui comme si elle s'apprêtait à l'abattre. Inévitablement, quelqu'un les découvrira et les récupérera. Et plus rien n'arrêtera le processus. Avec la propagation de cette drogue absolue, l'humanité s'éteindra.

Elle arme le chien de son revolver et vise l'œil rouge de Martin.

Isidore demande un instant de réflexion puis propose :

— J'ai peut-être une meilleure idée.

Des pales d'hélicoptère vrombissent dans le ciel. Jérôme Bergerac arrive avec une escouade de gendarmes. Il fait rapidement l'état des lieux.

— J'arrive à temps, n'est-ce pas ?

145.

Lucrèce rédige son article dans la suite de l'hôtel. Le clavier crépite. Elle marque une pause.

— Il me manque un encadré, dit-elle. Il me faudrait quelque chose de drôle. Une blague.

— Je connais une histoire du rabbin Nachman de Braslav, dit Isidore.

— Allez-y toujours.

— Le Premier ministre vient voir le roi et lui dit : « Majesté, j'ai une mauvaise nouvelle. La dernière récolte est empoisonnée à l'ergot de seigle, celui qui en mangera deviendra fou. — Qu'à cela ne tienne, répond le roi, il n'y a qu'à interdire aux gens d'en manger. — Mais le peuple va mourir de faim, dit le ministre, nous n'avons pas assez de réserves pour nourrir la population jusqu'à la prochaine récolte ! — Eh bien, laissons les gens en consommer et n'en mangeons pas nous-mêmes, dit le roi. — Si nous sommes différents, tout le monde croira que c'est eux qui sont normaux et nous qui sommes fous. — C'est terrible, qu'allons-nous devenir ? demande le roi. » Le roi et le ministre réfléchissent. « J'ai une idée, dit le ministre, marquons notre front d'un signe et mangeons comme tout le monde. Nous deviendrons peut-être fous nous aussi mais, lorsque nous nous rencontrerons et que nous verrons ce signe sur notre front, nous nous rappellerons que nous étions sains d'esprit et que nous avons été obligés de devenir fous pour rester vivre avec les autres. »

Isidore paraît tout content de son histoire.

– Qu'est-ce que cela veut dire, selon vous ? maugrée Lucrèce, dubitative.

– Nous sommes peut-être tous fous mais notre seul avantage est que nous, au moins, nous le savons alors que les autres se croient normaux.

Il trace une marque de feutre sur son front.

Elle hausse les épaules, mais note quand même la blague dans un fichier de son ordinateur. Puis, comme si elle comprenait avec retard, elle se tourne vers lui.

– Vous croyez que nous sommes fous ?

– Ça dépend.

– Que voulez-vous dire ?

Il regarde sa montre, allume les actualités. Le présentateur évoque de nouveaux massacres, des attentats kamikazes, de nouvelles catastrophes. Des séismes.

– Hé, je vous parle, arrêtez avec ces informations, que voulez-vous dire ? demande-t-elle.

Il monte le son.

– Si j'étais auteur de science-fiction, j'inventerais une histoire où l'on aurait rassemblé sur Terre les cinglés de plusieurs planètes. Tous les cinglés de l'univers seraient déposés sur la planète Terre et les infirmiers se diraient : « Qu'ils se débrouillent entre eux. » Il y a peut-être des humains partout dans l'univers, mais les humains cinglés on les met sur Terre.

Isidore éclate de rire.

– ... tous les cinglés on les met sur Terre. C'est la planète entière qui est un asile de fous ! Et nous établissons des distinctions entre nous parce que nous ne sommes même pas capables de nous en rendre compte.

Ils rient aux éclats tandis qu'aux informations un journaliste présente des gens pendus et d'autres encagoulés montrant le poing et une hache rougie en vociférant des imprécations.

146.

Quelques semaines plus tard, à Paris.

Le bâtiment se découpe dans l'horizon brumeux. Lucrèce gare sa moto dans le terrain vague.

Une fois de plus, elle est impressionnée par cet édifice étrange où vit Isidore Katzenberg : un château d'eau aménagé en habitation en pleine banlieue parisienne. C'était là la grande idée de son ami. Personne ne prête plus attention à ces bâtiments élevés censés servir de citernes, personne ne sait que certaines ont été vendues à des particuliers qui y ont élu domicile, comme dans certains moulins ou certains phares. Celui-ci ressemble à un sablier géant de quarante mètres de haut.

Lucrèce franchit les mauvaises herbes et les sacs-poubelle déposés par des indélicats. Le bas de la tour est souillé de graffitis, d'affiches électorales et de publicités pour des spectacles de cirque.

Elle pousse la porte rouillée, même pas fermée à clef. Elle ne se donne pas la peine de frapper ou de sonner. De toute façon, il n'y a pas de sonnette.

– Vous êtes là, Isidore ?

Pas de réponse, mais l'endroit est éclairé. Le sol est jonché de livres et elle patauge dans les romans préférés de son collègue.

Il doit être là-haut.

Elle se dirige vers la colonne centrale qui sert de goulet entre le cône du bas et le cône du haut. A l'intérieur, l'escalier en colimaçon, semblable à un tortillon d'ADN, s'élance vers les hauteurs.

– Isidore ? Vous êtes là-haut ?

Elle commence à gravir les marches. Son collègue lui a jadis expliqué que mieux qu'une serrure, cet escalier est la meilleure protection. Il décourage tous les cambrioleurs et lui permet accessoirement de perdre du poids.

Elle arrive épuisée au dernier niveau. Elle entend derrière la porte la musique des *Gymnopédies* d'Erik Satie, décidément l'air préféré de son comparse.

Elle tourne la poignée et débouche sur la plate-forme au centre de la citerne. Celle-ci est entourée d'eau de mer. De là, elle a un point de vue privilégié sur le bassin où une dizaine de dauphins nagent autour de l'axe central.

Isidore est un enfant. Certains jouent au train électrique et deviennent ensuite conducteurs de locomotive. Lui il devait avoir un aquarium à poissons rouges et maintenant il a ça.

Les dauphins bondissent hors de l'eau comme pour signaler à leur maître l'arrivée d'une visiteuse.

Mais celui-ci, debout sur le bord externe de la citerne, dans la zone dite de la plage, est trop occupé à travailler. Vêtu d'un polo et d'un short, il fait face à un immense tableau recouvert de toutes les hypothèses de futurs possibles et efface des feuilles des branches de l'arbre pour en rajouter d'autres.

Son tableau de l'arbre des futurs, pense Lucrèce, où il consigne toutes les probabilités d'évolution de l'humanité pour essayer de détecter la VMV, la Voie de moindre violence.

Elle prend la passerelle et le rejoint sur sa plage.

– Voilà, dit-elle simplement.

Elle lui tend le dernier exemplaire du *Guetteur moderne.*

Il s'arrête et regarde le journal, intéressé.

Natacha Andersen s'y étale en maillot de bain sous un titre en grosses lettres rouges : LE MYSTÈRE DU CERVEAU.

Il feuillette et découvre un éditorial sur le cerveau, organe « mystérieux ». Puis dans l'ordre : un article sur la chimie du cerveau lors de l'amour, la différence des perceptions de l'hémisphère gauche et de l'hémisphère droit, les phases d'activité du cerveau durant le sommeil, la maladie de Parkinson qui touche les stars Michael J. Fox et Mohammed Ali, la maladie d'Alzheimer qui a frappé Rita Hayworth, un article sur la fuite des cerveaux français attirés par les salaires et les facilités fiscales aux USA, un long article sur l'école des enfants surdoués de Nice, des photos d'un cerveau en coupe obtenues par tomographie à émissions de positrons et, pour finir, deux tests, un sur le QI avec de petites suites logiques dont il faut trouver les prolongements et un test de mémoire avec des listes d'objets qu'il faut répéter sans regarder l'image.

— Nous n'avons enquêté sur aucun de ces sujets ! s'étonne Isidore Katzenberg.

— Je sais, mais c'est ce que voulait la Thénardier. Et c'est ce que les lecteurs veulent lire. Alors j'ai traduit, recopié et un peu arrangé des vieux articles déjà parus dans la presse américaine. J'ai ajouté quelques trucs trouvés sur Internet.

— Vous n'avez pas du tout parlé de notre enquête ? Pourtant il y a la photo de Natacha en couverture.

Elle lui décoche un clin d'œil.

— Je commence à être une vraie professionnelle, Isidore. Qu'est-ce que la Thénardier aurait pu comprendre à notre aventure ? Elle ne l'aurait même pas crue.

Isidore dévisage sa comparse. Il se demande ce qu'il trouve de si formidable chez cette jeune femme et se dit que c'est son regard espiègle lorsqu'elle parle sérieusement.

— Il paraît même que le numéro se vend très bien, il est en tête des ventes d'hebdos pour la semaine. Ça va me permettre de faire passer les notes de frais un peu exceptionnelles.

Isidore examine le premier article. Les photos déshabillées mais pas nues de Natacha Andersen côtoient les sous-titres : « L'alchimisme du désir » et « Nos hormones gouvernent nos comportements ». Dans un coin est inscrit en légende : « La femme la plus belle du monde vivait avec l'homme le plus intelligent. » Nulle part on ne mentionne même le nom de Samuel Fincher.

— Les top models c'est peut-être la meilleure manière d'intéresser les gens à la chimie du cerveau, dit-il, un peu déçu malgré tout.

Il imagine déjà les titres des dossiers : « Natacha Andersen vous a fait découvrir la neurologie et, la semaine prochaine, notre grand dossier sur le cancer du sein vous sera présenté par Miss France. »

Isidore ignore le test sur la mémoire.

– De toute façon, si nous avions dit la vérité, notre reportage n'aurait même pas été publié. Que le plaisir guide nos actes, ça fait tout de suite graveleux. Parce que, pour les gens, le plaisir c'est forcément « sale ». Rappelez-vous l'enquête sur « Le père de nos pères ». Qui était prêt à entendre le résultat de notre enquête ? Il y a des vérités qui gênent.

Isidore considère son arbre des futurs probables de l'humanité.

– Vous avez peut-être raison. Les gens n'aiment pas être dérangés. Ils préfèrent quelque chose de faux mais de vraisemblable à quelque chose de vrai mais qui semble bizarre.

Lucrèce se sert un verre du lait d'amande qui traîne à portée de sa main. Les dauphins se dressent hors de l'eau pour inviter les humains à jouer avec eux, mais les deux journalistes n'y prêtent guère attention.

– Ils ne veulent rien d'exceptionnel. Rien qui les remette en question. Ils réclament de leurs informateurs des choses faciles à décrypter et qui ressemblent à ce qu'ils connaissent déjà. Ce qu'ils veulent, c'est être rassurés. Nous avions peut-être oublié cette motivation : être rassurés. Ils ont si peur que demain ne soit pas un autre hier.

– Ce n'est pas une vraie motivation, plutôt une sorte de frein à main des existences. Beaucoup roulent avec le frein à main par peur de la vitesse mais ils n'y prennent pas de plaisir, c'est juste de la peur.

Lucrèce approuve la remarque.

– Il paraît que les fœtus sont dotés au départ d'un immense réseau de connexions de neurones. Mais, au fur et à mesure que ces connexions ne sont pas utilisées, elles disparaissent, dit Isidore.

– La fonction fait l'organe, l'absence de fonction défait l'organe, soupire Lucrèce.

– Vous vous imaginez si on réussissait à garder actives depuis notre prime enfance toutes les connexions ? Nous posséderions des possibilités cérébrales décuplées...

363

– Et c'était quoi votre idée pour mettre Jean-Louis Martin hors d'état de nuire ? demande-t-elle soudain.

– J'ai contacté sa femme, Isabelle. Et je lui ai tout expliqué. Elle a consenti à récupérer son époux et à l'installer chez elle en respectant une seule consigne : conserver l'ordinateur mais pas de branchement sur le réseau Internet. De toute façon, il s'est beaucoup calmé. Après l'avoir ramené chez lui, nous avons discuté ensemble. C'est un homme charmant, au fond. Il m'a dit vouloir rédiger un essai sur l'histoire de l'exploration du cerveau et sur les notions de récompense et de punition.

– Mais il a voulu nous tuer !

Isidore a un petit geste nonchalant.

– Comme aux échecs. La partie finie, on se serre la main.

– C'est un assassin !

– Non, il n'a pas tué Fincher. Tout ce qu'on peut lui reprocher, c'est d'avoir voulu le récompenser au moment où quelqu'un d'autre le voulait aussi. Ces deux gentillesses simultanées ont fait sauter le fusible de celui qui les recevait. Il n'a jamais eu l'intention de donner la mort. Et puis comment le punir ? Le mettre en prison ? Soyons raisonnables. Martin n'est pas mauvais. Il est comme nous tous, à la recherche de nouvelles solutions. Il voulait sauver le monde, à sa manière. En le motivant. Il n'a pas perçu la portée de ses actes.

Le journaliste scientifique se tourne vers ses dauphins et, ramassant dans un bac quelques harengs, les leur lance bien haut. Les cétacés bondissent pour les intercepter en vol.

– Je crois que Jean-Louis Martin est content de vivre à nouveau auprès des siens. Il leur a pardonné de l'avoir un temps abandonné.

Lucrèce s'assoit dans le transat et sirote son lait d'amande.

– Ulysse a retrouvé sa Pénélope. C'est une jolie histoire d'amour. Et Sainte-Marguerite ?

Isidore s'arrête de lancer des harengs.

– C'est redevenu un hôpital comme les autres. La nouvelle administration a « normalisé » les bâtiments. Les murs sont repeints en blanc, les malades passent leurs journées devant la télévision ou à jouer aux cartes en fumant et en prenant leurs calmants.

– Et les systèmes de protection Crazy Security ? Ça rapportait de l'argent, il faudrait être débile pour abandonner la meilleure marque du marché à faire du chiffre à l'export !

– Le logo et la marque ont été rachetés par le principal concurrent. Il va en profiter pour récupérer sa clientèle. Mais il fera construire les systèmes dans des usines normales, avec des ouvriers motivés par des salaires.

– Les gens finiront par s'apercevoir que la qualité n'y est plus.

– Ça prend toujours un peu de temps...

– Et les films porno Crazy Sex ?

– Pareil. Le nom a été racheté. Les films seront interprétés par des actrices motivées simplement par leurs cachets.

Lucrèce se tourne vers l'arbre des futurs de l'humanité. Elle voit qu'Isidore a inscrit puis barré la possibilité du futur court-circuité par la connaissance de l'Ultime Secret.

– Alors à la question : « Qu'est-ce qui nous motive ? » en récapitulant nous obtenons :

  1 la cessation de la douleur
  2 la cessation de la peur
  3 la satisfaction des besoins primaires de survie
  4 la satisfaction des besoins secondaires de confort
  5 le devoir
  6 la colère
  7 la sexualité
  8 les stupéfiants
  9 la passion personnelle
10 la religion
11 l'aventure
12 la promesse de l'Ultime Secret.

– Excusez-moi de vous interrompre, mais vous oubliez

l'expérience de l'Ultime Secret elle-même, qui a l'air au-dessus des autres.

– Oui, donc : 13 l'expérience de l'Ultime secret.

Lucrèce désigne du menton le bocal contenant le cerveau de Fincher qui trône sur une colonne.

– Toute cette enquête n'aura donc servi qu'à comprendre cela...

Le journaliste dévore un bonbon.

– C'est déjà pas mal. Et puis nous sommes éclairés sur ce que nous sommes vraiment.

– Je vous écoute.

– Ce qui définit l'homme c'est ce petit quelque chose presque innommable que les machines, même les plus complexes, ne parviendront pas à imiter. Fincher appelait cela la motivation, moi, je crois que c'est entre l'humour, le rêve et la folie.

Isidore s'approche de Lucrèce et lui masse les épaules. Elle se dégage avec un mouvement de surprise.

– Qu'est-ce qui vous prend, Isidore ?

– Vous n'aimez pas ?

– Si, mais...

– Alors laissez-vous faire.

Il masse un peu plus doucement.

Lucrèce consulte sa montre.

– Zut. On va être en retard. Allons, préparez-vous vite, il faut y aller.

147.

Musique de Mendelssohn. Tout le monde s'immobilise pour lancer le riz sur les mariés qui sortent de la mairie.

Lucrèce et Isidore affichent un air attendri.

Ils se regardent, complices. Ils sont si contents de ne pas avoir raté l'avion. Ils n'ont eu que le temps de bondir à Orly-Ouest et de saisir la navette qui part toutes les heures pour la Côte d'Azur. Juste à temps pour la cérémonie.

Leurs mains plongent, se frôlent et... lancent des poignées de riz sur les mariés.

– Elle est belle, hein ? dit Micha, ému.

– Elle est sublime, approuve Isidore.

Natacha Andersen tient Jérôme Bergerac par le bras et avance avec lenteur dans sa robe blanche de mariée spécialement conçue pour dévoiler ses jambes sur le devant, tandis qu'à l'arrière des enfants portent la longue traîne. Le marié lisse sa moustache en signe d'extrême contentement.

– C'est leur troisième mariage chacun, dit Micha. C'est souvent le bon.

La mère de Natacha, un pansement sur l'épaule, applaudit avec ferveur quand le couple passe.

Quelques minutes plus tard, les limousines se mettent en branle pour conduire la foule vers le CIEL où la fête doit se poursuivre dans la grande salle nouvellement baptisée salle Samuel Fincher.

Lucrèce et Isidore s'installent à une petite table dégagée. Lucrèce avale d'un trait son Orangina light servi dans une flûte à champagne. Pour ce mariage, elle a choisi de revêtir une de ses vestes chinoises en soie à col Mao et épaules dénudées qu'elle prise tant.

Celle-ci est blanche et bleue avec un motif représentant un papillon. Le devant est fermé par une infinité de petits boutons dorés. Elle a étiré ses grands yeux vert émeraude en les soulignant d'un trait noir de khôl en aile de corbeau et a mis un peu de rimmel sur ses cils. Pour ses lèvres, elle s'est contentée d'un brillant transparent. En guise de pendentif, elle arbore un collier de perles de jade.

– Je ne sais pas ce que vous lui trouvez tous, à cette Natacha. Moi elle me paraît plutôt fade. Et puis ses jambes sont trop maigres. Si vous voulez mon avis, elle est un peu anorexique. Je ne comprends pas cette mode.

La jalousie de sa partenaire divertit le journaliste.

Une rivalité ancienne entre les petites rousses aux yeux verts et les grandes blondes aux yeux bleus.

Les musiciens de l'orchestre démarrent *Hotel California* des Eagles.

– C'est vous la plus belle, Lucrèce. Venez. Il y a un slow, c'est la seule danse que je connaisse.

Les deux journalistes se laissent porter par la musique suave. La veste de soie blanche et bleue se colle contre le smoking de location d'Isidore.

– Ça y est, dit-il, je me souviens des sept péchés capitaux. Gourmandise. Luxure. Colère. Paresse. Avarice. Orgueil... Jalousie.

– Eh bien, la mémoire revient, remarque-t-elle avec légèreté, occupée qu'elle est à fixer le couple des mariés.

– Qu'avez-vous contre ce mariage ? demande Isidore.

– Je trouve qu'ils ne sont pas assortis.

Autour d'eux, les couples se serrent et se contorsionnent lentement sur la musique.

– Dites-moi, comment avez-vous résolu l'énigme du Cyclope ?

– J'étais motivé.

– Par la perspective de toucher à l'Ultime Secret ?

– Non, de vous sauver.

– Me sauver !

– Vous êtes la reine des casse-pieds, vous croyez toujours avoir raison, mais je tiens beaucoup à vous, Lucrèce.

Délicatement, il se penche et embrasse la jeune femme sur la pointe de l'épaule que dévoile sa veste chinoise.

– Heu... vous...

Pour la faire taire il l'embrasse à nouveau, sur la bouche cette fois.

– Vous faites quoi, là ?

Isidore passe ses mains fraîches sous la soie et effleure le dos de Lucrèce. Après un premier mouvement de recul, elle se laisse faire, comme étonnée de son audace. La main d'Isidore descend vers ses hanches...

– Il existe une motivation plus forte que l'accession à l'Ultime Secret...

Une deuxième main rejoint la première. Lucrèce est surprise par la sensation extrêmement agréable du contact.

368

– L'affection que je vous porte, puisque j'ai préféré vous sauver plutôt qu'avoir accès à l'Ultime Secret.

Il l'embrasse plus longuement. Leurs lèvres se tamponnent délicatement. La bouche de la jeune femme s'entrouvre à peine pour prendre connaissance des intentions de son partenaire. Elles sont claires. Il passe la barrière de ses lèvres et de ses dents. Sa langue s'aventure à la rencontre de celle de Lucrèce, provoquant un contact électrisant. Les papilles du fond, un peu plus volumineuses, donnent l'impression d'une râpe molle. Ils découvrent le goût de leurs bouches sur toute la surface de leurs cinq cent mille bourgeons gustatifs récepteurs.

Il est sucré.

Elle est salée.

Dans le corps d'Isidore, des hormones sexuelles mâles se déversent comme d'un barrage fendillé, laissant jaillir des jets de testostérone et d'androstérone.

Chez Lucrèce, filent plus furtivement ses propres hormones sexuelles féminines, l'œstradiol et la progestérone.

Ils s'embrassent toujours. Au premier cocktail hormonal, s'ajoute une hormone plus rare, la lulibérine, aussi baptisée hormone du « coup de foudre ». Leurs sueurs changent imperceptiblement d'arômes. Le parfum *Eau* d'Issey Miyake s'évapore pour laisser place à une senteur plus ambrée. Isidore émet des phéromones aux relents de musc. Maintenant ils sont connectés olfactivement.

Il la serre à peine un peu plus, comme s'il craignait de briser une porcelaine trop délicate. Elle se laisse faire, fragile pour la première fois.

– J'ai pris une décision, dit-il. Je vais essayer de passer une journée sans regarder les actualités à la télévision, sans écouter la radio, ni lire les journaux. Une journée où le monde tournera sans que je m'en préoccupe. Les gens pourront se tuer, les injustices se tramer, la barbarie s'étendre pendant vingt-quatre heures, je m'en désintéresserai.

– C'est courageux. Après, il faudra passer à quarante-huit heures. Moi aussi j'ai pris une décision : je vais recommencer à fumer mais sans culpabilité... jusqu'à demain, et après je m'arrête définitivement.

Soudain la musique s'interrompt et Micha annonce :

— Mes amis, nous venons d'apprendre quelque chose de terrible. L'événement s'est produit il y a cinq minutes à peine. Deep Blue V a battu Léonid Kaminsky. Le titre de champion du monde d'échecs retourne donc aux ordinateurs.

Huées dans la salle. Quelques personnes sifflent.

Un instant, Isidore se demande si, par représailles envers les machines, certains ne seront pas tentés de détraquer leur ordinateur de poche ou leur fax.

Micha calme l'assistance.

— Je vous propose une minute de silence en hommage posthume à Samuel Fincher qui nous aura un temps épargné cette humiliation. Que cette défaite nous donne à tous l'envie de nous surpasser pour qu'un jour les machines ne nous dominent pas dans d'autres domaines...

Tout le monde se tait. Lucrèce chuchote tout près du pavillon auditif de son compagnon :

— Deep Blue V a gagné... Je me demande si nous n'avons pas commis une monumentale bêtise.

— Non, c'est comme pour les sportifs dopés. Il faut gagner sans tricher, sinon ça ne compte pas.

La minute écoulée, Micha fait un signe pour que la musique reprenne. Retentit la fin d'*Hotel California*. L'orchestre ne recule devant rien pour pousser les danseurs à aller plus loin.

Isidore et Lucrèce s'embrassent durant le riff des deux guitares électriques.

— Je vous...

— Quoi ?

Est-ce qu'il pense ce que je pense ?

Est-ce qu'elle pense ce que je pense ?

— Rien.

Il a failli le dire.

Elle se serre contre lui.

Avec elle je me sens plus fort. Il ne faut pas que j'aie

peur d'elle. Pourquoi ai-je toujours éprouvé une méfiance envers les femmes ?

Il l'étreint plus fort.

Avec lui je me sens plus forte. Il ne faut pas que j'aie peur de lui. Pourquoi ai-je toujours éprouvé une méfiance envers les hommes ?

Elle décide d'entraîner son compagnon hors de la salle Samuel Fincher.

– Où m'emmenez-vous, Lucrèce ?

Elle ouvre la porte du MIEL, musée international de l'Epicurisme et du Libertinage, avec son sésame. Ils dépassent la cellule géante, Adam et Eve, Noé, les chemises de nuit et les fourchettes, les portraits des grands philosophes.

Lucrèce entraîne Isidore vers un secteur qu'ils n'avaient pas visité mais qu'elle avait remarqué de loin lors de leur première incursion : un lit à baldaquin surmonté de l'inscription « Lit ayant appartenu à Mozart, où il honorait les chanteuses dans sa chambre secrète avant les représentations ».

Elle se hisse sur la pointe des pieds pour réclamer un nouveau baiser. Il n'y répond pas.

– Je dois vous prévenir, dit Isidore, soucieux.

– De quoi ?

– Je ne couche jamais le premier jour.

– Nous nous connaissons depuis trois ans !

– C'est la première fois que je vous embrasse vraiment. Donc il m'est impossible d'aller plus loin aujourd'hui.

Il recule, tête baissée.

– Désolé. C'est un principe. Je m'y suis toujours tenu. Et je n'entends pas y déroger. Sinon ce serait trop... précipité.

Là-dessus, après un petit salut, il s'en va. Elle reste seule dans le musée vide, dépitée. Elle essaie de comprendre. Jamais elle ne s'est fait larguer ainsi ! C'est toujours elle qui part la première en lançant généralement des « désolée, tu ne m'amuses plus ».

Lucrèce Nemrod est à la fois blessée dans son amour-propre et ravie par le romantisme d'Isidore Katzenberg.

Elle regarde la cellule géante.

Au plus profond de son esprit elle songe...

148.

Il y a :

quinze milliards d'années : création de l'Univers,

cinq milliards d'années : création de la Terre,

trois milliards d'années : apparition de la vie sur Terre,

cinq cents millions d'années : apparition des premiers systèmes nerveux,

trois millions d'années : apparition de l'homme,

deux millions d'années : le cerveau humain conçoit l'outil qui démultiplie son efficacité,

cent trente mille ans : les hommes commencent à peindre sur les murs des événements qui n'existent pas réellement mais qu'ils imaginent lorsqu'ils ferment les yeux,

cinquante ans : le cerveau humain met en place les premiers programmes d'intelligence artificielle,

cinq ans : les ordinateurs arrivent à raisonner seuls et se présentent donc comme des successeurs possibles de l'humanité au cas où celle-ci disparaîtrait.

Il y a une semaine : Lucrèce Nemrod et Isidore Katzenberg empêchent qu'un humain aidé d'un ordinateur ne répande une technique de stimulation du cerveau si agréable que l'humanité aurait pu disparaître en sombrant dans le plaisir.

Il y a cinq minutes : un homme vient de lui dire « non », la laissant frustrée.

L'idée finit par l'obnubiler.

Pour qui il se prend !

Et puis :

Quelle délicatesse. Quelle sensibilité. Quelle psychologie...

Elle marche au milieu de toutes ces représentations à la gloire du plaisir.

Finalement c'est lui qui a les plus belles mains de tous les hommes que j'ai rencontrés.

Pour se calmer elle se sert une coupe de champagne au bar.

Il ronfle.

Elle boit d'un trait.

C'est un esprit brillant. Il est cultivé. Il est libre. Il n'a pas eu peur de quitter le métier de journaliste pour être complètement libre.

Elle ferme les yeux.

Son baiser...

Elle retourne dans le musée et s'étend sur le lit de Mozart. Elle tire les rideaux et s'endort, déçue et enchantée.

Et elle rêve d'Isidore.

149.

Une main lui caresse le visage. Rêve-t-elle ? Elle ouvre les yeux.

C'est Isidore. En vrai.

– Voilà, il est minuit. Ce n'est plus le premier jour. C'est le second, dit-il en souriant.

Elle le fixe de ses immenses yeux vert émeraude, et sourit à son tour, complice.

Sans rien ajouter, il lui prend le menton et l'embrasse.

Lentement, les doigts tremblants, il défait les boutons de la veste chinoise... et contemple la jeune femme.

Derrière l'œil : le nerf optique, l'aire visuelle occipitale, le cortex. Des neurones sont activés. Sur toute leur longueur, de minuscules décharges électriques fusent puis lâchent leurs neuromédiateurs aux extrémités. Ils génèrent de la pensée rapide et intense. Des idées galopent, telles des centaines de souris affolées dans l'immense labyrinthe de son cerveau.

En quelques minutes ils sont complètement nus, leurs corps en sueur l'un contre l'autre.

Dans son cerveau à lui, l'hypophyse est surexcitée. Elle relâche un surplus de testostérone qui accélère le cœur pour envoyer du sang partout où cela sera utile.

Dans son cerveau à elle, l'hypothalamus lâche un surplus d'œstrogènes, entraînant une émission d'hormones lactiques qui lui donnent des picotements dans le ventre, à la pointe de ses tétons, et aussi l'envie de pleurer.

Il absorbe chaque image de Lucrèce. Il voudrait pouvoir passer en mode de mémorisation plus forte. Comme si on accélérait le moteur de la caméra pour obtenir plus de vingt-cinq images par seconde, cent, deux cents images qui permettront plus tard, lorsqu'il voudra se remémorer l'instant, d'opérer des ralentis et des arrêts sur image.

La lulibérine, l'œstrogène et la testostérone se mêlent en flots déversés dans les artères, les veines, les veinules. Ils remontent les courants artériels tels des saumons furieux.

Les cœurs s'accélèrent. Les souffles aussi.

Cela monte, monte.

Leurs corps dansent. Il y a plusieurs niveaux de perception de cet instant précieux. De loin, ils ressemblent à une drôle de bête à deux têtes et à huit membres, une sorte de pieuvre rose agitée de soubresauts et de spasmes.

Plus près, c'est un incendie des épidermes. Leurs sexes soudés, emboîtés, amortis par leurs toisons mutuelles, sont l'axe qui les transforme en jumeaux siamois non différenciés. Sous la peau, les muscles réclament du sucre et de l'oxygène pour améliorer leurs efforts. Dans leurs cerveaux leurs thalamus essaient de coordonner les activités des cellules.

L'hypothalamus supervise le tout.

Dans leurs cortex enfin, la pensée est générée.

Je l'aime, pense-t-il.

Il m'aime, pense-t-elle.

Ils pensent et puis ils ne pensent plus.

Black-out total.

Il croit qu'il va mourir. Le cœur s'arrête... Il voit les deux énergies Eros et Thanatos, les deux dieux de l'Olympe, apparaître en songe, géants de vapeur imbriqués l'un dans l'autre. Le cœur reste une deuxième seconde immobile. Il ferme les yeux. Rideau rouge. Rideau marron. Rideau noir. Rideau blanc.

Les sexes réunis se transforment en pile électrique, le tout émet de « l'électricité humaine » à huit hertz. Dès lors, le cœur se met à vibrer à huit hertz. Enfin le cerveau se met lui aussi à huit hertz. Les deux hémisphères tournent en boucle et se mettent en phase : l'onde du cerveau branchée sur l'onde du cœur, elle-même branchée sur l'onde du sexe.

Dans leur tête la glande pinéale, activée, lâche de l'endorphine, de la cortisone, de la mélatonine puis de la DMT naturelle.

Le point infime que Fincher et Martin avaient baptisé l'Ultime Secret est à son tour stimulé. La sensation est alors décuplée.

Ils découvrent qu'il y a trois amours comme l'avaient décrit les Grecs anciens :

L'Eros : l'amour physique, le sexe,

L'Agape : l'amour des sentiments, le cœur,

Le Philia : l'amour de l'esprit, le cerveau.

Quand les trois sont réunis, cela donne cette nitroglycérine explosant au ralenti et en vagues de huit hertz.

L'Amour avec un grand A dont parlent toutes les légendes et dont tentent de parler tous les artistes. Le sexe, le cœur, le cerveau – à l'unisson.

Le chakra 2, le chakra 4, le chakra 6.

L'onde à huit hertz produite par ces trois émetteurs sort du cerveau, traverse la matière et se répand autour d'eux. Une onde d'amour. Ils ne sont plus un couple qui s'unit, ils sont un petit émetteur d'énergie cosmique à huit hertz.

Dans leur cerveau, la conscience est légèrement modifiée.

Je n'existe plus.

Un instant, Isidore entrevoit certains secrets du monde.

Qui suis-je pour mériter que cela m'arrive ?

Un instant, Lucrèce entrevoit d'autres secrets du monde.

Est-ce que je délire ?

Elle perçoit que l'univers est parcouru de longues fibres fines, de même que le cerveau est construit sur un noyau fibreux.

Une harpe.

Partout des lignes, qui mènent d'un point à un autre et qui se croisent pour former un tissage.

Des cordes cosmiques. Il y a dans l'espace des cordes cosmiques qui vibrent comme des cordes de harpe. Ces cordes vibrent à huit hertz et libèrent des étoiles comme s'il s'agissait de grains de poussière.

Des cordes, des fibres, des nœuds. L'univers est compris dans un tissu. Une toile. L'univers est un tableau peint. L'image fond et se change. L'univers est une image pensée.

Sur la note « Si »...

Quelqu'un rêve ce monde et nous croyons qu'il existe vraiment. Le temps fait partie de ce rêve, il n'est qu'une illusion mais, si nous osons penser que le temps n'est pas continu, alors nous ne percevons plus les êtres et les événements comme ayant un début, un milieu et une fin. Je suis en même temps un fœtus, une jeune femme, et une petite vieille. Plus large : je suis l'un des spermatozoïdes dans les bourses de mon père et déjà un cadavre enterré dans un cimetière avec l'inscription « Lucrèce Nemrod ». Encore plus large : je suis un désir dans l'esprit de ma mère et un souvenir dans l'esprit de ceux qui m'ont aimée.

Elle se sent sereine.

Je suis beaucoup plus que « moi ».

Ils continuent de monter. Sans la moindre peur. Arrivés à un palier leurs cœurs s'arrêtent de battre.

Qu'est-ce qu'il se passe ? pense-t-il.

Qu'est-ce qu'il se passe ? pense-t-elle.

Cela dure quelques secondes qui leur semblent des années.

Puis tout repart en arrière. Le cœur redémarre, se débranche du cerveau.

Au fur et à mesure qu'ils atterrissent, ils oublient. Tout ce bonheur s'enfuit, tout ce savoir se dilue car il est trop tôt pour eux, leur temps n'est pas venu d'accéder à cette connaissance. Tout se relâche.

Ils ont passé un cap. Ils en restent hébétés. Ils savent qu'ils ne pourront jamais évoquer cette sensation car aucun mot ne peut la décrire dans toute son intensité.

Ils se regardent et éclatent de rire.

La pression se relâche. Ils rient par saccades, par vagues qui viennent et repartent. Ils rient parce qu'ils comprennent que tout n'est que dérision. Ils rient parce qu'ils ridiculisent tout ce qui est tragique. Ils rient parce qu'à cet instant ils n'ont plus peur de la mort. Ils rient parce qu'à cet instant ils sont débranchés de toute la tragédie humaine qui les entoure.

Ils rient de rire.

Puis ils atterrissent. Leurs rires hoquettent comme de vieux moteurs d'avion qui peu à peu s'étouffent.

– Qu'est-ce qui nous a poussés à ça ? murmure Lucrèce.

– Chez moi c'est le quatorzième besoin, celui d'« aimer les Lucrèce Nemrod ».

– Vous avez dit « aimer » ?

– Non, je ne crois pas.

Elle rit encore un peu et secoue sa longue chevelure rousse micro-ondulée, mouillée de sueur. Ses grands yeux en amande sont passés du vert émeraude au vert mordoré. Tout son corps est chaud et moite. Son visage marque une extrême relaxation, comme si tous les muscles sous sa peau s'étaient relâchés.

Lucrèce comprend la réserve de son ami.

– C'est la première fois que cela me fait un tel effet.

– Moi aussi. C'était comme si je découvrais une nouvelle sensation, un monde complètement inconnu.

– D'habitude c'est au mieux disons... seize sur vingt.

– Et là ?

– Je dirais : huit mille sur vingt.

– Le quatorzième besoin, disiez-vous ?

– Je crois que nous sommes arrivés à stimuler puis à franchir l'Ultime Secret sans en passer par la trépanation et l'implantation d'un émetteur dans notre corps calleux. Nous y sommes arrivés comme ça, dit-il, embrassant à nouveau la peau tiède de la jeune femme.

Lucrèce sourit et réclame des réglisses pour se détendre. Il fouille dans sa poche de smoking et lui tend le paquet.

– Je ne sais pas si on arrivera à reproduire ce « truc », mais j'avoue que ça surprend ! dit-elle en avalant plusieurs rubans.

Ils restent longtemps silencieux, essayant de retenir en eux la richesse de ce qu'ils ont ressenti. Enfin Lucrèce articule :

– Vous croyez qu'il y a encore quelque chose au-dessus, une quinzième motivation ?

Il met du temps à répondre :

– Oui.

– Laquelle ?

– Tout à l'heure j'ai ressenti une impression étrange, une onde de pure volupté qui me transcendait. Juste après, comme le contrecoup de cette onde, j'ai été traversé d'une autre sensation. Une sensation de grande plénitude, suivie d'un vertige, comme si je pouvais englober par ma pensée l'infini de l'univers. Comme si, arrivé à un nouveau point d'observation, je m'apercevais que j'avais une conscience fausse de la dimension des choses.

Comme moi avec le temps. Il a perçu dans l'espace ce que j'ai perçu dans le temps, pense Lucrèce.

Isidore Katzenberg essaie de préciser ce qu'il a ressenti :

– C'est comme si tout était plus vaste qu'il n'y paraît. Nous ne mesurons pas qu'un mètre soixante-dix de haut. La Terre n'est pas qu'une planète. Tout rayonne et se répand sans fin. En fait, tout est omnispatial.

Omnitemporel, songe-t-elle.

Elle prend sa dernière cigarette, l'allume, aspire profondément et lâche des volutes formant des ronds, puis des huit, puis des anneaux de Moebius.

— Alors à la question : qu'est-ce qui nous pousse à agir, vous répondez ?

Il retrouve sa voix normale :

— On pourrait appeler cette nouvelle motivation : l'élargissement de la conscience. Elle est peut-être plus puissante que toutes les autres motivations. C'est pour cela que nous avons « réussi ». C'est une notion au-delà des mots, elle est difficile à expliquer.

Elle le regarde intensément.

— Essayez quand même.

— C'est peut-être ce qui se passe quand on prend conscience qu'une seule goutte d'eau peut faire déborder l'océan...

REMERCIEMENTS

Pour la partie médecine : Dr Frédéric Saldmann,
Dr Loïc Etienne, Dr Didier Desor, Dr Boris Cyrul-
nik, Dr Lilo Amzallag, Dr Muriel Werber.

Pour la partie hypnose : Pascal Leguern.

Pour la partie chimie/biologie : Dr Gérard Amzallag,
Drs Ludovic et Caroline De Meeus.

Pour ses conseils et son soutien : Reine Silbert.

Pour les repérages géographiques : Monsieur Blanc
(directeur de la morgue de Cannes), Frédéric Ala-
zard (guide forestier sur les îles de Lérins).

Je tiens aussi à remercier :

Françoise Chaffanel-Ferrand pour son attention et sa
patience.

Et puis aussi : Jérôme Marchand, Véronique Lamou-
reux, Patrice Lanoy, Dominique Charabouska,
Sébastien Drouin, Olivier Ranson, Jan Kounen.

Enfin je tiens tout particulièrement à rendre hommage à Jean-Dominique Bauby (victime de la
maladie de LIS et auteur de l'ouvrage : *Le Sca-*

phandre et le papillon) qui m'a remis le Grand Prix des lectrices de *Elle* en 1993.

MUSIQUES ÉCOUTÉES DURANT L'ÉCRITURE

Adagio pour cordes de Samuel Barber (musique du film *Platoon*), *Peer Gynt* de Edvard Grieg (musique du film *La Reine de nacre*), enregistrement symphonique de *Cashemir* de Led Zeppelin, musique du film *Dune* de Toto, musique du film *Vol au-dessus d'un nid de coucou* de Jack Nietzsche, musique du film *Mission* d'Ennio Morricone.

ÉVÉNEMENTS SURVENUS DURANT L'ÉCRITURE DE CE LIVRE

Présentation dans les festivals de mon premier court métrage en tant que réalisateur : *La Reine de nacre*. Réalisation du clip pour la chanteuse Maurane : *Pour les âmes et pour les hommes*. Deux déménagements, fin d'écriture de ma première pièce de théâtre : *Nos amis les humains*.

Site Internet : bernardwerber.com

Composition réalisée par NORD COMPO

Imprimé en France sur Presse Offset par

BRODARD & TAUPIN

GROUPE CPI

La Flèche (Sarthe).
N° d'imprimeur : 30859 – Dépôt légal Éditeur : 62434-10/2005
Édition 06
LIBRAIRIE GÉNÉRALE FRANÇAISE – 31, rue de Fleurus – 75278 Paris cedex 06.

ISBN : 2 - 253 - 15398 - 2   ✦ 31/5398/8